DONGSUH MYSTERY BOOKS 157

DEATH ON THE NILE

나일에서 죽다

애거서 크리스티/박석일 옮김

동서문화사

옮긴이 박석일

전남대 사학과를 거쳐 인도 델리대 대학원 사학과를 졸업하다. 한국 외국
어대학 힌디어 과장을 지내다. 지은책으로 《인도사 개설》 《인도 사정》 등
이 있고 옮긴책에 《네루 자서전》 인디라 간디의 《인도의 진로》 등이 있다.

DONGSUH MYSTERY BOOKS 157

나일에서 죽다

애거서 크리스티 지음/박석일 옮김

초판 발행/1977년 12월 1일

중판 발행/2005년 3월 1일

발행인 고정일/발행처 동서문화사

창업 1956. 12. 12. 등록 16-345 (윤)

서울강남구신사동 540-22 ☎ 546-0331∼6 (FAX) 545-0331

www.epascal.co.kr

＊

편찬·필름·제작 일체 「동판」 자본으로 이루어짐에 따라
출판권 소유권자 「동판」에서 제조출판판매 세무일체를 전담합니다.
사업자등록번호 211-90-02201
ISBN 89-497-0288-6 04800
ISBN 89-497-0081-6 (세트)

나처럼
세계를 방랑하기 좋아하는 시빌 버넷에게
이 책을 바친다.

나일에서 죽다
차례

등장인물

리넷 리지웨이 아름다운 억만장자 아가씨

사이먼 도일 재클린의 약혼자.

재클린 드 벨포트 리넷의 친구

앤드루 페닝턴 리넷의 재산 관리인

짐 팬숍 리넷의 영국인 변호사. 윌리엄 카마이클의 조카

팀 앨러튼 조앤너의 사촌

앨러튼 부인 팀의 어머니

메어리 반 스카일러 부유한 미국인 노처녀

코넬리아 롭슨 메어리의 조카딸

파워즈 메어리의 간호사

살로메 옥타븐 여류작가

로잘리 옥타븐 살로메의 딸

리케티 고고학자

카르르 베스너 독일인 의사

퍼거슨 젊은 사회주의자

에르퀼 포아로 사립탐정

레이스 대령 포아로의 친구

루이즈 부르제이 리넷의 하녀

프리트우드 카낙 호 기관사

머리글

《나일에서 죽다》는 내가 이집트여행에서 돌아와 바로 완성한 작품이다. 지금 다시 읽어보아도 내가 아직도 그 유람선을 타고 아스완에서 와디할파까지 여행하는 듯한 기분은 변함이 없다.

그때 선상에는 많은 여객이 있었지만 지금은 그들보다 이 작품 속 인물들이 훨씬 더 생생하고 친근한 존재가 되어 마치 그들과 함께 여행하고 왔다는 착각마저 든다.

이 작품에는 많은 인물을 등장시켰고 줄거리에도 상당히 공을 들였으므로, 이야기의 중심이 되는 트릭은 굉장히 흥미로울 것이라 믿는다. 게다가 사이먼, 리넷, 재클린 같은 세 주인공들은 나에게는 마치 살아 있는 사람인 양 생각될 정도이다.

친구 프란시스 L. 설리번은 이 작품을 아주 좋아하여 몇 번이나 연극화시켜보길 권했고, 그래서 결국 나도 이 작품을 무대에 올리게 되었다.

나 역시도 이 작품이 '외국 여행물' 가운데서는 아주 멋진 작품이라고 생각하고 있다.

탐정소설이 '도피적 문학'이라고 생각한다면──설령 그렇다 치더라도 그게 뭐그리 나쁜일이란 말인가! ──독자는 이 작품에서 한때나마 범죄의 세계로 도피할 수 있을 뿐 아니라, 남국의 밝은 태양과 푸른 나일 강의 나라로 도망칠 수도 있을 것이다.

애거서 크리스티

제1부 영국

1

"리넷 리지웨이다!"

"그래, 정말이군!"

여관 '쓰리 크라운즈'의 주인 버나비는 옆에 있는 친구의 말에 맞장구를 쳤다. 전형적인 시골사람처럼 두 사람은 눈을 동그랗게 뜨고, 입을 벌린 채 넋을 잃고 문제의 여성을 바라보았다.

새빨간 대형 롤스로이스가 우체국 앞에 막 멈춰서면서 모자도 쓰지 않은 간단한 원피스 차림의 젊은 아가씨가 차에서 내렸다. 눈부시게 빛나는 금발에 몸매 또한 근사했으며 늘씬하게 큰 키는 주위를 압도했다. 한마디로 이곳 몰턴언더우드에서는 좀처럼 볼 수 없는 여자였다.

그녀는 경쾌한 걸음걸이로 우체국으로 들어갔다.

"진짜 리넷이 맞아!" 버나비는 또 한 번 되풀이하더니 참을 수 없다는 듯이 작은 소리로 덧붙였다.

"재산이 몇 백만 파운드나 된다는군. 그 저택만 해도 몇 만 파운드나 쏟아붓고 있다지? 풀장을 만들고 정원은 이탈리아 식으로 한다면서. 집을 아예 반쯤 헐고 새로 짓는 거나 마찬가지야. 댄스홀까지 지을 거라고 했으니까."

"이 마을에도 돈푼이나 뿌리겠군!" 마르고 궁상맞게 생긴 사나이가 말했다. 선망과 질투가 뒤섞인 말투였다.

버나비는 고개를 끄덕였다.

"그렇고말고. 이 마을을 위해서는 정말 좋은 일이지."

그는 벌써부터 열을 내며 혼자 들떠 있었다.

"그래서 우리도 모두 지켜보고 있는 게 아닌가?"

"여하튼 조지 경 때와는 좀 다르겠지?"

"아무렴. 그분이 몰락한 것은 다 말 때문이야. 경마에서 모두 날렸지. 한 번도 딴 적이 없었거든."

"그런데 저택은 얼마에 팔렸나?"

"6만 파운드라고 하더군."

마른 사나이의 입에서 휘파람 소리가 새어 나오더니 눈이 휘둥그레졌다.

버나비는 더욱 신이 나서 코까지 움찔움찔하면서 말을 이었다. "그런데도 소문을 듣자하니, 저 여자는 이 집을 완전히 개조하는 데 6만 파운드를 더 들일 모양이야."

"말도 안 돼! 어디서 그런 돈이 다 나오는 거지?"

"소문으로는 미국이라는군. 저 여자의 어머니가 억만장자의 외동딸이라니 그야말로 영화같은 이야기 아닌가?"

바로 이때 여자가 우체국에서 나와 자동차에 올라탔다. 자동차가 떠나자 마른 사나이는 눈으로 여자를 쫓으며 중얼거렸다.

"나는 정말이지 이해가 안 돼! 저 여자가 저토록 미인이라는 사실이 말이야. 돈도 많은데 저렇게 아름답기까지 하다니 하느님도 너무 한 것 아닌가? 돈도 그렇게 많은데 인물까지 좋을게 뭐람. 미인도 보통 미인이 아니잖나? 하나에서 열까지 모두 갖추고 있다니 너무 불공평해……."

2

〈데일리 블러그〉지의 사교란에는 이러한 기사가 실렸다.

어젯밤 '셰마탕트'에서 저녁 식사를 하고 있던 사람들 가운데 리넷 리지웨이의 아름다운 모습이 보였다. 조앤너 사우스우드 양, 윈들섬 경, 그리고 토비 브라이스 씨 등과 한자리에 있었다. 모두 알고 있는 바와 같이 리지웨이 양은 안나 할츠와 결혼한 멜위시 리지웨이 씨의 외동딸로, 외할아버지인 레오폴드 할츠 씨로부터 막대한 재산을 상속받기로 되어 있다. 그리하여 리넷 양은 요즘 화제의 중심이 되어 있으며, 머지않아 약혼을 발표하리라는 소문이다. 소문의 주인공 윈들섬 경은 그녀에게 굉장히 열중해 있는 것처럼 보였다.

3

"리넷, 이 집은 정말 근사하게 바뀔 거야!"
조앤너 사우스우드가 말했다.
'워드 홀'이라고 불리는 커다란 저택에 있는 리넷 리지웨이의 침실에서였다.
조앤너는 창문으로 정원을 내려다 보다가 눈을 들어 더 멀리 보이는 드넓은 전원풍경을 한동안 바라보았다.
울창한 숲의 나무그늘이 드문드문 아름답게 펼쳐져 있었다.
"거의 완벽하다고 해야겠지?"

창문에 팔을 기대고 선 리넷의 얼굴은 희망과 활기에 넘쳐 있었지만, 옆에 앉은 조앤너는 어쩐지 기운이 없어보였다. 키가 크고 나이는 스물일곱, 여덟쯤 되어보이는 갸름하고 영리한 생김새였는데 눈썹을 이상한 모양으로 뽑아 놓았다.

"그런데 정말 얼마 안 되는 시간 동안 꽤 많이 달라졌어! 설계사니 뭐니 힘들지 않았니? 몇 명 정도 고용했니?"

"세 사람."

"설계사는 어떤 사람이었어? 난 아직 한 번도 만나 본 적이 없거든."

"글쎄, 별로 나쁘진 않았어. 때로는 조금 비현실적으로 굴었지만."

"그런 문제라면 걱정없어. 너만큼 현실적인 사람도 드물 테니까."

조앤너는 화장대에 놓인 진주 목걸이를 집어 들었다.

"이건 천연 진주겠지, 리넷?"

"물론."

"너에게는 그게 당연한 일이겠지만, 대부분의 사람들은 그렇지가 않아. 형편없는 양식 진주라든가 싸구려 진주를 가지고 있는 경우도 있거든. 이건 알이 아주 고르기 때문에 천연 진주라고는 생각할 수 없을 정도로 훌륭해. 값이 굉장하겠지?"

"좋지 못한 취미라고 생각하니?"

"천만에. 미의 극치야. 도대체 얼마쯤 할까?"

"5만 파운드쯤 될 거야."

"어머나, 그렇게 비싸다니! 도둑맞을까 걱정되지 않니?"

"걱정할 것 없어. 늘 몸에 지니고 있고 보험까지 들어 있으니까."

"식사 때까지만 내가 걸고 있게 해줘. 괜찮겠지? 몸이 근질근질거려."

"마음대로 해." 리넷은 웃으면서 말했다.

"리넷, 정말 네가 부러워. 너는 없는 것이 없으니까. 아직 20살인데도 무엇이든지 하고 싶은 대로 할 수 있잖아. 돈도 얼마든지 있고 미인이고 생기까지 넘치잖아. 게다가 머리도 좋구. 만 20살이 되는 것은 언제지?"

"6월. 런던에서 성인식 파티를 성대하게 열기로 했어."

"그러고는 찰스 윈들섬 경과 결혼하겠지? 가십 기자들이 그렇게들 떠들어 대고 있어. 그 사람이 너에게 아주 열중해 있다고."

리넷은 어깨를 으쓱해 보였다.

"글쎄…… 나는 아직 누구하고도 결혼할 생각이 없어."

"그 기분 알 것 같아. 결혼하고 나면 완전히 달라져 버리니까."

전화벨이 울리자 리넷은 그쪽으로 다가갔다.

"뭐라고?"

하녀의 목소리가 들려왔다.

"벨포트 양으로부터 걸려 온 전화입니다. 연결해 드릴까요?"

"벨포트? 어서 연결해 줘."

찰칵 소리가 나더니 부드러운 목소리가 울려 왔다.

"여보세요, 리지웨이 씨 댁이지요? 리넷?"

"어머나, 재키! 오랜만이야."

"그래, 정말 오랜만이구나, 리넷. 꼭 좀 만나고 싶어."

"그럼, 이리로 오겠어? 새로운 장난감이 생겼는데, 너에게 보여 주고 싶어."

"마침 잘 되었구나."

"그럼, 어서 기차를 타든가 자동차를 타고 달려오렴."

"그래. 몹시 터덜거리는 2인승 차를 타고 갈게. 15파운드 주고 샀는데 컨디션이 좋을 때도 있고 나쁠 때도 있거든. 아주 변덕쟁이지. 티타임 때까지 가지 않으면 차때문에 못 가는 줄 알아. 안녕."

리넷은 수화기를 놓고 조앤너 쪽으로 돌아왔다.

"재클린 드 벨포트라는 나의 가장 오래된 친구야. 파리에서 같은 학교에 다녔어. 아주 운이 나쁜 친구였어. 프랑스 귀족 출신인 아버지는 애인과 함께 도망가 버리고 미국인 어머니는 남부 출신이었지만 주가 폭락 때 빈털터리가 되어 버렸지. 그래서 재키는 돈 한 푼 없이 버려진 거야. 도대체 지난 2년 동안 어떻게 지내 왔을까."

조앤너는 빨간 손톱을 다듬고 있다가 천천히 입을 열었다.

"리넷, 그런 이야기 이제 지겹지도 않니? 나는 친구가 불행해지면 깨끗이 만나지 않아. 매정한 것 같지만 나중에 말썽이 안 생겨서 좋거든. 그런 사람들은 돈을 빌리러 온다든가 아니면 싸구려 옷가게를 열고 볼품없는 옷을 사달라고 부탁할 게 뻔해. 그것도 아니면 쓸모없는 그림이나 스카프를 염색하러……"

"그럼, 조앤너, 만일 내가 재산을 몽땅 잃어버린다면 내일이라도 당장 인연을 끊겠구나."

리넷이 조앤너의 말을 끊고 물었다.

"만약 그렇게 된다면, 솔직히 말해서 그래. 나의 친구는 성공한 사람들뿐이니까. 농담이 아니야. 잘 들어. 모두들 입 밖에 내지 않을 뿐이지 다들 그렇게 생각하고 있다고. 말로는 빈털터리가 된 친구 성격이 비뚤어질까봐 더 이상 사귀기 어렵겠다는 핑계를 대지. 그리고 잠시 동정해 주는 게 전부야."

"너는 정말 인정머리 없는 사람이구나, 조앤너."

"나는 단지 세상 사람들과 마찬가지로 돈이 좋을 뿐이야."

"나는 그렇게 살지 않겠어."

"물론, 그렇겠지. 또 굳이 그럴 필요도 없잖아. 1년에 네 번이나 저 정중하신 중년 신사 분으로부터 쓰고도 넘칠 만한 돈을 꼬박꼬박 받고 있으니까."

"너는 재클린을 잘 몰라. 그 애는 남에게 의지하는 애가 아니야. 어떻게든 도와주려고 해도 받아들이지 않는 아이야. 자존심이 정말 강한 친구라고."

"그런데 왜 갑작스럽게 너를 만나고 싶어 하는 걸까? 틀림없이 뭔가 부탁이 있을걸. 뭐 곧 알게 되겠지만."

"어딘지 흥분해 있는 것 같기는 했어. 그렇지만 재키는 워낙 조그만 일에도 흥분을 잘 하는 성격이야. 언젠가 한 번은 사람을 칼로 찌른 적도 있다구."

"어머나, 무서워라!"

"어떤 남자아이가 개를 못 살게 굴고 있을 때였어. 재키는 말렸지만 그 남자아이는 도무지 말을 듣지 않았지. 재키는 그 아이를 붙잡고 마구 흔들었어. 그렇지만 남자아이가 워낙 힘이 세었기 때문에 재키는 마침내 칼을 꺼내 찔러버리더군. 굉장한 소동이었어."

"세상에……. 듣기만 해도 오싹해."

그때, 리넷의 하녀 메어리가 방으로 들어왔다.

"죄송합니다." 하녀는 작은 소리로 말한 다음 옷장에서 드레스를 꺼내 가지고 밖으로 나갔다.

"메어리에게 무슨 일이 있었니? 울어서 얼굴이 말이 아니군." 조앤너가 물었다.

"저 애는 이집트에서 일하고 있는 사람과 결혼하고 싶어 해. 언젠가 얘기 한 적이 있지? 그 사람에 대해 자세히 모르고 있는 것 같아서 내가 괜찮은 사람인지 신원 조사를 해봤지. 그랬더니 아내가 있는 사람이지 뭐니. 게다가 아이가 셋이나 있었어."

"너는 적을 많이 만드는구나, 리넷."

"적이라니?" 리넷은 뜻밖이라는 표정을 지었다.

조앤너는 고개를 끄덕이고 담배를 한 대 피워물었다.

"적이고 말고. 너는 너무나 유능한데다 옳은 일만 하는데 선수니까."

리넷은 웃었다.

"아니야, 이 세상에 나의 적은 단 한 명도 없어!"

4

윈들섬 경은 삼나무 밑에 앉아서 아름답게 균형잡힌 워드 홀을 바라보고 있었다. 고풍스러운 아름다움이 여전히 은은하게 흐르고 있었다. 새로 지은 부분은 눈에 띄지 않도록 조심스럽게 감추어져 있었기 때문이었다. 워드 홀은 가을 햇빛을 받아 아름답고 한가로운 풍경이었다. 그렇지만 자세히 보면 이곳은 워드 홀이 아니었다. 윈들섬 경 눈 앞에 보이는 것은 인간을 제압해버릴 것만 같은 엘리자베스왕조 시대의 장엄한 저택이었다. 좁고 길게 이어지는 정원, 살벌한 분위기가 눈앞에 어른거리는 것만 같았다. 이곳은 그의 선조들이 대대로 살아온 저택 찰턴 벨리였다. 그리고 그 바로 옆으로 한 여인의 모습이 서 있었다. 밝게 빛나는 금발에 자신감으로 가득 찬 얼굴의 여자, 바로 찰턴 벨리의 안주인이 될 리넷이었다.

그는 몹시 희망에 부풀어 있었다. 그녀는 아직 확실히 거절하지는 않았다. 조금만 시간을 달라는 것과 별 차이가 없다. 그렇다면 조금쯤 기다리는 것도 괜찮을 것이다.

모든 조건이 딱 들어맞는다. 부잣집 외동딸과 결혼하는 것은 윈들섬의 집안 사정을 더욱 좋게 만들 것이다. 그러나 사랑하지 않는 여자와 억지로 결혼할 만큼 돈이 절박한 상황은 아니었다. 그는 리넷을 진심으로 사랑하고 있었다. 설령 그녀가 영국에서 손꼽히는 부자의 딸이 아니라 가난뱅이였더라도 결혼하고 싶어 했을 것이다. 그러나 운이 좋게도 그녀는 영국에서 가장 큰 부자의 딸이었던 것이다.

그는 마음속으로 장래의 즐거운 계획을 세우는 데 여념이 없었다.

'별장 지주가 될지도 몰라. 그럼 저택 양쪽에 한 채씩 더 지어야지. 스코틀랜드에 가서 사냥하는 꿈도 이룰 수 있을 거야.'

찰스 윈들섬은 태양빛 속에서 백일몽을 꾸고 있었다.

5

다 낡은 2인승 자동차가 자갈길에 요란한 소리를 내며 멈춰선 것은 4시 무렵이었다. 젊은 여자가 내렸다. 검은 색이 섞인 갈색 머리에 자그마한 몸집의 호리호리한 그 여자는 층계를 뛰어올라가더니 벨을 눌렀다.

2, 3분 뒤, 그녀는 훌륭한 응접실로 안내되었다. 목사 같은 집사가 엄숙한 목소리로 손님의 방문을 알렸다.

"벨포트 양이 오셨습니다."

"리넷!"

"재키!"

윈들섬은 조금 떨어진 곳에서 이 조그마한 불꽃같은 여자가 두 손을 벌리고 리넷을 껴안는 모습을 기분 좋게 지켜보고 있었다.

"윈들섬 씨, 내 친구 벨포트예요."

'귀여운 아가씨로군.' 윈들섬은 생각했다. '뛰어난 미인은 아니지만 검은 곱슬머리와 커다란 눈은 사람들 마음을 끌 게 틀림없어.' 그는 두세 마디 재치 있는 말을 건넨 다음 조용히 방을 나갔다.

재키는 뛰어오를 듯한 기세로 말하기 시작했다. 리넷은 그녀가 예전 그대로라고 생각했다.

"윈들섬 씨? 저분이 바로 너의 결혼 상대라고 신문에 나는 사람이구나. 정말 결혼할 작정이니, 리넷? 정말이야?"

"그럴지도 몰라." 리넷은 나지막하게 중얼거리듯이 말했다.

"어머나! 참 잘 됐지 뭐니. 근사하다, 얘."

"아직 단정하긴 일러. 확실한 건 아니니까."

"그야 물론 그러시겠지, 여왕님이 낭군을 정하실 때는 언제나 신중한 법이니까."

"놀리지마."

"하지만 너는 정말 여왕님인걸, 리넷. 옛날부터 그랬잖아. 리넷 여왕 폐하, 금발의 리넷! 그리고 나로 말할 것 같으면 그 여왕님의 충실한 벗, 신뢰받는 시녀야."

"이상한 소리만 하는구나, 재키. 넌 도대체 그동안 어디 있었니? 자취를 감춘 뒤로는 편지 한 장 없더니."

"편지 쓰는 것은 아주 질색이야. 어디 있었느냐고? 세상의 물결 속에 휩쓸려 이런저런 일을 했단다. 무서운 여자들을 상대로 하는 힘든 일이었어."

"재키, 난 뭔가…… 너에게……"

"여왕님의 하사금을 받으란 말이니? 솔직히 말해서 이렇게 찾아온 것도 그것이 목적이기는 하지만…… 돈을 빌리려는 건 아니야. 아직 그 정도까지 무너진 건 아니니까. 그렇지만 아주 중대한 부탁을 하러 왔어."

"말해 봐."

"너와 윈들섬 씨 사이를 떠올리면 내가 하고 싶은 말을 알 수 있을 거야."

리넷은 잠시 궁금한 표정을 지었지만 바로 알아챘다.

"재키, 너 설마……."

"그래, 리넷. 나 약혼했어."

"역시 그랬었구나. 어쩐지 굉장히 생기가 넘친다고 생각했어. 너야 언제나 건강했지만 오늘은 한층 더 밝아 보여."

"나도 그렇게 느껴. 특히 요즘은."

"그 사람에 대해 전부 이야기해 줘."

"사이먼 도일이라는 사람인데, 크고 튼튼한 체격에다 아주 단순하고 어린아이 같아. 가난해서 재산은 하나도 없지만 말이야. 완전히 몰락한 명문 집안의 둘째아들로 데번셔 출신이야. 그래서 시골을 좋아하지. 요즘 한 5년쯤 도시에서 숨 막힐 것 같은 월급쟁이 노릇을 했었는데, 이번에 그 회사가 사업을 축소하는 바람에 그이는 직장을 잃고 말았어. 만일 그이와 결혼하지 못하면 죽어 버리겠어. 정말 죽어 버릴 테야."

"재키, 그런 소리 하지 마."

"정말 죽어 버릴 거야. 난 그이에게 완전히 빠져 있어. 그이도 나를 좋아하고 우린 이제 혼자서는 살아갈 수 없게 되었어."

"진심으로 사랑하는구나."

"사랑의 포로가 되면 걷잡을 수가 없는 모양이야."

재키는 한숨을 쉬었다. 새까만 눈을 크게 뜨고 갑자기 슬픈 표정이 되었다. 그러고는 몸을 조금 떨었다.

"때로는 사랑이란 게 무서워질 때도 있어. 우리는 서로를 위해 만들어진 거야. 난 다른 사람에게는 전혀 마음을 주지 않아. 그건 그렇고, 리넷, 우리를 좀 도와줬으면 해. 네가 이 저택을 샀다는 말을 들었을 때 문득 생각났는데 말이야, 이 집에도 관리인이 한두 명 정도는 필요하겠지? 사이먼을 관리인으로 써줄 수 있겠니?"

"어머나!" 리넷은 깜짝 놀랐다.

그러나 재클린은 당황해서 이야기를 늘어놓았다.

"그이는 이런 일을 잘해. 집이나 대지에 대해서는 환하단다. 어렸을 때부터 줄곧 이런 일을 하는 환경에서 자랐어. 정식으로 교육을 받은 적도 있고, 리넷, 조금이라도 나를 생각한다면 사이먼을 고용해 줘, 부탁이야. 만약 일을 잘 못하면 언제든지 해고해버려도 좋아. 하지만 그이는 잘 해낼 거야. 우리는 조그만 집에 살게 될 거고, 너와도 자주 만날 수 있잖니. 우리 모두에게 다 좋은 일이야."

재키는 벌떡 일어났다.

"리넷, 제발 부탁이야. 키 큰 금발의 여신 리넷, 나의 친구 리넷! 부디 예스라고 대답을 해 줘."

"재키!"

"내 부탁을 들어 주는 거지?"

리넷은 웃음을 터뜨리고 말았다.

"넌 정말 엉뚱한 애야. 그 사람을 데리고 와 봐. 한번 만나 본 뒤에 이야기하기로 하자."

재키는 리넷을 끌어안고 기쁨의 키스를 퍼부었다.

"리넷, 너는 정말 좋은 친구야. 내가 생각하고 있던 대로 말이

야. 결코 나를 버리지 않거든. 너처럼 좋은 친구는 없어. 그럼
이만 가볼게. 안녕."

"아니, 재키! 좀 더 있다 가도 괜찮지 않니?"

"이러고 있을 때가 아니야. 런던으로 가서 사이먼을 데리고 올
게. 그리고 이야기를 완전히 매듭짓기로 하자. 너도 그이를 좋
아하게 될 거야. 정말 귀여운 사람이니까."

"조금 있다가 차라도 한잔 마시고 가."

"아니야, 그럴 여유가 없어. 가슴이 두근거려. 얼른 돌아가서
사이먼에게 알려 줘야겠어. 나도 알아. 지금 내가 흥분하고 있
다는 거. 하지만 어쩔 수가 없단다. 결혼을 하고 나면 가라앉겠
지. 결혼이란 사람을 안정시켜 주는 효과가 있는 모양이야."

그녀는 문쪽으로 가다가 순간 돌아서더니 다시 한 번 리넷에게
다가와 작은새처럼 살짝 끌어안았다.

"리넷, 이 세상에 너같은 사람은 절대 없을 거야."

6

조그마한 현대식 레스토랑인 셰마탕트를 경영하고 있는 개스턴
브론딘 씨는 자기가 직접 많은 단골손님을 특별 접대하는 사람이
아니었다. 부자, 미인, 유명인, 가문이 좋은 사람도 그의 특별 접
대를 받아보려고 했지만 아무도 받지 못했다. 그가 손님에게 매우
공손히 인사를 하고 특별석으로 안내한 다음 몇 마디 말을 주고받
는 경우는 정말로 드문 일이었다.

그러나 브론딘 씨는 오늘 밤 세 사람에게 특별한 접대를 베풀었
다. 첫 번째는 어느 귀부인에게, 두 번째는 경마계의 유명한 귀족
에게, 그리고 세 번째가 지금 막 들어온 한 사람이었다. 그는 새
까만 콧수염을 기르고 우스꽝스럽게 생긴 작은 몸집을 한 사나이

였다. 그 사나이는 언뜻 보기에도 이 레스토랑에 어울리지 않는 사람이었다.

그럼에도 불구하고 브론딘 씨는 그 사나이를 위해 지나칠 만큼 신경을 쓰고 있었다. 바로 30분전까지만 해도 자리가 없다며 손님들을 돌려보내던 그가 이 사람을 위해 마술처럼 테이블을 구해와 준비해주는 것이었다. 그것도 가장 좋은 자리에 말이다. 그는 진심으로 이 사람을 환영했으며 스스로 테이블 안내까지 해주었다.

"포아로 씨를 위해서라면 언제든지 자리가 마련되어 있습니다. 좀더 자주 찾아주시면 고맙겠습니다……."

에르퀼 포아로는 빙그레 웃었다. 시체 한 구와 웨이터 그리고 브론딘 씨와 어느 미인이 관련되었던 사건이 생각났기 때문이다.

"정말 친절하시군요, 브론딘 씨."

"오늘 혼자이십니까, 포아로 씨?"

"네, 혼자 왔습니다."

"그렇다면 주방장에게 말해서 시처럼 멋있는 식사를 준비하도록 하겠습니다. 시처럼 말입니다. 아무리 매력적인 부인이 있으셔도 이럴 때만은 정말 소용이 없지요. 사람의 마음을 혼란시키면 진정한 맛을 음미하지 못하게 되니까요. 포아로 씨, 오늘은 식사를 즐기시며 드실 수 있을 겁니다. 맛은 제가 보증하지요. 그런데 포도주는……."

이어서 식사에 관한 전문적인 이야기가 포아로와 브론딘 그리고 주방장 사이에서 오고갔다. 브론딘은 자리를 떠나기 전에 잠시 주저하면서 목소리를 낮추어 물었다.

"지금 뭔가 중대한 사건이라도 수사중이신가요?"

"아니오. 유유자적하게 여유를 즐기고 있지요. 젊은 시절에 검소하게 지냈던 덕분에 지금은 한가하게 놀며 지낼 수 있게 되었지요."

"정말 부럽습니다."

"아닙니다, 절대로 권해 드릴 만한 게 못 됩니다. 겉으로 보는 것처럼 편하지 않습니다. 인간은 쓸데없는 생각을 하지 않기 위해 일을 만들어 냈다고 하는데, 그 말이 맞는 것 같습니다."

포아로는 한숨을 쉬었다.

브론딘 씨는 두 손을 크게 벌리며 말했다.

"그러나 얼마든지 할 일이 있지 않습니까, 이를테면 여행이라든 가……."

"여행은 할 수 있지요. 벌써 꽤 많이 다녔습니다. 이번 겨울에는 이집트에나 가 볼 생각입니다. 기후가 좋다니까요. 런던의 안개, 잿빛 하늘, 끊이지 않고 내리는 비. 이 단조로움에서 도망치는 것도 나쁘지 않겠지요."

"아아, 이집트!" 브론딘은 크게 한숨을 쉬었다.

"요즘은 이집트까지 기차로 갈 수 있으니까요. 영국해협만 빼고 배를 탈 필요가 없지요."

"바다여행을 싫어하시는군요."

에르퀼 포아로는 고개를 끄덕이고 나서 가볍게 몸을 떨었다.

"저도 배는 질색입니다. 바다에서는 위가 이상해지니 참 묘한 일이지요." 브론딘 씨는 동정하듯 말했다.

"하지만 그것도 위 나름이지요. 아무리 흔들려도 아무렇지 않은 사람도 있으니까요. 오히려 그 흔들림을 즐기는 사람들도 있더군요."

"하느님도 참 불공평하시지 뭡니까." 브론딘 씨는 슬픈듯이 고개를 떨구고는 불신감에 빠져 그 자리를 떠났다.

이윽고 가벼운 발과 기이한 손놀림의 웨이터들이 식사준비를 시작했다. 얇게 썬 토스트며 버터며 얼음 그릇 등 고급 요리에 따라 나오는 것들을 모두 날라왔다.

흑인 밴드가 사람의 마음을 녹이는 불협화음을 연주하자 런던의 사교계는 춤을 추기 시작했다.

에르퀼 포아로는 그 모습들을 머리에 새겨 넣으면서 춤추는 사람들을 지켜보고 있었다.

춤추는 사람들 대부분이 지친 나머지 따분해하는 얼굴이다. 단지 조금 살집이 붙은 건강한 남자들만은 즐거워 보였다. 그러나 그들과 춤추는 상대 여성들은 매우 강한 인내심을 발휘해서 참고 있는 듯했다. 저 통통한 여성은 밝은 얼굴을 하고 있다……. 뚱뚱한 사람은 인생을 더 즐길 줄 아는 것 같다…… 날씬한 사람들은 왠지 정열이랄까, 마음속 기쁨이 결여되어 있는 것 같다.

젊은 사람들도 꽤 눈에 띄었다. 어떤 이는 허무한 표정을 짓고 있고, 또 어떤 사람은 질린 것 같아 보였고, 간혹 불행해 보이는 얼굴도 있었다. 청춘을 행복한 시절이라고 말하는 것은 당치도 않은 일이다. 청춘이야말로 가장 상처입기 쉬운 시절이다.

포아로는 어떤 한 쌍의 남녀를 발견하자 부드러운 표정을 지었다. 키가 크고 어깨가 딱 벌어진 사나이와 호리호리하고 섬세해 보이는 여자, 잘 어울리는 한 쌍이었다. 두 사람은 행복의 절정으로 올라가는 듯한 선율을 타고 춤을 추고 있었다. 이 장소, 이 순간, 그리고 서로의 마음속에도 행복이 넘쳐흐르고 있었다.

음악은 갑자기 끝났다. 이내 박수가 쏟아지고 다시 한 번 음악이 시작되었다. 한 번 더 춤을 추고 난 그 남녀는 포아로 바로 옆 자리로 돌아와 앉았다. 여자는 발갛게 상기된 얼굴로 웃고 있었다.

포아로는 그녀의 눈 속에 웃음 이외에 뭔가 다른 것이 숨어있다는 것을 눈치챘다. 그는 깊은 생각에 잠겨 고개를 가로저었다.

'저 작은 아가씨는 집착이 지나친 성격이로군. 위험한데, 아무래도 위험해.'

그때 '이집트'라는 말이 문득 그의 귀에 들어왔다.

두 사람의 목소리가 분명히 들려 왔다. 여자의 목소리는 젊고 약간 외국 발음이 섞여 있었다. 남자는 귀에 거슬리지 않는 저음으로 품위 있는 영어를 쓰고 있었다.

"난 김칫국부터 마시고 있는 게 아니에요, 사이먼. 걱정할 것 없어요. 리넷은 우리를 버리지 않을 테니까요."

"내가 그녀를 실망시킬지도 모르잖아."

"그런 소리 말아요. 당신에게 맞는 일이에요."

"사실은 나도 그렇게 생각해. 내 능력에 대해서는 조금도 불안하지 않아. 잘 해볼게, 당신을 위해서도 말이야."

여자는 조용히 웃었다. 행복에 겨운 웃음이었다.

"그러나 세 달쯤 지내보지 않고서는 계속 거기서 지낼 수 있을지 어떨지 알 수 없어요. 그 다음에……."

"그 다음은 내가 당신의 생계를 책임지겠소. 그게 바로 중요한 거라고."

"그리고 아까도 말했지만 우리 신혼여행은 이집트로 가요. 돈이 엄청나게 들겠지요. 하지만 이집트에 한번 가보는 것은 오래 전부터의 내 소원이었어요. 나일 강과 피라미드와 사막……."

그가 흥분해서 뭐라고 말했으나 분명하게 들리지 않았다.

"재키, 우리 같이 가자, 같이……. 정말 근사할 거야!"

"글쎄요…… 당신도 나처럼 근사하다고 생각할까요? 당신도 나만큼 그곳에 가고 싶어요? 아뇨, 당신은 그렇지 않은걸요."

여자의 목소리가 갑자기 날카로워졌다. 그녀의 큰 눈이 더욱 커졌다. 공포에 가까운 불안감이 그녀의 얼굴을 스쳤다.

남자는 주저없이 대답했다.

"바보 같은 소리 하지 마, 재키."

그러나 여자는 여전히 의심을 풀지 않았다.

"글쎄, 어떨까요……."

그리고는 어깨를 움츠리면서 말했다.

"우리 춤이나 추어요."

에르큘 포아로는 중얼거렸다.

"남자를 사랑하는 여자와 여자를 사랑에 빠지게 하는 남자라. 이를 어쩐다. 걱정이로군."

7

"만일 그 사람이 이상한 사람이면 어떻게 할려고 그러니?"

조앤너가 말했다. 리넷은 고개를 저으며 말했다.

"절대 그럴 리 없어. 난 재클린의 취향을 잘 알고 있어."

"그거야 그렇겠지. 그래도 남자 문제는 조금 다른 거야. 설마 하는 사람에게 빠지는 경우도 있다고."

조앤너가 중얼거렸다. 리넷은 조금 불안한 듯 머리를 흔들었다. 그리고 얼른 화제를 바꿔서 말을 꺼냈다.

"참, 나 그 계획 때문에 피아스 씨하고 만나야만 해."

"계획이라니?"

"우리 부지에 굉장히 비위생적인 집이 두세 채 있거든. 거기에 사는 사람들을 이사 보내고 집을 헐어버리려고 생각중이야."

"너란 애는 정말 위생적이고 공공정신이 투철하구나."

"내보내지 않을 수 없어. 왜냐하면 그 집에서는 내 새 풀장이 내려다 보이거든."

"그래도 거기 살고 있는 사람들이 순순히 나갈까?"

"대부분은 그러겠데. 그런데 한두 사람이 좀 시끄럽게 굴고 있어. 솔직히 지긋지긋해. 자기들 생활이 훨씬 좋아지게 될 텐데도 그걸 조금도 모른다니까."

"네가 너무 고압적으로 행동하는 게 아니고?"

"그래도 득을 보는 건 그쪽 사람들이야."

"그래, 그거야 그럴 테지. 말하자면 자비로운 강매인 셈이지."

리넷은 눈썹을 찌푸렸다. 조앤너는 웃으며 말했다.

"너는 폭군이구나. 그렇지? 이 독재자. 그렇다고 어서 인정하렴. 원한다면 '자비로운 독재자'라고 말해줄 수도 있어."

"나는 독재자가 아니야."

"그래도 너는 뭐든 네 마음대로 하잖아."

"꼭 그런 것만도 아니야."

"리넷 리지웨이. 너는 지금까지 네가 원하는 것을 얻지 못한 경험이 있니? 한 번이라도 있으면 내 눈을 보고 똑바로 얘기해보렴."

"그런 경험이라면 수도 없이 많이 있어."

"아, '수도 없이'. 말로는 그렇게 간단히 말할 테지. 구체적인 예를 들 수나 있니? 아무리 기억하려고 애써 봤자 단 하나도 떠오르지 않을걸. 황금마차를 탄 리넷 리지웨이 나가신다, 길을 비켜라."

리넷은 격한 어조로 외쳤다.

"너는 내가 버릇없다고 생각하니?"

"아니, 그저 반항하기 어려운 상대라고 생각할 뿐이야. 돈과 매력이 합해지면 그런 효과가 생겨나지. 너에게는 모두가 굽히고 들어가. 돈으로 살 수 없는 건 웃음으로 사는 게 바로 너야. 지금의 리넷 리지웨이가 바로 그 결과물이지."

"바보 같은 말만 하는구나, 조앤너."

"그래도 내 말이 맞지? 뭐든지 갖고 있는 건 사실이잖아?"

"네 말이 맞아. 하지만 그런 식으로 말하면 기분 나쁘게 들리잖아."

"물론 기분 나쁘겠지. 그러는 동안 너도 이 사실에 질리고 굉장히 싫증나 버릴 거야. 그러기 전까지는 황금마차를 타고 도는 거야. 알겠지. 단지 걱정이 하나 있다면, 네가 거리에서 '통행 정지'라는 푯말을 들고 지나간다고 상상하면 어떻게 될까하는 것이지."

"바보 같은 소리는 그 정도로 해둬, 조앤너."

그때 윈들섬이 나타나 두 사람 옆으로 와서 앉았다. 리넷은 그를 돌아보며 말했다.

"조앤너는 저에게 심한 말만 한답니다."

"그래, 나는 남을 괴롭히기만 하는 사람이야."

조앤너는 일어서면서 중얼거렸다. 그러더니 아무 변명도 하지 않고 재빨리 방을 나갔다. 윈들섬의 눈짓이 느껴졌기 때문이었다. 그는 1, 2분 정도 잠자코 앉아 있다가 이윽고 용건을 꺼냈다.

"결심했습니까, 리넷?"

리넷은 천천히 대답했다.

"전 나쁜 여잔가 봐요. 애매한 태도로 당신을 괴롭혔군요. 그렇지 않을 때는 확실하게 거절해야 하는 것인데……"

윈들섬은 그녀의 말을 가로막았다.

"그런 말씀 하지 마십시오. 시간은 아무리 걸려도 괜찮습니다. 서두를 필요 없습니다. 그러나 우리는 결혼하게 되면 행복하리라고 생각합니다. 당신도 그렇게 생각하고 있겠지요."

"하지만……." 리넷은 마치 어린아이처럼 변명하는 듯한 투로 말했다.

"전 지금 아주 재미있어요. 특히 이 집을 사들인 일 말이에요. 워드 홀을 정말 이상적인 별장으로 만들어 보고 싶어요. 지금 아주 잘 진행되고 있다고 생각해요. 어떻게 생각하세요?"

"훌륭합니다. 멋진 설계이십니다. 나무랄 데가 하나도 없습니다. 당신의 영리함에 감탄하고 있습니다."

그는 잠깐 쉬었다가 다시 말을 계속했다.

"찰턴 벨리를 좋아하지요. 물론 손질을 해서 현대식으로 고치지 않으면 안 되겠지만 말입니다. 하지만 당신은 그런 일을 좋아하니까 즐길 수 있을 겁니다."

"물론이에요. 찰턴 벨리는 정말 멋져요."

리넷은 그 자리에서 힘주어 말하기는 했지만 속으로 섬뜩한 느낌이 들었다. 그녀는 지금 자신의 만족감을 방해하는 그 무언가를 느꼈던 것이다. 그녀는 그때 당시에 이 감정을 분석하지 않고 윈들섬이 나가고 난 후 확실히 파헤쳐보기로 했다. 찰턴 벨리——그렇다. 이것이다. 그녀는 찰턴 벨리 이야기가 나오자마자 싫은 기분이 들었다. 어째서일까? 찰턴 벨리는 영국에서도 아주 유명한 별장으로 윈들섬의 선조 대대로 엘리자베스 여왕 시대부터 가지고 있었던 것이다. 그러한 찰턴 벨리의 안주인이 된다는 것은 사교계에서도 흔치 않은 영광이었다. 더욱이 윈들섬은 영국에서 가장 이상적인 결혼상대 중 한 사람이다. 그런 사람이 워드 홀에 대해 진심으로 생각할 리가 없다. 어차피 찰턴 벨리와는 비교도 되지 않을 테니까. 그렇지만 워드 홀은 그녀 것이다. 그녀가 직접 알아보고, 사들이고, 손질을 한 집. 돈을 많이 들여 새로 지은 그녀만의 소유물이자 왕국인 것이다. 그러나 만일 윈들섬과 결혼한다면 아무래도 워드 홀을 소홀히 여기게 될 것이다. 별장이 두 개나 필요하지는 않을 테니까 자연히 워드 홀을 버리게 될 것이다. 그러면 그녀 리넷 리지웨이는 존재를 잃어버리고 말 것이다. 그녀는 찰턴 벨리와 그 주인에게 막대한 지참금을 가지고 가서 윈들섬 공작부인이 된다. 그러면 단지 공작부인의 인생으로 끝날 뿐, 다시는 여왕이 될 수 없다.

'나도 참, 이상한 생각도 다하고 있군.' 리넷은 생각했다.

'그러나 내가 이 정도로 워드 홀을 버리고 싶지 않은 것은 뭔가 다른 이유 때문인지도 몰라.'

리넷의 마음 깊숙한 곳에는 과연 무엇이 또아리를 틀고 있었던 것일까? 그때 어디선가 재키의 목소리가 들려왔다.

"만일 그이와 결혼하지 못할 바에는 죽어 버리겠어. 정말 죽어 버릴 테야."

결연한 의지에 가득찬 목소리. 그녀도 윈들섬 경에 대해 이런 감정을 가져본 적이 있을까. 분명히 가지고 있지 않다. 아마도 어느 누구에 대해서도 그런 감정을 갖지는 못할 것이다. 그렇게 될 수 있다면 얼마나 즐거울까.

열어 놓은 창문 밖에서 자동차 바퀴 굴러오는 소리가 들려 왔다.

그녀는 불안한 듯 고개를 저었다.

'재키와 그 약혼자임에 틀림없어. 나가 봐야지.'

재클린과 사이먼 도일이 차에서 내렸을 때, 리넷은 현관문에 서 있었다.

"리넷!" 재키가 부르면서 달려왔다. "이이가 사이먼이야. 사이먼, 내 친구 리넷. 정말 훌륭한 친구예요."

리넷의 눈에 비친 사람은 검은 빛을 띤 파란 눈에 다갈색 곱슬

머리의 키가 크고 어깨가 딱 벌어진 젊은이였다. 그 어린아이 같은 순진한 미소는 사람의 마음을 끌지 않을 수 없었다.

그녀는 손을 내밀어 악수를 청했다. 왠지 모를 따스함이 느껴지는 손이 그녀의 손을 꽉 잡았다. 그녀를 바라보는 그의 눈길은 천진난만하고 진심어린 찬미의 눈길이었다. 리넷은 그 시선이 정말 좋다고 생각했다.

재키는 그에게 리넷이 정말 훌륭한 친구라며 입에 침이 마르게 칭찬했음이 틀림없다. 그리고 자신의 눈으로 직접 그녀를 본 그 역시 그렇게 느끼고 있을 것이다. 그것은 확연히 그의 태도에 드러나 보였다.

훈훈하고 달콤한, 황홀한 기분이 그녀의 혈관 속으로 흘러들어 왔다.

"정말로, 정말로 잘 오셨어요. 자, 사이먼 씨, 어서 들어오세요. 새로운 관리인 사이먼 씨를 정말로 환영한답니다."

두 사람을 안으로 안내하면서 그녀는 마음속으로 생각했다.

'아아, 너무너무 행복해. 나는, 재키의 애인이 좋아졌어. 이 사람이 굉장히 좋아.'

그리고 갑자기 괴로운 듯 중얼거렸다.

"재키는 정말 복도 많지……."

8

팀 앨러튼은 등나무 의자에 몸을 기댄 채 바다 쪽을 바라보면서 하품을 했다. 그러고는 흘끗 어머니 쪽을 곁눈길 했다.

앨러튼 부인은 50살쯤 되는 백발의 미인이었다. 아들을 볼 때마다 입을 오므리고 엄한 표정을 지어 아들에 대한 남다른 애정을 감추려고 노력했다. 그렇지만 아무리 남이라도 거기에 속아 넘어가는 사람은 없었다. 누구보다도 아들 팀이 그것을 잘 알고 있었다.

"어머니, 어머니는 정말 마조르카^{(스페인령의}지중해 섬)가 좋으세요?"

"그렇단다."

그녀는 잠시 생각한 뒤 말을 이었다.

"조금이나마 물가가 싸니까."

"그리고 춥고요."

팀은 약간 몸을 떨었다.

팀은 머리칼이 검고 키가 큰 젊은이였다. 가슴둘레는 조금 작고 마른 편이었지만 입매에는 다정함이 묻어났고 눈은 우수에 차 있었다. 부드러운 턱선은 우유부단하며 유약한 그의 성격을 말해주고 있었으며 손가락은 길고 섬세했다.

몇 해 전에는 정말 결핵이 아닌가 걱정했을 만큼 몸이 계속 안좋았다. 사람들은 그가 '저술'을 하고 있다고 알고 있지만, 친구들 사이에서는 그에게 작품에 대해 이것저것 물어 보는 일은 되도록 피하고 있었다.

"뭘 생각하고 있니, 팀?"

앨러튼 부인은 걱정하듯이 물었다. 그녀의 밝고 짙은 다갈색 눈에는 걱정이 가득했다.

팀 앨러튼은 빙그레 웃었다.

"이집트에 대해서 생각하고 있었어요."

"이집트?"

앨러튼 부인은 믿기지 않는다는 듯이 되물었다.

"그곳은 정말 따뜻해요. 엷게 반짝이는 황금빛 사막, 나일 강, 나일 강을 거슬러 올라가 보고 싶어요. 어머니는 어떠세요?"

"그야, 가보고 싶지."

그러나 그녀의 목소리는 그다지 가고 싶어 하지 않는 듯했다.

"하지만, 이집트 여행은 돈이 많이 들어서 말이야. 우리처럼 여유 돈이 없는 사람들은 갈 곳이 못 되는 것 같다."

팀은 웃었다. 몸을 일으키고 기지개를 켜더니 갑자기 생기를 띠며 어머니쪽으로 다가왔다. 목소리에도 활기가 넘쳤다.

"비용은 제가 치르겠어요, 어머니. 증권으로 돈을 벌었거든요. 오늘 아침에 소식이 왔어요."

"오늘 아침에?"

앨러튼 부인은 날카롭게 되물었다.

"오늘 아침에는 편지가 한 통밖에 안 왔잖니. 그리고 그 편지는 ......"

그녀는 끝까지 다 말하지 않고 지그시 입술을 깨물었다.

팀은 어머니의 말을 농담처럼 받아넘겨야 할지 싫은 내색을 보여야 할지 순간 망설였지만 곧 가볍게 받아들이기로 했다.

"그리고 그 편지는, 조앤너로부터 온 것이었어, 라고 말하고 싶으신 거죠?" 그는 침착하게 말했다.

"어머니의 말이 맞아요. 어머니는 뛰어난 탐정이 될 수 있을 거예요. 유명한 에르퀼 포아로도 어머니가 곁에 계시면 망신당하지 않도록 조심하지 않으면 안 될 겁니다."

앨러튼 부인은 조금 화가 난 듯한 표정을 지었다.

"우연히 낯익은 글씨체가 눈에 띈 것 뿐이야."

"그래서 증권 회사에서 온 편지가 아니라는 걸 아셨군요? 맞아요. 솔직히 말해, 증권 회사에서 편지가 온 것은 어제입니다. 조앤너의 글씨는 당장 알 수 있지요. 마치 술에 취한 거미처럼 봉투 가득 갈겨쓰잖아요."

"조앤너가 뭐라고 했더냐? 무슨 새로운 일이라도 있다든?"

앨러튼 부인은 될 수 있는 대로 아무렇지도 않은 듯 말하려고 애썼다. 아들과 사촌사이인 조앤너 사우스우드의 교제가 그녀에게 어떤 불안감을 가져다 주었기 때문이었다. 두 사람 사이에 '무언가'가 있다는 말은 아니다. 그녀는 그런 것을 전혀 의심하지 않았다. 지금까지 팀이 조앤너에 대해 감상적인 흥미를 나타낸 적은 한 번도 없었으며, 조앤너 역시 마찬가지였다. 두 사람의 흥미는 오직 가십과 둘 다 잘 알고 있는 친구며 지인들에 대한 이야기에 있는 것 같았다. 두 사람이 좋아하는 것은 인간이며, 인간을 논하는 일이었다. 그런 점에서 조앤너는 신랄하기는 하지만 꽤 재미난 비판을 할 줄 아는 아이였다.

앨러튼 부인은 조앤너가 함께 있을 때라든가 조앤너로부터 편지가 올 때마다 늘 불쾌한 기분에 휩싸였다. 팀이 조앤너와 사랑에 빠질까 두려웠기 때문은 아니었다. 그것은 설명하기 곤란한 어떤 감정 때문이었다. 말하자면 팀이 조앤너와 함께 있을 때 즐거워보이는 것에 대해 느끼는 질투——자기 스스로는 질투라고 생각지 않고 있지만——때문은 아니었을까? 팀과 앨러튼 부인은 친구처럼 이야기가 잘 통했다. 그래서 아들이 다른 여성에게 열중한다든가 흥미를 갖는 일이 있을 때면 앨러튼 부인은 언제나 조금 당황하는 것이었다. 그럴 때에 그녀는 자기가 그들 옆에 있다는 것만으로도 젊은 두 사람을 방해하는 것만 같았다. 사실 그녀는 두 사람이 무슨 이야기에 열중해 있는 자리에 들어간 적이 몇 번인가 있었다. 그러나 그녀가 모습을 보이는 즉시 두 사람의 이야기는 맥이 빠져버리는 것이었다. 그러고는 마지못해 그녀를 이야기에 끼워주기 위해 화제를 바꾸려고 애썼다. 앨러튼 부인이 조앤너 사우스우드에게 호의를 가지고 있지 않다는 것은 확실했다. 그녀는 조앤너가 성실치 못하고 허영심이 강하며 아주 경박한 여자라고 생각하고 있었다. 그것을 입 밖에 내지 않는다는 것은 정말 힘든 일이었다.

어머니의 물음에 대답하기 위해 팀은 호주머니에서 편지를 꺼내 읽었다. 긴 편지라고 앨러튼 부인은 생각했다.

"뭐, 대단한 것은 씌어 있지 않아요. 데비니시 부부가 이혼한다는군요. 몬티의 아버지가 술에 취해 운전을 하다가 붙잡혀 간 모양이구요. 윈들섬은 캐나다로 가 버렸다는군요. 리넷 리지웨이에게 거절당하고 상당히 충격을 받은 모양이지요. 리넷은 그 젊은 저택 관리인과 결혼하기로 했다는군요."

"그거 참 큰일이구나. 그 관리인은 형편없는 사람일 텐데.?"

"아닙니다, 그렇지 않아요. 데븐셔의 도일 가문 사람이에요. 물론 돈은 없지만 말입니다. 리넷의 친구와 약혼한 사이였답니다. 리넷도 참 정열적인 여자군요."

"그런 짓은 절대 옳은 일이 아니란다."

앨러튼 부인은 흥분해서 말했다.

팀은 잠시 따뜻한 눈길로 어머니를 쳐다보았다.

"알고 있어요, 어머니. 남의 남편을 빼앗는 일은 절대 용납할 수 없는 일이지요."

"내가 젊었을 때에는 도덕이란 것이 잘 지켜졌단다. 그건 좋은 일이야. 모든 게 잘 돌아가거든. 그런데 요즘 젊은이들은 무엇이든 자기가 하고 싶은대로 해도 괜찮다고 생각하는 모양이야……."

"생각만 하는 게 아니라 실제 행동으로 옮기지요. 리넷 리지웨이를 보세요."

"정말이지, 옳지 못한 일이야."

"기운을 내세요, 완고하신 어머님. 나도 어머니와 같은 의견일지도 몰라요. 어쨌든 남의 부인이나 약혼자에게 손을 댄 적은 한 번도 없었으니까요." 팀이 장난스럽게 말했다.

"너에겐 절대로 그런 짓을 못하게 하고말고. 나는 너를 제대로 키웠으니까."

"그러니까 제가 훌륭한 생각을 하는 건 다 어머니 덕이란 말이군요?"

팀은 웃으면서 어머니를 놀리고는 편지를 접어 도로 넣었다. 앨러튼 부인은 문득 생각했다.

'웬만한 편지는 다 보여 주는데, 조앤너에게 온 것만은 띄엄띄엄 골라서 읽어 준단 말이야.'

하지만 그런 생각은 겉으로 내보이지 않고 역시 숙녀답게 행동하기로 결심했다.

"조앤너는 즐겁게 지내고 있다든?"

"그럭저럭 지내는 모양이에요. 메이페이 근처 일류거리에 레스토랑을 낼까 생각 중이라는군요."

"문제는 그 애의 입버릇이란다. 늘상 돈, 돈 하니 원, 그러면서도 여기저기 쏘다닐 테니 옷값만해도 만만치 않게 들 거다. 맨날 멋을 부리니까 말이야."

"그렇겠지요. 하지만 돈을 지불하고 있지 않을 거예요. 어머니처럼 에드워드 시대 사람들이 자신이 직접 지불하지 않는다는 의미가 아니라, 말 그대로 청구서가 와도 그냥 지불하지 않고 내버려 두는 거죠."

앨러튼 부인은 한숨을 쉬었다.

"어떻게 그런 짓을 할 수 있는지."

"그것도 일종의 재능이겠지요. 사치를 좋아하면서 돈에 대한 관념이 없으면, 세상 사람들은 얼마든지 신용 대출을 해주거든요."

"그도 그럴 듯하구나. 그러나 결국 조지 워드 경처럼 파산 선고를 받을 게 뻔하지."

"어머니는 그 늙은 경마광에게는 마음씀씀이가 후하시군요. 1879년 댄스파티에서 어머니보고 장미꽃 봉오리 같다고 말하기라도 했나요?"

"나는 그 무렵에 태어나지도 않았단다." 앨러튼 부인은 힘주어 반박했다. "그 분은 몸차림이 단정했지. 경마광이니 뭐니 그렇게 부르지 않았으면 좋겠구나."

"그를 잘 알고 있는 사람한테 여러 가지 이상한 이야기를 들었거든요."

"너나 조앤너는 이러쿵저러쿵 남의 이야기하기 좋아하니까 남을 험담하는 말이라면 무엇이든지 좋겠지."

팀은 놀란듯 눈썹을 치켜 올렸다.

"어머니, 흥분하셨군요. 워드 경이 그렇게도 어머니 마음에 드셨을 줄은 미처 몰랐는데요."

"그분이 워드 홀을 내놓지 않으면 안 되게 되었을 때, 얼마나 속을 태우셨는지 너는 모를 거야. 그 저택을 끔찍이 아끼셨으니 말이야."

팀은 선뜻 말대꾸를 하려다가 꾹 눌러 참았다. 다른 사람을 비판할 자격이 자신에게는 없었기 때문이다. 그 대신 팀은 조심스럽게 말을 꺼냈다.

"그 점에 있어서는 어머니 생각이 맞을 거예요. 리넷이 그 저택을 개조했으니 보러 와 달라고 말하자 워드 씨는 무례하게도 거절했다더군요."

"당연하지 않니. 리넷이 생각이 모자라지 뭐냐. 그런 말을 하다니!"

"워드 씨는 그녀를 아버지의 원수라고 생각하고 있는 것 같아요. 그녀 모습만 보면 늘 뭐라고 중얼중얼하거든요. 그 곰팡내 나는 조상의 저택이 그녀의 엄청난 돈에 팔렸다고 생각하는지……"

"넌 그 기분을 이해하지 못하겠단 말이냐?" 앨러튼 부인의 말투가 거세어졌다

"솔직히 말해서 전 알 수 없어요. 어째서 과거에만 집착하고 있는 걸까요? 왜 지난 일에만 매달려 있는 거죠?"

"그럼, 지난 것 대신에 무엇을 할 수 있지?"

팀은 어깨를 으쓱해 보였다.

"뭐랄까, 자극이랄까. 호기심이랄까. 매일매일 무슨 일이 일어날지 알 수 없는 즐거운 기대감, 쓸모도 없는 오래된 저택을 상속받는 대신 자신이 직접 머리와 재능을 써서 돈을 모은다는 기쁨이 있지요."

"증권으로 한판 버는 것처럼 말이냐!"

팀은 웃었다.

"뭐, 그럴 수도 있고요."

"그러다가 증권으로 손해를 보면 어떻게 하지?"

"어머니, 너무 그렇게 따지지 마세요. 오늘 같은 날 그런 이야기를 하시는 건 저주와도 같다구요. 그건 그렇고, 이집트에 가는 계획은 어떻게 하시겠어요, 어머니?"

"글쎄……."

팀은 웃으면서 그 말을 받았다.

"그럼, 결정됐어요. 어머니도 전부터 바라시던 일이니까요."

"언제 가기로 하지?"

"다음달에 가시지요. 이집트는 1월이 가장 좋은 때랍니다. 그때 까지 이 호텔의 화려한 사교계를 2, 3주일 더 즐기기로 하고."

"팀!"

앨러튼 부인은 꾸짖듯이 외치고는 조금 후회하는 듯이 덧붙였다.

"실은, 리치 부인에게 네가 파출소까지 함께 따라가 줄 거라고 약속해 버렸단다. 그 부인은 스페인어를 하나도 모른단다."

팀은 얼굴을 찌푸렸다.

"반지 말입니까? 그 벼락부자의 딸이 갖고 있던 새빨간 루비 반지 말이지요? 그 여자 아직도 그것을 도둑맞았다고 생각하고 있나요? 어머니께서 가라고 하시면 함께 가겠지만, 시간 낭비예요. 가엾은 하녀를 사건에 말려들게 하는 게 고작일 겁니다. 그날 바다로 들어갈 때 손가락에 끼고 있는 것을 똑똑히 보았어요. 물 속에서 빠지는 것을 모르고 있었을 거예요."

"그녀말로는 틀림없이 빼서 화장대 위에 놓았다고 하던데."

"그럴 리가 없어요. 이 눈으로 똑똑히 보았다니까요. 리치 부인은 정말 멍청해요. 해가 쨍쨍 비친다고 물이 따뜻할 줄 알고 12월의 바다로 뛰어드는 여자라니. 뚱뚱한 여자는 어쨌든 헤엄을 치지 말아야 해요. 수영복을 입은 모습만 봐도 소름이 끼쳐요."

앨러튼 부인은 나지막하게 중얼거렸다.

"나도 이제 헤엄치는 것을 그만두어야겠다고 생각하고 있단다."

팀은 큰 소리로 웃었다.

"어머니가요? 어머니는 웬만한 젊은 사람에게 뒤지지 않잖아요."

앨러튼 부인은 한숨을 쉬었다.

"너를 위해서 여기에 젊은 사람들이 좀더 많이 있었으면 좋겠는데……."

팀 앨러튼은 단호하게 고개를 가로저었다.

"나는 그렇게 생각지 않아요. 다른 사람 방해받지 않고 어머니와 단둘이 즐겁게 지낼 수 있는걸요."

"조앤너가 있었으면 좋겠지?"

"아닙니다, 어머니. 그 점에 있어서는 어머니가 잘못 생각하신 겁니다. 조앤너는 재미는 있지만 좋아하지는 않아요. 너무 가까이 있으면 금새 지쳐버려요. 그녀가 여기 없는 걸 감사하게 생각할 정도예요. 만일 앞으로 다시는 그녀를 만나지 못한다 하더라도 아무렇지 않아요."

그러고 나서 팀은 목소리를 낮추어 덧붙였다.

"내가 진심으로 존경과 찬사를 보내는 여성은 이 세상에 단 한 분뿐입니다. 어머니, 그게 누구라는 건 어머니도 잘 아시겠지요?"

앨러튼 부인은 얼굴을 붉히고 어쩔 줄 모르는 듯한 표정을 보였다.

팀은 정색을 하고 말을 이었다.

"이 세상에는 정말 멋있는 여성이 그리 흔하지 않습니다. 어머니는 그 흔하지 않은 사람 가운데 한 사람이에요."

9

뉴욕의 센트럴 파크가 내려다보이는 아파트의 한 방에서 롭슨 부인은 말했다.

"이렇게 멋진 일이 또 있을까. 너만큼 행복한 사람은 없단다, 코넬리아."

코넬리아 롭슨은 그 말에 대답이라도 하듯 두 볼이 발갛게 상기

되어 있었다. 다갈색의 눈을 가진 몸집이 크고 못생긴 아가씨였다.

"정말 근사할 거예요."

그녀는 숨을 몰아쉬며 대답했다.

모녀의 탄성을 옆에서 듣고 있던 메어리 반 스카일러는 가난한 친척들이 좋아하는 모습이 만족스러운지 고개를 끄덕이고 있었다.

"저는 유럽에 한번 가고 싶다고 생각하고 있었어요. 그렇지만 설마 정말 갈 수 있으리라고는 꿈도 꾸지 못했어요." 코넬리아는 한숨을 쉬었다.

"언제나처럼 간호사 파워즈 양도 데리고 가야지. 그런데 말벗으로는 좀 곤란하단 말이야. 정말 화젯거리가 없거든. 그러니까 코넬리아가 여러 가지 자질구레한 일을 도와주었으면 좋겠어." 미스 반 스카일러는 말했다.

"메어리 백작부인, 기꺼이 일하겠어요."

코넬리아와 미스 반 스카일러는 먼 사촌사이였다. 그러나 미스 반 스카일러의 나이가 훨씬 위라서 코넬리아는 언제나 그녀를 백작부인이라고 부르고 있었다.

"자, 그럼, 이것으로 이야기는 결정된 거야." 미스 반 스카일러는 말했다. "파워즈 양에게 좀 갔다 오렴. 에그노그를 마실 시간이니까."

코넬리아가 방을 나가자 롭슨 부인이 말했다.

"정말 고마워. 코넬리아는 사교계에 나갈 수 없어 매우 안타까워했거든. 왠지 열등감을 느끼고 있는 것 같아. 내가 여기저기 데리고 다니면 더할 수 없이 좋겠지만, 네드가 죽은 뒤로는 알다시피 형편이 좋지 않아……."

"기꺼이 데리고 갈 생각이야. 그 애는 싫어하는 기색 없이 일을

잘해 주어서 아주 편하거든. 게다가 요즘 젊은 애들처럼 건방진
데도 없고."

롭슨 부인은 일어나 이 부유한 사촌의 주름투성이인 누런 얼굴
에 키스를 했다.

"정말 고맙게 생각하고 있어."

그녀는 다시 한 번 말하고 방을 나갔다.

층계에서 롭슨 부인은 거품이 인 노란 액체가 든 컵을 가지고
오는 키가 크고 활발해 보이는 여자를 만났다.

"파워즈 양, 유럽에 간다고요?"

"그렇습니다, 부인."

"멋진 여행이 되겠지요?"

"네, 즐거울 거라고 생각합니다."

"전에도 외국에 가신 일이 있었나요?"

"네, 롭슨 부인. 작년 가을에 이 댁 부인과 함께 파리에 갔었습
니다. 이집트에는 아직 가 보지 못했습니다만."

"귀찮은 일이 생기지 말았으면 좋겠군요."

롭슨 부인은 망설이면서 목소리를 낮추어 말했다.

그러나 파워즈 양의 목소리는 여느 때와 다름이 없었다.

"문제없어요. 늘 조심하겠습니다. 그 점은 안심하셔도 좋습니
다."

그러나 천천히 층계를 내려가는 롭슨 부인의 얼굴에서는 불안의
그림자가 사라지지 않았다.

10

앤드루 페닝턴 씨는 뉴욕에 있는 그의 사무실에서 우편물을 뜯
어보고 있었다.

갑자기 그는 주먹을 꽉 쥐더니 책상을 쾅 내리쳤다. 얼굴은 붉어지고 이마에는 굵고 푸른 힘줄이 두세 개 솟았다.

그가 책상 위의 단추를 누르자 마치 기다렸다는 듯이 깨끗한 옷차림의 비서가 나타났다.

"록포드를 불러 주게."

"네, 페닝턴 씨."

몇 분 뒤 페닝턴의 공동경영자, 스턴데일 록포드가 사무실에 들어섰다.

이 두 사람은 키가 크고 희끗희끗한 머리를 단정히 자른, 비슷한 부류의 사람이었다.

"무슨 일인가, 페닝턴?"

페닝턴은 읽고 있던 편지에서 눈을 들고서 말했다.

"리넷이 결혼했네."

"뭐라고?"

"귀가 먹었나? 리넷 리지웨이가 결혼했단 말일세."

"아니, 언제? 누구랑? 어째서 우리들에게 알리지 않은 거지?"

페닝턴은 책상 위의 달력에 눈을 돌렸다.

"이 편지를 쓸 때는 아직 결혼하지 않았지만, 지금은 식이 벌써 끝났네. 4일날 아침이라고 써 있으니까. 오늘이 4일이잖나."

록포드는 털썩 의자에 앉았다.

"아무런 예고도 없이 식을 올리다니! 그런 말은 전혀 없었잖아? 상대는 누구인가?"

페닝턴은 다시 한 번 편지를 보았다.

"도일. 사이먼 도일."

"어떤 녀석이야? 자네도 아는 남자인가?"

"아니, 리넷의 편지에도 그다지 상세히 씌어 있지 않아." 페닝턴은 거침없는 필체로 쓰여 있는 리넷의 편지를 가만히 내려다보았다.

"투자관계의 내밀한 일에 대해 상담하고 싶다고 하는데…… 그거야 어떻든, 중요한 것은 리넷이 결혼했다는 사실일세."

두 사람의 눈이 마주치자 록포드는 고개를 끄덕였다.

"이건 좀 생각해 볼 필요가 있겠는데." 그는 조용한 어조로 말했다.

"어떻게 하면 좋지?"

"내가 묻고 있지 않나."

두 사람은 입을 다물고 말았다.

이윽고 록포드가 물었다.

"무슨 좋은 방법이 없겠나?"

페닝턴은 천천히 대답했다.

"노르만디 호가 오늘 출항하네. 자네나 나 두 사람 중 하나는 탈 수 있을 걸세."

"당치도 않은 말을 다 하는군. 도대체 어떻게 할 계획인가?"

"영국인 변호사들이……." 페닝턴은 말을 하려다가 멈추었다.

"그 친구들이 어떻게 했다는 건가? 설마 그들과 싸울 생각은 아니겠지? 그거야말로 큰일이네."

"자네나 내가…… 영국에 가야 한다는 건 아니네."

"그럼, 무슨 속셈인가?"

페닝턴은 책상 위에서 편지 주름을 폈다.

"리넷은 이집트로 신혼여행을 가거든. 한 달 동안 머무를 모양이야."

"이집트라…… 흐음……."

록포드는 생각에 잠겼다. 이윽고 얼굴을 들자 페닝턴과 시선이 부딪쳤다.

"그렇군, 이집트에 갈 생각이로군."

"그렇네, 거기서 우연히 만나는 거지. 리넷과 신랑은 기분이 좋을 테니…… 잘 될 거야."

록포드는 불안한 듯이 말했다.

"그러나 리넷은 민감한 여자야……."

페닝턴은 조용히 말했다.

"내게도 뭔가 방법이 있네. 어떻든 될 것 같아."

두 사람의 시선이 다시 한 번 부딪쳤다. 이윽고 록포드는 고개를 끄덕였다.

"그럴 테지."

페닝턴은 시계를 보았다.

"어느 쪽이 가든 급히 서둘러야겠네."

"자네가 가 주게." 록포드가 재빨리 말했다. "리넷은 자네를 좋아하고 있으니까 말이야. 앤드루 아저씨뻘이 되잖나. 그게 비장의 카드라네."

페닝턴의 표정이 굳어졌다.

"잘할 수 있으면 좋겠지만……."

"잘하지 않으면 안 돼. 상황이 위급하니까."

록포드가 말을 받았다.

11

윌리엄 카마이클은 문을 열고 들어온 키가 크고 마른 젊은이를 보고 말했다.

"짐을 이리로 불러 주게."

짐 팬숍은 방에 들어오자 무슨 일이냐고 묻는 듯이 숙부의 얼굴을 바라보았다. 얼굴을 든 백부는 고개를 끄덕이며 중얼거리듯이 말했다.

"왔구나."

"부르셨습니까?"

"이걸 좀 읽어 보렴."

짐은 앉아서 그가 내민 두 세장의 종이를 받아들었다. 카마이클은 짐을 지긋이 쳐다보았다.

"어떠냐."

짐은 즉시 대답했다.

"좀 수상한 것 같군요."

짐 팬숍과 윌리엄 카마이클은 '카마이클 그랜드 앤 카마이클 법률 사무소'의 공동경영자이다.

카마이클은 짐의 말을 듣고 특유의 신음소리를 냈다.

짐 팬숍은 조금 전에 이집트로부터 항공 우편으로 배달된 편지를 다시 읽고 있었다.

오늘 같이 멋진 날 사무적인 편지를 쓰고 있는 것은 좋지 않은 것 같습니다. 우리는 미나 하우스에서 1주일을 지내고, 파윰으로 왔습니다. 내일 모레는 배를 타고 나일 강을 거슬러 올라가 럭소와 아스완을 거쳐 어쩌면 하르툼까지 갈 계획입니다. 오늘 아침에 배표 관계로 쿠크 상회에 갔었는데, 거기서 우연히 미국에서 저의 재산을 관리해주고 있는 앤드루 페닝턴 씨를 만났습니다.

당신도 2년 전 그가 영국에 왔을 때 만나 보셨을 것입니다. 설마 그가 이집트에 와 있으리라고는 꿈에도 생각지 못했습니다만, 그도 저를 이집트에서 만나게 되리라고는 예상하지 못했던 것 같습니다. 제가 결혼했다는 것도 뜻밖이었던 모양입니다. 결혼 통지는 보냈지만, 한 발 차이로 받아 보지 못했음이 틀림없습니다. 그는 우리와 함께 같은 배로 나일 강을 올라가기로 되어 있습니다. 정말 우연이지요. 바쁘신 데도 불구하고 저를 위해 여러 가지로 힘써 주신 데 대해 감사드립니다. 저는⋯⋯.

짐이 페이지를 넘기려고 하자 카마이클은 그 편지를 빼앗았다.
"거기까지 읽으면 돼. 그 다음은 관계없으니까. 그런데 너는 어떻게 생각하느냐?"
짐은 잠깐 생각한 다음 대답했다.
"글쎄요, 전혀 우연인 것 같지 않은데요."
백부는 맞장구치듯 고개를 끄덕였다. 그리고 큰 소리로 말했다.
"이집트로 가 보지 않겠니?"
"가는 게 좋다고 생각하십니까?"
"한시도 우물쭈물하고 있어서는 안 돼."
"그렇지만 왜 제가 가지요?"
"머리를 써 봐. 리넷 리지웨이는 한 번도 너를 만난 일이 없어. 물론 페닝턴도 마찬가지지. 비행기로 가면 늦지 않을 거다."
"별로 내키지 않습니다. 가서 무얼 어떻게 합니까, 도대체."
"눈을 쓰고 귀를 써 봐. 그리고 머리가 있다면 머리를 써. 그리고 필요하다면 행동에 옮기면 되는 거야."
"전, 싫습니다."
"하긴 그럴지도 모르지. 그러나 어떤 일이 있어도 가지 않으면 안 돼."
"그럴 필요가 있는 일입니까?"
"내가 생각하는 바로는 어떤 일이 있어도 갈 필요가 있어." 카마이클은 말했다.

12

옥타븐 부인은 이 지방에서 산 천을 터번식으로 머리에 두르고
있었다. 그녀는 이것을 고쳐매면서 불평을 늘어놓듯 말했다.

"이집트로 간다고 해도 괜찮아. 난 예루살렘에 싫증이 나 있으
니까."

딸이 아무런 대답도 하지 않자 그녀는 말을 이었다.

"내가 말을 걸면 대답 정도는 해 줄 수 없겠니."

로잘리 옥타븐은 신문에 실려 있는 사진을 가만히 쳐다보고 있
었다. 거기에는 다음과 같은 설명이 붙어 있었다.

리넷 도일 부인. 결혼 전의 이름은 리넷 리지웨이 양이며, 사
교계의 스타로 알려져 있었다. 도일 부부는 지금 이집트로 신혼
여행 중.

로잘리는 말했다.

"어머니, 이집트에 가 보고 싶지 않으세요?"

"방금 말했잖니."

옥타븐 부인이 퉁명스럽게 대답했다.

"글쎄, 가 보고 싶구나. 여기서는 푸대접을 받고 있으니까. 내
가 여기에 머무르고 있다는 것만으로도 좋은 광고가 될 텐데.
특별 할인 정도는 내가 은근히 그렇게 말해 주었는데도 여기 사
람들은 정말이지 무례하지 뭐냐. 무례한 것도 정도가 있어야지,
원. 그래서 나는 생각한 대로 말해 주었단다."

딸은 한숨을 쉬며 말했다.

"어머니, 어디나 다 마찬가지예요. 지금 곧 여기를 떠나고 싶어요."

옥타브 부인은 듣지도 않고 말을 계속했다.

"오늘 아침에는 매니저가 방이 모두 예약되어 있다고 하지 않겠니. 실례도 정도가 있지. 우리 방도 이틀 뒤에는 비워 달라는 거야. 정말 뻔뻔스럽게 그런 무례한 말을 하다니."

"그럼, 우리는 어딘가로 가지 않으면 안 되겠군요."

"괜찮아, 나는 어디까지나 권리를 주장할 생각이란다."

로잘리는 중얼거리듯이 말했다.

"이집트에 가는 게 좋지 않겠어요? 어차피 다를 건 없으니까요."

"정말 그렇구나. 죽느냐 사느냐 하는 문제는 아니니까."

그러나 옥타브 부인은 잘못 생각하고 있었다. 이집트행, 그것은 진정 생사가 걸린 문제였던 것이다.

제2부 이집트

1

"저 분이 탐정 에르큘 포아로란다."

앨러튼 부인이 말했다. 그녀는 아들 팀과 함께 아스완의 캐터랙트 호텔 테라스에서 빨간 색으로 칠한 등나무 의자에 앉아 있었다.

그들은 멀어져 가는 두 사람의 뒷모습을 지켜보고 있었다. 흰 실크 양복을 입은 키가 작은 사나이와 후리후리하니 키가 큰 젊은 여자였다.

팀 앨러튼은 어머니 말을 듣더니 여느 때와 달리 재빨리 몸을 일으켰다.

"저 우습게 생긴 작은 사나이가 말이에요, 어머니?" 도저히 믿을 수 없다는 듯한 말투였다. "도대체 여기서 무얼 하고 있는 걸까요?"

앨러튼 부인은 소리 내어 웃었다.

"너는 흥분해 있는 것 같구나. 남자들이란 왜 그렇게들 범죄를 좋아하는 걸까. 나는 탐정소설이 싫어서 전혀 읽지도 않건만.

포아로는 뭐 뚜렷한 목적이 있어서 온 건 아닌 모양이다. 돈을 많이 벌었으니까 구경 좀 하러 다니는 거겠지."

앨러튼 부인은 포아로와 함께 가는 여자의 뒷모습을 보며 고개를 갸우뚱했다. 여자 쪽이 7, 8센티미터쯤 커 보였다. 그녀의 걸음걸이 역시 매우 우아했다. 딱딱히 굳은 것도 아닌데 전혀 흐트러짐이 없었다.

"여자를 보는 눈이 있는 모양이다. 저 여자는 상당한 미인인 것 같구나." 앨러튼 부인은 힐끔 아들 쪽을 곁눈질해 보았다. 아들은 흥분해서 외쳤다.

"상당한 정도가 아니에요. 그 이상이라고요. 아쉽게도 화가 난 듯 불쾌한 표정을 짓고 있기는 하지만." 역시나 예상대로 팀은 앨러튼 부인이 던진 낚싯대의 먹이를 물었다. 그녀는 혼자 속으로 재미있어하며 웃었다.

"오늘만 그런 표정을 짓고 있는 건지도 모르지 않니?"

"아니에요. 분명 성격이 좋지 않은 여자일 거예요. 그렇지만 미인은 미인이군요."

화제의 주인공은 예루살렘에서 온 로잘리 옥타본이었다. 그녀는 포아로 옆에서 접은 양산을 빙글빙글 돌리며 천천히 걷고 있었다. 그녀는 확실히 조금 전 팀이 말한 것처럼 불쾌한 표정을 짓고 있었다. 눈썹을 찌푸려 미간에는 주름이 잡혀 있었고, 화가 난 듯 꼭 다문 입술도 아래로 축 쳐져 있었다.

포아로와 로잘리는 호텔 문을 나서자 왼쪽으로 돌아 공원의 시원한 그늘로 들어갔다. 에르퀼 포아로는 기분이 좋아 참을 수 없다는 표정을 지으며 온화한 어조로 두서없이 이야기하고 있었다. 정성껏 다린 하얀색 실크정장, 파나마모자, 손에는 가짜 호박모양의 장식품을 단 파리채를 들고 있었다.

"……그건 정말이지 내 마음을 끈단 말입니다. 엘리판타인 (아스완 댐의 바로 아래에 있는 섬. 고적이 많다)의 검은 바위, 태양, 강 위에 떠 있는 작은 배, 정말 살아 있다는 것은 좋은 일이지요."

여기서 좀 사이를 둔 다음 다시 덧붙였다.

"당신은 그렇게 생각지 않습니까, 로잘리 양?"

그녀는 간단하게 대답했다.

"아마 그렇겠지요. 저에겐 아스완이 음산한 곳처럼 생각되지만 요. 호텔은 텅텅 비어 있고, 모두 100살쯤……."

로잘리는 말을 끊고 입술을 깨물었다. 에르퀼 포아로의 눈이 유쾌한듯 반짝였다.

"옳은 말씀이오, 나는 무덤 속에다 한 발을 집어넣고 있지."

"저는 저어…… 당신을 두고 한 말이 아니었어요. 미안해요, 실례되는 말을 해서."

"괜찮습니다. 같은 또래의 젊은 상대가 있었으면 하고 생각하는 것이 당연하지요. 그렇지, 적어도 한 사람은 젊은 남자가 있습니다."

"늘 어머니와 함께 앉아있는 사람 말인가요? 그 어머니는 괜찮지만, 아들 쪽은 밉살맞아요. 아주 잘난 체를 잘하거든요."

포아로는 웃음을 띠었다.

"나도 잘난 체하고 있지 않습니까?"

"그렇지 않아요."

로잘리는 그다지 관심이 없다는 듯 대답했다. 그러나 포아로는 매우 흡족한 기분으로 다시 이야기를 계속했다.

"내 친구의 말에 따르면 내가 매우 잘난 체하는 사람이라더군요."

"뭐, 그다지." 로잘리는 애매하게 대답했다. "혹시, 그럴지도 모르겠네요. 그래도 그것은 당신이 뭔가 자신감을 가질 만한 것을 갖고 있기 때문이겠지요. 다만, 죄송하게도 저는 범죄에 흥미가 없답니다."

포아로는 진지한 어조로 말했다.

"그러시군요. 당신은 다른 사람에게 감출 만한 비밀이 없기 때문이겠죠. 굉장하신 겁니다."

아주 짧은 순간 로잘리는 불쾌한 표정의 가면을 벗고 그에게 의아한 눈길을 보냈다. 그러나 포아로는 그것을 전혀 눈치 못 챘는지 계속 말했다.

"당신 어머니께선 오늘 점심식사에 나오시지 않았더군요. 어디 편찮으신 건 아니겠지요?"

"이곳의 기후 탓이겠지요. 저도 얼른 이곳을 떠나고 싶어요."

"우리는 같은 배에 타게 되지요? 와디 할파와 제2폭포까지 강을 거슬러 올라가는 겁니다."

"네."

두 사람은 공원의 나무 그늘을 나와 강을 따라서 먼지투성이 길로 접어 들었다. 갑자기 비즈 장수 5명, 그림엽서 장수 2명, 석제 풍뎅이 장수 3명, 당나귀를 빌려주는 소년 2명이 순식간에 두 사람을 둘러쌌다. 조금 떨어진 곳에서는 무언가를 바라는 듯한 어린 거지들이 이쪽을 바라보고 있었다.

"손님, 이 목걸이 어떻습니까? 아주 고급입니다. 싸게 드릴게요."

"아가씨, 돌로 만든 풍뎅이 어때요? 예뻐요. 클레오파트라여왕님, 행운을 가져다준답니다."

"손님, 진짜 유리입니다. 싸게 드릴게요."

"손님, 당나귀 타세요. 이 당나귀 정말 얌전해요. 이름이 위스키소다……."

"화강암 채석장에 가세요? 이 당나귀 정말 편합니다. 저 당나귀는 안 좋아요. 저 녀석은 잘 넘어져요."

"그림엽서 사요. 아주 싸고 고급이에요."

"아가씨, 정말 예뻐요. 봐요. 정말 싸고요. 이건 유리…… 그리고 이건 상아……."

"가장 좋은 파리채예요. 보세요. 모두 호박을 박았어요."

"배 안 타십니까? 정말 고급 배에요, 손님……."

"호텔로 돌아가실 때는 당나귀로 가세요. 이 당나귀 정말 편해요."

포아로는 파리 떼처럼 몰려드는 장사꾼을 쫓아내기 위해 몸부림쳤다. 로잘리는 마치 몽유병환자처럼 허공만 바라보면서 그 한가운데를 걸어 나갔다.

"귀도 들리지 않고 눈도 보이지 않는 체하는 게 가장 좋아요."

그녀가 속삭였다.

어린 거지들이 옆으로 따라붙더니 불쌍한 목소리로 속삭이기 시작했다.

"자비를 베푸세요, 자비를 베푸세요. 네? 정말 고급이에요. 정말 예뻐요……."

선명한 색의 누더기를 질질 끌고 눈썹에는 파리 떼가 붕붕거리며 날아다니고 있었다. 이 어린 거지들이 가장 집요하게 달라붙었다. 다른 장사꾼들은 다음 손님을 기다릴 준비를 하러 가는지 하나둘 돌아가기 시작했다.

이제 두 사람을 기다리고 있는 것은 가게로부터의 공격이었다.

"손님, 저희 집으로 오시죠."

"상아로 만든 악어 사요."

"저희 가게 처음이시죠?"

"예쁜 물건 많습니다."

두 사람은 다섯 번째 가게로 들어갔다. 로잘리는 필름 몇 통을 맡겼다. 사실 이것이 산책의 목적이었다.

가게를 나온 두 사람은 강가 쪽으로 걸어갔다. 마침 나일 강 관광선이 머물러 있던 참이었다. 포아로와 로잘리는 흥미로운 눈으로 여행객들을 바라보았다.

"꽤 많은 사람이 타고 있었네요." 로잘리가 말했다.

그때 팀 앨러튼이 그들 곁으로 달려왔다. 로잘리는 뒤를 돌아보았다. 그는 급히 걸어왔는지 숨을 헐떡이고 있었다. 세 사람은 잠시 잠자코 있었다. 이윽고 팀이 입을 열었다.

"하나같이 시시한 인간들뿐이군."

그는 배에서 내리는 승객들을 가리키며 경멸하는 듯한 목소리로 말했다.

"대부분 그렇군요." 로잘리도 동의했다. 세 사람은 한 걸음 먼저 왔다는 우월감을 느끼며 새로 도착하는 사람들을 관찰했다.

"아니!" 팀은 갑자기 흥분한 듯 외쳤다.

"저건 리넷 리지웨이가 틀림없어!"

이 말을 들은 포아로는 아무렇지 않은 듯 서 있었지만 로잘리는 흥미를 느끼지 않을 수 없었다. 그녀는 불쾌한 표정을 싹 거두고 몸을 앞으로 내밀며 물었다.

"어디요? 저 하얀 옷을 입은 사람이요?"

"그렇소, 키가 큰 사나이와 함께 있는 부인이오. 지금 막 내리는 참이군. 저 사람이 남편이겠지. 이름이 뭐더라……."

"도일, 사이먼 도일이에요. 신문마다 다 나 있었어요. 저 부인은 굉장한 부자라더군요."

"영국에서 첫째가는 부자 아가씨지." 팀은 밝게 말했다.

그리고 세 사람은 말없이 그들이 배에서 내리는 것을 지켜보고 있었다. 이윽고 화제의 주인공을 흥미 깊게 바라보고 있던 포아로가 중얼거렸다.

"미인이군."

"모든 것을 다 갖추고 있는 사람도 있군요." 씁쓸하게 중얼거리는 로잘리의 얼굴에는 무언가 분한 듯한 표정이 떠올랐다.

리넷 도일은 무대 한 가운데에 나타나기라도 하는 것처럼 화려하게 옷을 차려입고 있었다. 게다가 유명한 여배우가 지니고 있는 침착성까지 갖추고 있었다. 사람들의 시선과 찬미를 한몸에 받는 일, 어디를 가나 무대의 중심에 서 있다는 생각은 그녀에게 매우 익숙한 일이었다. 그녀는 자기에게로 쏠리는 강렬한 시선을 의식하고 있으면서도 생활이 늘 그렇기 때문에 특별히 신경 쓰는 것 같지도 않았다.

리넷은 한두 마디 무어라고 이야기하면서 옆의 키가 큰 젊은이를 보았다. 그 사나이가 대답하는 목소리를 들었을 때 에르퀼 포아로의 눈이 번쩍 빛나고 이마에는 주름이 잡혔다.

부부는 포아로의 옆을 지나갔다. 사이먼의 목소리가 들려 왔다.

"당신이 여기서 머무르고 싶다면 1, 2주일 보내는 것도 좋겠지."

리넷을 바라보는 그의 얼굴에는 아내를 열렬히 사랑해 그녀를 위해서라면 무엇이라도 하겠다는 표정으로 가득 차 있었다. 거기에는 약간의 존경심마저 어려 있었다. 포아로는 주의 깊게 그를 바라보았——떡 벌어진 어깨, 햇볕에 그을린 얼굴, 검은 빛을 띤 파란 눈, 어린아이 같은 천진난만한 웃음.

"재수가 좋은 녀석이야. 편도선비대증도 아니고 평발도 아닌 돈 많은 여자를 물다니!"

두 사람이 지나간 다음 팀이 말했다.

"굉장히 행복해 보이는군요." 로잘리는 부러운 듯이 말했다. "공평하지 못해요."

나중에 한 말은 너무나 낮은 목소리였기 때문에 팀은 전혀 듣지 못했다. 그러나 포아로는 그녀의 말을 놓치지 않았다. 눈썹을 찌푸리며 생각에 잠겨 있던 포아로는 재빨리 로잘리 쪽을 보았다.

"저는 이만, 어머니를 위해 사야할 것이 있어서." 팀은 인사를 하고 먼저 가버렸다.

포아로와 로잘리는 다시 몰려든 당나귀 대여 상인들을 뿌리치면서 호텔 쪽으로 되돌아갔다.

"그렇습니까? 공평하지 않다고 생각하십니까?"

포아로가 묻자 로잘리는 화가 나서 얼굴이 빨개졌다.

"무슨 말씀을 하고 계시는지 모르겠군요."

"당신이 방금 조그맣게 말한 것을 되풀이했을 뿐입니다. 틀림없이 그렇게 말했지요."

로잘리는 어깨를 으쓱해 보였다.

"정말 한 사람의 인간이 갖기에는 너무 많다고 생각해요. 돈과 미모와 멋진 몸매……."

로잘리의 많이 끊어지자 포아로가 말했다.

"그리고 사랑도 말입니까? 그렇게 말하고 싶으셨지요? 하지만 당신은 모르지 않습니까, 상대편은 그녀의 재산을 노리고 결혼했을지도 모릅니다."

"그 남자가 그녀를 볼 때의 태도를 보시지 않았어요?"

"물론 보았지요. 다 보았습니다. 당신이 미처 깨닫지 못한 것 같지만요."

"뭔데요?"

포아로는 천천히 대답했다.

"나는 그녀의 눈 밑에 어린 어두운 그늘을 보았습니다. 그리고 손가락에 핏기가 가실 만큼 양산을 꼭 쥐고 있는 손도 보았지요."

"그건 무슨 뜻이지요?"

"반짝이는 게 반드시 금은 아니라는 말이 있지요. 다시 말해서 저 부인은 돈도 있고, 미인이고, 사랑도 받고 있지만 걱정거리가 있단 말입니다. 그 밖에도 나는 알고 있는 게 더 있습니다."

"네?"

"언젠가, 어디선가, 틀림없이 저 목소리, 도일 씨의 목소리를 들은 적이 있어요. 도대체 어디서 들었는지 생각이 나지 않지만……." 포아로는 얼굴을 찌푸렸다.

그러나 로잘리는 그 말을 듣고 있지 않았다. 그녀는 걸음을 멈추고 양산 끝으로 보드라운 모래에 무늬를 그리고 있더니 느닷없이 격렬한 말투로 소리치기 시작했다.

"나는 나쁜 여자예요. 정말 짐승 같은 여자예요. 그녀가 입고 있는 옷을 벗기고, 그 예쁘고 교만하고 자신만만한 얼굴을 짓밟아 주고 싶어요. 나는 질투 때문에 미친 고양이예요. 그렇지만 이것이 나의 솔직한 기분이랍니다. 그녀는 대단한 행운을 만난 데다 침착하기 짝이 없단 말이에요."

에르퀼 포아로는 이 고함 소리를 듣고 놀란 것 같았다. 그는 조용히 로잘리의 팔을 잡고 다정하게 흔들었다.

"감정을 말로 쏟아내고나니 기분이 좀 시원해졌지요?"

"전 다만 그 여자가 미울 뿐이에요. 처음 본 사람을 이렇게 미워한 것은 처음이에요."

"저 사람 정말 대단하군요!"

로잘리는 의아스러운 듯 포아로를 쳐다보았다. 그리고 입 언저리를 한 번 샐쭉거리더니 곧 웃는 얼굴이 되었다.

포아로도 같이 웃었다.

두 사람은 기분이 좋아져서 호텔로 돌아왔다.

"어머니를 찾아보고 올게요."

호텔입구에서 서늘하고 어두운 홀로 들어오자 로잘리가 말했다.

포아로는 홀을 지나 나일 강을 바라볼 수 있는 테라스로 나갔다. 포아로는 한참 동안 강을 내려다보다가 이윽고 정원으로 내려와 어슬렁어슬렁 걷기 시작했다.

뜨거운 햇볕이 내리쬐는 곳에서 테니스를 하는 사람이 있었다. 잠깐 발을 멈추고 그것을 바라보고 있더니 이윽고 포아로는 가파른 오솔길을 내려갔다. 그리고 벤치에 앉아 나일 강을 바라보고 있을 때 셰마탕트 레스토랑에서 본 적이 있는 그 젊은 여자를 만났던 것이다. 그는 첫눈에 그녀라는 것을 알았다. 그러나 그녀의 표정은 그때와는 전혀 딴판이었다. 얼굴빛은 창백해지고 살이 빠졌으며, 커다란 불안과 걱정이 새겨진 주름이 잡혀 있었다.

포아로는 조금 뒤로 물러났다. 저쪽에서는 아직 그를 깨닫지 못했으므로 포아로는 눈치 채지 못하게 서서 한참 동안 지켜보았다. 그녀의 조그마한 발은 초조한 듯이 땅바닥을 툭툭 차고 있었으며, 검게 타버린 불을 떠올리게 하는 새까만 눈동자는 어둡고 슬픈 번민들로 괴로워하고 있는 것 같았다. 그녀는 나일 강 반대편 강가를 바라보고 있었다. 거기에는 하얀 돛을 단 범선이 미끄러지듯 오가고 있었다.

얼굴, 그리고 목소리, 포아로는 그 두 가지를 다 생각해 냈다. 저 여자의 얼굴과 조금 전에 들은 목소리, 신혼여행 온 신랑의 목소리…… 이렇게 그가 모르는 여자에 대한 생각에 빠져있는 동안에도 인생의 비극은 거침없이 다음 장으로 들어가고 있었다.

위쪽에서 사람의 목소리가 들려오자 앉아 있던 여자는 일어섰다. 리넷 도일과 그녀의 남편이 오솔길을 내려왔다. 리넷의 목소리는 즐거운 듯이 자신에 가득 차 있었으며, 아까의 그 긴장으로 굳어져 있던 표정은 사라지고 행복해 보였다.

서 있던 여자는 한두 걸음 앞으로 나아갔다.

두 사람은 발을 멈추었다.

"안녕, 리넷." 재클린이 먼저 말을 걸었다. "당신들은 여기 있었군요. 자주 만나게 되네요. 사이먼, 안녕하세요."

리넷 도일은 조그맣게 소리치면서 바위 옆에까지 물러섰다. 사이먼 도일의 단정한 얼굴이 갑자기 노여움으로 일그러졌다. 소녀같은 그녀의 호리호리한 몸을 때리기라도 하려는 듯 한 발자국 앞으로 나왔을 때 재클린은 참새처럼 목을 움직여서 옆에 사람이 있다는 것을 알려주었다. 돌아보고 포아로가 있다는 것을 안 사이먼은 멋쩍은 듯이 말했다.

"여어, 재클린, 여기서 당신을 만날 줄은 몰랐는데."

정말 마지못해 하는 소리였다.

"놀랐나요?" 그녀는 두 사람을 향해 흰 이를 드러내 보이면서 말하고 가볍게 고개를 숙인 뒤 그들이 내려왔던 오솔길로 올라갔다.

포아로는 주의를 기울여 반대 방향으로 조용히 걸어갔다. 리넷 도일의 말소리가 그의 귀에 들려 왔다.

"사이먼, 대체 어떻게 하면 좋지요?"

2

저녁 식사가 끝난 다음이었다.

캐터랙트 호텔의 테라스에 은은한 등불이 켜졌다. 호텔 손님들 대부분이 이 테라스의 작은 테이블 둘레 여기저기에 앉아 있었다.

사이먼과 리넷 도일이 키 크고 건장한 백발의 중년신사와 함께 나타났다. 단정히 자른 머리와 날카로운 얼굴은 한 눈에도 미국인 같아 보였다. 세 사람이 입구에서 잠시 망설이고 서 있자 팀 앨러튼이 테이블에서 일어나 그들 쪽으로 다가왔다.

"기억하실지 모르겠지만, 저는 조앤너 사우스우드의 사촌오빠입니다."

그는 리넷에게 붙임성 있게 말을 걸었다.

"그러셨군요, 몰라 뵀어요. 팀 앨러튼 씨라구요? 이 쪽은 저의 남편이에요."

'남편'이라는 말에 그녀의 목소리가 조금 떨렸다. 자랑스러움일까 아니면 부끄러움 때문일까, 팀은 생각했다.

"그리고 이 쪽은 페닝턴 씨에요. 미국에서 제 재산 관리를 해주고 계시죠."

팀이 말했다.

"저의 어머니를 만나 주십시오."

이윽고 모두들 함께 어울렸다. 구석에 앉은 리넷 양의 옆자리는 팀과 페닝턴이 차지했다. 두 사람은 열심히 리넷에게 말을 걸어 그녀의 주의를 끌려고 하였다. 앨러튼 부인은 사이먼 도일을 상대로 이야기하고 있었다.

잠시 뒤 회전식 문이 돌아가더니 몸집이 작은 사나이가 들어와서 테라스를 가로질러갔다. 앨러튼 부인이 말했다.

"이곳에 있는 사람 중에는 당신만 유명한 게 아니랍니다. 저 조그만 남자가 바로 에르퀼 포아로지요."

앨러튼 부인은 서먹해진 분위기를 풀어보려고 화제를 돌려 가벼운 기분으로 무심코 던진 말이었는데 리넷은 매우 강한 흥미를 느끼고 있는 것 같았다.

"에르퀼 포아로라고요? 저 사람이요? 그 사람에 대해서 들은 적이 있어요."

리넷이 마음이 들떠 말을 걸어도 건성으로 대답했으므로 양옆에 붙어 있던 사나이들은 어찌할 바를 몰랐다.

포아로는 강과 맞닿은 테라스의 끝까지 걸어갔지만 그곳에서 어느 부인이 부르는 소리에 발을 멈추었다.

"포아로 씨, 여기 앉으십시오. 참 훌륭한 밤이로군요."

포아로는 의자에 앉았다.

"말씀대로 아름다운 밤입니다." 그는 옥타븐 부인에게 예의바르게 웃어 보이면서 대답했다.

검고 얇은 실크 드레스와 터번, 정말 고약한 취미다!

옥타븐 부인은 째질듯이 우는 목소리로 말했다.

"여기에는 굉장한 명사들이 많이 모였군요. 머지않아 신문에도 나겠는데요. 사교계의 미인들, 유명한 소설가……." 부인은 마음에도 없는 겸손한 웃음을 띠면서 이야기를 멈추었다.

포아로는 건너편에 앉아 있는 로잘리가 몸을 웅크리고 불쾌한 얼굴을 더욱 찌푸리는 것을 보았다. 아니, 느꼈다.

"지금 소설을 쓰고 계십니까?" 포아로가 묻자 옥타븐 부인은 다시 일부러 지어 내는 것 같은 웃음을 보였다.

"요즘 아주 게으름을 피워 큰일이에요. 일을 시작하긴 해야 할 텐데 말이에요. 애독자들도 기다리다 못해 아우성이랍니다. 무엇보다 출판사쪽이 불쌍하지요. 편지가 올 때마다 독촉이랍니다. 전보까지 친다니까요."

포아로는 못마땅한 표정을 지으며 앞에 앉아 있는 로잘리가 어둠 속에서 움직이는 것을 느낄 수가 있었다.

"포아로 씨, 당신이니까 이야기하는 거지만요. 사실 여기에 온 것은 이 지방의 특색을 연구하기 위해서랍니다. 《사막에 내리는 눈》이 이번에 새로 쓸 소설의 제목이에요. 힘 있고 암시적인 눈, 사막에 내리는 눈이 정열의 뜨거운 첫 숨결에 녹아내리는 것이 테마죠."

로잘리가 일어서더니 뭔가 중얼거리면서 어두운 정원으로 모습을 감췄다.

옥타븐 부인은 상관하지 않고 터번이 심하게 흔들릴 정도로 이야기를 계속했다.

"강렬한 육체의 향기, 이것이 내가 쓰는 소설의 주제에요. 가장 중요한 것이지요. 도서관에서 쫓겨나더라도, 나는 끝까지 진실을 말할 생각이에요. 섹스! 보세요. 포아로 씨, 어째서 세상의 평범한 인간들은 섹스를 그렇게 무서워할까요? 우주의 중심인데 말이에요. 그건 그렇다 치고, 당신도 내 소설을 읽으신 적이 있나요?"

"유감스럽지만 아직 읽지 못했습니다. 나는 소설을 잘 읽지 않는 편이라서요. 내 직업이……."

옥타븐 부인은 독선적인 태도로 말했다.

"《무화과나무 아래서》라는 책을 꼭 읽어보세요. 내가 무얼 말하려고 하는지를 아시게 될 겁니다. 대담한 표현을 하고 있지만 그게 진실이랍니다."

"감사합니다. 기꺼이 읽어보지요."

옥타븐 부인은 입을 다문 채 두 겹으로 두른 비즈 목걸이를 손으로 만지작거렸다. 그러더니 민첩한 눈으로 주의를 둘러보고 말했다.

"그럼 잠깐 가서 책을 가지고 오겠어요."

"아니, 일부러 가실 필요까지 없습니다. 다음 기회에…….."

"아니에요, 괜찮아요. 보여 드리고 싶으니까요."

그녀가 자리에서 일어섰다.

"엄마, 무슨 일이에요?"

로잘리가 갑자기 옆에 앉더니 물었다.

"아무것도 아니란다. 포아로 씨에게 책을 한 권 갖다 드리려고."

"《무화과나무 아래서》 말인가요? 제가 가지고 오겠어요."

"넌 어디 두었는지 모르잖니. 내가 가지고 오마."

"알고 있어요."

딸은 빠른 걸음으로 테라스를 지나 건물 안으로 사라졌다.

"부인, 아주 예쁜 따님을 두셔서 좋으시겠습니다." 포아로가 고개를 숙이며 말했다.

"로잘리 말이세요? 네, 저애는 얼굴은 예쁜데 성질이 까다로워요. 환자에 대해서는 도무지 동정심이 없답니다. 자기가 모든 것을 가장 잘 안다고 생각하고 있거든요. 내 건강에 대해서도 당사자인 나보다 더 잘 안다고 생각하고 있으니까요."

포아로는 지나가던 급사를 불러 세웠다.

"가벼운 술은 어떠십니까, 부인? 샤르트르즈나 크렘 드 망트 같은 것은……?"

옥타븐 부인은 크게 머리를 저었다.

"아니, 괜찮아요. 난 거의 금욕주의자거든요. 고작 물이나 레모네이드 밖에는 못 마시거든요. 술은 냄새만 맡아도 머리가 아파서……."

"그럼 레몬 스카시라도 주문하시겠습니까?"

그는 레몬 스카시와 베네딕틴을 시켰다.

회전문이 돌아가더니 로잘리가 들어왔다. 손에는 책이 한 권 들려 있었다.

"여기 가져 왔습니다."

그녀의 목소리에는 도무지 감정이란 것이 들어있지 않았다.

"포아로 씨께서 방금 나를 위해 레몬 스카시를 주문해주신 참이야."

옥타븐 부인이 말했다.

"아가씨는 무얼 드시겠습니까?"

"됐어요." 로잘리는 이렇게 대답하더니 자기가 생각해도 너무 퉁명스럽다 싶었는지 "말씀은 고맙지만 별로……"라고 덧붙였다.

포아로는 옥타븐 부인이 내민 책을 받았다. 호랑이 가죽 위에 벌거벗은 여자가 앉아 있는 요란한 색깔로 장식된 책이었다. 무화과 잎사귀로 몸을 가린 전통적인 이브의 모습을 하고 있으면서도 머리는 현대적으로 스마트한 쇼트 헤어에 손톱은 새빨갛게 칠해져 있었다. 여인의 머리 위에는 떡갈나무잎을 붙인 나무 한 그루에 말도 안 되는 색깔이 칠해진 커다란 사과가 열려 있었다.

살로메 옥타븐 지음 《무화과나무 아래서》. 표지 안쪽은 출판사의 선전문구가 들어 있었다. '현대 여성의 성생활 추구, 놀랄 만한 용기와 현실성'이라는 글귀도 보이고 '두려움을 모르는, 인습을 타파한, 박진감 넘치는' 따위의 형용사도 열거되어 있었다.

포아로는 머리를 숙여 보이며 중얼거렸다.

"대단히 영광입니다, 부인."

머리를 들었을 때 포아로는 여류작가의 딸 로잘리와 눈이 마주쳤다. 포아로는 자기도 모르게 몸을 조금 움찔했다. 그녀의 눈이 나타내고 있는 생생한 고통의 빛에 놀람과 동시에 마음이 아팠기 때문이다. 때마침 음료수를 가져왔으므로 그 자리의 어색한 기분을 피할 수가 있었다.

포아로는 우아한 손놀림으로 컵을 들어올렸다.

"부인, 그리고 아가씨의 건강을 위해."

옥타브 부인은 레몬스카시를 마시고 나서 말했다.

"아아, 시원하고 맛있어."

그들은 나일 강의 번쩍번쩍 빛나는 검은 바위를 가만히 바라보고 있었다. 내리쏟아지는 달빛을 받고 있는 바위는 보는 이에게 환상적인 기분을 가져다주었다.

그것은 마치 태곳적에 살던 괴물이 물에 몸을 반쯤 숨기고 누워 있는 것 같은 모양이었다. 순간 가벼운 미풍이 불어오는가 싶더니 곧 사라져버렸다.

공기 중에는 보이지 않는 무언가가 조용히 숨을 쉬고 있는 듯한 느낌, 무슨 일이 일어날 것만 같은 느낌이 가득 차 있었다.

에르큘 포아로는 테라스에 있는 사람들에게로 눈을 돌렸다. 그곳에서도 무언가를 기다리고 있는 것처럼 조용히 가라앉아 있었다. 단지 기분 탓일까? 아니, 확실히 거기에는, 마치 주연 여배우가 무대에 나타나기를 기다리는 순간과도 같은 분위기가 감돌고 있었다.

바로 그때 회전문이 움직였다. 그러고는 뭔가 특별한 의미가 담긴 듯 둔중하게 돌기 시작했다. 테라스에 있던 사람이 일제히 이야기를 딱 멈추고 문을 향해 시선을 돌렸다.

포도주 빛깔의 이브닝드레스를 입고, 검은 머리에 호리호리한 젊은 아가씨가 테라스로 나왔다. 그리고 잠시 그곳에 멈춰서더니 이윽고 모두의 시선을 의식하면서 테라스를 가로질러 빈 테이블에 가서 앉았다. 그 태도에는 오만한 구석이나 이상한 점은 없었지만 미리 세심하게 계획을 짜 무대에 등장한 배우처럼 사람들의 이목을 끌었다.

"기가 막히는군요."

옥타븐 부인은 터번을 두른 머리를 들어올리며 이렇게 말했다.

"저 아가씨는 자기가 뭐라도 되는 것처럼 생각하고 있군요."

포아로는 아무 대답도 하지 않았다. 그는 가만히 그녀를 바라보고 있었다. 젊은 아가씨는 리넷의 얼굴이 확실히 보이는 자리에 앉아있었다. 리넷은 몸을 구부려 무언가 말하는 듯싶더니 곧 자리를 바꿔 들어온 여자와 반대방향을 향해 앉았다.

포아로는 무언가 골똘히 생각하면서 혼자 고개를 끄덕였다.

5분쯤 지나자 그 젊은 아가씨가 테라스의 반대쪽으로 자리를 옮겨 앉았다. 그녀는 담배를 피우면서 조용한 웃음을 띠우고 있었다. 아주 흡족하고 통쾌해하는 표정이었다. 그러고는 아무렇지도 않은 태도로 리넷 도일만을 지긋이 바라보고 있었다.

15분이 흘렀다. 리넷 도일은 갑자기 일어나더니 호텔 안으로 들어갔다. 그녀의 남편도 곧 그녀의 뒤를 따라갔다.

재클린 드 벨포트는 웃으면서 의자를 빙글 돌려 강을 바라보았다. 그리고 담배에 불을 붙이고 흘러가는 나일 강물을 바라보았다. 입가에는 여전히 미소를 머금은 채.

3

"포아로 씨."

생각에 잠긴 채 반들반들한 검은 바위를 지켜보고 있던 포아로는 자기를 부르는 소리에 정신을 차리고 얼른 일어났다. 다른 사람들은 모두 들어가 버리고 테라스에 남아 있는 것은 그 혼자뿐이었다.

자신감이 넘치는 목소리였다. 좀 오만한 데가 있기는 하지만 아름다운 목소리였다. 에르퀼 포아로는 급히 일어나서 리넷 도일의 위세당당한 눈을 들여다보았다.

흰 가운 위에 보랏빛 비로드 숄을 걸친 리넷은 포아로가 생각하고 있던 것보다 훨씬 아름답고 위엄이 있었다.

"에르퀼 포아로 씨지요?" 리넷은 말했지만 그것은 물어 보는 말투가 아니었다.

"그렇습니다, 부인."

"내가 누구라는 것은 알고 계시겠지요?"

"네, 이름은 들었습니다. 누구신지 잘 알고 있습니다."

리넷은 고개를 끄덕였다. 그녀가 기대하고 있던 것은 그것뿐이었다. 특유의 매력적이고 위압적인 태도로 그녀는 말을 이었다.

"포아로 씨, 카드방까지 함께 가 주시지 않겠어요? 꼭 들어 주셔야 할 말이 있어요."

"그러지요, 부인."

그녀는 앞장서서 건물 안으로 들어갔다. 포아로도 뒤를 따라 들어갔다. 인기척이 없는 카드방으로 포아로를 안내한 리넷은 그에게 문을 닫으라는 몸짓을 해보였다. 그런 다음 리넷은 테이블을 향해 앉았다. 포아로는 그 맞은편에 앉았다.

그녀는 곧바로 생각하고 있는 것을 술술 이야기하기 시작했다. 조금도 머뭇거리지 않았다.

"포아로 씨, 당신에 대해서는 여러 가지로 듣고 있습니다. 당신은 매우 현명하시다더군요. 사실 지금 나는 아무래도 다른 사람의 힘을 빌리지 않으면 안 될 입장에 놓여 있답니다. 당신이야말로 그것을 해주실 수 있는 분이라고 생각합니다. 부디 도와주셨으면 좋겠습니다."

포아로는 고개를 갸웃했다.

"부인은 참으로 애교가 있으시군요. 그렇지만 저는 지금 휴가 중이랍니다. 휴가 중에는 사건을 맡고 싶지 않습니다."

"그런 건 얼마든지 바꿀 수 있잖겠어요?"

무례한 말투는 아니었다. 다만 늘 자기 생각대로 모든 일을 진행시켜 오는 게 버릇이 된 젊은 여성의 자신감 있는 조용한 어투였다.

"포아로 씨, 나는 견딜 수 없는 박해를 받고 있어요. 그 박해를 중지시키지 않으면 안 돼요. 나는 경찰에 신고하고 싶지만, 남편은 경찰에서도 어찌할 도리가 없으리라고 생각하는 모양이에요."

"저, 좀더 자세하게 설명을 해주셨으면 좋겠습니다……"

포아로는 공손히 말했다.

"네, 말씀드리겠어요. 아주 간단한 이야기예요."

이때도 그녀는 조금도 주저한다든가 말이 막히는 일이 없었다. 리넷 도일은 매우 활발한 성격이었다. 사실을 될 수 있는 대로 요령 있게 전하기 위해 잠깐 생각하는 것 같더니 이윽고 이야기하기 시작했다.

"남편은 나와 만나기 전에 벨포트라는 여자와 약혼을 했어요. 그녀는 나의 친구이기도 했지요. 남편은 그녀와 약혼을 취소했답니다. 어차피 두 사람은 잘 맞지 않았던 거지요. 그런데 그녀는 가엾게도 그것을 굉장히 비관했어요. 정말 안됐다고 생각하지만, 이런 일은 어쩔 수 없는 게 아니겠어요. 그런데 그녀는 사실을 확인한 다음 협박해 왔어요. 네, 그래요. 그래도 나는 조금도 마음 쓰지 않았어요. 그쪽에서도 실행에 옮기지는 않았지요. 그런데 그 대신 뜻밖의 일을 하기 시작한 거예요. 우리가 가는 곳마다 뒤쫓아 다니는 거예요.”

포아로는 눈썹을 치켜들었다.

“그거 참, 색다른 보복이군요.”

“아주 별난 짓이에요. 그렇지만 사실 여간 귀찮은 게 아니에요.”

그녀는 입술을 깨물었다.

“그야 그러시겠지요. 그런데 부인은 신혼여행 중이시라고요?”

“네, 처음에는 베니스로 갔었어요. 베니스의 타니엘리 호텔에서 그녀를 만났지만 나는 그저 우연이라고만 생각했어요. 아주 불쾌하기는 했지만, 그뿐이었어요. 그 다음에는 브린디지 (이탈리아 아드리아 해안에 있는 항구)에서 배에 타고 있는 것을 보았어요. 팔레스타인으로 가는가 보다 생각하고 우리는 배에서 내렸지요. 우리는 그녀가 배에 남아 있을 것으로만 생각하고 미나 하우스에 갔더니 거기에 또 그 여자가 먼저 와 있지 않겠어요. 우리를 기다리고 있었던 거예요.”

포아로는 고개를 끄덕였다.

“그리고 지금도?”

“우리는 배를 타고 나일 강을 올라왔어요. 그녀가 이번에도 또 같은 배에 타고 있지 않을까 두려웠지요. 하지만 모습이 보이지 않아서 그런 어린아이 장난 같은 짓은 이제 그만둔 모양이라고 생각했던 거예요. 그런데 여기 와 보니, 그녀가 이 호텔에서 우리를 기다리고 있었어요.”

포아로는 잠깐 동안 그녀를 날카롭게 관찰했다. 리넷은 여전히 침착했지만, 손가락의 관절에 핏기가 가실 만큼 세게 테이블을 붙잡고 있었다.

포아로가 물었다.

"그래서 부인께서는 이런 상태가 언제까지나 계속되면 곤란하다고 생각하시는 거로군요?"

그녀는 잠시 입을 다문 후 대답했다.

"그렇답니다. 물론 대수롭지 않은 일이긴 하지만요. 재클린은 자기 스스로를 놀림감으로 만들고 있는 거나 마찬가지예요. 그애는 좀더 자존심이나 위엄이 있다고 생각하고 있었는데, 정말 뜻밖이에요."

"부인, 자존심이나 위엄 같은 것을 잊어버릴 때도 있답니다. 그보다 더 강한 감정도 있으니까요."

"그렇겠지요. 하지만 이런 짓을 해서 대체 무슨 이득이 있을까요?" 리넷은 답답한 듯이 말했다.

"모든 일을 이해 타산적으로만 생각할 수는 없습니다."

포아로의 말투에는 어딘가 리넷을 불쾌하게 만드는 요소가 있었다. 그녀는 얼굴을 붉히고 재빨리 말했다.

"옳은 말씀이에요. 동기를 이러쿵저러쿵 따진다는 것은 필요 없는 일이지요. 중요한 것은 그 짓을 그만두게 하는 일이니까요."

"이 일을 어떻게 처리하실 생각이십니까?"

"글쎄요, 우리는 언제까지나 이렇게 마음이 편치 않은 일을 당하는 것은 질색이에요. 그런 짓을 못하게 할 수 있는 법적 방법이 분명 있을 거예요."

리넷이 초조한 듯이 말하는 것을 주의 깊게 살펴보면서 포아로는 물어 보았다.

"그 여자는 사람들 앞에서 직접 입 밖으로 내어 당신을 협박하던가요? 모욕적인 말을 한다든가, 신체에 위해를 가한 일은 없었습니까?"

"없었어요."

"부인, 그렇다면 솔직히 말해서 어떻게 할 도리가 없군요. 젊은 여성이 자기의 즐거움을 위해 여행을 하는데 우연히 가는 곳마다 당신들 부부를 만난다고 해서 잘못되었다고 할 수는 없지 않습니까? 공기는 모든 사람의 것이니까요. 그 여자가 당신의 사생활을 위협한 것은 아니니까요. 만나는 것은 언제나 여러 사람이 있는 곳이 아닙니까?"

"그럼, 이 일에 나는 어떻게 할 방법이 없다는 말씀입니까?"

리넷은 믿을 수 없다는 듯이 말했다. 포아로는 온화하게 말했다.

"내가 보기에는 어쩔 도리가 없는 것 같군요. 벨포트 양은 자기 권한 안에서 행동하고 있으니까요."

"그렇지만 미칠 지경이란 말이에요. 그런데도 참지 않으면 안 된다니, 도저히 견딜 수가 없어요."

포아로는 무뚝뚝하게 말했다.

"부인, 정말 안됐습니다. 당신같은 경우는 그다지 참을성 있게 살아 보지를 못했을 것이기 때문에 더욱 동정이 갑니다."

"그만두게 만드는 방법이 뭔가 틀림없이 있을 거예요." 리넷은 얼굴을 찌푸리고 말했다.

"당신들은 언제라도 떠날 수 있지 않습니까? 다른 데로 옮기면 되겠지요." 포아로는 어깨를 으쓱했다.

"그러면 그 여자는 또 따라올 거예요!"

"아마 그렇겠지요."

"어이가 없어요."

"정말 그렇군요."

"어째서 우리가 도망가지 않으면 안 되는 것일까요? 마치, 마치…… 내가……."

리넷은 말을 멈추었다.

"그렇습니다, 부인. 마치, 바로 그것입니다! 문제의 초점은 바로 거기에 있지 않습니까?"

리넷은 고개를 들고 포아로를 가만히 쳐다보았다.

"무슨 말씀이시지요?"

포아로는 말투를 바꾸었다. 몸을 앞으로 내밀고 자신감 넘치며 호소력 있는 목소리로 조용히 말했다.

"부인, 당신은 왜 그렇게 신경을 쓰시지요?"

"왜라니요, 머리가 돌 지경이에요. 불안해서 견딜 수가 없어요. 이유는 이미 말씀드렸잖아요?"

포아로는 고개를 저었다.

"그것이 전부는 아닐 테지요."

"무슨 뜻이지요?"

포아로는 몸을 뒤로 젖히고 팔짱을 낀 채 무표정한 얼굴로 담담하게 이야기하기 시작했다.

"부인, 지금부터 한 가지 이야기를 들려 드릴 테니 잘 들어 주십시오. 지금으로부터 한 달인가 두 달 전의 일입니다만, 나는 런던의 어떤 레스토랑에서 식사를 하고 있었습니다. 옆 테이블에는 젊은 남녀가 있었는데 서로 아주 사랑하고 있어 퍽 행복해 보였습니다. 둘이 열렬히 사랑하고 있다는 것은 한눈에도 알 수 있었죠. 둘은 앞으로의 일을 자신 있게 이야기하고 있었습니다. 나는 남의 이야기에 귀를 기울인 건 아닙니다만 그들은 남들은 전혀 신경 쓰지 않고 큰소리로 이야기하고 있었습니다. 남자는 등을 돌리고 있었지만 여자의 얼굴은 잘 보였습니다. 진지한 표정이었습니다. 몸과 마음을 다 바쳐 사랑하는 타입이었습니다. 흔히 보는 적당하게 사랑하는 그런 사람 같지가 않고, 그녀에게 있어 사랑이란 생사가 걸린 문제라는 것을 금방 알 수 있었습니다. 짐작컨대 두 사람은 결혼을 약속한 사이 같았지요. 신혼여행 때 갈 곳에 대해 이야기하고 있었습니다. 이집트로 갈 계획이었습니다."

포아로가 말을 멈추자 리넷은 날카롭게 되물었다.

"그래서요?"

"그로부터 한 달인가 두 달이 지났습니다만, 그 젊은 여자의 얼굴은 잊을 수가 없습니다. 다시 한 번 만난다면 알아볼 수 있을 것입니다. 그리고 그 남자의 목소리도 기억하고 있습니다. 내가 언제 그 여자를 다시 만나게 되고 남자의 목소리를 다시 듣게 되었는지, 부인도 이젠 아시겠지요. 바로 이 이집트에서입니다. 그렇습니다. 그 남자는 신혼여행 중입니다. 상대 여성을 바꾸어서 말입니다."

리넷은 격렬한 말투로 말했다.

"그것이 어떻다는 거지요? 내가 이미 그 사실을 말씀드리지 않았나요?"

"사실이라…… 그렇다고 할 수도 있겠지요."

"그럼, 무엇이 남았다는 말씀이죠?"

포아로는 천천히 말했다.

"그 여자는 어떤 친구에 대한 이야기도 했습니다. 그 친구는 결코 자기를 버리지 않을 거라고 말하더군요. 그 친구가 바로 부인, 당신이 아닐까요?"

리넷은 얼굴을 붉혔다.

"네, 우리는 친구였다고 말씀드렸어요."

"그리고 그 여자는 당신을 믿고 있었지요."

"네. 물론이죠."

리넷은 입술을 지그시 깨물면서 잠시 망설이고 있었으나, 포아로가 더 이상 말을 계속할 것 같지 않자 먼저 말을 꺼냈다.

"물론 재클린에게는 안된 일이에요. 그렇지만 이런 일은 흔히 있잖아요."

"그렇습니다. 옳은 말씀입니다. 이런 일은 흔히 있지요. 그런데 부인은 영국 국교파(國敎派)이시지요?"

"네." 리넷은 좀 당황한 것 같았다.

"그럼, 교회에서 목사의 성서낭독을 들으신 적이 있으시겠군요. 다윗 왕 시절 이야기인가요? 양과 소를 많이 가지고 있는 부자와 새끼 암양 한 마리밖에 가지고 있지 않은 가난한 사람의 이야기를 들으셨으리라 생각합니다. 그 부자는 가난한 사람의 한 마리밖에 없는 새끼 양을 빼앗아 버렸지요. 그와 똑같은 일이 일어난 셈입니다, 부인."

리넷은 몸을 일으켰다. 그녀의 눈은 노여움으로 불타고 있었다.

"당신이 무얼 생각하고 계시는지 잘 알았어요. 속된 말로 하자면 내가 친구의 남자를 빼앗았다는 거지요. 당신 같은 연세의 분들은 아무래도 그렇게 생각하는 모양이고 감상적인 관점에서 보더라도 아마도 그건 사실이겠지요. 그러나 진상은 달라요. 물론 재키가 사이먼을 진심으로 사랑했다는 것을 부정하진 않겠어요. 그러나 사이먼은 그녀에게 그다지 열중하지 않았을지도 모른다는 것을 당신은 고려에 넣지 않으시는 것 같군요. 사이먼도 재키를 좋아하고는 있었지만 나를 만나기 전부터 무언가 잘못되었다고 생각하기 시작한 게 아닐까 여겨져요. 그 점을 똑똑히 보아 주세요. 사이먼은 재키가 아니라 나를 좋아하고 있다는 사실을 깨달았던 거예요. 사이먼은 어떻게 했어야 할까요. 숭고한 희생심을 발휘해서 좋아하지도 않는 여자와 결혼해 세 사람의 일생을 망쳐 버려야 할까요? 과연 그런 상황에서 재키를 행복하게 해줄 수 있었을까요?

나와 만났을 때 이미 그이가 결혼한 상태였다면 어디까지나 재키를 지키는 것이 의무일지도 몰라요. 어디까지 지킬 수 있을지는 알 수 없지만 말이에요. 그러나 만일 한쪽이 불행하다면 상대편도 고통받게 되지요. 하지만 약혼이라는 것에는 큰 구속력이 없어요. 만약 잘못되었다면 늦기 전에 사실을 바로 보는 것이 현명한 일이지요. 재키의 괴로운 입장은 인정해요. 그리고 정말 안됐다고 생각해요. 하지만 이것이 현실이에요. 어쩔 수 없는 일이라구요."

"글쎄…… 그럴까요?"

리넷은 포아로를 가만히 지켜보았다.

"무슨 뜻이지요?"

"당신이 말씀하시는 것은 모두 사리에 맞고 조리도 있습니다. 다만 한 가지, 이해가 안 가는 점이 있습니다."

"뭐지요."

"당신의 태도입니다, 부인. 친구 되시는 분이 세상의 관습을 무시하고 이렇게 당신을 쫓아다닐 만큼, 상처를 입었다는 사실을 당신이 받아들이는 방법에는 두 가지가 있습니다. 귀찮게 생각하느냐, 아니면 불쌍하게 생각하느냐 하는 두 가지지요. 그러나 당신은 그렇게 생각지 않고 계십니다. 당신은 이 박해를 견딜 수 없다고 말했습니다. 어째서일까요? 그 이유는 단 하나뿐입니다. 당신에게 죄의식이 있기 때문입니다."

리넷은 벌떡 일어났다.

"무슨 말씀을 하시는 거지요, 포아로 씨? 정말 말씀이 지나치시군요."

"그래도 나는 말씀드리겠습니다. 솔직히 이야기하고 싶으니까요. 당신은 그 사실을 자기 자신에게도 감추려고 했을지 모릅니다만, 나는 당신이 일부러 친구에게서 애인을 빼앗고 싶어졌다고 말하고 싶소. 당신은 첫눈에 그에게 강하게 매혹되었겠지요. 그러나 당신은 망설였을 겁니다. 꾹 눌러 참느냐 이대로 밀고 나가느냐 둘 중 하나를 택해야 할 순간이었던 거죠. 주도권은 도일 씨에게 있는 게 아니라 당신에게 있었다고 생각합니다. 부인은 미인이고, 부자이고, 현명하고, 게다가 매력이 있습니다. 당신은 그 매력을 그대로 내보일 수도 억제할 수도 있었을 것입니다. 당신은 모든 것을 가지고 계십니다. 그러나 당신의 친구는 단 한 사람만을 의지하고 있었습니다. 당신은 그것을 알고 있었습니다. 그리고 한 번쯤 망설였지만 끝내 물러서지 않았습니다. 당신은 성경 속 부자처럼 손을 뻗쳐서 가난한 사람의 단 한 마리뿐인 양을 빼앗아 버렸습니다."

한동안 침묵이 흘렀다. 리넷은 자신의 감정을 억누르며 차가운 목소리로 말했다.

"그러한 일은 요점에서 빗나가는 이야기입니다."

"아니오, 그렇지 않습니다. 나는 벨포트 양의 갑작스러운 출현이 어째서 당신을 그렇게 당황하게 만들었는가를 설명하고 있는 중입니다. 그녀가 하고 있는 짓은 여자답지 못하고 또한 품위가 없을지도 모르지만, 그녀로서는 당연한 일이라고 당신은 마음속으로 생각하고 있기 때문입니다."

"그렇지 않아요."

포아로는 어깨를 으쓱했다.

"당신은 자기 자신을 속이려고 하시는군요."

"당치도 않은 말이에요."

포아로는 조용히 말했다.

"부인, 당신은 지금까지 행복하게 살아온 분입니다. 다른 사람에 대해서는 관대하고 동정심이 많은 태도를 취해 오셨을 겁니다."

"그렇게 하려고 노력해 왔어요."

신경질적인 노여움이 그녀의 얼굴에서 사라졌다. 그녀의 말투는 간결하고 쓸쓸함마저 느끼게 했다.

"그렇기 때문에 당신은 누군가에게 상처를 입혔다는 생각이 들자 괴로워졌던 겁니다. 그 때문에 당신은 사실을 있는 그대로 인정하기 싫었던 겁니다. 주제넘은 말이었다면 용서해 주십시오. 그러나 이런 경우에는 인간의 심리라는 것이 가장 중요한 요소인 것입니다."

리넷은 천천히 말했다.

"나는 그렇게 생각하고 있지 않지만, 당신이 말씀하신 것이 만일 사실이라 하더라도 이제는 어쩔 수가 없어요. 지나간 일을 바꿀 수는 없으니까요. 지금 있는 그대로의 상태로 지낼 수밖에 없어요."

포아로는 고개를 끄덕였다.

"당신은 머리가 좋군요. 말씀대로 지나간 일은 이미 어쩔 수가 없습니다. 모든 일을 있는 그대로 받아들이지 않으면 안 됩니다. 때로는 그것 말고는 다른 방법이 전혀 없을 때가 있지요. 다시 말해서 자기의 행동에 대한 결과를 꼭 참고 견딜 수밖에 없는 거지요."

"어떻게 할 도리가 없다는 말씀이세요?"

리넷은 믿어지지 않는 모양이었다.

"부인, 용기를 내십시오. 제가 할 수 있는 말은 이것뿐인 것 같습니다."

리넷은 느릿느릿하게 말했다.

"재키…… 벨포트 양에게 이야기해 주시지 않겠어요? 그녀가 이 상황을 받아들이게끔 이야기 해 주시지 않겠어요?"

"그야 할 수 있고말고요. 원하신다면 해드리겠습니다. 그러나 결과를 너무 기대하지는 말아 주십시오. 벨포트 양은 어떤 일이 있더라도 그만두지 않겠다고 굳게 마음먹고 있는 모양이니까요."

"하지만 빠져나갈 방법이 뭔가 있을 거예요."

"물론 영국으로 돌아가서 가만히 집에 앉아 있는 것도 하나의 방법이지요."

"그래도 재클린은 마을로 찾아올 거예요. 그러고도 남을 여자지요. 집 밖에 나갈 때마다 반드시 얼굴이 마주치게 될 거예요."

"그렇겠지요."

"게다가 사이먼은 도망치는 일에 동의하지 않아요."

"이 일에 대해 남편분의 태도는 어떻습니까?"

"그저 화만 내고 있어요."

포아로는 생각에 잠긴 것처럼 고개를 끄덕였다.

리넷은 호소하는 투로 말했다.

"재키에게 말해 주시지 않겠어요?"

"네, 해봅시다. 하지만 내 힘으로는 어쩔 수가 없을 것 같습니다."

리넷의 말투는 이내 격렬해졌다.

"재키는 정상이 아니에요. 무슨 짓을 저지를지도 몰라요."

"그녀가 협박을 했다고 조금 전에 말씀하셨지요? 어떤 말을 했습니까? 얘기해 줄 수 있습니까?"

리넷은 조금 어깨를 움츠렸다.

"우리 두 사람을 죽이겠다고 했어요. 재키는 가끔 너무 흥분해서 앞뒤를 가릴 수 없게 될 때가 있답니다."

리넷은 간절히 부탁하는 눈으로 포아로를 쳐다보며 "과연" 하고 말했다.

포아로의 어조가 무겁게 가라앉았다.

"나를 위해 꼭 해주시겠지요?"

"아닙니다, 부인. 나는 직업적인 의뢰는 받지 않습니다. 다만 인류를 위해 할 수 있는 데까지는 해보겠습니다. 지금 사태는 여러 가지 위험과 어려움으로 가득 차 있습니다. 그것을 해결하기 위해 온 힘을 다 쏟겠습니다만, 결과에 대해서는 그다지 자신을 가질 수가 없군요."

리넷 도일은 천천히 입을 열었다.

"그럼, 저의 의뢰는 받아들이지 않겠다는 거군요?"

"그렇습니다, 부인." 에르큘 포아로는 말했다.

4

에르큘 포아로가 다가갔을 때 재클린 드 벨포트는 똑바로 나일강을 내려다볼 수 있는 바위에 앉아 있었다. 포아로는 이런 밤에 그녀가 일찍 잠자리에 들지는 않았을 거라고 생각했다. 호텔 안 어딘가에 있으리라고 확신하고 있었다.

재키는 두 손으로 턱을 괴고 앉아 있었다. 포아로가 가까이 다가가도 뒤를 돌아보지 않았다.

"벨포트 양이시지요? 잠깐 이야기하고 싶은 게 있는데, 괜찮을까요?"

재클린은 살짝 고개를 돌렸다. 입가에는 희미한 미소가 떠올라 있었다.

"그렇게 하세요. 에르퀼 포아로 씨지요? 어떻게 오셨는지 맞춰 볼까요. 도일 부인의 부탁으로 오신 거지요? 아마 일이 잘되면 사례금을 듬뿍 드리겠다고 말했겠지요."

포아로는 옆의 벤치에 앉았다.

"당신의 추리 가운데 일부분은 맞았습니다. 나는 지금 막 도일 부인과 헤어져서 오는 길입니다. 하지만 나는 부인으로부터 한 푼의 사례금도 받을 생각은 없습니다. 엄격히 말하자면, 그러니까 나는 부인의 대리인으로 온 것이 아니지요." 에르퀼 포아로는 웃으면서 말했다.

재클린은 찬찬히 포아로를 살펴보고 갑자기 말했다.

"그럼, 왜 여기 오셨지요?"

포아로는 대답 대신 질문을 했다.

"아가씨, 전에 어디선가 나를 본 적 없습니까?"

재클린은 고개를 저었다.

"아뇨, 뵌 적이 없는데요……."

"나는 당신을 본 일이 있습니다. 셰마탕트에서 옆자리에 앉았던 일이 있었지요. 당신은 사이먼과 함께 계셨습니다."

기묘한 가면과 같은 표정이 재클린의 얼굴에 나타났다.

"그날 밤의 일은 기억하고 있어요."

"그 뒤 여러 가지 일이 일어났겠지요?"

"정말 많은 일이 있었어요."

그 목소리는 비통하게 가라앉아 있었다.

"아가씨, 나는 당신 편에서 말씀드리는 겁니다. 죽은 자는 이제 그만 묻어버리십시오."

재클린은 깜짝 놀라는 것 같았다.

"그건 무슨 뜻이지요?"

"지나간 일은 그만 단념하라는 말입니다. 미래로 눈을 돌리는 겁니다. 이미 끝난 일은 어쩔 수가 없습니다. 원망한다고 해서 제자리로 돌려놓을 수는 없으니까요."

"그렇게 된다면 리넷이 아주 좋아하겠죠."

"지금 나는 리넷 부인의 일을 생각하고 있는 게 아닙니다. 당신 일을 생각하고 있습니다. 물론 당신은 괴롭겠지요. 그러나 지금 당신이 하고 있는 짓은 그 괴로움을 오래 끌게 할 뿐입니다."

재클린은 고개를 저었다.

"당신은 잘못 생각하고 계시는군요. 나는 오히려 즐겁게 여겨질 때마저 있는걸요."

"그것이 가장 위험한 일입니다, 아가씨."

재클린의 시선이 재빨리 위로 올라갔다.

"당신은 이해심이 없는 분은 아니세요. 친절하게 대해 주신다는 것도 알고 있어요."

"고향으로 돌아가십시오. 당신은 젊고 현명하고 앞날 또한 밝습니다."

재클린은 천천히 고개를 가로저었다.

"당신은 모르세요. 알려고 하지도 않죠. 사이먼은 나의 모든 것이었어요."

"사랑이 전부는 아니랍니다, 아가씨. 그렇게 생각하는 것은 젊을 때뿐입니다." 포아로는 부드럽게 말했다.

그녀는 또다시 고개를 저었다.

"당신은 모르세요. 물론 모든 것을 알고 계시겠지만…… 리넷과 이야기하셨겠지요. 그리고 그날 밤 당신은 레스토랑에 계셨고…… 사이먼과 나는 정말 서로 사랑하고 있었어요."

"당신이 그 사람을 사랑했다는 것은 알고 있습니다."

그녀는 포아로의 억양을 통해 그의 말뜻을 알아차렸다. 그녀는 다시 한 번 힘주어 말했다.

"우리는 서로 사랑하고 있었어요. 그리고 나는 리넷을 좋아했지요. 그 애를 믿고 있었어요. 친구였으니까요. 그 애는 언제나 갖고 싶은 것은 무엇이든지 살 수가 있었어요. 한 번도 자기의 욕망을 참아 본 일이 없어요. 사이먼을 만나자 자기 것으로 만들고 싶어져서 그 사람을 빼앗아 버린 거예요."

"그럼, 그는 그녀가 시키는 대로 가만히 있었단 말이군요. 다시 말해서 리넷이 그를 산 셈이군요."

재클린은 검은 머리카락을 천천히 흔들었다.

"아니에요, 그렇지는 않아요. 만일 그랬다면 나는 지금쯤 이런 곳에 와 있지도 않아요. 사이먼이 어리석은 인간이라고 말씀하시겠지요? 만일 그 사람이 돈 때문에 리넷과 결혼했다면 그 말씀이 옳겠지요. 하지만 그는 돈에 눈이 어두워 결혼한 것이 아니랍니다. 사정은 좀더 복잡해요. 포아로 씨, '빛이 나는 여자'라는 말이 있지요. 그런 여자가 되기 위해서는 돈이 아주 많이 필요하지요. 리넷은 자기만의 세상을 가진 여자예요. 그녀는 자신의 왕국에서 군림하는 여왕이에요. 아니 젊은 공주지요. 손톱까지 사치스런 색으로 치장을 한 공주님. 마치 모든 것이 다 갖춰진 무대와 같아요. 그녀는 무대 위에서 발밑 세상을 내려다보고 있지요. 영국에서 부유한 귀족 한 사람이 그녀에게 청혼할 정도에요. 그런 그녀가 이름도 없는 사이먼 도일에게 무릎을 꿇은 거예요…… 그러니 사이먼의 머리가 어떻게 됐다고 해도 무리는 아니죠."

재클린은 갑자기 손을 움직였다.

"저 달을 보세요. 분명히 보이지요? 정말 아름다운 달이에요. 그러나 태양이 한 번 빛나기 시작하면 달은 전혀 보이지 않게 됩니다. 우리의 문제도 이와 마찬가지에요. 나는 달이었지요. 태양이 나타나자 나는 그만 사이먼의 눈에 보이지 않게 되고 만 거예요. 그 사람의 눈이 멀어버리고 만 거지요. 태양 리넷, 그 밖의 것은 아무것도 눈에 들어오지 않게 되고 만 거예요."

재클린은 잠깐 쉬고 나서 다시 계속했다.

"이제 아시겠죠? 문제는 바로 그 '빛'이에요. 그녀가 가진 그 눈부신 빛이 그의 눈을 멀게 한 거예요. 그리고 그녀는 아주 자신만만해서, 무엇이든지 마음 내키는 대로 하는 게 특기예요. 너무도 자신만만하기 때문에 다른 사람에게도 그것이 전염되고 말아요. 사이먼은 의지가 약한 사람이에요. 하지만 그 사람은 아주 단순해서 리넷이 나타나 황금마차에 태워 데리고 가지 않았다면 사이먼은 나를, 언제까지나 나만을 사랑하고 있었을 거예요. 리넷이 유혹하지만 않았다면 사이먼은 결코 먼저 그 애를 사랑하지는 않았을 거라고요."

"당신은 그렇게 생각하고 계신단 말이군요?"

"아니요, 이것은 명확한 사실이에요. 사이먼은 나를 사랑하고 있었어요. 앞으로도 영원히 사랑해 줄 거예요."

"지금도 말입니까?"

재클린은 당장 그 말에 대답할 듯했으나 말이 나오지 않았다. 그녀는 가만히 포아로를 바라보았다. 얼굴이 타오를 듯 빨개졌다. 그녀는 포아로의 눈을 피해 고개를 떨구며 낮은 목소리로 말했다.

"잘 알고 있어요. 그이는 지금 나를 미워하고 있어요. 그래요…… 정말 미워하고 있지요. 그 사람 조심하는 것이 좋을 거예요."

재빠른 동작으로 재클린은 벤치 위에 놓아두었던 조그마한 실크 백을 집었다. 그리고 뭔가를 찾기 시작하더니 이윽고 무언가를 포아로에게 내밀었다. 손 위에는 조그마한 진주 권총이 있었다. 마치 정교한 장난감 같았다.

"예쁘지요? 이건 진짜예요. 이 탄환 한 발로 사람 하나를 죽일 수 있답니다. 나는 총을 잘 쏘거든요."

그녀는 먼 옛날 일을 생각하는 듯 빙그레 웃었다.

"어릴 때 어머니를 따라 사우드 캐롤라이나에 있는 집에 갔을 때 할아버지가 사격을 가르쳐 주셨어요. 할아버지는 구식 사고 방식을 가진 사람이어서 늘 사격을 배워 두어야 한다고 말씀하셨지요. 특히 명예가 걸린 일에 있어서는 매우 중요하다고 믿으셨죠. 아버지도 젊었을 때는 몇 번인가 결투를 했어요. 아버지는 검을 잘 다루서서 사람을 죽인 적도 있었죠. 여자 문제가 원인이었어요. 포아로 씨……."

재클린은 똑바로 포아로의 눈을 들여다보았다.

"나에게는 뜨거운 피가 흐르고 있어요. 처음에 이런 문제가 일어났을 때 바로 이 권총을 샀지요. 두 사람 가운데 어느 한 쪽을 죽이려고 생각했는데, 어느 쪽을 죽여야 할지 아직 결정을 내리지 못했어요. 두 사람 다 죽어 버리면 시시하잖아요. 리넷이 겁쟁이라면 죽이는 보람이라도 있겠지요. 하지만 그녀는 용감한 여자라서 별로 놀라지도 않을 거예요. 그래서 나는 우선 기다려 보자고 생각하기 시작했지요. 이렇게 하는 편이 더 좋을 것 같았어요. 죽이는 거야 언제든지 할 수 있으니까요. 그보다도 천천히 일을 진행하는 편이 더 재미있을 것같이 여겨졌지요. 그러는 동안에 두 사람의 뒤를 따라다니자는 생각이 머리에 떠올랐어요. 두 사람이 먼 곳에 가서 함께 즐기고 있을 때 내가 나타나는 거예요. 이 계획이 딱 들어맞았어요. 다른 방법으로는 도저히 할 수 없을 만큼 리넷을 곤란하게 만들었거든요. 그 애는 지금 완전히 신경이 곤두서 있어요. 나는 기뻤어요. 저쪽에서는 어떻게 할 도리가 없으니까 말이에요. 나는 언제나 교양있고 예의바르게 행동하고 있어요. 저쪽에서도 나에게 전혀 꼬리를 잡힐 만한 말은 한마디도 하지 않고 말이에요. 두 사람은 지금 모든 것이 엉망진창이 될 것만 같겠지요."

재클린의 밝은 웃음소리가 주위에 울렸다.

포아로는 그녀의 팔을 붙잡았다.

"조용히! 조용히 하십시오."

"어째서요?"

포아로를 보고 재클린은 되물었다. 그 웃음은 당장이라도 덤벼들 것 같았다.

"아가씨, 제발 지금 하고 있는 짓을 그만두십시오."

"귀여운 리넷을 가만히 내버려 두라는 말씀이신가요?"

"아니, 그보다도 더 깊은 뜻이 있습니다. 악에게 마음을 열지 말라는 것입니다."

재클린은 입을 벌렸다. 당혹스런 빛이 눈을 스쳤다.

포아로는 진지한 어조로 계속했다.

"왜냐하면 그런 짓을 하면 악마가 들어오기 때문입니다. 악마가 들어와 당신 속에 깃들게 되면 나중에는 그것을 쫓아 낼 수 없게 되지요."

재클린은 포아로를 가만히 보았다. 그녀의 시선은 불안에 떨며 동요하고 있는 것처럼 보였다.

"나도 모르겠어요."

그러고 나서 재클린은 단호하게 소리쳤다.

"나를 그만두게 하려고 해도 소용없어요."

"그렇습니다. 나는 당신을 그만두게 할 수 없습니다."

포아로의 목소리는 슬픈 것 같았다.

"만일 내가 그녀를 죽인다고 해도 당신은 나를 말릴 수 없어요."

"그렇소. 당신이 그 대가를 치를 작정이라면 나도 어쩔 도리가 없습니다."

재클린 드 벨포트는 웃으면서 말했다.

"나는 죽는 것 따위는 무섭지 않아요. 어차피 살아 있어 봐야 별 볼일 없으니까요. 사람에게 상처를 입힌 사람을 죽이는 것이 나쁜 일인가요? 내 인생의 모든 것을 빼앗아 간 사람을 죽이는 게 뭐가 나쁜가요?"

포아로는 천천히 말했다.

"사람을 죽인다는 것, 이것만은 결코 용서받을 수 없는 큰 죄라고 생각합니다."

재클린은 또 한 번 웃었다.

"그렇다면 당신은 내가 지금 하고 있는 복수 계획을 인정해 주셔야 옳아요. 그 계획이 만족스럽게 진행되고 있는 동안은 권총을 쓰지 않을 테니까요. 그래도 가끔씩 견딜 수 없을 때가 있답니다. 그 애에게 상처를 입히고 싶어요. 나이프로 찌를까, 아니면 이 작고 귀여운 권총을 그 애의 머리에 대고 방아쇠를…… 어머나!"

그녀의 외침 소리에 포아로는 놀랐다.

"왜 그러십니까?"

재클린은 뒤로 돌아 어둠 속을 들여다보았다.

"누군가가 저기에 서 있었어요. 이젠 없어져 버렸군요."

에르퀼 포아로는 조심스럽게 주위를 둘러보았다. 사람 그림자는 아무 데도 없는 것 같았다.

"아가씨, 우리 둘밖에는 아무도 없는 것 같은데요."

포아로는 일어섰다.

"어쨌든 나는 할 말을 다 했습니다. 안녕히 주무십시오."

재클린도 일어섰다. 그리고 마치 애원하듯이 말했다.

"당신이 나에게 말씀하신 것을 받아들일 수 없다는 것을 이해해 주시겠지요?

포아로는 고개를 저었다.

"아닙니다, 당신은 할 수 있을 것입니다. 무슨 일에나 '시기'라는 것이 있습니다. 친구이신 리넷 부인에게도 물러서려고 생각하면 물러설 수 있는 때가 있었습니다. 그러나 그 시기를 놓치고 말았습니다. 한 번 그것을 놓쳐 버리면 그 일에 묶여 버려서 두 번 다시 기회가 오지 않는 법입니다."

"두 번 다시 기회가 오지 않는다……." 재클린 드 벨포트는 말하고 나서 잠시 생각에 잠기더니 힘차게 머리를 들었다. "안녕히 주무세요, 포아로 씨."

포아로는 슬픈 듯이 고개를 저으며 호텔 건물까지 재클린의 뒤를 따라갔다.

5

이튿날 아침, 에르퀼 포아로가 거리로 나가는 길에 사이먼 도일과 마주쳤다.

"안녕히 주무셨습니까, 포아로 씨."

"안녕히 주무셨습니까, 도일 씨."

"거리에 나가시려고요? 함께 가도 괜찮겠습니까?"

"그러지요."

두 사람은 나란히 걸었다. 문을 지나 유원지의 시원한 나무 그늘로 들어서자, 사이먼은 입에서 파이프를 떼고 말했다.

"어젯밤에 아내가 당신과 이야기를 했다더군요."

"네, 여러 가지 이야기를 했습니다."

사이먼 도일은 약간 씁쓸한 표정을 하고 있었다. 그는 자기주장을 분명히 밝히는 것에 서툰 사람들이 흔히 그렇듯이 조심스런 몸짓으로 말을 이었다.

"한 가지 당신에게 감사해야 할 일이 있답니다. 그 문제에 대해서 우리들이 정말 꼼짝달싹할 수 없다는 것을 아내에게 이해시켜 주셨기 때문입니다."

"법률적인 해결책은 전혀 없더군요."

"옳은 말씀입니다. 아내는 그것을 납득하지 못했었지요." 사이먼은 조금 웃음을 띠었다.

"아내는 귀찮은 일은 무엇이든 경찰 손에 맡기면 자동적으로 해결된다고 교육받아 왔기 때문에 말입니다."

"그렇게 된다면 얼마나 편하겠습니까." 포아로가 말했다.

한참 있다가 갑자기 사이먼이 이야기를 시작했다. 그의 얼굴은 빨갛게 달아올랐다.

"아내가 이런 꼴을 당한다는 것은 당치도 않습니다. 그 사람은 아무것도 하지 않았습니다. 나를 비열한 남자라고 욕하는 것은 기꺼이 받아들이겠습니다. 하지만 리넷이 이 일로 고통받는 것은 참을 수 없습니다. 그 사람과는 관계없는 일이니까요."

포아로는 진지한 얼굴로 가만히 고개만 숙였을 뿐 아무 말도 하지 않았다.

"저, 포아로 씨, 재키 아니, 벨포트 양에게 말씀하셨습니까?"

"네, 이야기했습니다."

"이해를 하던가요?"

"글쎄…… 어떤는지요."

사이먼은 짜증스러운 듯이 목소리를 높였다.

"자기가 어리석은 짓을 하고 있다는 것을 그 여자는 깨닫지 못하는 것일까요. 제대로 된 여자라면 그런 짓은 하지 않는다는 것을 모르고 있는 모양이군요. 대체 그녀는 자존심이라든가 체면도 없는 것일까요?"

포아로는 어깨를 으쓱해 보였다.

"뭐랄까요, 그 여자가 가지고 있는 것은 상처 받았다는 생각뿐이 아닐까요."

"그렇겠지요. 하지만 이번 일은 상식 있는 여자가 할 짓이 아니란 말이오. 내가 나빴다는 것은 인정합니다. 그녀가 나에게 정이 떨어져서 두 번 다시 내 얼굴을 보고 싶지 않다고 한다면 그건 이해할 수가 있습니다. 하지만 남의 뒤를 쫓아다니는 것은 여자가 할 짓이 아닙니다. 정말 웃음거리지 뭡니까? 그런 짓을 해서 무슨 이득이 있단 말입니까?"

"보복이겠지요."

"기가 막힙니다! 차라리 멜로드라마 주인공처럼 권총으로 나를 쏜다든가 하면 그래도 이해할 수 있지만 말입니다."

"그편이 그 여자에게 어울린다는 말씀입니까?"

"그렇습니다. 성질이 급하고 흥분을 잘하는 편이니까요. 몹시 화가 나면 무슨 짓을 저지를지 알 수 없습니다. 그렇지만 이런 스파이같은 행동은……."

사이먼은 고개를 저었다.

"이해가 가지 않는 단 말씀이지요? 그러나 그녀도 다 생각이 있어 하는 짓이랍니다."

도일은 포아로를 뚫어지게 쳐다보았다.

"당신은 모르십니까? 이런 짓을 해서 리넷의 신경을 엉망진창으로 만들 속셈인 겁니다."

"당신의 신경도 말인가요?"

사이먼은 깜짝 놀란 것처럼 포아로를 보았다.

"나 말입니까? 나는 그 못된 여자의 목을 비틀어 주고 싶은 심정입니다."

"그럼, 이제 옛날 감정은 조금도 남아 있지 않다는 말씀이군요?"

"그건 말입니다, 포아로 씨, 뭐라고 설명하면 좋을까……. 태양 앞의 달과 같은 이치랍니다. 태양 앞에서의 달은 그 존재를 잃어버리게 되어 있지요. 리넷을 만난 순간부터 재키라는 존재는 사라져 버린겁니다."

"기묘한 일이로군."

"뭐가요?"

"아무것도 아닙니다. 당신의 비유가 재미있어서요."

사이먼은 다시 얼굴을 붉히면서 말했다.

"재키는 내가 돈 때문에 리넷과 결혼했다고 말했겠지요. 그러나 그건 당치도 않은 거짓말입니다. 나는 누구하고도 돈 때문에 결혼하지는 않습니다. 재키처럼 한 남자에게만 푹빠지는 여자는 상대편 남자를 몸서리치게 한다는 것을 그 여자는 모르고 있습니다."

"뭐라고요?"

포아로는 엄숙하게 눈을 들었다. 사이먼은 말이 막혀 우물거렸다.

"이런…… 이런 말을 하면 품위가 없어 보이겠지만, 재키는 나에게 지나치게 빠져 있던 겁니다."

"남자를 사랑하는 여자와 여자를 사랑에 빠지게 하는 남자."

포아로는 프랑스 어로 중얼거렸다.

"네? 뭐라고 말씀하셨지요? 포아로 씨도 알고 계시겠지만, 남자란 여자쪽 애정이 더 깊은 걸 바라지 않는 법입니다."

사이먼의 목소리는 더욱 열을 띠기 시작했다.

"내가 완전히 남의 것이 되었다고 생각하고 싶지 않다는 말이지요. 나를 자기의 것처럼 여기는 그 여자의 태도가 마음에 들지 않는단 말이오. '이 남자는 내 것이다!' 하는 그 태도 말입니다. 누구든지 참을 수 없을 겁니다. 도망쳐서 자유로운 몸이 되고 싶어질 거요. 여자를 자기 것으로 만들고는 싶어도 그 반대는 딱 질색이니까요."

사이먼은 말을 그치고 조금 떨리는 손가락 끝으로 담배에 불을 붙였다.

포아로가 말했다.

"그렇다면 당신이 재클린에 대해 품고 있었던 것은 그런 감정이었군요?"

사이먼은 가만히 지켜보고 있더니 이윽고 말했다.

"네, 그렇다고 할 수 있습니다. 물론 그녀는 깨닫지 못했겠지만 말입니다. 난 그런 말을 할 수는 없었어요. 그런 때에 리넷을 만나 완전히 빠져버린 겁니다. 그토록 멋있는 여자는 한 번도 본 적이 없었어요. 정말 굉장했습니다. 모두가 다 그녀에게 굽실거리는데도 그녀는 나 같은 무능한 가난뱅이를 택했으니까요."

"그렇지요."

포아로는 뭔가를 생각하며 맞장구를 쳤다.

"재키는 왜 남자처럼 깨끗이 인정해주지 않는 걸까?" 사이먼은 화가 난다는 듯이 말했다.

포아로의 윗입술에 희미한 웃음이 떠올랐다.

"도일 씨, 무엇보다도 재클린 양은 남자가 아니니까요."

"아니, 내가 말하는 뜻은 보복을 하려면 당당하게 하라는 것입니다. 입에 쓴 약이라도 자기에게 돌아오면 마셔야만 하는 것이니까요. 죄는 나에게 있습니다. 그것은 인정합니다. 그러나 현실은 현실입니다. 여자에게 애정을 느끼지 않게 됐는데도 결혼을 한다면 그건 미친 짓이지요. 재키의 정체를 알게 되고, 앞으로 저지를 일을 생각하면 도망친 것이 운이 좋았다고 생각하고 있습니다."

"앞으로 저지를 일이라! 도일 씨, 앞으로 그녀가 무슨 일을 저지를지 짐작이 간다는 말입니까."

"아뇨, 무슨 말씀을 하고 계시는 겁니까?"

"그 여자는 권총을 가지고 있습니다. 알고 계셨습니까?"

사이먼은 얼굴을 찌푸리며 고개를 저었다.

"지금은 아직 쓰지 않을 겁니다. 쓰려고 생각했다면 훨씬 전에 썼겠지요. 이미 그 단계는 넘어섰다고 생각합니다. 지금은 화풀이를 하기 위해 심술궂은 짓을 하고 있을 뿐입니다."

포아로는 어깨를 으쓱했다.

"그럴지도 모르지만……."

그는 반신반의라는 듯이 말했다.

"내가 걱정하고 있는 것은 리넷에 대한 일입니다."

사이먼은 하지 않아도 될 말을 했다.

"그야 그렇겠지요."

"재키가 드라마 흉내를 내어 권총을 휘둘러 봤자 하나도 무섭지

않습니다. 스파이짓을 한다거나 뒤를 쫓아다니는 데엔 리넷이
완전히 손을 들고 있거든요. 그래서 한 가지 계획을 세웠습니다
만, 이것을 말씀드리면 당신의 좋은 지혜를 빌릴 수 있을지도
모르겠군요. 우선 첫째, 우리는 여기서 10일 동안 머무를 거라
고 말해두었습니다. 그런데 내일 셰라르에서 와디 할파로 가는
카낵 호가 출항을 합니다. 우리는 가명으로 선실을 예약할 겁니
다. 일단 내일은 파일리로 소풍을 가고 리넷의 하녀가 짐을 배
로 옮겨둘 겁니다. 그럼, 우리는 셰라르에서 카낵 호에 타는 겁
니다. 우리가 돌아오지 않는다는 것을 재키가 알게 될 무렵에는
이미 늦어 버린 거지요. 우리는 이미 나일 강을 거슬러 올라 가
있을 테니까요. 재키는 우리가 그녀의 눈을 속여 카이로로 돌아
갔으리라고 생각하겠지요. 사실 웨이터에게 돈을 조금 주고 그
렇게 말하도록 시키는 건 어려울 게 없으니까요. 여행 안내소를
찾아다녀 보았자 아무 소용이 없을 겁니다. 우리의 이름은 드러
나지 않도록 되어 있으니까요. 이 계획을 어떻게 생각하십니
까?"
"과연 빈틈없는 계획입니다. 그런데 만일 재키가 여기서 당신들
이 돌아오는 것을 기다리고 있다면 어떻게 하지요?"
"우리는 돌아오지 않을지도 모릅니다. 할룸에 가서 거기서 비행
기로 케냐까지 갑니다. 재키도 어디까지나 우리를 쫓아다닐 수
는 없지 않겠습니까."
"그렇겠군요. 경제적인 사정으로 그만두어야 될 때가 반드시 올
것입니다. 돈은 별로 가지고 있지 않은 것 같으니까요."
사이먼은 감탄한 듯이 포아로를 보았다.
"참, 그렇군요. 그건 미처 생각지 못했습니다. 재키는 정말 돈
이 없어 곤란한 상태거든요."

"그런데도 용케 이런 데까지 쫓아왔군요."

"그야 돈이 아주 조금은 들어온답니다. 1년에 200달러도 안 된다고 생각합니다만, 내가 생각하는 바로는, 우리를 쫓아다니기 위해 원금에 손을 댔을 게 틀림없습니다."

"그럼, 있는 것을 다 써 버리면 빈털터리가 될 때가 오겠군요."

"그렇습니다."

사이먼은 침착하지 못한 태도로 손을 움직였다. 생각할수록 불안해지는 모양이다. 포아로는 주의 깊게 그를 쳐다보았다.

"그건 유쾌한 상상은 못 되는군요."

그 말을 듣자 사이먼은 화가 난 것 같았다.

"나로서는 어떻게 할 수가 없으니까요. 그런데 내 계획을 어떻게 생각하십니까?"

"글쎄요, 잘되겠지요. 그렇지만 그것은 당신들의 후퇴를 의미하는 것입니다."

사이먼의 얼굴이 빨개졌다.

"우리가 도망치는 것 말입니까? 그건 그렇지만 리넷이……."

포아로는 사이먼의 태도를 보고 고개를 끄덕였다.

"어쩌면 그것이 가장 좋은 방법일지도 모릅니다. 그러나 잊어서는 안 됩니다. 벨포트 양은 머리가 좋다는 것을 말입니다."

사이먼은 우울하게 말했다.

"언젠가 우리들도 도망치는 것을 멈추고 우리의 입장을 지키기 위해 흑백을 분명히 가리지 않으면 안 된다고 생각합니다. 지금 그녀의 태도는 분별없는 짓이에요."

"분별이라! ……."

"아무리 여자라도 사리를 분별하는 인간답게 행동해야지요."

사이먼이 강하게 주장했다.

포아로는 차갑게 말했다.

"여자들도 이성적으로 행동합니다. 그건 그렇고, 나도 카낵 호에 타겠습니다. 여행 일정에 들어가 있거든요."

그 말을 듣자 사이먼은 난처한 듯이 우물쭈물했다.

"그, 그건 저어…… 우리들 때문은 아니겠지요? 그렇다면 곤란하니까요."

"아니, 그렇지는 않습니다. 런던을 출발하기 전에 미리 준비를 해 놓았었습니다. 언제나 여행하기 전에 미리 준비를 마쳐두는 것이 습관이라서요."

"그럼, 마음 내키는 대로 좋아하는 장소를 돌아다니는 여행은 하지 않습니까? 그렇게 하는 것이 여행의 묘미라고 생각합니다만."

"그럴지도 모르지요. 하지만 뭔가를 성공적으로 하기 위해서는 모든 면을 꼼꼼하게 미리 계획해 둘 필요가 있다고 생각합니다."

사이먼은 웃으면서 말했다.

"마치 머리가 좋은 살인범의 수법 같군요."

"네, 그렇습니다. 하지만, 제 경험으로는 매우 계획적인 살인범보다 그 장소에서 흥분을 참지 못해 살인을 저지르는 살인범을 찾기가 훨씬 어렵지요."

사이먼은 소년처럼 말했다.

"카낵 호에 타면 꼭 당신의 경험담을 들려주세요."

"아닙니다, 아닙니다. 그건 뭐랄까 전문적인 이야기라서요."

"그야 그럴지도 모르지만, 그래도 그것은 스릴이 넘치는 이야기니까요. 앨러튼 부인도 저와 마찬가지로 당신에게 자세한 이야기를 듣고 싶어 하더군요."

"앨러튼 부인이라면 그 효성이 지극한 아들을 가진 아름다운 백발의 부인 말입니까?"

"그렇습니다. 그 부인도 카낵 호에 탈 예정입니다."

"당신들이 탄다는 것도 알고 있나요?"

"물론 모르지요. 아무도 모릅니다. 사람을 믿지 않는 것이 나의 신조니까요."

"훌륭한 생각입니다. 나도 그렇습니다. 그런데 당신들 일행 가운데 또 한 사람, 키가 큰 백발의 신사는……."

"페닝턴 씨 말입니까?"

"그렇습니다. 그 사람도 같이 갑니까?"

사이먼은 쓸쓸하게 말했다.

"신혼여행답지 않다고 생각하시는 모양이군요. 페닝턴 씨는 리넷의 재산관리인인데, 카이로에서 우연히 만났답니다."

"그렇습니까? 그런데 한 가지 물어 보겠습니다만, 부인은 성년(成年)이 되셨겠지요?"

"실제로는 아직 20살이 되지 않았습니다. 그러나 나와 결혼하는 데는 누구의 허락도 받을 필요가 없었습니다. 그렇기 때문에 페닝턴으로서는 우리들의 결혼이 아닌 밤중에 홍두깨 격이었겠지요. 우리들의 결혼 통지가 도착하기 이틀 전에 카마니크 호로 뉴욕을 떠났기 때문에 그 사람은 우리가 결혼한 사실을 전혀 몰랐습니다."

"카마니크 호라……." 포아로는 중얼거렸다.

"카이로에서 만났을 때 그 사람의 놀라는 표정이란 참 우스울 지경이었지요."

"정말 우연이었겠군요."

"그렇답니다. 그런데 그 사람도 나일 강을 올라간다고 하기에 자연히 동행하게 되었지요. 억지로 모른 체하며 따로 갈 수도 없으니까요. 어떤 의미에서는 잘되었다고 볼 수도 있겠지요."

사이먼의 얼굴에는 다시 또 난처한 빛이 떠올랐다.

"왜냐하면 재키가 어디서 나타날지 몰라 리넷이 아주 예민해져 있으니까요. 우리 둘만 있으면 늘 그 이야기지만 페닝턴 씨가 있으면 도움이 됩니다. 애써 다른 이야기를 하지 않으면 안 되니까요."

"부인은 페닝턴 씨에게 사실을 털어놓지 않으셨습니까?"

"네, 다른 사람과는 관계없는 일이니까요. 더구나 나일 강을 거슬러 올라가기 위해 출발하면 모든 문제가 다 끝날 거라고 생각하고 있거든요."

포아로가 고개를 저었다.

"아직 끝났다고 볼 수 없습니다. 아니, 언제 끝날지조차 알 수 없습니다. 이것만은 나도 확실히 말할 수 있습니다."

"포아로 씨, 조금은 격려가 되는 말을 해주시죠."

포아로는 희미하지만 초초한 듯이 그를 바라보았다. 그는 마음속으로 이렇게 말했다.

'이 남자도, 정말 전형적인 영국 남성이로구나. 즐길 줄만 알지 조금도 진지한 구석이 없군! 죽을 때까지 어린아이일 것만 같은 남자야.'

리넷 도일, 재클린 드 벨포트, 둘 다 이 일을 진지하게 생각하고 있다. 그러나 사이먼의 태도 속에는 남성 특유의 성급함과 당혹감 외에는 아무것도 없다.

포아로는 말했다.

"실례되는 질문이지만, 이번 신혼여행지로 이집트를 택한 것은 당신의 생각입니까?"

"당치도 않습니다. 솔직히 말해서 나는 다른 곳으로 가고 싶었습니다. 그런데 리넷이 우기는 바람에…… 그래서…… 그래서……."

사이먼은 도중에서 어물어물 입을 다물어 버렸다.

"과연."

포아로는 리넷 도일이 우기는 일이라면 무엇이든 어찌할 수 없이 그렇게 해야 한다는 사실을 다시 한 번 확인할 수 있었다. 그리고 그는 마음속으로 생각했다.

'이것으로 이 사건에 대한 세 사람의 설명을 각각 들은 셈이다. 리넷 도일의 진술, 재클린 드 벨포트의 진술, 사이먼 도일의 진술. 그러나 과연 이 세 사람 중 누구의 이야기가 진실에 가까운 것일까?'

6

다음날 아침 11시쯤 사이먼과 리넷은 파일리를 향해 떠났다. 두 사람이 그림과 같은 범선을 타고 떠나는 것을 재클린 드 벨포트는 호텔 발코니에서 바라보고 있었다. 그래서 한 대의 자동차가 호텔 정문으로 나가는 것을 알아채지 못했다. 짐을 실은 그 자동차는 하녀를 태우고 오른쪽으로 구부러지더니 셰라르로 향했다.

에르큘 포아로는 점심 식사 전의 2시간을 호텔 바로 앞에 있는 앨리판타인이라는 섬에서 보내기로 했다.

선착장으로 내려가자 두 남자가 호텔 전용보트에 올라타려고 하는 참이었다. 포아로는 그들과 함께 같은 보트에 올라탔다. 포아로는 그들이 서로 모르는 사이라는 것을 첫눈에 알 수 있었다. 두 사람 중 젊은 남자는 어제 기차로 온 모양이었다. 검은 머리에 홀쭉한 얼굴, 싸움을 좋아할 것 같은 턱을 가진 키가 큰 남자였다. 그는 몹시 더러운 플란넬 바지를 입고, 이곳 기후에 어울리지 않는 하이네크 점퍼를 입고 있었다. 다른 한 사람은 작고 뚱뚱한 중년남자였다. 그는 보트가 움직이기 시작하자 곧 관용구가 많이 섞인 약간 불완전한 영어로 포아로에게 말을 걸어왔다. 젊은 남자는 대화에 낄 생각은커녕, 잔뜩 찌푸린 얼굴로 두 사람을 쳐다보았다. 그러고는 일부러 두 사람에게 등을 돌리고 누비아인 선장이 손으로 돛을 움직여 발가락 끝으로 키를 잡는 능숙한 동작에 사뭇 감탄한 듯한 표정으로 바라보기 시작했다.

수면은 평온히 가라앉아 있었다. 커다랗고 매끄러운 검은 바위가 흐르듯이 뱃전을 지나갔고 부드러운 미풍이 배에 탄 사람들의 볼을 어루만졌다. 배는 눈 깜짝할 사이 섬에 닿았다. 포아로와 수다스러운 남자는 배에서 내려 곧바로 박물관으로 향했다. 남자는 포아로에게 명함 한 장을 건네주었다. 그 명함에는 '고고학자 시뇨르 기드 리케티'라고 적혀 있었다. 포아로도 고개를 숙여 인사하고 명함 한 장을 건넸다. 형식적인 인사가 끝나고 두 사람은 함께 박물관으로 들어갔다. 그러자 이 이탈리아 고고학자는 자신의 박식한 고고학적 지식을 늘어놓기 시작했다. 명함 교환이 있은 다음부터 둘의 대화는 영어에서 프랑스어로 변해 있었다. 플란넬 바지를 입은 젊은 남자는 계속 하품을 하면서 박물관 안을 어슬렁거리더니 밖으로 나가버렸다.

포아로와 시뇨르 리케티는 오랫동안 박물관의 진열품을 구경하며 돌고난 후 밖으로 나왔다. 리케티는 열심히 폐허 속 유적을 조사하기 시작했다. 그러나 포아로는 강 가까이에 있는 바위 위에서 어디선가 본 적이 있는 녹색 양산을 발견하고는 그리로 발길을 돌려 걸어갔다.

커다란 바위 위에 앉아있는 사람은 예상했던 대로 앨러튼 부인이었다. 그녀 옆에는 스케치북이 놓여 있었고 무릎 위에는 책한 권이 올려져 있었다. 포아로는 공손히 모자를 벗어 인사를했다. 부인은 곧 말을 하기 시작했다.

"안녕히 주무셨어요. 이 애들을 쫓아 버리고 싶은데, 도저히 안되는군요."

한 무리의 새까만 아이들이 부인의 주위에 모여서서 하나같이이를 드러내놓고 웃고 있었다. 그리고 이따금씩 너무도 당연하다는 듯 "한 푼 줍쇼." 하면서 절을 하듯이 손을 내밀었다.

"이 아이들 적당히 하고나서 돌아갈 줄 알았는데." 부인은 더이상 참을 수 없다는 표정이었다.

"벌써 2시간째 이러고 있어요. 그것도 아주 조금씩 접근해 와요. '이놈들' 하면서 양산으로 쫓아버리면 흩어지듯 도망쳐 버리다가 곧바로 다시 돌아와서 뚫어져라 쳐다보는 거예요. 정말 소름 끼쳐요. 냄새도 그렇고…… 저는 아이들을 정말 싫어해요. 잘 씻고 예의바르게 구는 아이라면 얼마든지 참아줄 수도 있지만."

그녀는 한심스럽다는 듯이 웃어보였다.

포아로는 의협심을 발휘해서 아이들을 쫓으려고 했으나 헛수고였다. 아이들은 일단 흩어졌다가는 다시 모여들었다.

"이집트가 좀더 조용한 곳이라면 정말 마음에 들 텐데."

부인은 말을 이었다.

"어디를 가든지 도무지 혼자 있게 내버려두지를 않아요. 어디를 가나 집요하게 달라붙어서 돈 달라, 당나귀 한번 타봐라, 비즈 사라, 마을 안내를 해주겠다, 오리사냥은 어떠냐…… 이제 정말이지

......"

"그것 참, 괴로운 일입니다."

포아로가 맞장구를 쳤다. 그는 바위 위에 손수건을 깔고 앉았다.

"오늘은 아드님과 함께 오시지 않으셨습니까?"

"네, 떠나기 전에 꼭 부쳐야 할 편지가 있다더군요. 우리는 제2 폭포까지 가 볼 계획이에요."

"나도 가 볼 참입니다."

"어머나! 참 잘됐네요. 당신을 만나 뵙게 돼서 매우 기뻐하고 있답니다. 마조르카에 있을 때 리치라는 분이 당신에 대해 아주 멋진 이야기를 들려주었지요. 그분은 헤엄을 치다가 루비 반지를 잃어 버렸답니다. 포아로 씨가 있으면 찾아 줄 텐데 하고 한탄하더군요."

"그렇습니까? 하지만 나는 물 속에는 뛰어들지 않는답니다."

두 사람은 웃었다.

앨러튼 부인이 말했다.

"오늘 아침, 당신이 사이먼 도일과 함께 거리를 걸어가시는 것을 방에서 보고 있었어요. 그분을 어떻게 생각하시나요? 모두들 야단이랍니다."

"그렇습니까?"

"리넷 리지웨이가 그와 결혼한 것은 정말 뜻밖이었으니까요. 윈들섬 경과 결혼하리라고 생각하고 있었는데, 난데없이 이름도 들어 본 적 없는 도일 씨와 결혼했으니까 말이에요."

"리넷에 대해 잘 알고 계십니까?"

"아니오, 조카인 조앤너 사우스우드가 리넷과 친구라서……."

"아, 그런 이름을 신문에서 본 기억이 있습니다." 그는 잠시 말을 멈추고 가만히 있다가 다시 입을 열었다. "조앤너 사우스우드, 자주 신문에 나오는 여자분이시지요."

"자기 선전을 잘한답니다." 앨러튼 부인은 내뱉듯이 말했다.

"부인은 그분을 싫어하십니까?"

"이런, 교양 없는 말을 해 버렸군요. 아무튼 나는 구식이라서 그런 애를 좋아하지는 않는답니다. 그러나 팀과 그 애는 아주 사이가 좋지요."

앨러튼 부인은 포아로를 재빨리 흘끗 보더니 화제를 바꾸었다.

"이곳에서는 젊은 사람을 좀처럼 볼 수 없군요. 하긴 밤색 머리를 한 귀여운 아가씨가 있긴 하지요. 머리에 이상하게 터번을 두른 어머니와 함께 있는 그 아가씨 정도가 전부지요. 당신은 그 아가씨와 이야기를 자주 하시는 것 같았는데 난 그 아가씨에게 흥미를 가지고 있답니다."

"어째서지요?"

"불쌍한 생각이 들어서요. 젊을 때는 다감하면 고민이 많은 법이에요. 그 아가씨는 고민이 있는 것 같더군요."

"그렇습니다. 가엾게도 행복하다고는 할 수 없지요."

"팀과 나는 그 아이를 '찌푸린 여자'라고 부른답니다. 한두 번 말을 걸어 보려고 했지만 그때마다 모른 척하면서 받아 주지를 않더군요. 그러나 그녀도 이번에 나일 강에 가는 모양이니까 조금은 친해질 수 있겠지요."

"그렇게 될지도 모르겠군요."

"나는 사람을 잘 사귀는 편이에요. 인간에 대해 매우 흥미를 가지고 있기 때문이겠지요. 여러 가지 타입의 사람들이 있어서 재미있답니다."

잠깐 숨을 돌린 다음 다시 부인은 말을 계속했다.

"벨포트라는 살빛이 거무스름한 아가씨가 도일 씨의 약혼자였다고 팀이 말해 주었는데, 저런 식으로 만나는 것은 서로 멋쩍을 거예요."

"정말 그렇습니다."

앨러튼 부인은 포아로를 한번 재빨리 쳐다보고 말했다.

"이상한 이야기지만, 그 아가씨를 보니까 무서워졌어요. 너무 한곳에만 빠져 있는 것 같은 표정때문에……."

"무리도 아니지요. 격렬한 감정의 힘이란 언제나 무서운 게 아니겠습니까?"

"포아로 씨, 당신도 인간에 대해 흥미를 가지고 계신가요? 아니면 범죄의 소질을 가지고 있는 사람에 한해서만 흥미가 있나요?"

"범죄의 소질이 없는 사람은 그리 많지 않답니다."

"그게 사실인가요?"

"특별한 동기가 있을 경우에만 그렇습니다만."

"동기에 따라 사람은 변한다는 말씀인가요?"

"물론 그렇습니다."

앨러튼 부인은 입가에 웃음을 조금 띠고 말했다.

"나도 그럴까요?"

"어머니란 자식이 위급할 경우에는 특히 잔혹해지는 법이랍니다."

"그럴 거예요. 옳은 말씀이세요."

잠시 사이를 두었다가 부인은 웃으며 다시 말을 이었다.

"이 호텔에 있는 사람들 한 사람 한 사람에게 어울릴 만한 범죄를 생각해 보는 것도 재미있을 거예요. 이를테면 사이먼 도일은 ……."

"지극히 단순한 범죄겠지요. 목적을 향해 단도직입적으로 뛰어드는 단순한 범죄. 기교 같은 것은 조금도 없이 말입니다."

"당장 드러나고 만다라는 뜻이군요?"

"그렇습니다. 그 사람은 교묘한 짓은 하지 못합니다."

"리넷은요?"

"《이상한 나라의 앨리스》 이야기에 나오는 여왕이라고나 할까요."

"옳아요. 왕의 신권(神權)이지요. 그 위험스러운 아가씨 재클린 드 벨포트는 살인을 할 수 있을까요?"

포아로는 조금 머뭇거리다가 의심스러운 듯 말했다.

"글쎄요, 할 수 있으리라고 생각합니다."

"하지만 확신은 없으시지요?"

"네, 나는 그 아가씨를 아무래도 잘 알 수가 없습니다."

"페닝턴 씨는 그런 짓을 할 수 없을 것처럼 생각됩니다만, 어떨까요? 기력이 없어 보이지요?"

"그러나 그 사람은 자기보호 본능이 강합니다."

"저도 그렇게 생각해요. 그런데 옥타븐 부인은 어떨까요?"

"허영심이라는 것이 있겠지요."

"살인의 동기로서 말인가요?" 앨러튼 부인은 믿어지지 않는 듯한 표정으로 물었다.

"아주 하찮은 일이 살인의 동기가 되는 경우도 있으니까요."

"가장 흔한 동기는 무엇일까요, 포아로 씨?"

"그것은 돈 문제입니다. 그 다음이 복수, 애정, 공포, 그리고 증오, 은혜……."

"설마요. 포아로 씨."

"설마가 아닙니다, 부인. 예를 들어 C라는 사람을 구하기 위해

B라는 사람이 A를 죽일 수도 있는 겁니다. 실제로 이런 일은 수없이 많이 일어납니다. 정치적인 살인의 대부분이 이런 이유로 일어나지요. 인류 문명이나 사회의 적으로 간주된 사람은 즉시 암살당합니다. 이런 암살자들은 인간의 생명이 신의 손에 달려있다는 사실을 잊어버린 사람들입니다."

그는 사뭇 진지했다.

앨러튼 부인은 차분히 말했다.

"당신 말에도 일리는 있어요. 하지만 신은 신나름대로 그들을 사용해 인류의 운명을 만들어 나가시는 거예요."

"부인, 그런 사고방식이야말로 가장 위험한 생각입니다."

"이런 이야기를 하다 보니 살아남을 사람은 한 사람도 없을 것 같군요."

앨러튼 부인은 가볍게 말하고 나서 일어섰다.

"이제 돌아가야죠. 점심 식사가 끝나면 곧 출발해야 하니까요."

두 사람이 선착장으로 돌아와 보았더니 점퍼를 입은 젊은이가 배 안에 막 자리를 잡으려는 참이었다. 이탈리아인은 아까부터 기다리고 있었다. 흑인 선장이 돛을 올리고 배가 출발하자, 포아로는 젊은이를 보고 공손히 말을 걸었다.

"이집트에는 멋진 유적을 많이 볼 수 있군요."

젊은이는 불쾌한 냄새가 나는 파이프를 피우고 있었지만 그것을 입에서 떼자 놀랄 만큼 품위 있는 말투로 간단하고 분명하게 말했다.

"나는 지긋지긋하답니다."

앨러튼 부인은 코안경을 쓰고 재미있다는 듯 젊은이를 바라보았다.

"그렇습니까? 어째서일까요?" 포아로가 물었다.

"예를 들어 피라미드를 보십시오. 그것은 오만한 독재자가 단순히 자기만족을 위해 쌓은 거대한 돌무더기에 지나지 않습니다. 이것을 쌓기 위해 얼마나 많은 평민들이 피땀을 흘렸을지 생각해 보신 적이 있습니까? 피라미드를 보면 지옥 같은 고통에 시달렸을 그들이 생각나 화가 치밉니다."

앨러튼 부인은 쾌활하게 말했다.

"그러면 젊은이는, 피라미드도, 파르테논 신전도, 아름다운 고분과 사원도 필요없다는 건가요? 단지 인간이 하루 세 끼 밥잘 먹고 잘 살다 죽었다는 역사로만 만족한다는 건가요?"

젊은이는 미간을 찌푸리며 그녀에게 말했다.

"내 말은, 그까짓 돌덩이보다 인간의 생명이 훨씬 소중하다는 것입니다."

"그러나 어차피 인간은 오래 살 수 없습니다."

포아로가 어쩔 수 없다는 듯 말했다.

"나는 예술품 따위보다는 하루 세 끼라도 배불리 먹을 수 있는 노동자를 보고 싶단 말입니다. 중요한 것은 과거가 아니라 미래입니다."

이 말에 리케티 씨는 참을 수가 없었다. 그는 격렬하고 부분부분 알아들을 수 없는 빠른 말로 떠들어대기 시작했다. 젊은이는 자본주의 조직에 대한 자신의 소신을 밝히면서 리케티 씨에게 답변했다. 격렬한 독설을 늘어놓고 있던 젊은이의 이야기가 끝나갈 무렵, 배는 호텔 앞 선착장에 닿았다.

앨러튼 부인은 어이없다는 듯 한숨을 쉬며 배에서 내렸다. 젊은 남자는 그녀의 뒷모습을 증오의 눈빛으로 노려보았다.

호텔 입구에서 승마복 차림을 한 재클린이 포아로를 보더니 비아냥거리는 듯한 태도로 조금 고개를 숙였다.

"당나귀를 타고 한 바퀴 돌려던 참이랍니다. 토착민들의 마을을 둘러보는 것도 왠지 좋은 생각같지 않나요?"

"오늘은 시골 관광인가요? 좋은 생각입니다. 경치가 썩 좋답니다. 다만 그 마을의 골동품은 많이 사지 않는 것이 좋을 겁니다."

"유럽에서 들여온 것들이겠지요? 나는 그런 것에 쉽게 속아넘어가지는 않는답니다."

포아로가 가볍게 머리를 숙여보이자 재클린은 눈부신 햇살속으로 사라졌다.

포아로는 짐을 챙겼다. 그의 짐은 언제나 정리되어 있기 때문에 챙기기에는 간단했다. 그는 식당에서 이른 점심 식사를 마치고 호텔 버스에 올라탔다. 폭포 구경을 갈 손님은 버스로 역까지 가서 카이로와 셰라르 사이를 달리는 급행열차를 탈 예정이었다. 기차로 10분밖에 걸리지 않는 거리였다.

일행은 앨러튼 부인과 그 아들, 포아로, 더러운 바지를 입은 젊은이와 이탈리아인 리케티뿐이었다. 옥타븐 부인과 로잘리는 파일리에 갔으며, 셰라르에서 승선할 예정이었다. 카이로 발 기차는 20분쯤 늦게 닿았다. 그런데 기차가 역에 닿자 큰 소동이 벌어졌다. 기차안의 짐을 들어내는 포터와 기차 안으로 짐을 넣는 포터가 서로 부딪쳤기 때문이었다.

포아로가 숨을 헐떡이면서 정신을 차려 보니 주위에는 자기와 앨러튼 모자의 짐 그리고 누구의 것인지 알 수 없는 짐이 높이 쌓여 있었다. 그리고 팀과 그의 어머니는 나머지 짐과 함께 다른 차량에 있었다. 포아로가 앉은 차량에는 주름투성이 노부인이 앉아 있었다. 그녀는 다이아몬드를 몇 개씩이나 몸에 붙이고 앉아 세상 사람들을 아주 경멸하는 듯한 얼굴을 하고 있었다.

노부인은 포아로에게 깔보는 듯한 눈길을 보내더니 미국 잡지를 펼쳐들고 그 뒤로 얼굴을 숨겼다. 맞은편에는 그다지 예쁘지 않은 몸집이 큰 여자가 앉았는데, 나이는 30살이 좀 못되어 보였다. 개의 눈을 연상케 하는 다갈색 눈에다 머리는 헝클어져 있었다. 그녀는 노부인의 비위를 맞추려고 열심인 것 같았으나 노부인은 이따금씩 잡지 너머로 냉정한 어조로 명령을 내렸다.

"코넬리아, 담요를 개거라. 도착하면 내 화장 가방을 조심해야 돼. 절대로 다른 사람에게 들려서는 안 돼. 종이 자르는 칼을 잊지 않도록 하고."

기차는 눈 깜짝할 사이에 도착했으며, 10분 뒤에는 모두들 카낵 호가 기다리고 있는 주름다리까지 왔다. 옥타븐 모녀는 벌써 배에 타고 있었다.

카낵 호는 '제1폭포' 행인 바빌루스 호나 로터스 호에 비하면 아주 작았다. 배가 크면 아스완 댐의 수문을 지나갈 수 없기 때문이다. 일행들은 저마다 자기의 선실로 안내되었다. 만원이 아니었기 때문에 거의 대부분의 선객들이 유보갑판(遊步甲板)으로 향한 선실을 잡을 수 있었다. 그 갑판의 앞쪽은 사방을 유리로 막은 전망실로 되어 있어, 선객들은 강이 눈앞에 전개되는 것을 바라볼 수 있었다. 아래갑판은 흡연실과 휴게실로 되어 있고, 다시 그 아래 갑판에는 식당이 있었다.

자기 짐이 선실로 옮겨지는 것을 확인한 다음, 포아로는 다시 갑판으로 나가 배가 출발하는 모습을 보기로 했다. 난간으로부터 몸을 내밀다시피하고 있는 로잘리 옥타븐을 보고 그는 말을 걸었다.

"드디어 누비아(나일강 상부에 있는 지역)로 들어가는군요. 당신은 참으로 즐거워 보이네요."

"네, 드디어 모든 것으로부터 풀려난 것 같은 기분이 들어요."
로잘리는 막연히 허공을 가리켰다. 두 사람의 눈앞에 펼쳐진 수면
은 어딘지 야성적으로 보였고 풀 한 포기 나지 않은 평평한 바위
는 강변까지 경사를 이루고 있었다. 여기저기 홍수로 망가지고 버
려진 집의 흔적들이 드문드문 남아 있었다. 모든 경치가 음울하고
불길한 매력을 뿜어내고 있었다.

"이 나라에는 나를 불쾌하게 만드는 것들이 있어요. 마음속에서
부글부글 끓고 있는 것을 모조리 표면에 드러내놓게 해 버리는
게 말이에요. 모든 것이 불공평하고 옳지 못하거든요."

"그럴까요? 사물의 외견만으로 판단할 수는 없지요."

"다른 어머니를 좀 보세요. 그리고 제 어머니를 보세요. 어머니
에게는 성(性) 이외의 신이란 없어요. 그리고 살로메 옥타븐은
그 신의 예언자랍니다."

로잘리는 이렇게 말한 다음 다시 덧붙였다.

"이 말은 하지 않는 편이 좋았을 것 같군요."

"나에게 말하는 것은 괜찮지 않습니까? 나는 사람들의 여러 가
지 이야기를 듣는 일이 전문이지요. 마음속이 부글부글 끓는다
면, 잼처럼 찌꺼기가 표면에 뜨게 해서 그것을 스푼으로 건져내
버리면 됩니다. 이런 식으로 말입니다."

포아로는 이 말을 하고 강물에 무언가를 던지는 흉내를 내보였
다.

"자, 없어져 버렸습니다."

"당신은 이상한 분이군요." 로잘리의 어두운 입가에 밝은 웃음
이 떠올랐다. 그러더니 갑자기 긴장해서 외쳤다.

"어머나, 도일 부인과 그녀의 남편이에요. 저 사람들이 배를 타
고 여행을 하다니, 정말 뜻밖이군요."

리넷은 선실에서 나와 이쪽으로 걸어오고 있었다. 사이먼이 그 뒤를 따랐다. 리넷의 밝고 마음을 놓은 듯한 얼굴은 포아로를 놀라게 했다. 거만하다고 생각될 만큼 행복에 가득 차 있었기 때문이다. 사이먼도 사람이 달라진 것처럼 얼굴 가득 웃고 있는 모습이 마치 즐거워하는 어린아이 같았다.

"정말 멋있어." 난간에 몸을 내밀고 사이먼은 말했다. "나는 이 여행에 기대를 걸고 있었거든. 뭐랄까 지금까지와는 전혀 다른 느낌. 당신도 그렇지? 마치 이집트의 심장부로 들어가는 것 같은 기분이야."

"그래요. 지금보다 훨씬 멋있어질 것 같아요."

리넷이 사이먼의 팔에 손을 걸치자 사이먼은 그녀의 손을 자기 쪽으로 끌어당겼다.

"자, 이제 출발이야!"

배는 둑에서 차츰 멀어지기 시작했다. 제2폭포까지 왕복 7일 동안의 여행이 시작된 것이다. 이때 두 사람의 뒤에서 밝은 금속성의 웃음소리가 들렸다. 리넷이 돌아보자 거기에 바로 재클린 드 벨포트가 서 있었다. 그녀는 유쾌한 얼굴이었다.

"안녕, 리넷. 네가 여기 있으리라곤 미처 생각 못했어. 앞으로 10일 동안 아스완에 있겠다고 말하지 않았니? 정말 깜짝 놀랐어."

"너는…… 너는…… 설마……."

리넷은 혀가 잘 돌아가지 않았다. 창백한 얼굴에 억지웃음을 띠고 간신히 말했다.

"나, 나도, 설마 여기서 너를 만날 줄은 몰랐어."

"그래?"

재클린은 이렇게 되묻고 반대쪽으로 걸어갔다. 리넷은 남편의 팔을 꼭 붙잡고 있었다.

"사이먼…… 사이먼!"

사이먼의 얼굴에서도 어느새 즐거운 표정이 사라지고 험상궂게 일그러져 있었다. 자제하려고 애를 써도 자신도 모르게 주먹이 꽉 쥐어졌다.

두 사람은 좀 멀어져 갔다. 포아로는 뒤돌아보려고 하지도 않았지만 가만히 서 있는 포아로의 귀에는 단편적인 단어들이 들려왔다.

"돌아가자…… 안 된다…… 우리가 할 수 있는 건……."

도일의 맥 풀린 듯한 목소리가 조금 높게 들렸다.

"언제까지나 도망쳐 다닐 수는 없단 말이야. 이렇게 된 이상 뒤로 물러설 수는 없어."

그로부터 몇 시간인가 지나 어두워지기 시작할 무렵, 포아로는 사방이 유리로 된 전망실에 선 채 똑바로 앞을 보고 있었다. 배는 좁은 계곡을 거슬러 올라가고 있었다. 바위는 점점 험준한 모습을 드러내고 있었고 양쪽에서는 강물이 들이쳤다. 강물은 깊고 세차게 흘러가고 있었다. 배는 어느새 누비아에 들어와 있었던 것이다.

인기척이 나더니 리넷 도일이 포아로 옆에 와 서 있었다. 무의식중에 손가락을 끼었다 풀었다 하고 있는 리넷의 태도에는 지금까지와는 전혀 달랐다. 마치 길 잃은 어린아이처럼 의지할 데가 없어보였다.

"포아로 씨, 나는 무서워요. 모든 것이 무서워요. 이런 일은 처음이에요. 우리는 어디로 가는 것일까요. 앞으로 무슨 일이 일어날까요? 정말 무서워요. 모두가 나를 미워하고 있어요. 이런 기분은 처음이에요. 지금까지 남에게 친절하고, 남을 위해 여러 가지 일을 해 왔는데도 모두들 나를 미워하고 있어요. 사이먼만 빼놓고 주위 사람들 모두 나의 적이에요. 나를 미워하고 있는 사람들이 있다고 생각하니 도저히 견딜 수가 없어요."

"대체 무슨 일로 그러십니까, 부인?"

그녀는 고개를 저었다.

"신경이 예민해진 거겠지요. 주위에 있는 것이 모조리 불안하게만 느껴져서……."

그녀는 어깨 너머로 흘끗 겁먹은 듯이 시선을 던지더니 느닷없이 말했다.

"어떤 결말이 올까요? 이 배 안에서 궁지에 몰린 쥐처럼 함정에 빠져 버렸으니 도망칠 수도 없어요. 싫어도 앞으로 나아갈 수밖에 없겠지요. 나는 지금 내가 어떤 위치에 있는지 알 수가 없어요."

리넷이 미끄러지듯이 의자에 앉는 것을 포아로는 지켜보고 있었다. 그 눈에 깊은 연민의 빛이 떠올랐다.

"우리가 이 배에 탄다는 것을 어떻게 그녀가 알았을까요. 알 리가 없는데 말이에요."

포아로는 고개를 저으면서 대답했다.

"그녀는 머리가 좋으니까요."

"나는 그 애로부터 절대 도망치지 못할 것 같아요."

포아로가 말했다.

"한 가지 좋은 방법이 있었는데 어째서 그걸 생각해 내지 못했을까요. 당신에게는 돈이 문제되지 않을 만큼 많이 있으니까 둘만의 전용 배를 전세 냈더라면 좋았을 텐데 말입니다."

그녀가 힘없이 고개를 저었다.

"이렇게 될 줄 알았다면…… 하지만 우리는 전혀 몰랐답니다. 어떻게 알 수 있었겠어요."

리넷은 갑자기 참을 수 없다는 듯 화를 냈다.

"당신은 내가 얼마나 곤란을 겪고 있는지 조금도 모르실 거예요. 나는 사이먼에게도 신경을 써야 한답니다. 그이는 돈에 대해서는 아주 신경이 날카로워요. 내가 돈을 많이 가지고 있다는 게 무척 신경 쓰이나 봐요. 그이는 신혼여행도 스페인의 보잘것없는 작은 곳으로 가자고 했었지요. 신혼여행 비용을 모두 자기가 부담할 생각이었던 거지요. 마치 큰일인처럼 말이에요. 남자란 정말 바보같아요. 기분좋게 즐기면서 사는 생활에 좀더 익숙해지면 좋으련만! 말을 꺼내자 그이는 쓸데없는 낭비라고 하면서 흥분해 버렸어요. 조금씩 가르치지 않으면 안 되겠어요."

리넷은 얼굴을 들고 화가 난 듯 입술을 깨물었다. 그녀는 일어났다.

"그만 실례해야 되겠어요, 포아로 씨. 슬슬 옷을 갈아입어야 할 시간이에요. 공연히 수다를 떨어서 죄송합니다."

7

검은 레이스가 달린 산뜻한 야회복을 입고 앨러튼 부인은 식당으로 내려갔다. 차분하지만 사람의 눈을 끄는 차림이었다. 식당 입구에서 아들 팀이 그녀 뒤로 달려내려왔다.

"미안해요, 어머니. 늦지 않았죠?"

"어디에 앉을까?"

식당 안에는 조그마한 테이블이 여기저기 놓여 있었다. 부인은 자리 안내하기에 바쁜 웨이터가 자기들의 자리를 찾아 줄 때까지 가만히 기다리고 있었다.

"에르퀼 포아로 씨를 식사에 초대했단다."

"정말입니까, 어머니?"

팀은 깜짝 놀란 것처럼 말했다. 약간 당혹스런 표정이었다.

어머니는 잠시 동안 멍하니 아들의 얼굴을 바라보았다. 팀은 평소 그런 일을 전혀 신경쓰지 않는 타입이었기 때문이었다.

"왜, 안 되니?"

"안 되고말고요. 그 사람은 형편없이 무례하거든요."

"그렇게 말을 함부로 하면 못쓴다. 난 그 사람을 그렇게 생각지 않아."

"어쨌든 무엇 때문에 그런 녀석과 사귈 필요가 있단 말입니까? 조그마한 배에 갇혀 있을 때 이런 일이 생기면 정말 견딜 수가 없어요. 아침이고 점심이고 저녁이고 늘 얼굴을 맞대게 될 테니까요."

"미안하구나, 팀."

앨러튼 부인은 난처한 듯이 말했다.

"네가 재미있어 하리라고 생각했는데, 그 사람은 색다른 경험을 많이 한 사람이고, 너는 탐정소설을 좋아하니까 말이야."

"어머니, 그런 쓸데없는 일을 생각하지 않으시면 좋겠어요. 이제와서 도망칠 수도 없잖아요?"

"정말 야단났구나."

"됐습니다, 제가 참을 수 밖에요."

이때 웨이터가 다가와서 두 사람을 자리로 안내했다. 그 뒤를 따라가는 부인의 얼굴에 난처한 빛이 떠올랐다.

팀은 어떤 일에도 구애받지 않고 자기의 감정을 상대방에게 노골적으로 표현하지 않는 성격이었다. 그런데 오늘은 이런 어처구니없는 행동을 하는 것이다. 물론 영국에는 외국인을 싫어하거나 믿지 않는 사람이 많이 있다. 그러나 팀은 개방적인 사람이므로 외국인이라는 이유로 포아로를 싫어할 리는 없다. 앨러튼 부인은 한숨을 쉬었다. 남자란 정말 불가해한 존재다. 친한 사람조차도 이해할 수 없는 생각과 감정을 갖고 있다!

그들이 자리에 앉자 곧 에르큘 포아로가 바쁜 걸음으로 식당에 들어오더니 그들 옆으로 다가와 빈 의자 등에 손을 얹고 섰다.

"앉아도 좋겠습니까?"

"네, 어서 앉으세요."

"감사합니다."

앨러튼 부인은 포아로가 자리에 앉자 팀을 재빨리 한 번 쳐다보고 팀이 시무룩한 표정을 숨기지 못하는 것을 눈치 채고 불안해했다.

우선 즐거운 분위기를 만들어야겠다고 생각한 부인은 수프를 마시면서 옆에 있는 선객 명부를 집어 들었다.

"한 사람 한 사람 맞춰 볼까요? 재미있답니다." 부인은 A, B, C 순서로 써 있는 명부를 읽기 시작했다.

"앨러튼 부인, T. 앨러튼 씨, 이건 너무나 잘 아는 거고, 그 다음에는 벨포트 양이 옥타븐 모녀와 같은 테이블에 앉았군요. 그 사람과 로잘리는 서로를 어떻게 생각할까? 그 다음은 베스너 씨, 베스너 씨가 누군지 아시는 분 계세요?"

부인은 남자 4명이 앉아 있는 테이블 쪽을 흘끗 보았다.

"저 머리를 짧게 깎고 수염을 기른 뚱뚱한 사람이 틀림없어요. 독일 사람이라고 생각되는데, 아주 맛있게 수프를 마시고 있군요." 과연 수프를 들이마시는 소리가 크게 들려 왔다. 앨러튼 부인은 다시 계속했다.

"파워즈 양은 어떤 사람일까? 모르는 여자가 서너 명 있지만,

이 사람은 뒤로 돌립시다. 도일 씨 부부, 이 여행의 주역이라고 할 수 있겠지요. 리넷 부인은 정말 미인인데다가 참 근사한 옷을 입고 있군요."

팀은 앉은 채 고개를 돌렸다. 도일 부부와 앤드루 페닝턴 씨의 자리는 구석 쪽이었다. 리넷은 새하얀 드레스를 입고 진주목걸이를 하고 있었다.

"아주 간단한 옷처럼 보이는군. 긴 헝겊을 적당히 잘라서 한가운데에 끈인가 뭔가를 붙인 것뿐이잖아." 팀은 말했다.

"80파운드짜리 옷도 남자들 입에 오르면 형편없어지는구나."

"여자란 어째서 옷에 그렇게 돈을 들이지요? 아깝지도 않은지."

앨러튼 부인은 대답도 하지 않고 다시 선객 조사를 계속했다.

"팬숍 씨라는 분은 저 독일인과 같은 테이블에 있는 전혀 말을 하지 않는 조용한 젊은이가 틀림없어요. 꽤 잘생긴 얼굴이군요. 신중한 것 같고 머리도 좋아 뵈는군요."

그러자 포아로도 동의했다.

"그렇습니다. 저 젊은이는 머리가 좋습니다. 말을 하지 않지만 남의 말을 잘 듣고 있으며, 관찰도 하고 있습니다. 이런 데 놀러 올 타입은 아니지요. 여기서 뭘 하고 있는 것인지……"

"퍼거슨 씨라는 분은 틀림없이 그 반자본주의자일 거예요. 옥타븐 부인과 옥타븐 양, 이 두 사람에 대해서는 잘 알고 있는 바이고, 페닝턴 씨는? 별명은 앤드루 아저씨, 얼굴이 잘생긴 사람이라고 생각되는데……"

"어머니!"

"미남은 미남인데, 빡빡하고 사무적인 느낌이네요. 턱선이 냉혹하게 보이지 않나요? 아마 신문에 자주 나오는 실업가 타입의 사람. 월스트리트를 움직일 것 같은 사람이네요. 그게 아니면

월스트리트에서 일할 사람 정도라고나 할까요? 아무튼 굉장한 부자임에 틀림없어요. 다음은 에르퀼 포아로 씨, 이 사람은 훌륭한 재능을 썩히고 있군요. 팀, 네가 포아로 씨를 위해 범죄라도 저질러보지 그러니?"

이 악의 없는 농담이 팀을 더욱 불쾌하게 만들었던 것 같다. 그가 얼굴을 찌푸리자 부인은 당황해서 급히 다음 말을 이었다.

"리케티 씨, 이탈리아인 고고학자이지. 그리고 마지막으로 롭슨 양과 미스 반 스카일러, 이 사람에 대해서는 당장 알 수 있어요. 못생긴 미국 노부인이지요. 이 배의 여왕이라도 된 양 생각하나 봐요. 자기는 특별한 사람이니까 자신과 똑같은 수준에 못 미친다싶은 사람하고는 말도 하지 않을 작정으로 입을 꾹 다물고 있는 것 같아요. 어떤 의미에서는 대단한 사람이죠. 뭐랄까, 골동품같은 존재라고나 할까요? 저 여자 옆의 두 명의 여자, 저 사람들이 분명 파워즈 양과 롭슨 양일 거예요. 마르고 안경 낀 사람이 비서인가 뭔가 일 테고, 나머지 한 사람이 가난한 친척 딸쯤 되겠죠. 저 여자는 흑인 노예 취급을 받으면서도 연방 행복한 표정을 짓고 있군요. 왠지 서글프군. 내 생각으로는 롭슨 양은 비서고, 파워즈 양은 친척 딸인 것 같아."

"반대에요, 어머니."

팀은 빙글빙글 웃으면서 말했다. 갑자기 기분이 좋아진 것 같았다.

"어떻게 아니?"

"내가 저녁 식사 전에 휴게실에 있는데, 저 할머니가 '파워즈 양은 어디 있니? 곧 불러 오너라, 코넬리아'라고 말하더군요. 그러자 코넬리아가 잘 길들여진 개처럼 조르르 달려가더군요."

"미스 반 스카일러에게 말을 걸어 봐야지." 앨러튼 부인이 중얼거리자 또 팀이 빙그레 웃었다. "대꾸도 하지 않을 겁니다, 어머니."

"문제없단다. 가까운 자리에 앉아서 작은 목소리로 품위 있게, 귀족 칭호를 가진 친척이나 아는 사람에 대해서 생각나는 대로 지껄이면 돼. 네 사촌이 되는 글래스고 후작에 대한 이야기를 슬쩍 꺼내면 틀림없이 걸려들 게다."

"가만보면 어머니는 정말 장난치는 걸 즐기신다니까."

식사 뒤에 일어난 일은 인간성을 연구하는 사람에게는 재미있는 면이 있었다.

사회주의자 퍼거슨 씨는 윗갑판으로 몰려올라가는 선객들을 경멸의 눈초리로 휙 쳐다보고는 흡연실로 들어가 버렸다.

옥타븐 부인은 "잠깐만 실례합니다. 여기에 뜨개질하던 것을 두었습니다만" 하고 말하는데도 미스 반 스카일러는 배짱 좋게도 그 테이블에 앉아 당연한 것처럼 가장 바람이 들어오지 않는 좋은 장소를 차지해버렸다.

미스 반 스카일러가 최면술사같은 눈으로 쳐다보자 앨러튼 부인은 마치 최면술에 걸린 사람처럼 스르르 일어나서 자리를 양보하였다. 미스 반 스카일러는 떡 버티고 앉아서 충분한 자리를 확보했다. 옥타븐 부인은 가까운 자리에 앉아서 이것저것 이야기를 걸어 보았으나 싸늘한 표정에 대답도 하지 않으므로 곧 단념해 버렸다. 이렇게 하여 미스 반 스카일러는 더욱더 명예로운 고립을 맛보게 되었다. 도일 부부는 앨러튼 모자와 함께 있었고 의사 베스너 씨는 말이 없는 팬숍을 말벗으로 잡아 두고 있었다. 재클린은 혼자 책을 읽고 있었다. 로잘리 옥타븐은 마음이 안정되지 않는 모양인지 앨러튼 부인이 두세 번 말을 걸어도 무뚝뚝한 대답을 할 뿐이었다.

에르큘 포아로는 그날 밤 내내 옥타브 부인이 작가로서의 사명을 이야기하는 것을 들었다. 밤 늦게 돼서야 혼자 선실로 돌아가는 길에 재클린의 모습을 보았으나, 난간에 기대서 있는 그녀가 이쪽을 돌아보았을 때 이상하다고 생각지 않을 수가 없었다. 재클린의 얼굴은 비통에 가득 차 있었다. 그 얼굴에서는 심술궂은 반항도, 남몰래 승리를 자랑하는 듯한 표정도 전혀 찾아볼 수 없었기 때문이다.

포아로를 보자 재클린은 망설이면서 말했다.

"내가 이 배에 있어서 깜짝 놀라셨지요?"

"놀랐다기보다도 불쌍하군요, 너무나 불쌍해서……."

그의 음성은 비장할 정도로 차분했다.

"내가 말인가요?"

"그렇습니다. 당신은 위험한 길을 택하셨군요. 우리가 이 배로 여행길에 오른 것처럼 당신도 남몰래 이 배에 올라타 자신만의 여행길을 출발한 겁니다. 흐름이 빠른 강물, 위험한 바위 사이를 누비면서 앞날에 어떤 비참하고 힘든 일이 기다리고 있을지 알 수 없는 이 여행길을……."

"어째서 그런 말씀을 하시지요?"

"사실이 그러니까요. 당신은 당신 자신을 안전하게 묶어 놓았던 끈을 끊어 버렸소. 이제 와서 돌아가려해도 돌아갈 수가 없을 겁니다."

"그래요……."

재클린은 천천히 말하고 고개를 뒤로 젖혔다.

"하지만 인간은 자기의 별에 순종하며 따라가는 수밖에 없어요. 그곳이 어디든지……."

"그것이 진짜 당신의 별인지 아닌지 주의하십시오." 그녀는 미소를 지었다. 그러고 나서 당나귀 대여업자의 말버릇을 흉내냈다.

"저건 좋지 못한 별입니다요, 나리. 저 별은 금방 떨어지고 말아요……."

포아로는 선실로 돌아와 잠자리에 누웠다. 막 잠이 들려고 할 때 방 밖에서 소곤거리는 사람 소리에 번쩍 눈을 떴다.

그것은 사이먼의 목소리였으며, 배가 셰라르를 떠날 때 하던 말을 되풀이하고 있었다.

"이렇게 된 이상 뒤로 물러설 수는 없어."

'그렇다, 이번에는 어떻게든지 하지 않으면 안 되겠다'라고 생각하면서도 에르큘 포아로는 기분이 우울해졌다.

8

배는 이튿날 아침 일찍 에스세부아에 닿았다. 코넬리아 롭슨은 머리에는 커다란 챙이 달린 플래밍모자를 쓰고 환한 얼굴로 맨 먼저 상륙한 사람들 가운데 한 사람이었다. 그녀는 절대 남을 무심히 대하지 못하는 성격으로 어떤 사람에게는 조건반사적으로 호의를 보이는 사람이었다. 그래서 그녀는 미스 반 스카일러 부인이 봤다면 필시 얼굴을 심하게 찌푸렸을 에르큘 포아로의 차림새——흰 양복과 핑크색 와이셔츠, 커다란 나비넥타이, 흰 커버를 입힌 구두를 신은——를 보고도 전혀 개의치 않고 그를 친절하게 대했다.

스핑크스가 있는 거리를 함께 걸으면서 코넬리아는 포아로의 평범한 인사말에도 적극적으로 대답하고 있었다.

"당신과 함께 오신 분은 사원을 구경하기 위해 내리지 않았습니까?" 포아로가 말문을 열었다.

코넬리아는 기다렸다는 듯이 대답했다. "네, 미스 반 스카일러

그러니까 메어리 아주머니는 아침에 매우 늦게 일어나시기 때문에요. 아주머니는 몸을 소중히 하지 않으면 안 되는 모양이에요. 늘 간호사 파워즈 양에게 심부름을 시키지요. 이 사원은 특별히 좋은 곳이 아니니까 구경할 필요가 없다고 말씀하셨어요. 그러나 내가 구경하러 가는 것은 괜찮다고 말씀하셨기 때문에……."

"대단히 너그러우시군요."

순진한 코넬리아는 포아로의 비아냥거림까지도 그대로 받아들였다.

"네, 아주 친절하세요. 나를 이렇게 여행하는 데까지 데리고 와 주다니, 정말 훌륭한 분이에요. 나는 정말 운이 좋아요."

"여행은 재미있습니까?"

"물론이지요. 이탈리아도 구경했어요. 베니스와 파도아와 피사를 보고 나서 카이로에 갔었지만, 카이로에서는 아주머니가 편찮으셨기 때문에 별로 나다니지 못했어요. 그러나 이번에는 와디 할파까지 왕복하는 근사한 여행이거든요."

"당신은 성품이 밝은 사람이군요."

이렇게 말하고 나서 포아로는 생각에 잠긴 듯 코넬리아로부터 눈길을 옮겨 혼자서 잠자코 앞에 걸어가고 있는 로잘리를 보았다.

"아주 아름다운 분이지요?" 코넬리아는 포아로의 눈길을 쫓으면서 말했다. "좀 사람을 무시하는 점이 있지만, 영국인인 것 같아요. 도일 부인만큼 미인은 아니군요. 뭐니 뭐니 해도 가장 아름다운 것은 도일 부인일 거예요. 나는 그렇게 아름답고 품위 있는 사람은 처음 보았어요. 남편도 진심으로 부인을 사랑하는 것 같고. 그건 그렇고, 저 백발의 부인은 남의 눈에 잘 띄는 차림을 하고 있다고 생각지 않으세요? 후작과 친척이 되는 모양이에요. 어제 저녁에 우리들 바로 옆자리에서 그 후작에 대한 이야기를 했었거든요. 부인 자신이 작위를 가지고 있는 건 아니겠지만."

코넬리아가 이런 식으로 밑도 끝도 없는 수다를 떨고 있을 때, 가이드가 일행을 세운 채, 사원에 대해 설명하기 시작했다.

"이 사원은 이집트의 아만 신(양두인신(羊頭人身)의 전능신)과 태양신에게 바쳐진 것으로서, 독수리 머리가 그 상징으로 되어 있습니다……."

설명은 길고 단조롭게 계속되었다. 의사 베스너 씨와 베데카는 안내서를 손에 들고 독일어로 뭔가 중얼거리고 있었다. 그는 사람의 말보다도 활자화된 책이 더 믿을만하다고 생각하고 있는 듯했다. 팀 앨러튼은 이 속에 끼어 있지 않았지만 어머니인 앨러튼 부인은 말이 적은 팬숍 씨와 이야기할 실마리를 찾아내려 애쓰고 있었다. 리넷과 팔짱을 낀 앤드루 페닝턴은 안내인의 설명을 흥미있게 듣고 있었다. 그 중에서도 숫자에 대해 매우 흥미를 보이는 것 같았다.

"높이가 19미터라고? 내 눈에는 그렇게 커 보이지 않는데. 대단한 인물이구나, 람세스라는 사람. 정말 위대한 이집트인이었나 보구나."

"여러 가지 위대한 사업을 실시한 사람이었어요. 앤드루 아저씨."

앤드루 페닝턴은 기쁜 얼굴로 리넷을 쳐다보았다.

"리넷, 오늘은 정말 활기가 넘쳐보여 다행이로구나. 요즘 네 모습을 보면서 조금 걱정하고 있었는데…… 약간 야윈 것 같아서 말이야."

일행이 떠들썩하게 지껄이면서 배로 돌아오자 카낙 호는 다시 강을 올라가기 시작했다. 풍경은 차츰 전보다 훨씬 부드러워지고 여기저기 야자나무와 일구어진 땅도 보였다. 이런 풍경의 변화가 선객들 사이에 감돌고 있던 답답한 공기를 없애기라도 한 것처럼,

팀은 시무룩함이 없어지고 로잘리도 명랑한 기분을 되찾았다. 리넷은 들떠 있는 것 같았다.

"신혼여행 중인 신부에게 사무적인 이야기를 한다는 것은 눈치 없는 일입니다만, 한두 가지만⋯⋯." 페닝턴은 리넷에게 말했다.

"그런 건 아무렇지도 않아요. 내가 결혼했기 때문에 서류상의 변화가 생겼을 테니까요."

리넷은 얼른 사무적인 태도가 되었다.

"그렇습니까. 시간이 될 때 두세 가지 서류에 서명을 부탁드리고 싶습니다만."

"지금이라도 괜찮아요."

페닝턴은 주위를 휘둘러보았다. 전망실의 이 한구석에는 그들 말고는 아무도 없었다. 선객들은 대부분 전망실과 선실 사이에 있는 갑판으로 나가 있었다. 지금 여기에 남아 있는 것은 두 다리를 앞으로 쭉 뻗고 방 한가운데 있는 테이블에서 맥주를 마시고 있는 퍼거슨 씨, 앞쪽 유리창 옆에 자리를 잡고 바깥 경치에 정신이 팔려 있는 에르퀼 포아로, 이집트에 관한 책을 저쪽 구석에서 읽고 있는 미스 반 스카일러 세 사람뿐이었다.

"마침 잘 되었습니다." 페닝턴은 전망실을 나갔다.

리넷과 사이먼은 얼굴을 마주보고 천천히 웃었다.

"괜찮소?"

"네, 아직은 괜찮아요. 이상하군요, 이젠 조금도 걱정이 되지 않아요."

"다행이군. 당신은 정말 멋진 여자야." 사이먼은 확신에 찬 투로 말했다.

이때 페닝턴이 깨알같은 글자가 잔뜩 적혀있는 서류 다발을 떠안고 돌아왔다.

"어머나, 이 서류에 모두 서명해야 하나요?"

리넷이 외쳤으므로 페닝턴은 변명하기 시작했다.

"힘드실 거라고 생각합니다만, 당신과 관련된 일들을 깨끗이 해 두고 싶어서요. 첫 번째가 5번 거리에 있는 대지의 임대 계약, 다음이 서부 토지 회사……."

지껄이면서도 페닝턴은 서류를 넘기며 구분해 나갔다. 사이먼은 하품을 했다. 갑판으로 통하는 문이 열리더니 팬숍 씨가 들어왔 다. 그는 주위를 한번 둘러보더니 어슬렁어슬렁 포아로 옆으로 다 가왔다. 앞에는 하늘색 강물과 그 강물을 에두르는 황금빛 사막이 광활하게 펼쳐져 있었다.

"여기에만 서명해 주십시오."

페닝턴은 리넷 앞에 한 통의 서류를 펼쳐놓고 빈 곳을 가리켰 다.

리넷은 그것을 들고 훑어본 다음 다시 첫 페이지로 돌아와서, 페닝턴이 옆에 놓아 둔 만년필로 리넷 도일이라고 서명했다. 페닝 턴은 그것을 치우고 또 한 통의 서류를 펼쳤다.

팬숍은 어슬렁어슬렁 이쪽으로 와서 옆의 창문으로 뭔가 들여다 보았다. 재미있는 것을 발견한 모양이었다.

"그것은 단순한 양도 증서이니까 읽을 필요는 없습니다." 페닝 턴은 말했으나 리넷은 대충 훑어보았다. 또 한 통을 내놓자 이번 에는 자세히 읽었다. "모두 아주 간단하고 도무지 재미가 없는 것 들입니다. 법률 용어뿐이지요." 페닝턴은 말했다.

사이먼은 하품을 하면서 말했다.

"설마 전부 읽어 볼 작정은 아니겠지. 점심때까지 걸려도 끝나 지 않을 거야."

페닝턴은 귀에 거슬리게 웃어제꼈다.

"나는 무엇이든지 읽어 보기로 하고 있어요. 아버지로부터 그렇게 교육을 받았으니까요. 아버지는 잘못 쓴 것이 있을지도 모르기 때문에 그렇게 해야 한다고 말씀하셨어요."

"당신은 사업에 대한 솜씨가 대단하시군요."

"나 같은 건 도저히 따를 수 없을 만한 사업가랍니다. 나는 법률적인 서류 따위는 읽어 본 일이 없습니다. 서명하라는 곳에 이름을 쓸 뿐이지요." 사이먼이 웃으면서 말하자 리넷이 이의를 내세웠다.

"그건 너무 경솔한 짓이에요."

"나에겐 사업적 재능이 없어서 말이야. 옛날부터 그랬었지. 누군가가 서명하라고 하면 그냥 서명하는 거야. 그것이 가장 간단하거든."

명랑하게 대답하는 사이먼을 가만히 바라보다가 페닝턴은 윗입술을 쓰다듬으면서 비아냥거렸다.

"때로는 위험한 일도 있겠지요?"

"천만의 말씀. 나는 세상 사람들이 모두 기를 쓰고 자신을 노리고 있다고 생각하는 사나이는 아니니까요. 사람을 믿는 것이 나의 신념이지만 그건 그런대로 통하더군요. 사실 지금까지 한 번도 배신당한 일은 없으니까요."

이때 그다지 말이 없던 팬숍 씨가 느닷없이 이쪽으로 돌아서더니 리넷에게 말을 걸어 왔으므로 모두들 깜짝 놀랐다.

"참견을 해서 죄송합니다만, 나는 당신의 실무에 대한 재능에 정말 감탄하고 말았습니다. 사실 저는 변호사인데 부인들이 얼마나 비사업적인가 하는 것을 알고 있기 때문이지요. 읽어 보기 전에는 절대 서명하지 않는다는 것은 잘하시는 일입니다. 정말 감탄했습니다."

그 변호사는 얼굴을 붉히며 가볍게 고개를 숙이고 나서 다시 몸을 돌려 바깥을 내다보았다. 리넷은 웃음을 꾹 참았다. 젊은 변호사의 태도가 지나치게 진지했기 때문이었다.

앤드루 페닝턴은 몹시 못마땅한 눈치였다. 사이먼 도일은 불쾌해해야 할지 재밌어해야 할지 판단이 안 서는 모양이었다.

팬숍은 귓볼까지 빨개졌다.

"다음은요?" 리넷이 웃어 보였으나 페닝턴은 당황스러움을 감추지 못하고 말했다.

"다음 기회로 미루는 것이 좋을 것 같습니다. 부군께서 말씀하신 대로 여기 있는 것을 전부 읽으시려면 점심때까지 걸릴 테니까요. 모처럼의 좋은 경치를 보지 못하시면 안 됩니다. 어차피 급한 것은 맨 처음 서명하신 두 통뿐이니까요. 일에 대해서는 나중에 한가할 때 합시다."

"여기는 더우니까 나가요." 리넷이 말하자 도일 부부와 페닝턴은 회전식 문을 밀고 밖으로 나갔다. 에르퀼 포아로는 몸을 돌려 팬숍의 등을 응시했다. 뭔가 생각하고 있는 모양이었다. 그러고 나서 고개를 벌렁 뒤로 젖히고 혼자서 휘파람을 불고 있는 퍼거슨에게로 시선을 옮겼다. 그의 눈은 마지막으로 구석에 똑바로 앉아 있는 미스 반 스카일러에게 가서 멈추었다. 노부인은 퍼거슨을 노려보고 있는 참이었다. 왼쪽의 회전식 문이 열리더니 코넬리아 롭슨이 빠른 걸음으로 들어왔다.

"상당히 오래 걸렸구나. 어디 있었니?" 노부인이 물어뜯을 듯이 말했다.

"죄송합니다. 털실이 말씀하신 장소에 없어서요. 모두 다른 그릇에 들어 있었어요."

"정말 물건 찾는 데는 소질이 없단 말이야. 열심히 하려고 애쓰는 것은 알지만, 좀더 영리하게 재빨리 하지 않으면 안 돼. 한 눈만 팔지 않으면 좋은데 말이야."

"정말 죄송합니다. 저는 둔한 편이어서요."

"누구든지 마음만 먹으면 둔하지 않을 수가 있단다. 모처럼 이렇게 데리고 나왔으니까 좀더 신경을 써 주어야지."

코넬리아는 얼굴을 붉혔다.

"정말 죄송합니다."

"그런데 파워즈 양은 어디 있는 거야. 약 먹을 시간이 10분이나 지났어. 곧 불러와요. 의사가 시간을 정확히 지키라고 했는데."

이때 마침 파워즈 양이 조그마한 약 컵을 들고 들어왔다.

"약을 가지고 왔습니다."

"11시에 먹을 약이었어. 나는 시간을 정확하게 지키지 않는 것을 가장 싫어해." 노부인은 노여워했다.

"옳은 말씀이십니다. 지금은 11시 30초입니다." 파워즈 양은 손목시계를 흘끔 보았다.

"내 시계로는 10분이 지났는데."

"제 시계가 맞다고 생각하는데요. 아주 정확해서 절대로 빠르거나 늦지 않습니다."

파워즈 양은 꿈쩍도 하지 않았다. 미스 반 스카일러는 컵 속의 약을 먹고 나서 다시 말했다.

"기분이 좋지 않군."

"그거 참, 안됐군요." 파워즈 양은 말했으나 조금도 안됐다는 말투는 아니었다. 속으로는 아무래도 좋다고 생각하고 있지만 기계적으로 적당히 응답하고 있는 게 분명했다.

"여기는 너무 더우니까 갑판에 나가 의자를 찾아 줘요, 파워즈 양. 그리고 코넬리아. 내 털실을 가져와. 덤벙거리지말고. 알겠니? 그리고 털실 감는 걸 도와줘야겠어."

세 사람은 줄을 지어 밖으로 나갔다.

퍼거슨은 한숨을 쉬고 걸어가면서 세상사람들 모두 들으라는 듯이 외쳤다.

"저 할망구의 목을 비틀어 주고 싶군."

"저런 부인이 마음에 안 드십니까?" 포아로가 재미있는 듯이 물었다.

"마음에 안 드냐구요? 물론이죠. 저 할망구가 지금까지 누군가를 위해, 아니면 뭔가를 위해 도움이 된 적이 있겠습니까? 아무것도 한 일이 없을 겁니다. 남을 희생시켜 돈을 모았을 뿐이지요. 기생충, 그것도 불쾌하기 짝이 없는 기생충이에요. 이 배에는 밥벌레들만 가득 타고 있으니…… 죽어없어지는 게 더 이로운 인간."

"그럴까요?"

"그렇고말고요. 조금 전에 여기서 주식 명의 변경에 서명하고 거드름을 피우던 여자만 해도 그렇지요. 그 여자에게 비단 양말을 신기고 쓸데없는 호강을 시켜 주기 위해 수많은 불쌍한 노동자가 얼마 되지 않는 돈으로 일하고 있단 말이오. 그녀는 영국 갑부 가운데 한 사람이라고 누군가가 말하더군요. 손끝 하나 움직이지 않을 테지."

"누가 영국의 갑부라고 말하던가요?"

"말하고 있는 것을 남이 보면 곤란한 사나이랍니다. 자기 손으로 일하고 그것을 자랑스럽게 여기는 사나이, 당신들처럼 옷차림만 좋고 쓸모가 없는 사람과는 다르지요."

이렇게 말하면서 퍼거슨의 눈은 마음에 들지 않는다는 듯이 포아로의 나비넥타이와 핑크빛 와이셔츠를 노려보았다.

"나 말이오? 나도 두뇌 노동자지만, 그것을 자랑스럽게 생각하고 있소." 포아로는 퍼거슨의 눈을 들여다보면서 말했다. 퍼거슨은 콧방귀를 뀌며 말했다.

"그런 아무짝에도 쓸데없는 두뇌따위 모두 쏘아 죽여 버렸으면 좋겠소."

"당신은 폭력을 몹시 좋아하는군."

"폭력을 쓰지 않고도 할 수 있는 착한 일이 있다면 가르쳐 주시지요. 뜯어 고치기 위해서는 우선 두들겨 부수지 않으면 안 되니까요."

"그렇게 하면 틀림없이 훨씬 쉽고 떠들썩하고 화려하겠지요."

"당신은 무슨 일을 하십니까? 아무것도 하지 않고 있지 않습니까? 브로커쯤 되겠지요?"

"나는 중류 정도의 인간이 아니라 상류 인간이오."

포아로는 뽐내면서 말했다.

"직업이 뭐지요?"

"탐정이오."

에르퀼 포아로는 마치 왕이라도 된 양 고개를 뻣뻣이 세우고 대답했다.

"그렇군요."

퍼거슨은 정말로 놀란 것처럼 보였다.

"그 여자는 느림보 탐정을 고용해 신변을 보호하고 있었던 거군요. 그 정도로 자신을 애지중지하고 있을 줄은 몰랐군."

"나는 도일 부부와는 아무 관계도 없소."

포아로가 날카롭게 말했다.

"나는 휴가차 여행 중이오."

"관광이라도 하는 중이슈?"

"그러는 당신도 휴가차 여행을 다니고 있지 않소."

"휴가라니오!"

퍼거슨이 숨을 토해내듯 되물었다. 그는 마치 비밀이라도 새어나간다는 듯 속삭였다.

"나는 세상 사람들을 조사 중이오!"

"그것 참 재미있군."

포아로는 작게 중얼거리며 갑판으로 나갔다.

갑판에서는 미스 반 스카일러가 가장 좋은 자리를 차지하고 앉아 있었다. 코넬리아는 그 앞에 무릎을 꿇고 앉아 두 팔을 뻗어 털실을 감고 있었다. 파워즈 양은 곧은 자세로 신문을 읽고 있는 참이었다.

포아로는 조용히 오른쪽 갑판 쪽으로 걸어갔다. 배꼬리를 돌아가려고 했을 때 하마터면 어떤 여자와 부딪칠 뻔했다. 깜짝 놀란 여자는 거무스름한 라틴계 얼굴을 돌렸다. 검은 옷을 제대로 차려입고 있었으며, 기관사라고 생각되는 제복을 입은 큰 사나이하고 있었던 모양이다. 두 사람은 꺼림칙함과 놀람이 뒤섞인 묘한 얼굴을 지었다. 대체 무슨 이야기를 하고 있었던 것일까?

포아로가 배꼬리를 돌아서 왼쪽으로 걸어오자 선실 문이 열리더니 옥타른 부인이 비틀거리며 포아로의 팔에 안길듯 뛰쳐나왔다. 빨간 새틴 실내복 차림이었다.

"실례했어요. 정말 죄송해요. 배가 흔들려서…… 아무래도 비틀거린단 말이에요. 배가 흔들리지 않으면 좋을 텐데."

옥타른 부인은 포아로의 팔을 붙잡았다.

"아래위로 흔들리는 것은 곤란해요. 바다는 이래서 질색이에요. 전 몇 시간이나 혼자 있었답니다. 딸아이는 이 늙은 어미에 대해서 조금도 동정심이나 이해심이 없어서…… 그애를 위해 몸이 닳을 만큼 일해 왔는데도……." 옥타브 부인은 울기 시작했다. "딸을 위해 노예처럼, 뼈가 가루가 되고 몸이 부서지도록 일해왔는데, 나는 멋진 애인이 될 수 있는 기회가 있었는데도 모든 것을 희생했어요. 그런데도 이제는 아무도 나를 돌봐 주지 않는답니다. 나는 말하겠어요, 말하고말고요. 딸년이 나를 깔본다는 것을 세상 사람들에게 말해 줄 테예요. 그애는 인정머리 없이, 이런 곳으로 나를 데리고 와서 따분하게 만들다니…… 이런 걸 여러 사람에게 말해 주겠어요."

이렇게 말하면서 그녀는 앞으로 뛰쳐나가려고 했으므로 포아로는 조용히 말했다.

"지금 따님을 불러 드리지요. 방으로 들어가십시오. 그렇게 하는 게 가장 좋겠습니다……."

"싫어요. 여러 사람에게, 배에 타고 있는 모든 사람들에게 말하겠어요."

"위험합니다, 부인. 파도가 높기 때문에 잘못하면 바다 속에 떨어져 버릴 수 있어요."

"그럴까요, 정말 그렇게 생각하시나요?"

"정말이고말고요."

포아로의 위협이 효과가 있었다. 옥타브 부인은 비틀거리면서 자기 선실로 들어갔다. 포아로는 콧구멍을 벌름거리면서 무얼 생각하는 듯 고개를 끄덕였다. 그리고 로잘리 옥타브이 앨러튼 부인과 팀 사이에 끼어 앉아 있는 쪽으로 걸어갔다.

"어머니가 부르고 계십니다, 아가씨."

그때까지 즐거운 듯이 웃고 있던 로잘리는 그 말을 듣자 얼굴이 흐려졌다. 수상쩍은 듯 포아로를 쳐다보고는 급히 갑판 쪽으로 갔다.

"나는 저 아가씨를 도무지 알 수가 없어요. 오늘은 친한 것처럼 이야기하다가도, 다음날에는 아주 무뚝뚝해지거든요." 앨러튼 부인이 말했다.

"제멋대로 자란데다가 화를 잘 내는 성격이어서 그래요." 팀의 말에 앨러튼 부인은 고개를 옆으로 저었다. "그렇지는 않단다. 무언가 즐겁지 않은 일이 있는 모양이야."

"뭐, 누구에게나 고민은 있는 법이니까." 팀은 어깨를 들썩이고는 무덤덤하게 잘라 말했다.

갑자기 주위가 시끄러워졌다.

"점심 식사 시간이 되었구나. 몹시 배가 고픈걸." 앨러튼 부인은 기쁜 듯이 말했다.

그날 밤도 부인은 미스 반 스카일러에게 말을 걸고 있었다. 그 옆을 포아로가 지나가자 그녀는 한 눈을 찡긋해 보이더니 대화를 계속했다.

"물론 카플리스 성에서는 그 후작이……."라고 말하고 있는 참이었다. 덕분에 코넬리아는 해방되어서 갑판에 나와 있었다. 거기서는 의사 베스너 씨가 안내서에서 읽은 이집트 고고학 강의를 열심히 코넬리아에게 들려주고 있었다. 코넬리아는 눈을 반짝거리며 귀를 기울이고 있었다.

난간에 기대선 팀 앨러튼이 말했다.

"어차피 썩어 빠진 세상이야."

"불공평해요. 모든 것을 갖추고 있는 사람들도 있으니까." 대답한 것은 로잘리 옥타븐이었다.

포아로는 한숨을 쉬었다.

"나는 젊지 않은 것이 다행이야."

월요일 아침이 되자 카낵 호의 갑판에서는 기쁨의 소리, 감탄하는 소리가 연이어 일어났다. 배가 정박하고 있는 곳에서 2,300야드 떨어진 곳에 바위를 뚫고 세워진 큰 사원이 있었는데, 마침 아침 해가 그것을 비추기 시작하고 있었다. 사원의 벽에 새겨진 4개의 거대한 인간상은 영원히 나일 강을 내려다볼 듯 떠오르는 태양을 맞이하고 있었다. 코넬리아 롭슨은 감탄해서 앞뒤가 맞지 않는 말을 지껄이고 있었다.

"포아로 씨, 정말 멋있군요. 크고 온화하고…… 저것을 보고 있으면 인간이란 보잘 것 없는 것처럼 보여요. 마치 벌레 같단 말이에요."

옆에 있던 팬숍도 중얼거렸다.

"정말 인상적이군."

"장관이군요." 사이먼 도일도 감탄하고 있었다. 그는 걸어 다니면서 친한 듯이 포아로에게 말을 걸었다. "나는 사원이니 유명한 관광지를 구경하는 일에는 그다지 흥미가 없지만 말입니다, 이런 장소에는 마음이 끌리는군요. 옛날의 이집트 왕은 훌륭한 인물들이었음에 틀림없어요."

사람들이 하나둘 없어지자 사이먼은 목소리를 죽였다.

"여기까지 오기를 잘했다고 생각한답니다. 덕분에 모든 것이 시원스레 해결되었으니까요. 어떻게 그렇게 되었는지 이상하지만 어쨌든 잘되었습니다. 리넷이 기운을 되찾았으니 말입니다. 사실 이렇게 부딪치기를 잘했다고 생각하고 있습니다."

"그럴지도 모르겠군요." 포아로는 말했다.

"아내는 배에서 재키를 만났을 때는 무서웠지만, 얼마 지나니까 갑자기 아무렇지도 않은 기분이 되더라고 말하더군요. 그 여자를 피하는 것은 그만두기로 했습니다. 이번에 서로 얼굴이 마주 치게 되면, 그 따위 어리석은 짓을 해보았자 우리는 조금도 난처하지 않다는 것을 보여 줄 작정입니다. 무례하기 짝이 없지 뭡니까. 우리를 아주 난처하게 만들 생각이었겠지만, 이젠 아무렇지도 않습니다. 그것을 그 여자도 확실히 알게 되겠죠."

"글쎄요." 포아로는 생각에 잠겨 말했다.

"그렇게 하면 만사가 해결되겠지요?"

"그렇겠지요."

리넷이 갑판으로 나왔다. 그녀는 살구빛이 도는 마직 드레스를 입고 있었다. 포아로에게는 적당히 인사만 하고 남편을 끌고 가 버렸다.

포아로는 자기가 비판적인 태도를 취하기 때문에 그녀가 좋아하지 않는구나 생각하니 우스웠다. 자기가 하는 일에 대해서는 무슨 일이든지 칭찬만 받아 오던 리넷으로서는 에르큘 포아로의 태도가 아주 불쾌했을 것이다.

이때 앨러튼 부인이 포아로 옆으로 가까이 와서 속삭였다.

"저 여자가 완전히 달라져 버렸군요. 아스완에서는 그렇게도 근심스러운 얼굴을 하고 있더니, 오늘은 마치 다시 살아난 듯 즐거워 보이잖아요."

포아로가 대답할 겨를도 없이 그들은 가이드를 따라 압 신벨(람세스2세 상(像)이 있다. 암사(岩寺) 로 와테할프의 북동쪽에 있다)을 구경하기 위해 상륙하게 되었다.

포아로는 앤드루 페닝턴과 나란히 걸었다.

"이집트에는 처음 오셨습니까?"

"아닙니다. 1933년에 한 번 온 일이 있었습니다. 그때는 카이로에 갔었지요. 이 강을 올라가기는 처음입니다."

"카마니크 호로 오셨다지요? 도일 부인한테 들었습니다."

페닝턴은 날카로운 눈초리로 포아로 쪽을 보며 말했다.

"네, 그렇습니다."

"그 배에는 내가 아는 사람이 타고 있었는데, 만나 보셨는지요? 레싱턴 스미드 부부라고 합니다만……."

"그런 분은 기억이 나지 않는군요. 배가 만원인데다가 날씨가 좋지 않았거든요. 거의 모습을 나타내지 않는 선객도 많이 있었지요. 짧은 여행이면 누가 타고 있었는지 알 수가 없으니까요."

"그야 그렇겠지요. 도일 부부와 우연히 만났을 때는 정말 놀라셨겠습니다. 두 사람이 결혼했을 줄은 생각도 못하셨겠지요?"

"그렇습니다. 도일 부인이 나에게 편지를 보내기는 했습니다만, 그것은 내가 카이로에서 뜻하지 않게 도일 부부를 만난 지 며칠 뒤였습니다."

"도일 부인과는 오래 전부터 아시는 사이 같더군요."

"그렇습니다. 오래 됐지요. 리넷 리지웨이 양이 아직 어린아이일 때부터 알고 있었으니까요." 그는 손으로 키의 높이를 가리키면서 말했다. "그녀의 아버지와는 평생의 친구였습니다. 뛰어난 사람이었지요. 멜위시 리지웨이라는 이름이었는데, 크게 성공한 사람이었습니다."

"그래서 따님이 굉장한 재산을 상속한 모양이지요? 이거, 실례했습니다. 이런 개인적인 것까지 꼬치꼬치……."

"아닙니다. 그런 것은 누구든지 알고 있답니다. 사실 리넷 리지웨이는 부자이지요."

"하지만 요즈음 불경기가 주식에도 큰 영향이 미치겠지요. 아무리 안전한 주식일지라도……."

페닝턴은 잠시 생각한 끝에 겨우 대답을 했다.

"어느 정도까지는 그렇다고 말할 수 있습니다. 요즈음은 경제쪽 형편이 매우 어렵습니다."

"하지만 도일 부인은 사업적인 면에 꽤 뛰어난 것 같더군요."

"그렇습니다. 리넷은 머리가 좋고 현실적인 여자입니다."

두 사람은 이야기를 멈추었다. 가이드가 위대한 람세스 왕이 세운 사원에 대해 설명하기 시작했기 때문이었다. 천연석에 새겨진 왕의 거대한 상(像) 4개가 입구 양옆에 2개씩 나란히 서서 여행자를 내려다보고 있었다.

시뇨르 리케티는 가이드의 설명을 듣는 둥 마는 둥 입구 양쪽에 있는 거대한 상 밑에 새겨져 있는 흑인노예와 시리아 노예의 모습을 면밀히 조사하는 데 여념이 없었다.

일행은 사원 안으로 들어갔다. 어스름한 어둠과 싸늘한 공기가 일행을 감쌌다. 가이드는 지금까지도 여전히 선명한 색을 간직하고 있는 조각에 대해서 설명하기 시작했지만, 사람들은 삼삼오오 떼를 지어 흩어지기 시작했다.

베스너 의사는 독일어로 쓰여진 여행안내서를 소리내어 읽고는 얌전하게 따라오는 코넬리아를 위해 번역해 주고 있었다. 그러나 이것도 언제까지나 계속할 수는 없었다. 왜냐하면 냉정한 파워즈 양의 팔을 붙잡고 들어온 미스 반 스카일러가 명령하듯이 말했기 때문이다.

"코넬리아, 이리 오려무나."

강의는 할 수 없이 중단되었다. 베스너 의사는 도수 높은 안경 너머로 멍하니 코넬리아의 뒤를 쫓으며 포아로를 보고 말했다.

"꽤 쓸 만한 아가씨입니다. 요즈음 젊은 여자들처럼 비쩍 마르기만 하지 않았거든요. 게다가 곡선미가 있지요. 남의 이야기도 잘 듣고요. 상당히 이해력도 있어서 가르치는 것이 즐겁습니다."

무시를 당하든가 가르침 받는 일이 코넬리아의 천성에 맞는 모양이라고 포아로는 언뜻 생각했다. 언제나 듣는 쪽이지 들려주는 일이 없는 운명을 가진 여자였다.

코넬리아가 불려온 덕분에 잠시 풀려난 파워즈 양은 사원 한가운데에 서서 여느 때처럼 재미없다는 듯이 주위를 둘러보고 있었다.

지나가버린 과거의 신비에 대한 그녀의 반응은 지극히 단순한 것이었다.

"저 신은 남신일까, 여신일까. 이름이 무트라니, 왜 저렇게 괴상한 이름을 지은 거지."

사원 안쪽에는 희미한 어둠이 깔려 있었다. 고요한 가운데 제단이 놓여있고 네 개의 조각상이 신비로운 엄숙함을 뿜으며 주위를 압도하듯 서 있었다.

그 조각상 앞에 리넷과 사이먼이 서 있었다. 그녀는 팔을 사이먼의 팔 위에 얹고 고개를 들고 있었다. 전형적인 새로운 문화를 창조할 얼굴이었다. 이지적이고 호기심으로 가득 차 있으며 과거의 무엇에도 구애받지 않는 듯한 얼굴.

갑자기 사이먼이 문을 열어젖혔다.

"그만 밖으로 나가자. 저 조각상 얼굴을 보고 있으니 기분이 나빠지려고 해요. 특히 저 커다란 모자를 쓰고 있는 녀석."

"어머, 아몬신의 조각인걸. 그리고 이쪽이 람세스. 어째서 싫은 건지 이해가 안 돼요. 정말 인상적이지 않나요?"

"너무 인상적이어서 이가 덜덜 떨릴 정도야. 왠지 모르게 불안해져. 어서 햇빛이 비추는 곳으로 나가자."

리넷은 웃었지만 순순히 그가 하자는 대로 했다.

사이먼과 리넷은 사원 밖으로 나왔다. 발밑의 부드러운 황금 모래가 따사로웠다. 리넷은 갑자기 소리내어 웃었다. 모래 위로 흑인 아이들 대여섯 명의 머리통이 일렬로 나란히 꿈틀거리고 있었던 것이다. 그것은 마치 몸에서 잘려 나온 것처럼 음산한 분위기를 자아냈다. 그러나 그것도 잠시, 머리들은 갑자기 눈을 번쩍 뜨더니 마치 음악에 맞추듯 눈알을 좌우로 굴리기 시작했다. 입술은 마치 노래를 부르는 듯이 움직였다.

"히피 히피 프레! 히피 히피 프레! 정말 좋아, 정말 고급이야, 아무렴. 감사 감사."

"어머나, 저런 바보 같은 녀석들, 어떻게 저럴 수가! 정말 나머지 몸을 모래 속에 파묻은 건가?"

사이먼은 주머니에서 동전을 꺼냈다.

"정말 좋아. 정말 고급이야. 정말 비싸."

그는 아이들을 흉내 내며 동전을 던졌다. 이 구경거리의 시중을 드는 꼬마 두 명이 능숙하게 동전을 받아 챙겼다. 리넷과 도일은 다시 앞으로 걸었다. 두 사람은 배로 돌아가고 싶지도 않고, 구경에도 싫증이 나서 바위에 등을 기댄 채 따뜻한 햇볕에 몸을 맡기고 있었다.

'태양은 정말 훌륭해. 따뜻하고 안전하거든. 행복하다는 것은 정말 멋진 일이야. 아, 이 세상에 태어난건 정말 축복받은 일이야…… 나 리넷으로 태어난건…… 정말이지…….'

이런 생각을 하면서 리넷은 눈을 감았다. 반쯤은 잠들고 반쯤은 깨어 있으면서도 바람에 방랑하는 사막의 모래처럼 끝없는 상념 사이로 흘러가고 있었다.

사이먼의 눈에서도 만족한 빛을 엿볼 수 있었다. 첫날밤에 불안에 싸여 있었던 것은 어리석은 일이었다. 아무것도 두려워할 게 없다. 좋지 않은 일은 하나도 없었다. 아무리 생각해도 재키는 민을 수 있는 여자란 말이야……

갑자기 누군가가 고함을 치면서 이쪽으로 손을 흔들며 달려오고 있었다.

사이먼이 잠시 넋이 나간 것처럼 바라보고 있었으나, 부리나케 일어나서 리넷을 끌어 당겼다. 정말 눈깜짝할 사이 벌어진 일이었다. 커다란 돌이 바위 위로 굴러 떨어지더니 두 사람이 있는 곳을 지나서 부서졌다. 리넷이 그대로 움직이지 않고 있었더라면 가루가 될 것이 뻔했다.

두 사람은 얼굴이 파래져서 서로 안았다. 에르큘 포아로와 팀 앨러튼은 두 사람 쪽으로 달려갔다.

"깜짝 놀랐습니다, 부인. 정말 큰일 날 뻔했습니다."

네 사람은 본능적으로 절벽 위를 쳐다보았으나 아무것도 보이지 않았다. 그러나 꼭대기에는 길이 있었으며, 처음에 모두들 상륙했을 때 토착민이 그 위를 걷고 있었던 것을 포아로는 생각해 냈다. 도일 부부 쪽을 보니 리넷은 아직도 정신이 없는 표정이었다. 사이먼은 분개한 나머지 말도 제대로 하지 못하고 있었다.

"이런 몹쓸 여자!" 하고 외쳤을 뿐, 팀 앨러튼을 재빨리 슬쩍 본 다음 자신을 억눌렀다.

"큰일 날 뻔했군. 어떤 바보 같은 녀석이 저 돌을 굴렸을까. 아니면 저절로 굴러 떨어진 것일까." 팀이 말하자 리넷은 창백해진 얼굴로 겨우 말했다.

"바보 같은 녀석이 한 짓임에 틀림없다고 생각해요."

"달걀 껍질처럼 찌그러질 뻔했군요, 리넷. 당신에게 원한을 가진 사람 같은 건 없겠지요?"

리넷은 두 번 마른 침을 꿀꺽 삼켰다. 팀의 태평스러운 농담에 대답할 정신이 없는 것이다.

포아로가 빨리 말했다.

"그만 배로 돌아가셔서 잠시 쉬시는 게 좋겠습니다, 부인."

모두들 아무 말 없이 걸었다. 사이먼은 아직도 풀 길 없는 노여움으로 불타고 있었고, 팀은 리넷의 신경을 다른 곳으로 돌리기 위해 명랑하게 말을 걸려고 애썼다. 포아로는 진지한 얼굴을 하고 있었다.

배에 걸쳐 놓은 널빤지 앞에까지 왔을 때 사이먼은 우뚝 발길을 멈췄다. 그 얼굴에는 놀라움의 표정이 떠올랐다.

재클린 드 벨포트가 막 배에서 내려오는 참이었다. 하늘색 격자무늬의 옷을 입은 그녀는 어린아이처럼 보였다.

"으음…… 그럼 역시 우연한 사고였군."

사이먼의 얼굴에서 노여움의 빛이 사라지고 안심한 듯한 표정이 떠올랐으므로 재클린은 곧 무슨 일이 있었다는 것을 알아차렸다.

"안녕하세요, 좀 늦어서……." 그녀는 이렇게 말하며 여러 사람에게 고개를 숙여 보이고는 사원 쪽으로 걸어갔다.

사이먼은 포아로의 팔을 붙잡았다. 팀과 리넷은 이미 훨씬 앞쪽에서 걷고 있었다.

"아아, 이제 마음이 놓입니다. 나는 분명히……."

"그러셨겠지요. 당신이 무슨 생각을 하고 계셨는지 알겠습니다."

포아로는 이렇게 말하기는 했으나 여전히 진지한 얼굴로 뭔가 골똘히 생각하고 있었다. 그러고는 방향을 바꾸어 일행 중 다른 사람들은 어떻게 하고 있는지 주의 깊게 살펴보았다.

미스 반 스카일러는 파워즈 양의 팔에 의지하여 천천히 배로 돌아오는 참이었다. 거기서 좀 떨어져 앨러튼 부인이 조그만 흑인들을 보고 웃으면서 서 있었다. 옥타븐 부인이 함께 있었다. 다른 사람들의 모습은 보이지 않았다.

포아로는 천천히 사이먼의 뒤를 따라 배에 오르면서 고개를 갸웃하고 있었다.

10

"부인, '페이'라는 말의 뜻을 설명해 주시지 않겠습니까?"

포아로에게 질문을 받은 앨러튼 부인은 좀 뜻밖이라는 표정을 지었다.

그녀는 포아로와 함께 제2폭포를 내려다볼 수 있는 바위를 향해 천천히 고갯길을 올라가던 참이었다. 모두들 낙타를 타고 떠났지만, 포아로와 앨러튼 부인은 걸어가기로 했다.

포아로는 낙타가 배처럼 흔들리는 것이 싫었고, 앨러튼 부인은 저런 짐승 위에 타는 것은 품위가 떨어지는 일이라 생각해서 타지 않기로 했던 것이다.

그들은 모두 와디할파에 도착했다. 아침이 되자 두 척의 란치가 리케티 씨를 빼놓은 나머지 사람들을 제2폭포까지 실어다 주었다. 리케티 씨는 세므나라는 멀리 떨어진 곳에 혼자 갔다.

그의 이야기를 빌리자면 이 세므나라는 지역은 아미넴헤트 3세 ^(제칠왕조 여섯 번째,
치수사업을 실시한 사람) 시대에 아프리카로 가는 출구였다고 한다. 그는 그곳에 세워진 비석에 이 지역을 통과하는 이집트 흑인들에게 관세를 물리는 역사적 사실이 기록되어 있어 매우 흥미로운 장소라고 했다. 일행은 리케티의 개인 행동을 어떻게든 말리기 위해 여러 가지 시도를 해보았다. 그러나 리케티의 굳은 결심은 사람들의 반대론을 하나하나 물리쳐버렸다.

(1)그런 먼 거리 여행 자체가 의미 없는 짓이다, (2)차가 갈 수도 없는데 어떻게 여행을 할 것인가, (3)더구나 차를 구할 방법도

없다, (4)설령 차가 있더라도 비싸서 살 엄두도 못낼 것이다, 등 주로 이 네 가지가 반대 이유였다. 그러나 리케티는 첫 번째 문제를 가볍게 웃어넘겨버리고, 두 번째 문제에서는 절대 그럴 일은 없을 거라고 주장했다. 세 번째에 대해서는 자기가 직접 차를 구하겠다고 장담하더니 네 번째 문제에 대해서는 아라비아어가 유창하니까 좀 싸게 구입해보겠다고 자신만만해 했다. 리케티는 모든 일을 일사천리로 행동으로 옮기더니 곧 아무도 모르게 조용히 출발해버렸다. 단체여행에서 혼자만 빠져나와 단독여행을 한다는 사실이 알려지면 모두 언짢아 할 것이 뻔했다.

"'페이'의 뜻 말인가요?"

앨러튼 부인은 뭐라고 대답해야 좋을까 곰곰 생각하면서 고개를 갸우뚱했다.

"글쎄요, 그건 스코틀랜드 말이에요. 재난 앞에 찾아오는 기쁨이라는 뜻이지요. 너무 좋아서 믿어지지 않는다는 말이 있잖아요?"

자세하게 설명하는 것을 포아로는 열심히 듣고 있었다.

"고맙습니다. 잘 알았습니다. 어제 부인께서 그 말을 쓰신 바로 뒤 도일 부인이 꼭 죽을 뻔했다가 살아났다는 게 이상하군요."

앨러튼 부인은 조금 몸을 떨었다.

"정말 위험한 상황이었어요. 그 새까만 개구쟁이들이 장난삼아 그 돌을 굴렸다고 생각하시죠? 어느 나라 남자아이든지 저지를 수 있는 일이지요. 정말 악의가 있어서 그런 건 아니겠지만요."

포아로는 어깨를 으쓱해 보였다.

"그럴지도 모르겠군요, 부인."

포아로는 화제를 바꿔서 마조르카 섬에 대한 이야기를 꺼내어 그곳에 구경갈 때 필요한 것에 대해 이것저것 물어 보았다.

앨러튼 부인은 이 몸집이 작은 사나이에게 매우 호의를 갖게 되었다. 반항적인 기분에서 그렇게 되었다고도 할 수 있을 것이다. 팀은 포아로를 '형편없이 무례한 사람'이라고 단정하고 될 수 있는 대로 가까이하지 않도록 하려는 눈치지만, 그녀는 포아로를 무례한 사람이라고 생각하지 않았다. 아들이 포아로를 덮어놓고 싫어하는 것은 어딘지 이국적인 옷차림 탓이라고 앨러튼 부인은 생각했다. 이야기를 해보니 포아로는 박식하고 재미있는 사나이인데다 또 남의 기분도 잘 헤아려 주는 사람이었기 때문이다. 그래서 그녀는 무의식중에 조앤너 사우스우드를 싫어한다고 털어놓고 말았던 것이다. 그녀는 포아로가 조앤너를 모르며 앞으로 만나는 일도 없을 것이므로 그런 말을 해도 괜찮으리라고 생각했다. 이런 식으로라도 오랜 세월 자신의 마음에 쌓여있던 질투의 짐에서 놓여나는 것을 반드시 나쁘다고 만은 할 수 없을 것이다…….

그 무렵, 팀과 로잘리 옥타븐은 앨러튼 부인의 이야기를 하고 있었다.

팀은 장난삼아 자기의 불행을 한탄하고 있던 참이었다. 이 약해빠진 한심한 몸은 차라리 불치병이었다면 그런대로 재미가 있겠지만 그렇지도 못하고, 그렇다고 해서 마음대로 살아 갈 수 있을 만큼 튼튼하지도 못하기 때문에 처치 곤란이라면서, 더구나 돈도 없고 적성에 맞는 일도 없으니 한심하다고 말했다.

"정말 미지근한 물 속에 들어가 있는 것 같은 평범한 인생이지요."

팀은 불만스러운 듯이 말했다.

그러자 로잘리가 재빨리 말했다.

"하지만 당신에게는 여러 사람들이 부러워하는 것이 있어요."

"그게 뭐지요?"

"당신 어머니예요."

팀에게 있어서는 놀랍고 반가운 말이었다.

"어머니라고요? 그렇군, 어머니는 특이한 존재지요. 그것을 알
아주다니 고맙군요."

"아주 멋있는 분이라고 생각해요. 아름답고 침착해서 어떤 일에
도 동요하지 않을 것 같아요. 그러면서도 밝고 명랑하게 농담도
즐기실 줄 알고 말이에요……."

너무 열성스러운 나머지 로잘리는 말이 막혀 버렸다. 그런 그녀
에 대해 팀은 따뜻한 기분이 솟아오르는 것을 느꼈다. 그리고 자
기 쪽에서도 똑같은 칭찬을 해주고 싶었지만, 슬프게도 옥타븐 부
인은 그가 이 세상에서 가장 무섭게 생각하고 있는 타입의 전형적
인 인물이었다. 칭찬할래야 해 줄 수가 없기 때문에 팀은 멋쩍은
생각이 들었다.

미스 반 스카일러는 배에서 점심을 들었다. 그리고 낙타를 타고
높은 곳으로 올라갈 용기도 없고 걸어갈 용기도 나지 않아서 란치
에 남아 있었다. 그녀는 재빠르게 말했다.

"미안하지만, 곁에 있어 주어야겠어, 파워즈 양. 코넬리아를 있
게 하고 너를 보내고 싶었지만, 요즘 젊은 계집애들이란 자기밖
에 몰라서 말이야. 그 애는 한마디 말도 없이 뛰쳐나가 버렸어.
그리고 퍼거슨이라는 질이 좋지 않은 사나이와 이야기하고 있다
니까. 내가 이 눈으로 보았지. 정말 코넬리아한테는 실망했어.
전혀 사교적 상식이라고는 모르고 있으니까 말이야."

파워즈 양은 언제나처럼 사무적으로 대답했다.

"괜찮습니다, 부인. 올라가자면 덥기만 할 테고, 저는 낙타의
안장을 좋아하지 않으니까요. 벼룩이 있을지도 모르고요."

파워즈 양은 안경을 고쳐 쓰고 나서 눈을 가늘게 뜨고 고갯길을

내려오는 사람들을 바라보았다.

"롭슨 양은 이제 그 젊은이와 함께 있지 않군요. 베스너 의사와 함께 있어요."

그 말을 듣자 미스 반 스카일러는 알아들을 수 없는 말로 투덜 거렸다. 베스너 의사가 체코슬로바키아에 큰 병원을 갖고 있으며, 유럽에서 널리 알려진 의사라는 것을 알고 난 다음부터 그녀는 의 사에 대해 친절하게 대하려고 생각하고 있었다. 더구나 여생이 끝 나기 전에 그 의술의 도움을 받아야 할지도 모르는 일이었다.

모두들 카낵 호로 돌아왔을 때 리넷은 깜짝 놀라서 외쳤다.

"나에게 전보가 와 있어요!"

그녀는 그것을 집어 들자마자 뜯어보았다.

"이게 무슨 말이람——감자, 무——무슨 말일까요, 사이먼?"

사이먼이 리넷의 어깨 너머로 들여다보려고 다가왔을 때 무섭게 큰 소리가 들려왔다.

"실례지만, 그 전보는 나에게 온 거요."

리케티 씨는 난폭하게 리넷의 손에서 전보를 빼앗고는 무서운 눈초리로 노려보았다.

어안이 벙벙해진 리넷은 봉투를 다시 보았다.

"어머나, 내가 바보였군요. 리지웨이가 아니라 리케티예요. 내 이름은 이미 리지웨이가 아닌데…… 사과를 하지 않으면 안 되 겠군요."

이렇게 말하고 리넷은 몸집이 작은 고고학자의 뒤를 쫓아 배꼬 리 쪽으로 갔다.

"리케티 씨, 실례했어요. 아시겠지만 나는 결혼 전의 이름이 리 지웨이였기 때문에…… 그리고 갓 결혼했기 때문에 그만……."

도중에서 말을 끊은 리넷은 젊은 신부의 실수를 웃어 넘겨주기를 바라면서 얼굴 가득 미소를 띠었다. 그러나 리케티 씨는 못마땅하다는 태도를 보이며 얼굴을 찌푸렸다. 설사 빅토리아 여왕이 가장 기분이 상했을 때라도 이렇지는 않았을 거라고 생각될 정도였다.

"이름을 똑똑히 봐야할 것 아니오! 이런 조심성 없는 짓을 해 놓고도 실례했어요, 라고 말하면 다인줄 아시오?"

리넷은 입술을 깨물었다. 얼굴이 빨갛게 달아올랐다. 변명을 하는 일이며, 이런 식으로 받아들여지는 데 익숙지 못한 리넷은 휙 돌아섰다. 그리고 사이먼 쪽으로 돌아가자 화가 난 듯이 말했다.

"이탈리아인은 정말 무례하기 짝이 없군요!"

"신경 쓸 것 없어. 당신이 좋아하는 것을 보러 갑시다."

두 사람은 나란히 언덕으로 올라갔다.

포아로가 선착장을 걸어가는 두 사람의 모습을 보고 있는데, 크게 숨을 들이마시는 소리가 귀에 들어왔다. 돌아보니 바로 옆에서 재클린 드 벨포트가 두 손으로 난간을 꼭 붙잡고 있었다. 이쪽으로 돌린 그녀의 얼굴 표정은 포아로를 놀라게 했다. 그 얼굴에는 이미 즐거운 빛이나 심술궂은 빛은 전혀 보이지 않았기 때문이다.

"이제 저 사람들은 나를 아무렇지도 않게 생각하고 있어요." 재클린은 작은 소리로 빨리 말했다. "내 손이 미치지 않는 곳으로 가 버렸어요. 내가 여기 있건 말건 저 사람들은 전혀 아랑곳하지 않아요. 이젠…… 이젠 저 두 사람을 괴롭힐 수가 없어요……."

난간을 붙잡고 있던 손이 떨렸다.

"벨포트 양……."

포아로가 말하려고 하자 재클린이 가로막았다.

"이제 늦었어요. 새삼스럽게 충고해 주셔도 소용없어요. 당신이 말한 대로였어요. 나는 이 여행에 끼어들지 말았어야 했어요.

뭐라고 말씀하셨지요…… 운명의 여행이라고 하셨던가요? 이제 되돌아갈 수는 없습니다. 여행을 계속해야지요. 그래서 나는 계속할 작정이에요. 저 두 사람을 행복하게 버려 둘 수는 없어요. 사이먼을 죽이고 싶어요."

이렇게 말하고 재클린이 갑자기 얼굴을 돌리고 그 자리를 떠났다. 포아로가 그녀의 뒷모습을 응시하고 있는데 뒤에서 누가 어깨에 손을 얹었다.

"자네 여자 친구는 좀 흥분해 있는 것 같군."

말하는 목소리에 돌아보니 낯익은 사나이가 서 있었다. 포아로는 깜짝 놀라서 그 얼굴을 쳐다보았다.

"레이스 대령!"

구릿빛으로 그을린 키가 큰 그 사람은 빙긋이 웃었다.

"좀 놀랐겠지."

에르큘 포아로와 레이스가 처음으로 만난 것은 1년 전 런던에서였다. 두 사람 다 매우 색다른 어떤 만찬회에 초대되었는데, 초대해 준 사람이 그 자리에서 죽은 사건이 일어났다.

레이스 대령이 남의 눈에 띄지 않도록 행동하고 있다는 것을 포아로는 눈치챘다. 시끄러운 분쟁이 자주 일어나는 대영제국의 변경 어느 곳에서든 언제나 이 사나이의 모습을 볼 수 있을 것이었다.

"자네는 이곳 와디할파에 있는가?"

포아로는 조심스럽게 물어 보았다.

"이 배에 있다네."

"그렇다면?"

"셰라르까지 자네들과 함께 가게 되었지."

에르큘 포아로는 눈썹을 치켜올렸다.

"그거 참, 재미있군. 한잔 하지 않겠나?"

두 사람은 이제 사람들이 없는 전망실로 갔다.

포아로는 대령을 위해 위스키를 한 잔 시키고, 자신을 위해서는 설탕이 가득 들어 있는 오렌지에이드를 주문했다.

"우리들과 함께 돌아간다는 말인가?" 포아로는 음료수를 홀짝홀짝 마시면서 말했다. "밤에도 항해를 하는 배를 타는 편이 더 빨리 돌아갈 수 있을 텐데."

레이스 대령은 감탄한 듯 포아로를 바라보았다.

"여전히 자네는 잘 알아맞히는군."

"그렇다면 역시 자네의 목표는 선객인가?"

"선객 중의 한 사람이야."

"어떤 이름의?"

포아로는 천장을 쳐다보며 말했다.

"유감스럽지만 나도 모른다네." 포아로는 구미가 당기는 것 같았다.

레이스 대령이 말했다.

"자네에게 숨길 필요가 없기 때문에 말하네만, 최근 여기에서 아주 귀찮은 일이 있었다네. 우리가 찾고 있는 것은 표면에 서서 폭도를 지휘하는 놈들이 아니라, 참으로 교묘하게 화약에 불붙이는 놈들이란 말이야. 그런 놈이 3명 있었는데 한 사람은 죽고, 한 사람은 복역 중이고, 나머지 마지막 한 사람을 지금 찾고 있는 중이지. 대여섯 건의 냉혹한 살인을 해치운 사나이야. 아주 영리한 선동가지. 그 녀석이 이 배에 타고 있어. 우리 손에 들어온 한 통의 편지 내용으로 알아냈다네. 암호를 풀면 'X는 2월 7일부터 13일에 걸쳐 카낵 호로 여행한다'라는 내용이었네. X가 어떤 가명을 쓰고 있는지는 알 수 없지만 말일세."

"인상착의는 알고 있나?"

"전혀 몰라. 미국인과 아일랜드인과 프랑스인의 피가 섞였다더군…… 상당한 혼혈이지. 그것은 그다지 우리들에게 도움이 되지는 않지만 말이야. 자네, 뭔가 생각나는 게 있나?"

"글쎄, 한 가지, 짚이는 게 있긴 하네만. 그런데……." 포아로는 생각에 잠기듯이 말했다.

서로의 기분을 잘 알고 있는 사이였으므로 레이스는 그 이상 치근치근 물어 보지 않았다. 에르퀼 포아로는 확신이 없으면 절대로 입 밖에 내어 말하지 않는다는 것을 레이스는 잘 알고 있었기 때문이다.

포아로는 코를 문지르고 나서 곤혹스럽다는 듯이 말했다.

"이 배에는 뭔가 나를 매우 불안하게 만드는 것이 있어."

레이스가 의아스러운 듯한 표정을 보였으므로 포아로는 설명했다.

"그냥, 참고로 들어두게. A라는 인물이 B라는 인물에게 몹시 부당한 짓을 했다네. 지금 B는 A에게 보복하려고 협박을 하고 있어."

"A도 B도 이 배에 타고 있단 말이군?"

"그렇다네."

"B는 여자겠지?"

"그렇네."

레이스는 담배에 불을 붙였다.

"나는 걱정하지 않네. 자기가 하려는 일을 지껄이고 돌아다니는 사람 치고 말한 것을 실행하는 걸 보지 못했으니까."

"여자는 특히 그렇다고 자네는 말하고 싶겠지? 하긴 그래."

그러나 포아로의 얼굴은 아직도 밝아지지 않았다.

"그밖에 뭐가 또 있나?" 레이스가 물었다.

"또 있지. 어제 A는 위험한 순간에 목숨을 건졌다네. 용케도 사고사로 간주될 뻔한 죽음을 모면했어."

"B가 꾸몄단 말인가?"

"아니, 바로 그 점이 문제인데. B는 그 일과는 아무 관계가 없었던 것처럼 생각된단 말일세."

"그렇다면 사고였겠지."

"나도 그렇게 생각하지만 말이야…… 그런 사고는 좋지 않거든."

"자네는 B가 그것에 전혀 관계가 없었다고 확신하고 있나 보군."

"절대적으로."

"그래? 하긴 우연의 일치로 일어나는 사고도 세상엔 많은 법이니까. 그런데 A란 누군가? 특별히 불쾌한 사람인가?"

"아니, A는 젊고 우아하고 돈 많은 아름다운 부인이야."

레이스는 빙그레 웃었다.

"마치 시시한 통속소설 같군."

"그럴지도 모르지. 그런데 나는 즐겁지 않단 말일세. 만일 내 생각이 옳다면, 나는 언제나 옳지만 말이야……."

이 너무도 포아로다운 말을 듣자 레이스는 미소를 지었다.

"그야 그렇겠지만 자네가 매우 걱정할 만한 일이 있어. 여기에 또 다른 귀찮은 문제가 끼어 들어왔단 말일세. 이 카낵 호에 살인 청부업자가 타고 있단 말이지."

"하지만 그 녀석은 우아한 젊은 부인을 죽이지는 않을 걸세."

포아로는 불만스러운 듯이 고개를 저었다.

"걱정일세. 오늘 나는 그 부인, 도일 부인을 말하는 걸세. 그 부인에게 남편과 함께 할툼으로 가라고 충고했네. 그리고 이 배로 돌아오지 말라고 충고했는데도 듣지 않는단 말이야. 셰라르에 무사히 도착할 수 있기를 빌고 있네."

"자네의 견해가 너무 비관적인 거 아닌가?"

포아로는 고개를 가로저었다.

"걱정이 돼. 이 에르큘 포아로는 걱정이 된단 말이야……."

11

코넬리아 롭슨은 압 신벨의 사원에 서 있었다. 이튿날 저녁때의 일이었다. 무덥고 조용한 저녁나절이었다. 카넥 호는 다시 한 번 선객에게 사원을 구경시켜 주기 위해 압 신벨에 정박한 것이다. 이번에는 불이 켜져 있었으므로 전번과는 굉장히 큰 차이가 있었다. 코넬리아는 옆에 있는 퍼거슨 씨에게 그 말을 하고 있는 참이었다.

"이번에는 훨씬 잘 보이네요. 왕에게 목을 잘렸다는 적병들이 똑똑하게 새겨져 있군요. 베스너 의사가 계시면 좋을 텐데…… 저 성에 대한 이야기를 해주셨을 거예요."

"어째서 그런 늙은이를 상대하고 있지요?" 퍼거슨은 우울한 목소리로 말했다.

"아주 친절하신 분이에요."

"따분한 할아버지요."

"그런 말씀은 하시는 게 아니에요."

젊은이는 갑자기 코넬리아의 팔을 붙잡았다. 두 사람은 사원 안에서 달빛이 비치는 곳으로 나오는 참이었다.

"당신은 어째서 비계가 많은 노인을 상대한다든가, 심술궂은 할머니에게 꾸지람을 듣고도 태연하지요?"

"뭐라고요?"

"당신에게는 자존심도 없단 말이오? 당신도 저 할머니와 동등하다는 사실을 모른단 말입니까?"

"그렇지만 나는 동등하지 않아요." 코넬리아는 정말로 그렇게 생각하고 있는 것 같았다.

"그 할머니만큼 부자가 아닐 뿐이지요. 그것뿐이오!"

"그렇지 않아요. 메어리 아주머니는 매우 교양이 있는 분이에요. 그리고……."

"교양이라고? ……."

젊은이는 코넬리아의 팔을 갑자기 놓았다.

"그런 말을 들으면 속이 메스꺼워져요."

코넬리아는 깜짝 놀라서 젊은이를 가만히 지켜보았다.

"당신이 나하고 이야기하는 것을 저 할머니는 싫어하겠지."

그 말을 듣고 코넬리아는 얼굴을 붉히며 당황하는 것 같았다.

"왜냐하면 내 신분이 낮기 때문이야. 제기랄!"

코넬리아는 말을 더듬었다.

"그렇게 화내시면 안 좋아요."

"당신은, 당신들은 미국인인 주제에 인간이라면 누구든지 자유롭고 평등하다는 사실을 모르고 있단 말이오?"

"자유와 평등이라구요? 그럴 리가 없어요."

코넬리아는 침착하게 단언했다.

"기가 막히는군. 당신 나라의 헌법에 그렇게 씌어 있지 않소."

"정치가는 신사가 아니라고 메어리 아주머니가 그러셨어요. 인간은 평등하지 않아요, 틀림없어요. 그런 건 이치에 맞지 않거든요. 나는 자신이 못생겼다는 것을 알고 있기 때문에 전에는 그것을 부끄럽게 생각했었지만 요즈음은 아무렇지도 않아요. 도일 부인처럼 미인이고 품위 있게 태어났더라면 좋았을걸 하고 생각하는 적도 있지요. 하지만 그렇게 태어나지 못했다고 새삼스레 그것을 탓해 보아야 소용없는 일이에요."

"도일 부인이라고!"

퍼거슨은 몹시 경멸하는 것처럼 말했다.

"그 사람은 본보기로 사살되어도 좋은 여자야."

코넬리아는 걱정스러운 듯이 퍼거슨을 바라보았다.

"그런 말을 하면 못써요. 당신의 위가 나쁜 탓이라고 생각하겠어요. 메어리 아주머니가 한 번 쓴 일이 있는 특별약을 가지고 있는데, 당신도 그것을 드시지 않겠어요?"

"당신은 참으로 처치 곤란한 사람이군."

이렇게 말하고 퍼거슨은 휙 돌아서서 성큼성큼 걸어갔다. 코넬리아가 배 쪽으로 걸어가서 널빤지로 올라가려고 할 때 퍼거슨이 다시 뒤쫓아 왔다.

"당신은 이 배에서 가장 착한 사람이오. 그것을 잘 기억해 주었으면 하오."

코넬리아는 기쁨으로 얼굴을 붉히면서 전망실로 돌아왔다.

미스 반 스카일러는 베스너 의사와 이야기하고 있는 중이었다. 화제는 의사를 찾는 고귀한 신분의 환자에 대한 것이었다. 코넬리아는 나쁜 일이라도 저지른 것처럼 머뭇거리며 말했다.

"너무 늦게 돌아왔지요, 아주머니?"

시계를 들여다본 노부인은 물어뜯을 듯이 말했다.

"제 시간에 돌아오지는 않았구나. 내 비로드 목도리는 어떻게 했지?"

코넬리아는 주위를 둘러보았다.

"선실에 있는지 가 보고 올까요?"

"있을 리가 없어. 저녁 식사를 한 다음 여기서 썼으니까 말이야. 그 뒤로는 여기서 움직이지 않았단다. 그 의자 위에 있었는데 말이야."

코넬리아는 여기저기 찾아다녔다.

"아무 데도 없는데요."

"그럴 리가 없어! 다시 찾아봐!"

마치 개에게 명령하는 말투였다. 그리고 코넬리아 역시 충실한 개처럼 순종했다. 바로 옆에서 테이블에 눈길을 떨어뜨리고 앉아 있던 말없는 팬숍 씨가 일어나서 코넬리아와 함께 찾아보았으나 목도리는 아무 데도 없었다.

그 날은 하루 종일 무더웠기 때문에 사람들은 거의 다 사원 구경에서 돌아오자 일찌감치 자기 방으로 들어가 버렸다. 도일 부부는 구석 쪽 테이블에서 페닝턴과 레이스를 상대로 브리지를 하고 있었다.

포아로는 문가에 가까운 조그마한 테이블 앞에 앉아 마음껏 하품을 크게 하고 있는 참이었다. 때마침 코넬리아와 파워즈 양을 거느리고 여왕님의 행차처럼 침실로 가던 미스 반 스카일러가 포아로의 의자 옆에서 걸음을 멈추었으므로 포아로는 예의바르게 벌떡 일어나며 하품을 참았다.

미스 반 스카일러가 말을 건넸다.

"당신이 누구신지 조금 전에 알았답니다. 옛날부터 잘 알고 있는 루퍼스 반 올딘으로부터 당신에 대한 이야기를 들었지요. 언제든지 당신이 다룬 사건 이야기를 한번 들려주세요."

공손하기는 하지만 거드름을 피우면서 고개를 숙이고 노부인은 지나갔다.

포아로는 졸린 눈을 껌벅이며 고개를 깊이 숙여 인사를 했다.

그녀는 다정하지만 거만한 태도로 고개를 끄덕이고는 방을 나갔다. 포아로는 다시 하품을 했다. 너무 졸려서 몸이 자유롭게 움직이지 않았으며 눈을 뜨고 있지도 못할 정도였다. 브리지에 열중하고 있는 사람들을 바라본 다음 열심히 책을 읽고 있는 팬숍 청년에게로 시선을 돌렸다. 그들 말고는 전망실에 아무도 없었다.

포아로는 회전식 문을 지나 갑판에 나갔다가 빠른 걸음으로 이쪽을 향해 오고 있던 재클린 드 벨포트와 하마터면 부딪칠 뻔했다.

"이거 실례했소."

"졸리신 모양이군요, 포아로 씨."

"그렇습니다. 졸려서 쓰러질 것만 같습니다. 눈을 뜨고 있을 수가 없군요. 무덥고 답답한 하루였으니까요."

"그래요, 이대로는 도저히 견딜 수 없는 날이었어요."

그 목소리는 낮지만 열기가 있었다. 재키는 포아로 쪽을 보지 않고 모래땅의 언덕으로 눈길을 돌렸다. 꽉 쥐고 있는 손은 단단해 보였다. 갑자기 긴장이 풀린 목소리로 말했다.

"안녕히 주무세요, 포아로 씨."

"안녕히 주무십시오."

재키의 눈이 포아로의 눈과 잠시 마주쳤다. 다음날 이 일을 생각해 내고 포아로는 그 눈이 뭔가 호소하려 했었다는 것을 깨달았다.

그 뒤 포아로는 자기 방으로, 재클린 드 벨포트는 전망실로 각각 걸음을 옮겼다.

코넬리아는 미스 반 스카일러의 잡다한 볼일을 끝내자, 수놓던 자수도구를 안고 전망실로 돌아갔다. 조금도 졸립지 않았을 뿐만 아니라, 눈이 말똥말똥해지며 조금 흥분된 것 같았다.

브리지를 하고 있던 네 사람은 아직도 그대로 있었다. 다른 의자에서는 말수가 적은 팬숍이 책을 읽고 있었다. 코넬리아는 수를 놓기 시작했다.

갑자기 문이 열리더니 재클린 드 벨포트가 들어왔다. 목을 뒤로 젖히고 문 앞에 서 있었으나, 이윽고 벨을 누른 다음 코넬리아 옆으로 다가와서 앉았다.

"배에서 내렸었나요?"

재클린은 코넬리아에게 물었다.

"네, 달이 비치고 있어서 정말 멋있었어요."

"그렇군요, 좋은 밤…… 진짜 밀월의 밤이로군요."

재클린의 눈길은 브리지를 하고 있는 테이블로 옮겨가더니 한순간 리넷 도일 위에 멈추었다.

재클린이 누른 벨 소리를 듣고 급사가 모습을 나타냈다. 재클린은 진을 큰 컵으로 한 잔 달라고 했다.

그때 사이먼 도일이 흘끗 그녀 쪽으로 눈을 돌렸는데, 어쩐지 걱정스러워하는 듯한 그림자가 엿보였다. 리넷이 사이먼을 재촉했다.

"사이먼, 당신이 하기를 모두들 기다리고 있어요."

재클린은 나지막이 콧노래를 흥얼거렸다.

진이 오자 그것을 들어올려 "범죄를 위해 건배!" 하고 말하면서 단숨에 들이마신 다음 한 잔 더 시켰다.

브리지 테이블에서 사이먼은 또다시 재클린 쪽으로 눈길을 보냈다. 브리지는 건성으로 하고 있는 것 같았다. 그러자 페닝턴이 그를 나무랐다.

재클린은 다시 콧노래를 흥얼거리기 시작했다. 처음에는 목소리를 죽였지만 점점 큰 소리가 되어 갔다.

……그는 그녀의 모든 것.

그런데도 그는 그녀를 버렸다네……. ^(미국 민요
〈프랭키와 죠니〉1절)

"실례! 카드를 제대로 내지 않다니, 나도 정신이 나갔군요. 이렇게 되면 3회전까지 가야겠는걸." 사이먼이 패닝턴에게 말했다.

리넷이 일어났다.

"나는 졸려요. 이제 자겠어요."

"잘 시간이 되었군." 레이스 대령이 말했다.

"그렇군." 페닝턴이 맞장구를 쳤다.

"사이먼, 당신은?"

사이먼은 천천히 대답했다.

"조금 더 있다가 한 잔 하고 자겠어."

리넷은 고개를 끄덕이고 나갔다. 이어서 레이스가 나가고, 페닝턴도 한 잔 마신 다음 그 뒤를 쫓았다. 코넬리아도 수놓던 것을 치우기 시작했다. 그러자 재클린이 말했다.

"당신은 자면 안 돼요. 제발 부탁이에요. 오늘 밤은 유쾌하게 밤을 새워 가며 마시고 싶어요. 나를 혼자 내버려 두지 말아 줘요."

코넬리아는 다시 앉았다.

"우리는 한창 바싹 붙어 놀아야 할 젊은 아가씨들이잖아요."

재클린은 목을 뒤로 젖히고 웃었으나 그 웃음소리는 높고 날카로울 뿐 명랑한 기운은 없었다. 두 번째로 주문한 술이 왔다.

"뭘 좀 마셔요." 재클린이 권했으나 코넬리아는 사양했다.

"아니, 괜찮아요."

재클린은 의자에 기대앉아 콧노래를 흥얼거렸다. 이번에는 목소리가 조금 컸다.

　……그는 그녀의 모든 것.
　그런데도 그는 그녀를 버렸다네…….

　팬숍 씨는 《안에서 본 유럽》이라는 책의 페이지를 넘겼다. 사이먼 도일은 잡지를 집어 들었다.
　"나는 그만 자겠어요. 밤이 꽤 깊었으니까요." 코넬리아가 말했다.
　"아직 자면 안 돼요. 자, 내 명령이에요. 당신에 대한 것을 모조리 이야기해 봐요."
　"글쎄요, 난 몰라요. 그다지 이야기할 것도 없구요."
　코넬리아는 망설이면서 말했다.
　"나는 집 안에만 있어서 여기저기 가 보지를 않아서요. 유럽 여행은 이번이 처음이에요. 하루하루가 즐거워요."
　그녀의 말을 듣고 재클린은 웃었다.
　"당신은 행복한 분이군요. 당신처럼 되어 보고 싶어요."
　"정말이에요? 그렇지만 내 생각에는…… 확신하는데……." 코넬리아는 당황하고 있었다.
　재클린 드 벨포트가 술을 너무 많이 마신 것은 확실했다. 그러나 재클린은 술에 취해 있는 것이 아니었다. 그녀는 자기에게 말을 걸고, 자기를 보고 있기는 하지만, 어쩐지 자기 아닌 다른 누군가에게 말을 하고 있는 것 같다고 코넬리아는 생각했다. 하지만 그 자리에는 팬숍 씨와 도일 씨 두 사람밖에 없었다. 팬숍 씨는 열심히 책을 읽고 있으며, 도일 씨는 아주 조심스러운 표정을 띠고 있어 어딘가 이상해 보였다. 눈으로는 잡지를 보고 있지만 정신은 다른 곳에 팔려있는 것 같았다.

재클린이 또다시 말했다.

"당신에 대한 이야기를 모조리 해줘요."

코넬리아는 남의 말을 잘 들었으므로 열심히 그 말에 따르려고 했다. 일상생활의 조그만 일까지도 이야기했다. 언제나 듣는 쪽이었기 때문에 말하는 데는 익숙하지 못했다. 그래도 재클린은 듣고 싶어 하는 것 같았으며, 코넬리아가 말이 막히면 금방 재촉했다.

"자, 더 이야기해 주어요."

그 말을 듣고 코넬리아는 할 수 없이 이야기를 계속해 나갔지만, 자기가 하고 있는 이야기는 재미가 없는데도 재클린이 재미있는 척하며 듣고 있다는 것을 깨달았다.

'지금 몇 시쯤 되었을까? 상당히 밤이 깊었을 거야. 꽤 오랫동안 지껄였으니까. 무슨 일이 일어나 주었으면 좋겠는데. 그래야 나도 이 자리를 뜰 수 있을 텐데.' 그녀는 이렇게 생각하고 있었다.

그러자 당장에 코넬리아의 소원을 풀어 주기라도 하려는 듯 무슨 일이 일어났다. 그때는 매우 자연스럽게 느껴졌지만.

"사이먼, 벨을 눌러 줘요. 한 잔 더 마시고 싶으니까요."

사이먼 도일은 잡지에서 눈을 떼고 조용히 말했다.

"급사는 모두 잠들어 버렸소. 벌써 한밤중이 지났어."

"나는 한 잔 더 마시고 싶단 말이에요."

"벌써 많이 마셨잖아, 재클린!"

"그것이 당신과 무슨 관계가 있지요?"

재클린은 몸을 홱 돌려서 사이먼을 마주보았다.

"아무 관계도 없지."

사이먼은 어깨를 움츠렸다.

재클린은 잠시 동안 사이먼을 가만히 바라보고 있다가 말했다.

"사이먼, 왜 그러지요, 무서운가요?"

사이먼은 그 말에는 대답하지 않고, 황망히 다시 한 번 잡지를 집어 들었다.

"어머나, 벌써 시간이 이렇게 되었군요. 나는 그만……."

코넬리아는 이렇게 중얼거리며 손으로 더듬더듬 치우다가 그만 골무를 떨어뜨리고 말았다.

"자지 말아요. 여자가 있어 줘야 해요. 위로해 주었으면 좋겠어요. 저기 있는 사이먼이 무엇을 무서워하고 있는지 당신은 아세요? 저 사람은 말이에요, 내가 당신에게 나에 대한 이야기를 하지나 않을까 걱정하고 있는 거예요." 재클린이 말했다.

"어머나……." 코넬리아는 짧게 말했다.

"저 사람과 나는 약혼한 사이였어요."

"어머나, 정말이에요?"

코넬리아는 두 개의 다른 감정을 억누를 수가 없었다. 한편으로는 크게 난처했지만 동시에 기쁨이 솟아올랐다. 사이먼 도일의 시무룩한 얼굴은 우습기조차 했다.

"그렇다니까요, 정말로 가엾은 이야기지요." 재클린은 나지막한 목소리로 말했다. "사이먼은 나에게 몹쓸 짓을 했어요. 그렇지요, 사이먼?"

사이먼은 거칠게 대꾸했다.

"그만 자, 재키. 당신은 취했단 말이야."

"사이먼 씨, 입장이 곤란하면 당신이 이 방에서 나가면 될 텐데요."

사이먼 도일은 재클린을 가만히 쳐다보았다. 잡지를 꼭 쥐고 있는 손이 바르르 떨리고 있었으나 사이먼은 무뚝뚝하게 말했다.

"나는 여기 있겠어."

코넬리아는 작은 소리로 중얼거렸다. 이것으로 세 번째였다.

"난 정말…… 밤이 너무 깊어서……."

"가면 안 돼요."

재클린은 그렇게 말하더니 손을 내밀어 코넬리아의 팔을 붙잡았다.

"여기 앉아서 내 말을 들어 줘요."

"재키, 보기 흉해. 제발 부탁이니 가서 자도록 해."

재클린은 갑자기 의자에서 몸을 일으켰다. 노여움에 떨며 말이 거침없이 입에서 튀어 나왔다.

"당신은 소동이 일어날까 두려운 거지요? 당신은 전형적인 영국 신사니까요. 나보고 이상한 짓을 하지 말라는 거겠지요? 하지만 나는 보기 흉하건 말건 상관없어요. 빨리 여기서 나가 버려요. 나는 남아서 실컷 지껄일 테니까."

짐 팬숍은 조심스럽게 책을 덮고 하품을 했다. 그리고 시계를 흘끔 보더니 일어나서 나갔다. 그것은 어디까지나 영국인다운, 그러나 부자연스러운 태도였다. 재클린은 의자에 앉은 채 홱 돌아앉더니 사이먼을 노려보았다.

"당신은 바보예요. 나에게 이런 몹쓸 짓을 해 놓고도 괜찮으리라고 생각했나요?"

재클린의 말은 분명하지 않았다.

사이먼 도일은 일단 입을 열었으나 다시 다물어 버렸다. 더 이상 화를 돋울 말을 하지 않으면 재클린의 폭발도 가라앉을 거라고 생각했는지, 사이먼은 가만히 앉아 있었다.

재클린의 목소리는 분명하지 않았지만, 감정을 드러내며 말하는 사람을 본 적이 없는 코넬리아는 그것에 마음이 끌렸다.

"당신이 다른 여자한테 가는 것을 보느니 차라리 죽여 버리겠다고 내가 말하지 않았던가요. 그 말이 진심이 아니라고 생각하세요? 그렇다면 잘못 생각한 거예요. 나는 기다리고 있을 뿐이니까. 당신은 내 거예요. 아셨어요? 당신은 내 거라고."

그래도 사이먼은 아무 말이 없다. 재클린은 잠시 동안 손으로 무릎 위를 더듬더니 몸을 앞으로 내밀었다.

"내가 당신을 죽이고 싶다고 말한 것은…… 정말 그렇게 할 작정이란 말이에요."

갑자기 쳐든 재클린의 손에 뭔가 번쩍이는 것이 보였다.

"개…… 당신은 더러운 개예요. 자, 쏘겠어요!"

그제야 겨우 사이먼은 움직였다. 그는 급히 일어났으나 그와 동시에 재클린은 방아쇠를 당겼다.

사이먼은 반쯤 몸을 비틀고 의자 위에 쓰러졌다. 코넬리아는 비명을 지르며 문 쪽으로 달려갔다. 짐 팬숍이 갑판에서 난간에 몸을 기대고 있었다.

"팬숍 씨! 팬숍 씨!"

팬숍이 달려오자 코넬리아는 매달렸다.

"쐈어요…… 쐈어요."

사이먼 도일은 의자 위에 쓰러진 채 움직이지 않고 있었다. 재클린은 그대로 굳어진 것처럼 우뚝 서 있었다. 몸을 몹시 떨면서 눈을 크게 뜨고 사이먼의 바지에서 조금씩 스며나오는 붉은 피를 뚫어지게 쳐다보고 있었다. 상처는 무릎 바로 밑이었는데, 사이먼은 손수건으로 꼭 누르고 있었다.

"나는 쏠 생각은 없었어요. 아아, 정말 이렇게 할 생각은 없었는데……."

떨고 있는 재클린의 손가락에서 권총이 소리를 내며 바닥으로 떨어졌다. 재클린이 그것을 걷어찼다. 권총은 긴의자 밑으로 미끄러져 들어가 버렸다. 사이먼은 낮은 소리로 중얼거렸다.

"팬숍 씨, 부탁이오. 누군가 이리로 오는 모양인데, 괜찮다고 말해 주시오. 사고라든가 뭐 적당히 말해 줘요. 이런 일로 물의를 일으키면 곤란하니까."

팬숍은 알았다는 듯이 끄덕이더니 문 쪽을 보았다. 거기에는 흑인이 깜짝 놀란 얼굴을 들이밀고 있었다.

"괜찮다네, 괜찮아. 장난을 한 것뿐이야."

처음에는 의아스러워하던 검은 얼굴이 마음을 놓는 것 같았다. 이를 드러내 보이고 빙그레 웃더니 가 버렸다. 팬숍은 돌아보았다.

"이제 됐군. 다른 사람들에게는 들리지 않았을 겁니다. 코르크를 뽑는 것 같은 소리가 났을 뿐이니까요. 그럼, 다음은……." 말하려다 팬숍은 깜짝 놀랐다. 재키가 갑자기 히스테릭하게 울기 시작했던 것이다.

"오오, 하느님, 나는 죽고 싶어요. 나는 죽어 버릴 테예요. 나는 어째서 이런 엄청난 짓을 저질렀을까. 정말 어째서 이런……."

코넬리아가 급히 그녀의 옆으로 달려갔다.

"쉿! 조용히 하세요."

사이먼은 얼굴을 고통으로 일그러뜨리면서 말했다. 이마에는 땀이 흐르고 있었다.

"그 사람을 데리고 가 주시오. 제발 부탁이니 여기서 데리고 나가 주시오. 팬숍 씨, 선실로 데리고 가 주시오. 롭슨 양, 당신과 함께 있는 간호사를 데려와 주지 않겠소?"

사이먼은 팬숍과 코넬리아를 번갈아 보면서 호소했다.

"재키의 곁을 떠나지 않도록 간호사에게 단단히 부탁해 주시오.
그리고 베스너 박사를 이리로 데리고 와 주었으면 좋겠소. 제발
부탁이니 아내에게는 이 일을 알리지 말아 주시오."

짐 팬숍은 그 부탁을 받아들였다. 말수가 적은 이 젊은이는 소
동 가운데에도 매우 침착해서 많은 도움이 되었다. 팬숍과 코넬리
아는 울부짖는 재클린을 양쪽에서 부축하여 전망실에서 데리고 나
와 갑판을 지나 선실로 갔다. 그러나 거기에 가서 또 한바탕 소동
을 벌였다. 재클린은 두 사람을 떼어내려고 몸부림을 치기도 하고
더 심하게 울기도 하여, 두 사람을 애먹였다.

"난 물에 뛰어들어 죽겠어요. 나는 살아 있을 자격이 없어요,
사이먼, 사이먼!"

팬숍은 코넬리아에게 말했다.

"파워즈 양을 데려오는 것이 좋겠소. 그동안 내가 여기 있을 테
니까."

코넬리아는 고개를 끄덕이고 빠른 걸음으로 나갔다. 그러자 갑
자기 재키는 팬숍에게 매달렸다.

"그이의 발은 총에 맞아 피가 흐르고…… 죽어 버릴지도 몰라
요. 그이가 있는 데로 가야겠어요. 사이먼, 어째서 내가 그런
짓을……."

재키의 목소리가 커졌으므로 팬숍은 타일렀다.

"조용히 하세요! 조용히! 도일 씨는 괜찮을 겁니다."

재클린은 다시 몸부림치기 시작했다.

"놔 줘요. 물에 뛰어들 테야. 나를 죽게 내버려 둬요."

팬숍은 그녀의 어깨를 누르면서 침대 쪽으로 억지로 데리고 갔다.

"여기 있어야만 합니다. 그렇게 떠들지 말고…… 기운을 내십시
오."

흥분했던 재클린이 겨우 조금 안정되어 한시름 놓고 있는데, 커튼을 밀어젖히고 파워즈 양이 코넬리아와 함께 나타났다. 팬숍은 마음이 놓였다.

"대체 무슨 일이지요?"

파워즈 양이 물었다.

그러고 나서 그녀는 그다지 놀란 기색도 없이 일을 시작했다. 흥분한 재클린을 그녀에게 맡기자, 팬숍은 베스너 의사의 선실로 달려갔다. 문을 노크하고 대답도 기다리지 않고 들어가서 불렀다.

"베스너 박사님."

코고는 소리가 뚝 그치더니 깜짝 놀란 듯한 목소리로 대답했다.

"왜 그러시오?"

이미 팬숍이 스위치를 올려놓았으므로, 의사는 커다란 올빼미 같은 눈으로 그를 쳐다보며 껌벅거렸다.

"도일 씨가 총에 맞았습니다. 재클린 드 벨포트 양이 쏘았어요. 지금 전망실에 있는데 잠깐 와 주시지 않겠습니까?"

뚱뚱한 의사는 당장 움직이기 시작했다. 두세 가지 간단한 질문을 한 다음 침실용 슬리퍼를 신고 실내복을 걸치고는 필요한 의료 도구가 든 가방을 들고 팬숍과 함께 전망실로 달려갔다.

사이먼은 옆의 창문을 간신히 열고 머리를 거기에 기댄 채 바깥 공기를 마시고 있었다. 얼굴이 창백했다. 베스너 의사가 옆으로 다가갔다.

"무슨 일이 있었나요?"

바닥에는 피투성이가 된 손수건이 떨어져 있고 융단에는 거무죽죽한 얼룩이 져 있었다. 의사는 독일어로 불만과 감탄사를 연발하며 진찰했다.

"이거 상태가 좋지 않은걸…… 골절이야. 출혈도 심하고. 팬숍 씨, 둘이서 이 사람을 내 선실로 데리고 갑시다. 걸을 수 없을 테니 이렇게 떼 메고 옮길 수밖에 없지."

둘이서 사이먼을 일으켜 세웠을 때 코넬리아가 문 앞에 모습을 나타냈다. 그것을 보자 의사는 만족스러운 듯이 말했다.

"당신이었군요. 마침 잘됐소. 우리와 함께 가 주시오. 도움이 필요합니다. 여기 있는 친구보다 당신이 더 쓸모가 있을 것 같군요. 이 사람은 벌써 얼굴이 새파라니 말이오."

팬숍은 환자 같은 창백한 웃음을 지었다.

"저는 가서 파워즈 양을 불러올까요?"

베스너 의사는 어떻게 할까 생각하는 듯이 코넬리아에게로 눈을 돌렸다.

"당신은 잘 해낼 수 있을 거요. 기절한다든가 실수를 저지르지 않겠지."

"저는 선생님이 시키는 대로 하겠어요."

코넬리아의 말을 듣자 베스너 의사는 만족스러운 듯이 끄덕였다. 그리고 셋은 갑판을 지나갔다. 그 뒤 10분 동안 상처를 치료했는데, 짐 팬숍은 보기만해도 속이 울렁거렸다. 그리고 코넬리아의 용감함을 볼 때마다 자기 자신이 비겁하게 생각되었다.

"나로서는 이 정도밖에 할 수 없군. 당신도 훌륭했소."

의사는 격려해주듯 사이먼의 어깨를 가볍게 두드렸다. 그리고는 소매를 걷어 올리고 피하 주사기의 바늘을 꺼냈다.

"자, 잠을 잘 수 있게 해주지요. 부인에게는 어떻게 할까요?"

"아침까지 알리지 말아주십시오."

사이먼은 다시 말을 계속했다.

"재키를 꾸짖지 말아 주십시오. 모두 내가 나빴습니다. 내가 뻔뻔스러운 태도로 나갔기 때문에…… 불쌍하게도 재키는 자신이 무슨 짓을 하고 있는지 몰랐던 것입니다."

"알았습니다."

"내가 나빴어요……"라고 말한 다음 사이먼은 코넬리아에게로 눈길을 돌렸다.

"누군가 그 사람 옆에 있지 않으면 자살이라도 할지 모릅니다……."

의사는 주사를 놓았다.

"걱정하실 것 없어요. 파워즈 양이 오늘 밤새도록 붙어 있을 테니까요."

코넬리아가 침착하게 말하자, 사이먼의 얼굴에 감사의 표정이 떠올랐다. 그의 몸은 축 늘어졌다. 그러나 이내 감았던 눈을 뜨며 입을 열었다.

"팬숍 씨."

"네."

"권총 말인데, 내버려 두면 좋지 않을 테니까…… 내일 아침에 급사들 눈에 띄기라도 하면……."

"알았습니다. 지금 가지고 오지요."

팬숍은 선실을 나가 갑판 쪽으로 갔다. 마침 파워즈 양이 재클린의 선실에서 모습을 나타냈다.

"모르핀 주사를 놓았어요. 곧 좋아질 거예요."

"계속 옆에 있어 주시겠습니까?"

"물론이지요, 모르핀으로 흥분하는 사람도 있으니까요. 오늘 밤은 줄곧 붙어 있겠어요."

팬숍은 전망실 쪽으로 갔다. 그리고 3분쯤 지났을 때 베스너 의사의 선실 문을 두드리는 사람이 있었다.

"베스너 박사님."

"무슨 일이오?" 의사가 말하면서 얼굴을 내밀자 팬숍이 갑판 쪽으로 불러냈다.

"권총이 보이지 않습니다."

"무슨 말을 하고 있는 거요?"

"권총 말입니다. 미스 재클린의 손에서 떨어져 그녀가 걷어차는 바람에 긴의자 밑으로 들어가 버렸는데, 지금 가 보니 그곳에 없지 뭡니까."

두 사람은 얼굴을 마주보았다.

"누가 가지고 갔을까?"

팬숍은 어깨를 으쓱해 보였다.

"참 이상하군, 어떻게 해야 하지……."

어떻게 해야 좋을지 몰라 두 사람은 불안에 싸인 채 헤어졌다.

12

에르퀼 포아로가 수염을 깎고 나서 비누를 닦아 내려 하고 있을 때 급하게 문을 두드리는 소리가 나더니 레이스 대령이 성큼성큼 걸어 들어왔다. 그러고는 문을 닫고 말했다.

"자네 예감이 들어맞았네. 사건이 일어났어."

포아로는 몸을 펴며 날카롭게 물었다.

"무슨 일인가?"

"리넷 도일이 죽었어. 어젯밤, 머리에 총을 맞았지."

포아로는 잠시 아무 말도 할 수 없었다. 두 가지 일이 기억에 생생하게 되살아났기 때문이다.

하나는 아스완의 어떤 정원에서 재클린이 "이 조그만 권총을 그 애의 머리에 대고 방아쇠를 당겨 보고 싶어요"라고 쉰 목소리로 중얼거리고 있었던 일이었고, 또 하나는 그보다 뒤의 일이지만 역시 같은 목소리로 "그래요, 이대로는 도저히 견딜 수 없을 것 같아요" 하고 중얼거리면서 무언가 호소하는 듯한 눈빛을 하고 있던 일이었다. 그 호소를 왜 받아들여 주지 않았던가. 그때는 그저 졸립기만 해서 멍해 있었던 것이다…….

레이스가 다시 말을 이었다.

"나는 좀 공적인 입장에 있어서 이 사건을 위임받게 되었다네. 배는 30분 안으로 떠날 예정이지만, 내가 지시할 때까지는 미루어질 거야. 범인은 육지 쪽에서 왔을지도 모르네."

포아로가 그의 말에 고개를 젓자 레이스도 같은 뜻을 나타냈다.

"그래, 그 주장은 제외해도 괜찮아. 자, 그러니 이제 자네가 일할 차례일세. 솜씨를 보여 줄 때가 되었단 말이야."

"자네가 원하는 대로 하지." 서둘러 옷을 갈아입고 있던 포아로가 대답했다.

두 사람은 갑판 쪽으로 나갔다.

"베스너가 와 있을 거야. 급사에게 불러오도록 시켰거든." 레이스가 말했다.

이 배에는 목욕탕이 딸린 특실이 4개 있었다. 왼쪽의 두 방은 각각 베스너 의사와 앤드루 페닝턴이 들어 있고, 오른쪽 한 방에는 미스 반 스카일러, 그 옆에는 리넷 도일이 있었다. 그리고 그 다음에 사이먼의 의상실로 쓰는 방이 있었다.

리넷 도일의 방 밖에는 얼굴이 파리한 급사가 서 있었다. 그가 문을 열어 주어서 레이스와 포아로는 안으로 들어갔다. 베스너 의사는 침대 옆에 서 있었다. 두 사람이 들어가자 그는 얼굴을 돌리고 고개를 끄덕였다.

"이 사건에 대한 선생님의 의견은 어떻습니까?"

레이스가 물었다.

카넥 호 객실

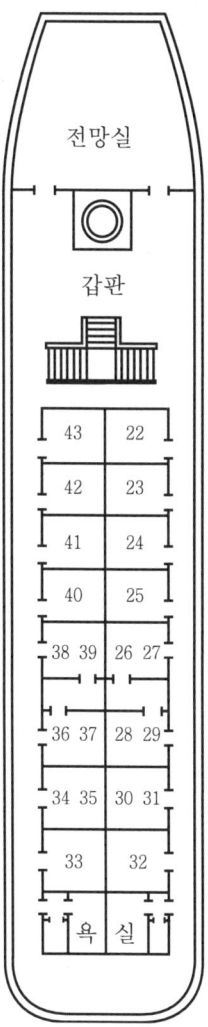

43 빈 방	22 짐 팬숍
42 빈 방	23 팀 앨러튼
41 코넬리아 롭슨	24 앨러튼 부인
40 재클린 드 벨포트	25 사이먼 도일
38 39 앤드루 페닝턴	26 27 리넷 도일
36 37 베스너 박사	28 29 미스 반 스카일러
34 35 옥타븐 모녀	30 31 에르퀼 포아로
33 파워즈 양	32 레이스 대령

"총을 맞았군요. 아주 가까운 거리에서 맞았어요. 귀 위를 보십시오. 총알이 이리로 들어간 모양입니다. 아주 작은 총알이군요. 22구경인 것 같은데요. 권총을 머리에 바짝 갖다댔기 때문에 여기 피부가 새까맣게 탔습니다."

포아로의 머리에 또다시 아스완에서 들었던 말이 떠올랐다. 베스너가 말을 계속하고 있었다.

"잠을 자고 있었는지 저항한 흔적이 전혀 없습니다. 범인은 어둠 속으로 살그머니 다가와 자고 있을 때 쏜 게 분명합니다."

"아닙니다." 포아로가 외쳤다.

재클린 드 벨포트가 권총을 쥐고 어두운 방으로 몰래 들어간다는 것은 도저히 생각할 수가 없었다. 베스너는 두터운 안경 너머로 포아로를 보았다.

"그렇지만 실제로 그런 일이 일어났잖습니까."

"그렇지요. 나는 당신 말에 반대하는 것은 아닙니다."

베스너는 만족스러운 듯했다.

포아로는 베스너 옆으로 다가갔다. 리넷 도일은 옆을 보고 있었으며 아주 자연스럽고 평온해 보였다. 그러나 귀 위에 마른 피가 달라붙은 조그마한 구멍이 나 있었다.

포아로는 슬픈 듯이 고개를 저었다. 그러다가 바로 앞에 있는 흰 벽으로 시선을 떨구었을 때 그는 숨을 깊이 들이마셨다. 그 하얀 벽에 적갈색으로 크게 J라는 글자가 씌어져 있었기 때문이다. 포아로는 그 글자를 가만히 바라보고 나서 죽은 리넷 위로 몸을 엎드려서 그녀의 오른손을 조용히 들어올렸다. 손가락 하나에 적갈색의 것이 묻어 있었다.

"제기랄!" 에르쿨 포아로는 저도 모르게 내뱉었다.

"포아로, 자네는 그걸 어떻게 생각하나?" 레이스가 물었다.

"어떻게 생각하고 말고가 있나. 그야 매우 간단한 일이지. 도일 부인이 죽어 가면서 살해자를 알려 주고 싶어 손가락에 자기 피를 묻혀서 범인 이름의 머릿글자를 썼다는 아주 단순한 일이지."

"과연 그렇군! 하지만……."

베스너 의사가 말하기 시작하자 레이스가 몸짓으로 그것을 말렸다.

"그렇게 생각된단 말인가?" 레이스가 천천히 묻자, 포아로는 그를 보며 고개를 끄덕였다.

"그렇고 말고, 놀랄 만큼 단순해. 흔히 있는 일이지. 범죄소설에서도 자주 쓰이는 방법일세. 좀 낡은 수법이긴 하지만 말이야. 범인은 구식 사람인 모양이야."

레이스는 숨을 깊이 들이마셨다.

"나는 처음에……." 말하려다가 그만두자, 포아로가 엷게 미소를 띠며 그 말을 받았다.

"내가 멜로드라마의 상투적인 수단을 무엇이든지 시인한다고 생각한단 말이지. 베스너 박사, 실례했습니다. 당신이 말씀하시려던 것은……."

베스너가 말하기 시작했다.

"내가 말하려던 것 말입니까? 그건 전혀 무의미하다는 말입니다. 이 부인은 총을 맞자 곧 죽었으니까요. 손가락에 피를 묻혀 J라는 글자를 쓰다니! 첫째로, 피 같은 것은 아무 데도 없습니다. 도무지 당치도 않은 이야기입니다."

"그렇지만 목적이 있어서 썼단 말이오." 레이스가 말했다.

"그야…… 당연하지……." 말하는 포아로의 표정이 험악해졌다.

"J는 무슨 약자일까?"

"J는 분명 재클린 드 벨포트의 약자입니다. 그 젊은 여인은 바로 5, 6일 전에 이 조그만 권총을 그 애의 머리에 대고 방아쇠를 당겨 보고 싶다고 나에게 말했거든요."

"오오, 하느님 맙소사!"

베스너가 외친 다음 한순간 아무도 입을 열지 않았으나, 이윽고 레이스가 숨을 깊게 들이마시며 말했다.

"그 말이 바로 그대로 일어났단 말이로군?"

베스너가 고개를 끄덕였다.

"그렇소. 구경이 매우 작은 권총, 22구경일 거라고 생각합니다. 총알을 꺼내보지 않고는 정확한 것을 말할 수 없지만 말입니다."

"죽은 시간은?"

베스너는 턱을 문질렀다. 까칠하게 자란 수염 소리가 났다.

"정확한 것은 말할 수 없지만, 지금이 8시이니까 어젯밤의 기온을 고려해볼 때 분명 죽은 지 6시간은 지난 것 같군요. 아마 8시간 이상은 지나지 않았을 겁니다."

"그렇다면 자정부터 새벽 2시 사이가 되는군요."

"그렇소."

거기서 이야기가 멈추었으므로 레이스는 주위를 둘러보았다.

"남편 쪽은 어떻습니까? 옆의 선실에서 자고 있겠지요?"

"지금은 내 방에서 자고 있소." 베스너의 말에 포아로와 레이스는 어리둥절해 했다. 베스너는 고개를 주억거리며 입을 열었다.

"참, 그렇지. 당신들은 그 일에 대해서 모르고 있군요. 도일 씨는 어젯밤, 전망실에서 총에 맞았습니다."

"총에 맞았다고! 누가 쐈는데요?"

"재클린 드 벨포트라는 젊은 여자가요."

"상처가 심합니까?" 레이스가 날카롭게 물었다.

"골절입니다. 우선 할 수 있는 데까지 응급처치는 했습니다만, 될 수 있는 대로 빨리 엑스레이를 찍어 봐야 합니다. 그래야 이 배에서는 할 수 없는 것을 확실히 치료 할 수 있습니다."

"재클린 드 벨포트라!" 포아로는 중얼거리면서 벽 위의 J라는 글자로 다시 눈을 돌렸다.

레이스가 갑자기 말했다.

"여기서 더 할 일이 없다면 아래로 내려갑시다. 흡연실을 마음 대로 써도 좋다고 했으니까, 가서 어젯밤의 사건을 상세히 조사 해 봅시다."

세 사람은 선실을 나왔다. 레이스는 문을 잠그고 열쇠를 주머니에 집어넣었다. 아래갑판으로 내려가자 카낵 호의 지배인이 흡연실 입구에서 불안한 듯이 기다리고 있었다.

"당신의 지위로 보아 당신에게 맡기는 게 가장 좋다고 생각합니다. 그렇게 해주신다면 뭐든지 협조해 드리겠습니다."

"우선 조사 중에는 이 방에 나와 포아로 씨 말고는 아무도 들어오지 못하도록 해주게."

"알았습니다."

"당장은 그것뿐일세. 자네는 자네 일을 계속하게나. 자네가 있는 곳은 알고 있으니까."

지배인은 조금 마음이 놓이는 듯 방에서 나갔다.

"베스너 씨, 앉아서 어젯밤의 사건을 자세하게 말해 주십시오." 레이스 대령이 말했다.

레이스와 포아로는 말없이 박사의 이야기에 귀를 기울였다. 이야기가 끝나자 대령이 입을 열었다.

"이제 알겠군. 그 아가씨는 술기운을 빌려 자신을 흥분시킨 다음 결국 22구경 권총으로 쏘았군. 그리고 리넷 도일의 방으로 가서 그녀까지 쏘았던 거야."

그러나 베스너 의사는 고개를 저었다.

"나는 그렇게 생각하지 않소. 그런 일은 있을 수가 없다고 생각합니다. 첫째로 그녀는 자기의 머리글자를 벽에 쓰지는 않았을 겁니다. 그런 짓을 하다니, 너무 우습지 않습니까."

"하지만 썼을지도 모르지요. 질투심이 강하고, 앞뒤 가릴 수 없을 정도로 흥분해 있었다면 자기 범죄에 서명이라도 하는 기분으로 그렇게 했을지도 모릅니다."

포아로는 고개를 저었다.

"아니, 그 아가씨는 그렇게 노골적인 행동파가 아니야."

"그렇다면 그 J라는 글자에 대해서는 하나밖에 설명할 길이 없겠군. 즉 그녀에게 혐의가 돌아가도록 일부러 누군가가 그 글자를 쓴 거야."

이에 대해 의사가 말했다.

"그 말이 맞습니다. 그러나 범인은 운이 나빴어요. 왜냐하면 그 젊은 아가씨는 사람을 죽일 것 같지 않을 뿐 아니라 그런 짓을 한다는 건 불가능하니까 말이오."

"그건 또 어째서지요!"

베스너는 재클린의 히스테릭한 태도와 파워즈 양의 시중을 받게 된 상황을 설명했다.

"밤새껏 파워즈 양이 곁에 붙어 있었을 겁니다. 틀림없어요."
의사는 덧붙였다.

"처음 발견한 것은 누구지?" 포아로가 물었다.

"도일 부인의 하녀 루이즈 부르제이일세. 여느 때와 마찬가지로 주인을 깨우러 갔다가 죽어 있는 걸 보고 뛰쳐나와 급사 팔에 쓰러진 채 정신을 잃고 말았지. 급사는 지배인에게 보고했고 지배인은 나에게로 왔어. 나는 베스너 의사를 붙잡아 놓은 다음 자네를 부르러 갔던 걸세."

포아로는 고개를 끄덕였다.

"도일 씨에게 알려 주지 않으면 안 되겠는데, 아직 자고 있단 말이지요?" 레이스가 말했다.

"내 방에서 자고 있소. 어젯밤에 강한 수면제를 먹였으니까요."

레이스는 포아로 쪽을 보았다.

"박사님은 이제 가보셔도 되겠습니다. 감사합니다."

베스너는 일어났다.

"그러면 나는 아침 식사를 하고 선실로 돌아가 도일 씨가 일어났는지 보러가겠소."

"감사합니다."

베스너는 나갔다.

베스너가 나가 버리자 레이스와 포아로는 얼굴을 마주보았다.

"포아로, 어떻게 하면 좋지? 자네가 책임자일세. 나는 자네가 하라는 대로 할 테니까 어떻게 하면 좋을지 말해 주게."

"알았네. 우선 심문을 할 필요가 있어. 먼저 어젯밤의 사건에 대한 이야기를 입증하지 않으면 안 되겠네. 일단 사건의 목격자인 팬숍과 롭슨 양에게 물어 보아야겠어. 권총이 없어졌다는 것은 중대한 문제야."

레이스는 벨을 울려 급사를 불러서 연락을 부탁했다. 포아로는 한숨을 쉬면서 고개를 저었다.

"이거 골치 아픈 문제인데, 정말 골치 아픈 사건이야."

"뭐, 좋은 생각이 없나?" 레이스가 물었다.

"머리가 뒤범벅이 되어서 생각이 정리되지 않는구먼. 그 아가씨가 리넷 도일을 미워하며 죽이고 싶어 하고 있었다는 건 움직일 수 없는 사실일세."

"그 아가씨가 그 일을 할 수 있다고 생각하나?"

"뭐, 할 수 있겠지." 그러나 포아로는 확신이 없는 것 같았다.

"방법이 이상하다는 것이겠지. 어둠 속에서 방으로 몰래 들어가 자고 있는 사람을 쏘지는 않을 거라는 말인가? 그 냉혹한 점이 믿어지지 않는단 말이지?"

"그런 면도 있어."

"자네 생각엔 재클린 드 벨포트라는 아가씨는 계획적으로 잔인한 살인 같은 짓은 하지 못할 거라는 말이지?"

"그건 확실히 모르네. 계획을 세울 머리는 있을 거야. 그렇지만 과연 실제로 그런 짓을 할 수 있을는지……."

레이스는 고개를 끄덕였다.

"그래, 베스너의 말대로라면 실제로는 불가능했겠지."

"베스너의 말이 사실이라면 상당히 혐의가 벗겨지네. 그게 사실이었으면 좋겠는데." 포아로는 잠시 말을 멈추고 있더니 다시 덧붙였다. "그렇다면 정말 좋겠네. 나는 그 아가씨를 매우 동정하고 있거든."

문이 열리더니 팬숍과 코넬리아가 들어왔다. 베스너도 그 뒤를 따라왔다.

코넬리아가 숨이 찬 것처럼 말했다.

"그저 무서울 뿐이에요. 정말 가엾은 도일 부인이에요. 그분을 죽이다니, 정말 악마임에 틀림없어요. 그리고 도일 씨도 불쌍해요. 그가 부인 이야기를 들으면 미친 사람처럼 될 거예요. 어젯밤에도 자신의 사고에 대한 이야기가 부인에게 알려지면 곤란하다고 몹시 신경을 쓰고 계셨으니까요."

"어젯밤에 일어났던 일을 정확하게 알고 싶소." 레이스가 코넬리아에게 말했다.

코넬리아는 무엇부터 이야기하면 좋을지 처음에는 좀 당황해했지만, 포아로가 한두 가지를 묻고 있는 동안에 제대로 대답할 수 있게 되었다.

"네, 브리지를 그만둔 다음 도일 부인은 방으로 가셨습니다. 정말로 가셨는지 어떤지는 알 수 없지만 말이에요."

"그건 틀림없어. 내가 이 눈으로 보았으니까. 방문 앞에서 안녕히 주무시라고 인사를 했단 말이야." 레이스가 말했다.

"그런데 시간은?"

"잘 모르겠어요." 코넬리아가 대답했다.

"11시 20분이었어." 레이스가 말했다.

"좋소. 그럼, 11시 20분에는 도일 부인이 살아 있었군. 그때 전망실에 있었던 사람은?"

"도일 씨가 있었습니다. 그리고 재클린 드 벨포트 양, 저와 롭슨 양." 팬숍이 대답했다.

"그렇습니다. 페닝턴 씨는 술을 한 잔 마시고 잠자리에 들어가셨습니다." 코넬리아가 말했다.

"그건 얼마쯤 지난 다음이지요?"

"3, 4분 지난 다음입니다."

"그렇다면 11시 반이 되기 전이군요?"

"그렇습니다."

"그러면 전망실에 남은 것은 롭슨 양, 재클린 드 벨포트 양, 도일 씨, 팬숍 씨가 되는군요. 모두들 뭘 하고 있었습니까?"

"팬숍 씨는 책을 읽고 계셨고, 나는 수를 놓았습니다. 재클린 드 벨포트 양은 저어……."

팬숍이 거들었다.

"술을 꽤 마시고 있었습니다."

"그랬어요. 그리고 여러 가지로 우리 집에 대해 물어 보았어요. 주로 저에게 말했지만, 사실 도일 씨에게 하고 있었다고 생각해요. 도일 씨는 화를 내고 있는 것 같았지만 아무 말도 하지 않았지요. 자기가 잠자코 있으면 상대편도 가라앉을 거라고 생각해서 그랬을 거예요."

"그런데 가라앉지 않았단 말인가요?"

코넬리아는 머리를 끄덕였다.

"저는 두 번쯤 그 자리를 떠나려 했지만, 벨포트 양이 억지로 붙잡았어요. 정말 마음이 불안했었어요. 그때 팬숍 씨가 일어나서 나가셨어요……."

"좀 어색하긴 했지만, 나는 가만히 나가려고 생각했습니다. 벨포트 양이 한바탕 소동을 부리려 하고 있는 게 뻔했으니까요." 팬숍이 말했다.

"그런 다음 벨포트 양이 권총을 꺼냈으므로 도일 씨가 그것을 뺏으려고 벌떡 일어났어요. 그때 권총이 발사되어 도일 씨의 다리를 꿰뚫었지요. 그러자 그녀가 울음을 터뜨렸으므로 저는 겁이 나서 팬숍 씨의 뒤를 쫓아갔습니다. 그리고 함께 전망실로 돌아왔습니다. 그때 도일 씨가 일을 시끄럽게 만들지 말아 달라고 했어요. 총소리를 듣고 흑인 급사가 한 사람 왔지만, 팬숍 씨가 괜찮다고 돌려보냈지요. 그런 다음 재클린을 방으로 데려다 주고, 제가 파워즈 양을 부르러 간 동안 팬숍 씨가 곁에 있어 주었습니다."

코넬리아는 숨이 차서 이야기를 멈추었다.

"그건 몇 시쯤이었나요?" 레이스가 물었다.

"잘 모르겠어요." 코넬리아가 말했다. 팬숍이 그 말을 받아 대답해 주었다.

"12시 20분쯤 되었을 겁니다. 내가 마지막으로 방으로 돌아간 게 틀림없이 12시 반이었으니까요."

"도일 부인이 가 버린 다음 당신들 네 사람 중에 전망실을 떠난 사람이 있었나요?"

포아로가 물었다.

"없습니다."

"벨포트 양도 전망실을 떠나지 않았단 말이지요?"

"틀림없습니다. 도일 씨도, 벨포트 양도, 롭슨 양도, 그리고 나도 그 방을 떠나지 않았습니다." 팬숍이 급히 대답했다.

"알았습니다. 그렇다면 미스 벨포트 양은 12시 반 이전에는 도일 부인을 쏠 수가 없었다는 것이 확실해졌군. 그런데 당신이 파워즈 양을 부르러 간 동안 벨포트 양은 혼자 있었습니까?"

"아니오, 팬숍 씨가 계셨어요."

"좋습니다. 지금까지의 이야기로는 벨포트 양에게는 완전한 알리바이가 있는 것 같군요. 다음은 파워즈 양을 만날 차례인데, 그녀를 부르기 전에 우선 한두 가지 당신 의견을 듣고 싶소. 도일 씨는 벨포트 양을 혼자 버려두지 말라고 걱정하고 있었단 말이지요? 그녀가 더 무모한 짓을 저지를지도 모른다고 생각하기라도 했던 것일까요?"

"그렇다고 생각합니다." 팬숍이 말했다.

"도일 부인을 습격하지나 않을까 걱정하고 있었단 말이지요?"

"아닙니다. 그게 아니라, 그녀가 자기 자신에게 어떤 무모한 짓을 하지 않을까 걱정했습니다."

"자살이라도?"

"그렇습니다. 벨포트 양은 자기가 저지른 짓을 보고 완전히 술이 깨어 비탄에 젖어 있었으니까요. 자책하는 마음에서 죽어 버리는 것이 낫다고 말하고 있었지요."

코넬리아가 덜덜 떨며 말했다.

"도일 씨는 벨포트 양을 걱정하고 계셨던 것 같아요. 모두 내가 나쁘다, 내가 그녀에게 몹쓸 짓을 했기 때문이라고 말하고 계셨어요. 그는 매우 신사적이었다고 생각해요." 코넬리아가 겁먹은 목소리로 말하자 포아로는 고개를 끄덕였다.

"권총은 어떻게 되었지요?"

"벨포트 양이 떨어뜨렸습니다." 코넬리아가 대답했다.

"그리고?"

팬숍은 그것을 찾기 위해 전망실로 다시 가 봤지만 눈에 띄지 않았던 사정을 설명했다.

"결론이 나올 것 같군. 정확을 기하지 않으면 안 되니 그때 일어난 일을 그대로 나에게 이야기해 주십시오."

"벨포트 양이 그것을 떨어뜨리고는 걷어찼습니다."

"권총이 싫어진 것이겠지요. 그 기분을 잘 알 수 있어요." 코넬리아가 설명했다.

"그리고 긴의자 밑으로 굴러 들어갔단 말이지요? 잘 생각해 보세요. 방을 나가기 전에 벨포트 양이 그 권총을 다시 줍지 않았습니까?"

팬숍도 코넬리아도 그 점에 대해서는 '아니'라는 확신을 가지고 있었다.

"그럼, 결론은 다음과 같겠군요. 벨포트 양이 방을 나갔을 때는 권총이 긴의자 밑에 있었다. 그리고 벨포트 양은 팬숍 씨와 롭슨 양, 그리고 파워즈 양 중 누군가가 옆에 붙어 있었으므로 권총을 가지러 돌아갈 기회가 없었고, 팬숍 씨, 당신이 그것을 찾으러 돌아간 것은 몇 시쯤이었소?"

"12시 반이 조금 못 되었을 겁니다."

"베스너 박사와 함께 도일 씨를 옮기고 나서 당신이 권총을 가지러 돌아갈 때까지 얼마나 시간이 지났을까요?"

"어쩌면 5분, 아니면 그보다 더 걸렸을지도 모릅니다."

"그러면 그 5분 동안에 누군가가 긴의자 밑에서 남의 눈에 띄지 않게 권총을 옮긴 셈이 되는군요. 그리고 그 누군가가 벨포트 양이 아니라면, 대체 누구일까? 권총을 꺼낸 사람이 도일 부인을 죽였다는 확률이 클 것 같군요. 그 사람은 또 그 바로 전에 일어난 사건을 어딘가에서 들었거나 보았다고 생각해도 좋을 것 같습니다."

"어째서 그렇게 되는지 나는 모르겠습니다." 팬숍이 말했다.

"권총은 긴의자 밑에 남의 눈에 띄지 않게 놓여 있었다고 했지요. 그렇다면 권총이 우연히 발견되었다고는 믿을 수 없어요. 긴의자 밑에 있는 걸 아는 사람이 가져간 거지요. 그렇다면 그 사람은 사건 현장에 있었던 게 틀림없습니다."

"권총이 발사되기 직전 내가 갑판으로 나갔을 때는 아무도 보이지 않았습니다."

"그야 당신이 오른쪽 문으로 나갔기 때문이지요."

"그렇습니다. 내 방이 있는 쪽이었습니다."

"그러니 누군가가 왼쪽 문 유리창 너머로 들여다보고 있었다면, 당신 눈에는 뜨이지 않았을 게 아니오?"

"그렇군요."

"흑인 급사 말고 권총 소리를 들은 사람은 없었소?"

팬숍은 계속 말을 이었다.

"내가 알고 있는 한은 없는 것 같습니다. 여기 창문은 모두 닫혀 있었으니까요. 미스 반 스카일러가 바람이 들어온다고 해서 회전식 문까지 닫아 버렸습니다. 권총 소리는 가까이에서도 들리지 않았을 겁니다. 들렸다 하더라도 병마개를 뽑을 때처럼 퐁하는 소리 같았을 거라고 생각합니다."

이때 레이스가 말참견을 했다.

"또 하나의 총소리, 도일 부인을 쏜 총소리를 들은 사람도 한 명도 없는 것 같군."

"그것은 곧 조사해 보기로 하지." 포아로는 말했다. "지금은 우선 벨포트 양의 일만 생각하기로 하세. 우선 파워즈 양과 이야기할 필요가 있어. 그리고 당신들은 돌아가기 전에 각자 자신의 신상에 대해서 이야기해 주십시오. 먼저 팬숍 씨부터, 성명은?"

"제임스 렛시데일 팬숍."

"주소는?"

"영국 노스햄프셔 주 마케트 도닝턴 글래스 모어 하우스."

"직업은?"

"변호사."

"이곳을 방문한 목적은?"

여기서 좀 시간이 걸렸다. 언제나 침착하던 팬숍 씨가 허를 찔린 듯 당황하더니 잠시 뒤에 중얼거리듯이 말했다.

"관광 여행입니다."

"아, 휴가를 받았군요?"

"네, 그렇습니다."

"좋습니다. 그런데 간단히 말해 주었으면 좋겠는데, 지금까지 이야기한 사건이 있은 다음 당신은 어떻게 했지요?"

"곧 잠자리에 들었습니다."

"시간은?"

"12시 반이 막 지나서였습니다."

팬숍은 생각하고 나서 대답했다.

"곧 자 버렸습니다만, 잠이 들려고 할 때 물이 튀는 것 같은 소리가 들린 것 같았습니다. 그것 말고는 아무것도."

"물이 튀는 것 같은 소리가 났다고요? 가까이에서 말인가요?"

팬숍은 고개를 저었다.

"뭐라고 해야 좋을지 모르겠군요. 거의 잠이 들어 있었으니까요."

"그건 몇 시쯤이었습니까?"

"1시쯤이었을 겁니다. 확실치는 않지만."

"고맙소, 이제 끝났습니다."

포아로는 코넬리아에게로 시선을 돌렸다.

"이번에는 당신 차례입니다. 롭슨 양, 성명은?"

"코넬리아 롭슨. 그리고 제 주소는 코네티컷 주 밸필드 레드 하우스."

"이집트에 왜 오셨지요?"

"친척인 미스 반 스카일러 부인이 이번 여행에 데리고 와 주셨습니다."

"이번 여행에 오기 전에 도일 부인을 만난 적은?"

"전혀 없습니다."

"어젯밤에는 무얼 했지요?"

"베스너 박사님이 도일 씨의 다리를 치료하시는 것을 도와 준 다음 곧 잠들었습니다."

"당신의 선실은?"

"오른쪽 41호, 벨포트 양의 옆방입니다."

"무슨 소리를 들었습니까?"

"아무 소리도 듣지 못했습니다."

"물이 튀는 소리도?"

"제 방은 육지 쪽이기 때문에 소리가 나도 들리지 않았을 겁니다."

포아로는 고개를 끄덕였다.

"고맙소. 그럼, 파워즈 양에게 이리로 와 주십사고 말씀해 주시겠습니까?"

팬숍과 코넬리아는 나갔다.

"이제 분명해진 것 같군." 레이스가 말했다.

"세 사람의 목격자가 거짓말을 하고 있지 않다면, 재클린 드 벨포트는 권총을 쥘 수가 없었을 걸세. 누군가 다른 사람이 했어. 누군가가 벽에 커다랗게 J라는 글자를 쓰는 어리석은 짓을 했단 말이야."

문을 두드리는 소리가 나더니 파워즈 양이 들어왔다. 이 간호사는 여느 때처럼 침착한 태도로 의자에 앉아 포아로가 묻는 대로 자기 이름과 주소와 직업 등을 말한 다음 덧붙여 말했다.

"벌써 2년이 넘도록 미스 반 스카일러를 돌봐 드리고 있었습니다."

"그녀의 건강 상태는 많이 나쁩니까?"

"아니, 그렇지는 않아요. 이젠 나이가 들었으니, 몸을 염려하여 간호사를 가까이 두고 싶어 하는 거지요. 걱정할 만큼 심각한 병은 아닙니다. 다만 사람들의 관심을 받는 것을 좋아하시는 거지요. 물론 사람들의 관심을 끌 만한 돈도 있으신 분이니까요."

포아로는 고개를 끄덕거리며 입을 열었다.

"어젯밤에 롭슨 양이 당신을 부르러 갔다고요?"

"네, 그렇습니다."

"그때 있었던 일을 정확하게 말해 주십시오."

"롭슨 양이 사건을 간단하게 이야기해 주어서 함께 따라갔습니다. 가 보았더니, 벨포트 양이 매우 흥분해서 히스테리를 일으키고 있더군요."

"도일 부인에 대한 협박 비슷한 말을 하고 있었습니까?"

"그런 말은 조금도 하지 않았어요. 자기 자신을 몹시 나무라고 있었지요. 상당히 많이 마신 술이 깨기 시작하고 있었어요. 혼자 있게 해서는 안 되겠다고 생각하여 마취제를 주사하고 쭉 옆에서 간호했습니다."

"벨포트 양은 잠깐이라도 그녀의 방에서 나갔습니까?"

"아니오, 나가지 않았어요."

"당신은?"

"저는 오늘 아침까지 그녀의 옆에 있었어요."

"틀림없습니까?"

"네, 절대로 틀림없어요."

"협조해줘서 고맙소."

간호사는 나갔다.

두 사나이는 서로 얼굴을 마주보았다.

이렇게 하여 재클린 드 벨포트는 혐의가 벗겨진 것이다. 그렇다면 누가 리넷 도일을 쏘았단 말인가?

13

레이스가 말했다.

"누군가가 권총을 가지고 나갔네. 그것은 재클린 드 벨포트가 한 짓은 아니야. 사정을 잘 알고 있어서 재클린이 죄를 덮어쓰게 되리라고 생각하고 한 일이지. 그러나 그는 간호사가 재클린에게 마취제를 주사하고 밤새껏 옆에서 시중들리라고는 생각하지 못했네. 한 가지 더 덧붙인다면, 그는 전에도 벼랑에서 큰 돌을 굴러 떨어뜨려서 리넷 도일을 죽이려고 한 적이 있었어. 그것도 재클린 드 벨포트는 아닐세. 그렇다면 그는 누구일까?"

레이스가 이야기를 끝내자 포아로가 대답했다.

"해당이 없는 사람의 이름을 드는 편이 더 빠를걸. 도일 씨, 앨러튼 부인, 팀 앨러튼, 미스 반 스카일러, 파워즈 양 모두 이 사건에 관계가 없어. 돌이 굴러 떨어졌을 때 그들은 모두 내가 볼 수 있는 곳에 있었으니까."

"그럼, 아직도 혐의를 받을 만한 사람이 상당히 있군. 동기는 뭘까?"

"그 점에 대해서는 도일 씨가 조언을 해주리라고 생각하네. 지금까지도 몇 가지 사고가 있었으니……."

그때 재클린 드 벨포트가 방으로 들어왔다. 얼굴이 파리하고 조금 비틀거렸다.

"내가 한 짓이 아니에요. 정말이에요. 모두들 내가 했다고 여기고 있지만, 내가 한 일이 아니에요. 무서워요. 어젯밤에 하마터면 사이먼을 죽였을런지도 몰라요. 나는 몹시 흥분하고 있었으니까요. 하지만 다른 한 사람을 죽인 것은 내가 아니란 말이에요……."

재클린은 의자에 앉아 울음을 터뜨렸다. 포아로는 가볍게 그녀의 어깨를 두드려 주었다.

"자, 그만 해요. 당신이 도일 부인을 죽이지 않았다는 것은 알고 있소. 이미 증명되었으니까요."

재키는 젖은 손수건을 움켜쥐며 벌떡 일어났다.

"그럼, 누가 죽인 거지요?"

"그것은 지금 조사 중이오. 좀 협조해 주시겠소?" 포아로는 말했다.

재클린은 고개를 저었다. "난 모르겠어요…… 상상도 할 수 없어요……." 그녀는 얼굴을 찌푸리며 말을 계속했다. "그녀가 죽기를 바라는 사람이 있으리라고는 생각되지 않아요, 나를 빼놓고는……."

이때 레이스가 말했다.

"잠깐 실례하겠습니다. 문득 생각 난 일이 있어서요……."

그는 급히 방을 나갔다. 재클린은 불안하게 손을 만지작거리면서 바닥을 내려다보고 있었다.

"죽음이란 무서워요. 생각하기도 싫어요!"

재클린은 느닷없이 외쳤다.

"그렇고말고요, 누군가가 자기 계획이 제대로 들어맞은 것을 기뻐하고 있으리라고 생각하니 기분이 좋지 않군요." 포아로가 말했다.

"나는 그녀가 죽기를 바랐어요. 그리고 그녀는 죽었어요. 난처하게도 내가 말한 방법대로 죽어 버린 거예요."

"그렇소, 총알이 머리를 꿰뚫었지요."

그녀는 울부짖었다.

"네, 그날 밤 캐터랙트 호텔에서 내가 생각했던 그대로예요. 누가 엿듣고 있다고 느꼈지만."

포아로는 고개를 끄덕였다.

"당신이 그 일을 기억하고 있을까 생각하고 있었는데, 정말 우연치고는 기막힌 우연 아니오? 당신이 말한 그대로 살해되다니!"

"그날 밤 내 이야기를 엿들은 남자가 누구일까요?"

포아로는 잠시 동안 침묵했다.

"그자가 틀림없이 남자였다고 확신합니까?"

재클린은 깜짝 놀라서 포아로의 얼굴을 보았다.

"그렇다면 누구입니까?"

"글쎄요. 물론, 적어도……."

그녀는 얼굴을 찌푸리며 눈을 반쯤 감고서 생각해 내려 했다.

"저는 남자라고 생각했어요. 하지만……."

"그러나 지금은 확실치 않단 말이지요?"

재클린은 천천히 말했다.

"단정할 수는 없어요. 남자라고 생각해 왔지만 실제로는 사람의 그림자에 지나지 않았을지도 모르지요."

포아로가 아무 말도 하지 않자 그녀는 물어 보았다.

"당신은 여자였을 거라고 생각하시는군요. 하지만 이 배를 타고 있는 여자 중에서 리넷을 죽이고 싶어 하는 사람이 있다고는 생각지 않아요."

포아로는 고개를 조금 저었다. 문이 열리고 베스너가 들어왔다.

"포아로 씨, 도일 씨가 만나고 싶어 하십니다."

재키는 일어나서 베스너의 팔을 잡고 물었다.

"상태가 어때요? 그이는 괜찮나요?"

"물론 괜찮을 리가 없지요. 골절이니까요." 베스너는 비난하듯이 말했다.

"하지만 죽지는 않겠지요?"

"죽다니오? 큰 병원으로 데리고 가면 X레이를 찍어보고 적당한 치료를 받을 수 있을 거요."

"오오!" 재클린은 두 손을 꼭 쥐면서 의자에 앉았다.

포아로는 의사와 함께 갑판 쪽으로 나갔다. 레이스도 끼어들어, 세 사람은 함께 베스너의 선실로 갔다.

사이먼 도일은 푹신한 베개를 받치고 누워 있었다. 얼굴은 새파랗고 고통으로 보기 흉하게 일그러져 있었다. 그러나 그의 얼굴에 무엇보다도 강하게 드러나 있는 것은 어린아이같이 겁에 질린 놀란 표정이었다.

"어서 오십시오. 의사에게서 리넷의 일을 들었습니다만, 도저히 믿어지지가 않습니다. 정말이지…… 믿어지지가 않아요."

"그러시겠지요." 레이스가 말을 받았다.

사이먼은 더듬거리면서 계속 말했다.

"그것은 재키가 한 것이 아닙니다. 확실합니다. 재키로서는 조금 상황이 불리한 것 같습니다만, 그녀가 한 짓은 아닙니다. 어젯밤에는 술에 취해서 몹시 흥분했기 때문에 나를 쏘기는 했지만, 결코 사람을 죽이지는 못할 성격입니다. 더욱이 냉혹한 살인 같은 것은……."

포아로는 조용히 말했다.

"걱정하지 않아도 됩니다. 벨포트 양이 부인을 쏘지는 않았으니까요."

사이먼은 믿을 수 없다는 듯이 포아로를 보았다.

"정말입니까?"

"벨포트 양이 아니라면, 누군가 조금이라도 짐작 가는 사람이 있습니까?"

"당치도 않은 말이오. 있을 수 없는 일입니다. 재키 말고는 아내가 죽기를 바랄 사람은 없습니다."

사이먼은 고개를 저으면서 말했다. 당혹한 빛이 점점 더 짙어졌다.

"생각해 보시오. 부인에게는 적이 없었을까요? 원망하고 있는 사람이 없었을까요?"

"그럴 리가 없습니다. 물론 윈들섬이라는 사나이가 있기는 합니다. 리넷은 나와 결혼하기 위해서 그 사나이를 버린 셈이 되었지만, 그처럼 예의바른 사람이 살인을 하리라고는 생각할 수 없고, 게다가 멀리 있으니까요. 조지 워드 경 역시 마찬가지입니다. 가옥 문제로 리넷을 좋게 생각하고 있지는 않았지만, 멀리 런던에 있으니 살인과 관련시킨다는 건 좀 우습게 여겨집니다."

"좋습니다. 사이먼 도일 씨. 그 카낵 호에 오른 첫날 부인과 간단히 나눈 대화에서 아주 깊은 인상을 받은 말이 있습니다. 부인은 몹시 흥분하고 계셨는데, 모두들 자기를 미워한다고 말씀하시더군요. 주위 사람들이 모두 적으로 여겨져서 불안하다고도 말씀하셨습니다." 포아로는 열심히 말했다.

"재키가 같은 배를 타고 있어서 몹시 흥분했던 겁니다. 그건 나 역시 마찬가지였지요." 사이먼은 말했다.

"그렇기는 합니다만 그것만으로는 부인이 한 말의 의미를 설명할 수가 없습니다. 적에게 둘러싸여 있다고 한 것은 과장된 표현이었겠지요. 그러나 한 사람 이상을 가리키고 있었다는 것은 틀림없습니다."

"당신 말이 옳습니다. 그 점을 설명해 드리지요. 그녀를 흥분시킨 것은 선객 명부 속에 있는 어떤 이름이었습니다."

"그래요? 어떤 이름입니까?"

"그 이름을 정확히 말할 수는 없습니다. 실은 아내도 나에게 사실대로 말해 주지 않았지만 그 당시 저도 재키의 일로 머리가 복잡해 있었습니다. 내가 기억하고 있는 바로는 사업 관계로 남을 파산시킨 일에 대해 뭔가 이야기했었습니다. 그리고 자기 집 안에 원한을 품고 있는 사람을 만나는 것은 두렵다고도 말했습니다. 아내의 집안에 대해서는 잘 모릅니다만, 리넷의 어머니가 대부호의 딸이었던 모양입니다. 아버지 쪽은 여느 부자에 지나지 않았지만, 결혼 뒤 자연히 증권에 손을 대기 시작했습니다. 그 때문에 몰락한 사람이 몇 있었습니다. 내 짐작으로는 리넷의 아버지 때문에 심한 타격을 받은 사람의 아들이 이 배에 타고 있었던 듯싶습니다. 생전 알지도 못하는 사람에게 미움을 받는다는 것은 참으로 무섭다고 리넷이 말하는 것을 들었습니다."

"그렇군요."

포아로가 깊은 생각에 잠긴 듯 말했다.

"그것으로 부인이 나에게 하신 말을 설명할 수 있겠군요. 지금까지 부인은 유산을 상속받는다는 혜택에 대한 막연한 생각만을 갖고 있었겠지요. 하지만 이번에 처음으로 그것이 얼마나 무서운 것인지를 깨달으신 것입니다. 부인이 그 남자의 이름을 말해 준 적이 있습니까?"

사이먼은 안타까운 듯 고개를 저었다.

"나는 그다지 관심이 없었으므로 아버지 때 일어난 일로 신경 쓸 필요는 없다고 했습니다."

베스너가 비아냥거리듯이 말했다.

"하지만 내가 관찰한 바로는 확실히 불평분자가 이 배에 타고 있단 말씀이야."

"퍼거슨 말인가요?" 포아로가 물었다.

"네, 한두 번 도일 부인에 대해 욕을 하는 것을 들은 적이 있소."

"어떻게 하면 알아 낼 수 있을까요?"

사이먼이 말하자 포아로가 대답했다.

"레이스 대령과 함께 승객들을 모두 만나 봐야겠는데요. 여러 사람의 이야기를 다 들어 볼 때까지는 이러니저러니 추리를 하지 않는 편이 좋을 거요. 참, 하녀가 있었지. 그 아가씨부터 만나 보기로 하지. 여기서 만나도 괜찮겠지요? 도일 씨가 있는 것이 도움이 될지도 모르니까요."

"그거 좋은 생각입니다." 사이먼이 말했다.

"그 아가씨는 오래 전부터 부인 밑에서 일하고 있었습니까?"

"두세 달쯤 됩니다."

"겨우 두세 달이라고요!" 포아로가 외쳤다.

"설마, 당신은 그 애가……." 사이먼이 중얼거렸다.

"부인은 귀중한 보석을 가지고 계셨습니까?"

"진주 목걸이를 가지고 있었습니다. 4, 5만 파운드쯤 된다는 말을 들은 적이 있습니다. 설마 그 굉장한 진주때문에……."

"도둑질이 살인의 동기가 될 수도 있습니다. 그러나 그런 것 같지는 않군요. 어쨌든 좀더 두고 봅시다. 하녀를 불러 주시오."

하녀 루이즈 부르제이는 예전에 포아로가 갑판에 올라갔을 때 우연히 마주친 밤색머리에 발랄한 성격을 가진 그 라틴계 여자였다. 그러나 오늘 그녀는 쾌활한 점이라고는 조금도 없었다. 그때까지 줄곧 울고 있었으며, 겁을 먹은 듯한 얼굴을 하고 있음에도 불구하고 교활한 점이 엿보여 레이스와 포아로는 호감을 가질 수가 없었다.

"루이즈 부르제이지?" 포아로가 물었다.

"네."

"살아 있는 부인을 마지막으로 본 것은 언제였나?"

"어젯밤이에요. 옷을 갈아입는 것을 도와드리기 위해 방에서 부인을 기다리고 있었지요."

"몇 시쯤이었지?"

"11시 조금 지나서였어요. 정확한 시간은 알 수 없지만. 부인이
옷을 다 갈아입고 잠드시는 것을 본 다음 방에서 나왔지요."

"그때 시간은 얼마나 걸렸지?"

"10분쯤 걸렸어요. 부인은 피곤하다고 말씀하시고는 방에서 나
가면서 불을 끄라고 하셨어요."

"그 다음에는 무얼 했지?"

"아래 갑판에 있는 제 방으로 갔어요."

"우리들에게 도움이 될 만한 일은 아무것도 보거나 듣지 못했
나?"

"대체 무엇을 보고 들을 수 있었겠어요?"

"지금 우리가 묻고 있잖소!"

포아로가 소리쳤다.

"제가 가까이 있었던 것도 아니니 아무것도 보거나 들을 수가
없잖아요. 저는 아래갑판에 있었고 게다가 제 방은 반대쪽이라
아무 소리도 들리지 않아요. 만일 잠이 오지 않아 층계를 올라
가기라도 했다면 그 흉악한 살인범이 부인의 방으로 들어가든가
나오는 것을 보았을지도 모르죠. 하지만……."

루이즈는 호소하듯 사이먼 쪽으로 두 손을 내밀었다.

"제발 부탁이에요. 사정을 잘 알고 계시잖아요. 이런 때에 저는
뭐라고 대답해야 좋지요?"

"바보 같은 소리 하지 마! 네가 뭔가를 보았거나 들었다고 생
각해서 그러는 게 아니야. 괜찮아, 내가 보살펴 주지. 아무도
너를 꾸짖고 있는 게 아니야."

사이먼이 말했다.

"부인은 정말로 친절했습니다." 루이즈는 말을 마치며 얌전하게 고개를 숙였다.

"그럼, 너는 아무것도 보지도 듣지도 못했다고 생각해도 좋겠지?" 레이스가 신경질적으로 물었다.

"네, 그렇습니다."

"부인에게 원한을 품고 있는 사람이 있다는 말을 들은 적이 있나?"

루이즈가 크게 고개를 끄덕였으므로, 그 자리에 있던 사람들은 모두 깜짝 놀랐다.

"네, 그 일이라면 알고 있어요. 분명히 있다고 대답할 수가 있습니다."

"재클린 드 벨포트 양 말인가?" 포아로가 물었다.

"그분도 그렇지만, 제가 말하려는 사람은 그분이 아닙니다. 그밖에도 부인을 싫어하는 사람이 이 배에 타고 있습니다. 그 사람은 부인 때문에 낭패를 당한 일이 있어서 앙심을 품고 있지요."

"대체 무슨 일이지?" 사이먼이 물었다.

"제가 오기 전에 부인의 시중을 들던 하녀와 관계 있는 일이에요. 이 배의 기관사 한 사람이 그 여자와 결혼하기를 바라고 있었죠. 메어리라는 그 하녀 여자 역시 결혼하려고 생각하고 있었지요. 그러나 부인이 조사를 해보니 그 남자에게는——이름이 프리트우드라는 이 남자에게는——아내가 있었답니다. 흑인 여자였어요. 이 나라에 아내가 있었던 거지요. 그때는 친정집에 가 있었지만, 부인이 이 사실을 모두 메어리에게 알려 주자 메어리는 비관하여 두 번 다시 그 남자를 만나려 하지 않았습니다. 그래서 프리트우드는 몹시 화가 났지요. 부인이 리넷 리지웨이라는 것을 알자 죽여 버리고 싶다고 말하기 시작했어요. 부인 때문에 일생을 망쳤다고 말했지요."

루이즈는 자랑스러운 듯이 말하고 있었다.

"재미있군." 레이스가 말했다.

포아로는 사이먼 쪽을 보았다.

"이 이야기를 알고 있었습니까?"

"아니, 한 번도 들은 적이 없습니다." 사이먼의 말은 정말인 것 같았다. "그 남자가 배에 탄 것을 리넷도 모르고 있었을 겁니다. 아마도 그 사건은 완전히 잊어버리고 있었을 겁니다."

사이먼은 하녀 쪽을 보고 날카롭게 물었다.

"너는 부인에게 그 일에 대해 무슨 말을 했지?"

"아니오, 물론 아무 말씀도 드리지 않았어요."

"부인의 진주에 대해서는 무엇인가 알고 있나?" 포아로가 물었다.

"부인의 진주라고요? 어젯밤에 하고 계셨는데요."

루이즈는 눈을 동그랗게 떴다.

"부인이 잠자리에 드실 때 말이지?"

"네."

"부인은 그것을 어디에 두었지?"

"늘 그랬듯이 침대맡의 테이블 위에 놓았지요."

"그때 본 것이 마지막인가?"

"네."

"오늘 아침에도 거기서 보았나?"

루이즈는 놀라는 듯했다.

"저는 그쪽을 돌아보지도 않았습니다. 문을 열고 침대 쪽으로 가자마자 부인이 눈에 들어왔지요. 순간 저는 고함을 지르면서 밖으로 뛰어나와 기절하고 말았어요."

에르큘 포아로는 고개를 끄덕였다.

"너는 그쪽을 보지 않았다지만, 내 눈엔 잘 보인단 말이야. 오늘 아침 침대맡의 테이블 위에는 진주 목걸이가 없었어."

14

에르큘 포아로의 관찰은 틀림이 없었다. 리넷 도일의 침대맡 테이블 위에는 진주 목걸이가 없었다. 루이즈 부르제이가 명령을 받고 리넷의 소지품을 살펴보니 모두 깨끗하게 정리되어 있는데, 그중에서 진주 목걸이만 없어진 것이 판명되었다.

레이스와 포아로가 선실에서 나가자 밖에서 기다리고 있던 급사가 아침 식사는 흡연실에 준비해두었다고 말했다. 갑판을 걸어가다가 포아로는 걸음을 멈추고 난간 너머를 바라다보았다.

"무슨 좋은 생각이 떠오른 모양이군."

포아로가 말하자 레이스가 입을 열었다.

"그렇다네. 팬숍이 물이 튀는 소리를 들은 것 같다고 말했을 때 나도 문득 어젯밤에 그런 소리를 들은 듯한 기분이 들었지. 범행 뒤에 범인이 권총을 바다에 던지는 일도 충분히 있을 수 있잖나."

"그런 일이 정말로 있을 수 있다고 생각하나?" 포아로는 천천히 물었다.

"이것도 하나의 추리일 뿐이네. 결국 권총은 선실 안에 없으니까 말이야."

"그렇지만 바다에 던져 버렸다고는 생각되지 않네."

"그럼, 어디 있을까?" 레이스가 말했다.

"도일 부인의 방에 없다면, 이치상으로 보아 권총이 있을 만한 곳은 한 군데뿐이야." 포아로는 생각에 잠겨서 말했다.

"어디인가?"

"재클린 드 벨포트 양의 방이지."

"알았네. 그녀는 지금 방에 없으니 한번 살펴보지 않으려나?"

"아니야, 그건 너무 성급해. 아직은 거기에 놓아두지 않았을지도 모르거든."

"배 전체를 당장 조사하는 것은 어떨까?"

"그런 짓은 너무 속내를 드러내 보이는 것 같네. 심사숙고해서 움직일 필요가 있어. 지금 우리 입장은 매우 미묘하니까 말일세. 식사를 하면서 이야기하기로 하세."

두 사람은 나란히 흡연실로 들어갔다.

식사 후, 레이스는 커피를 따르면서 말했다.

"우리가 풀어야 할 문제는 두 가지네, 포아로. 진주 목걸이의 분실, 그리고 프리트우드라는 남자의 정체. 진주 목걸이는 누군가 훔쳐간 게 아니라고 생각하네. 자네는 이것에 동의하지 않지만 말이야."

포아로는 즉시 되물었다.

"훔치기에는 좋지 않은 시기였다, 이 말인가?"

"그렇네. 이런 어수선한 시기에 진주 목걸이를 훔치면 배 안은 샅샅이 수색당할 게 뻔하네. 그러면 도둑도 물건을 처리해버리기가 곤란해지니까 말이야."

"혹시 이미 육지에 내려 처리해버렸을지도 모르지 않나."

"그 쪽에서는 벌써 해안 감시인들을 배치해두었네."

"일단, 그쪽은 문제없겠군. 그럼, 범인은 도둑질에서 주의를 돌려놓기 위해 살인을 저지른 것일까? 아냐, 이것도 말이 안 돼. 그런데, 만일 도둑이 진주 목걸이를 훔치고 있는 사이 도일부인이 일어나서 그를 잡으려고 했다면?"

"그래서 놀란 도둑이 그녀를 쏴버렸다는 건가? 포아로, 그녀는 잠들어 있는 동안 총에 맞은 것이잖나."

"그렇군. 그럼 이것도 말이 안 되는군. 그 진주 목걸이에 대해서는 나도 조금 알고 있는데……. 설마. 아닐세, 관두지. 만약 내 생각이 맞다면 진주 목걸이가 사라져 버릴 일도 없었을 테니까. 그건 그렇고, 그 하녀에 대해선 어떻게 생각하나?"

"뭔가 더 알고 있는 게 아닐까?" 레이스가 천천히 말했다.

"역시 그렇게 생각되나?"

"확실히 좋은 여자는 아닌 것 같아." 레이스가 말했다.

에르퀼 포아로는 고개를 끄덕였다.

"나는 그 여자를 믿지 않아."

"그 하녀가 이번 살인 사건과 관계가 있다고 생각하나?"

"아니, 그건 아닐세."

"그럼, 진주 목걸이 도난 사건과는 관계가 있나?"

"그쪽은 가능성이 있을 것 같아. 도일 부인의 하녀가 된 지 아직 얼마 안 된다니까, 어쩌면 보석 전문 도둑과 한패일지도 모르네. 그런 경우 훌륭한 신원 보증인이 있는 하녀가 나타나는 것은 흔한 일이야. 불행하게도 우리는 그런 것을 조사할 만한 시간이 없네. 그렇더라도 그녀의 설명만으로는 아무래도 납득이 가지 않는단 말이야. 그 진주는…… 아무래도 내 생각이 옳은 것 같은데. 그런데 아무리 얼빠진 사나이라도……." 포아로는 급히 말을 멈췄다.

"프리트우드는 어떤 사나이일까?"

"본인을 만나 보지 않고는 알 수가 없지만 거기에 해결의 열쇠가 있을 듯싶네. 루이즈의 이야기가 사실이라면 그 사나이에게는 뚜렷한 복수의 동기가 있으니까. 재클린과 도일 씨가 소동을 벌이고 있는 소리를 듣고, 두 사람이 방을 비운 틈을 이용해 뛰어 들어가서 권총을 훔쳐 냈는지도 모르지. 불가능한 일은 아니야. 더욱이 피로 쓴 J라는 글자도 단순하고 조잡한 사람이나 할 짓이거든."

"우리가 찾고 있는 사람이 바로 그 사나이란 말인가?"

"틀림없네. 다만."

포아로는 코끝을 문지르며 미간을 찌푸렸다.

"나에겐 단점이 하나 있네. 모든 사건들을 굳이 어렵게 꼬아서 생각해보는 것이 그것이지. 자네는 지금 간단명료한 해결책을 내놓았지만, 나는 범죄사건이 그리 단순하지만은 않다고 생각하네. 그러나 이것 역시 어디까지나 내가 갖고 있는 편견에 불과할지도 모르겠네."

"어쨌든 그 사나이를 여기로 불러 보세."

레이스는 벨을 울려서 프리트우드를 불러오라고 시켰다.

"그밖에 또다른 가능성은?"

"많이 있지. 이를테면 리넷의 재산을 관리하고 있는 미국인일세."

"페닝턴 말인가?"

"그래, 얼마 전에 여기서 재미있는 일이 있었다네."

포아로는 그때의 사건을 레이스에게 들려주었다.

"그것은 중요한 일이야. 부인이 서명하기 전에 서류를 한번 훑어보겠다고 하니까, 페닝턴은 다음에 하자면서 그 자리를 벗어났지. 그때 남편이 중대한 말을 했단 말일세."

"뭐라고 했는데?"

"자기는 법률적인 서류 따위는 읽어 본 적이 없다는 거야. 서명하라는 곳에 이름을 쓸 뿐이라면서 말이지. 그 의미를 알겠나?
페닝턴이 그 말뜻을 깨달았다는 것은 그의 눈초리로 알 수 있었
어. 아주 새로운 착상이 떠올랐다는 듯한 눈초리로 도일의 얼굴
을 바라보았지. 대부분의 재산 관리를 계속해서 의뢰받아 왔다
면 그 돈을 투기에 쓸지도 모르지 않는가. 바로 그거야. 추리소
설에서 쓰는 수법이지만, 실제로도 있는 일이야."

"그것에는 이론(異論)이 없네."

"피후견인 도일 부인은 아직 미성년자일세. 그리고 결혼하면 관
리권은 당장 후견인으로부터 부인에게로 옮겨지게 되네. 그러면
정말 큰일나게 된 거지. 그러나 아직 기회는 남아 있네. 피후견
인은 신혼여행 중이거든. 십중팔구 그녀는 어떤 서류를 다른 서
류 사이에 끼워 넣거나 읽어 보지도 않고 서명하는 식으로 사무
적인 일에는 관심이 없어야 했네. 그런데 리넷 도일은 그런 여
자가 아니었어. 신혼여행 중이건 아니건 그녀는 아주 사무적이
었지. 그래서 진퇴양난의 궁지에서 빠져나가려 했던 사나이는
그녀 남편의 말에서 새로운 착상을 얻네. 만약 리넷이 죽게 되
면 그 재산은 남편의 것이 되겠지. 남편 쪽은 다루기가 쉬워서,
앤드루 페닝턴 같은 약삭빠른 사나이에게 걸리면 어린아이와 마
찬가지겠지. 앤드루 페닝턴의 머리에 이런 생각이 번뜩인 것을
나는 내 눈으로 보았네. '교섭 상대가 도일이라면'하는 것이 페
닝턴이 품고 있던 생각이었단 말야."

"그렇기도 하겠지. 하지만 증거가 없잖은가." 레이스가 말했다.

"그래, 유감이지만 증거가 없어."

"다음은 퍼거슨이야. 그 사나이는 몹시 신랄한 독설을 퍼부어
대는 녀석이지. 어쩌면 그 사나이의 아버지가 리지웨이 때문에
몰락한 것은 아닐까? 좀 무리한 추측이긴 하지만, 있을 수 없

는 일은 아니야. 옛날 일에 대해서 언제까지나 앙심을 품는 사람이 더러 있는 법이니까."

레이스는 잠깐 쉰 다음 다시 말을 계속했다.

"그리고 내가 찾고 있는 사나이가 있어."

"그렇지, '자네가 찾고 있는 사나이'가 있었지. 그 사나이는 살인범이야. 그 사실은 알고 있지만, 그 녀석이 리넷과 만난다는 것은 생각할 수가 없군. 두 사람은 전혀 다른 세계에 살고 있으니까." 포아로는 천천히 말했다.

"그러나 우연히 리넷이 그 사나이의 정체를 나타내는 증거를 손에 쥐고 있다면 이야기는 달라지겠지만……."

"있을 수 있는 일이긴 하지만, 그런 가능성은 극히 희박하네."

문을 두드리는 소리가 났다.

"중혼 미수자(重婚未遂者)가 왔네."

프리트우드는 야만적인 얼굴생김에 몸집이 커다란 사나이였다. 그는 방에 들어오자 레이스와 포아로를 수상쩍은 듯이 번갈아 보았다. 언젠가 루이즈 부르제이와 갑판에서 이야기를 나누던 사나이로구나 하고 포아로는 생각했다.

"나를 만나자고 했습니까?"

"그렇네. 어젯밤에 이 배에서 살인 사건이 일어난 것을 알고 있을 테지?"

프리트우드는 고개를 끄덕였다.

"자네가 살해당한 부인에 대해서 화를 낼 이유가 있었다는 것은 사실이겠지?"

프리트우드의 눈에 놀라는 빛이 떠올랐다.

"누가 그런 말을 했습니까?"

"자네는 도일 부인이 자네와 젊은 아가씨 사이에 쓸데없는 간섭을 했다고 생각하고 있다지?"

"누가 지껄였는지 알았습니다. 그 거짓말쟁이 프랑스 계집애로 군요."

"하지만 이 이야기는 거짓말이 아니야."

"거짓말이오."

"무슨 이야기인지 들어 보지도 않고 어떻게 그렇게 말할 수 있 지?"

그러자 프리트우드는 얼굴이 새빨개지더니 꿀꺽 침을 삼켰다.

"자네는 메어리라는 아가씨와 결혼할 계획이었는데, 자네가 이 미 결혼했다는 걸 알고 상대편이 파혼했다는 것은 사실이겠지?"

"그것이 그녀와 무슨 관계가 있습니까?"

"자네가 말하는 '그녀'는 아마도 도일 부인이겠지? 이봐, 중혼 은 범죄라는 걸 모르나?"

"그것과 다릅니다. 나는 이 지방의 여자와 결혼하긴 했습니다 만, 사이가 좋지 않아서 그 여자는 친정으로 돌아가 버렸습니 다. 그 뒤 5, 6년 동안이나 만나지 않았습니다."

"하지만 아직 자네는 그 여자와 이혼한 것은 아니잖아?"

프리트우드는 입을 다물었다. 레이스가 말을 계속했다.

"도일 부인, 즉 그 무렵에 리지웨이 양이 모두 조사했었지?"

"그렇습니다. 누가 부탁한 것도 아닌데 제멋대로 모두 캐내었지 요. 그 여자만 끼어들지 않았더라면 메어리와 결혼할 수 있었을 거라고 생각하니 그 여자가 원망스러웠습니다. 이 배에서 진주 며 다이아몬드로 치장을 한 그녀가 한 사나이의 일생을 망쳐 놓 았다는 것을 생각지도 않고 잘난 체 행동하는 모습을 보았을 때 는 기분이 좋지 않았습니다. 그렇지만 내가 살인을 했다고 생각 하신다면, 내가 그녀를 쏘았다고 생각하신다면 그건 당치도 않은 일입니다. 나는 그 여자의 몸에 손도 대지 않았으니까요. 하느님에게 맹세코 틀림없는 일입니다."

이야기를 그쳤을 때 사나이의 얼굴에는 구슬 같은 땀이 흘러내리고 있었다.

"어젯밤 12시부터 2시 사이에 자네는 어디 있었지?"

"내 방에서 잠을 잤습니다. 같은 방 친구에게 물어 보시면 알 수 있을 겁니다."

"물어 보지. 이제 가도 좋아."

레이스는 가볍게 머리를 숙이고 프리트우드를 돌려보냈다. 포아로는 프리트우드가 나가고 문이 닫히는 것을 기다렸다가 말했다.

"저 사나이는 아주 솔직하게 말하는군. 흥분하고 있기는 하지만 무리도 아닐 테지. 그러나 알리바이를 조사해 볼 필요가 있어. 그것이 결정적인 증거가 된다고는 생각지 않지만 말일세. 같은 방 사나이는 자고 있었을 테니까, 하려고만 든다면 빠져나왔다가 돌아갈 수 있었을 거야. 누군가 그 사나이를 본 사람이 있느냐 없느냐가 문제일세."

"그것은 조사해 볼 필요가 있겠군."

"다음은 범죄가 일어나던 시각에 단서가 될 만한 것을 누가 들었느냐 하는 문제이네. 의사는 12시부터 2시 사이에 살인이 일어났다고 추정하고 있어. 선객 중 누군가가 비록 무엇 때문인지는 짐작 못했더라도 권총 소리를 들었을지도 모른다고 생각해 볼 수 있네. 나는 그런 소리를 전혀 듣지 못했지만, 자네는 어떤가?" 포아로는 고개를 흔들었다.

"나 말인가? 나는 나무토막처럼 잠들어 있었지. 아무 소리도 듣지 못했어."

"그거 유감이군. 그런데 오른쪽 선실에 묵고 있는 사람들에게서 무엇인가 알아내고 싶네. 팬숍은 끝났으니까 다음은 앨러튼 부인과 아들이야. 급사에게 불러오라고 하게."

앨러튼 부인은 회색 드레스를 입고 활기 있게 들어왔지만, 표정은 약간 슬퍼보였다.

"정말 무서워요. 도저히 믿어지지 않는 일이에요. 모든 것을 다 갖춘 그런 아름다운 사람이 죽다니, 사실이라고 생각되지 않아요."

"그렇고말고요." 포아로는 고개를 끄덕였다.

"포아로 씨가 이 배에 타고 계서서 정말 다행이에요. 반드시 범인을 찾아 내 주시겠지요. 그 가엾은 아가씨가 한 짓이 아니라니 참 다행이에요." 앨버튼 부인은 솔직하게 말했다.

"재클린 드 벨포트 양 말입니까. 누가 그 아가씨가 한 짓이 아니라고 말하던가요?"

"코넬리아 롭슨이에요.

앨러튼 부인은 희미하게 웃으며 말을 이었다.

"그녀는 왜인지 이 일로 굉장히 흥분해 있어요. 그녀에게 이런 충격적인 사건은 지금까지 한 번도 일어난 적이 없었고, 앞으로도 두 번 다시 없을 테니까요. 그래도 성격이 좋아서 자신이 조금쯤은 이 사건을 즐거워한다는 사실을 매우 부끄러워하고 있어요. 그렇기는 해도, 옆에서 보는 저조차 무서운 여자라고 생각될 정도랍니다."

앨러튼 부인은 포아로를 잠시 쳐다보더니 덧붙여 말했다.

"이런, 미안해요. 나 혼자 마구 떠들어댔군요. 나에게 물어 볼 말씀이 있으시겠지요?"

"몇 시에 주무셨습니까?"

"10시 반에요."

"곧 잠드셨습니까?"

"네, 몹시 졸렸거든요."

"지난 밤에 무슨 소리, 어떤 소리든지 듣지 못했습니까?"

앨러튼 부인은 이마에 주름을 모았다.

"그러고 보니 첨벙 하고 물이 튀는 소리가 들리고 누가 달려가는 발소리가, 어쩌면 그 반대였을지도 모르지만 들렸던 것 같습니다. 누군가가 바다에 빠졌구나, 멍하니 생각했습니다. 물론 꿈이었지요. 잠이 깨어서 확인하려고 했지만 그 다음은 아무것도 듣지 못했습니다."

"몇 시쯤이었는지 기억하십니까?"

"기억이 나지 않아요. 어쨌든 잠이 든 지 얼마 안 되었을 거예요. 1시간쯤 뒤였다고 생각됩니다."

"말씀해 주실 것은 그뿐입니까?"

"글쎄요."

"전에 도일 부인을 만난 적이 있습니까?"

"아니요, 우리 아들은 만난 적이 있어요. 사촌인 조앤너 사우스우드로부터 부인에 대한 이야기를 여러 가지로 듣고 있었지만, 말을 나눈 것은 아스완에서 만났을 때가 처음이었습니다."

"한 가지 더 물어 보고 싶은 것이 있습니다만. 괜찮으시다면……."

"어떤 질문이라도 좋아요."

"당신이든지 아니면 가족 되시는 분 중에 도일 부인의 아버지 멜위시 리지웨이의 사업 때문에 경제적인 손실을 입은 사람은 없습니까?"

앨러튼 부인은 정말로 깜짝 놀란 것 같았다.

"없어요. 우리 집 재정이 점점 줄어들었다는 것 말고는 타격을 받은 일이 없습니다. 이자가 전에 비해서 적어졌으니까요. 남편이 남겨 준 얼마 안 되는 재산을 아직도 가지고 있지만, 전처럼 이자가 많지는 않답니다."

"고맙습니다. 그러면 돌아가시고 죄송하지만 아드님에게 이리로 와 달라고 전해 주시겠습니까."

어머니가 돌아오자 팀은 경쾌한 어조로 물었다.

"고문은 다 끝났어요? 이번엔 내 차례군요. 뭘 물어보던가요?"

"어젯밤, 뭔가 들은 것이 없느냐고 묻더구나. 안타깝게도 나는 아무 소리도 듣지 못했지만. 어째서 못 들었는지 이상하구나. 도일 부인의 방은 내 방에서 두 번째 방이니 총소리쯤은 들렸어야 하는데 말이야. 팀, 너도 어서 다녀오거라. 네가 오기를 기다리고 있단다."

포아로는 팀 앨러튼에게도 아까와 똑같은 질문을 했다. 팀은 대답했다.

"나는 일찍 잤습니다. 10시 반쯤이었지요. 잠깐 책을 읽고 11시 지나 불을 껐습니다."

"그 뒤에 무슨 소리를 들었습니까?"

"어떤 남자가 안녕히 주무십시오, 하는 말을 들었습니다. 그다지 멀리 떨어진 곳은 아니었다고 생각됩니다."

"그건 내가 도일 부인에게 인사한 거요." 레이스가 말했다.

"그렇습니까. 그리고 잠들어 버렸는데, 또 얼마 뒤에 떠들썩한 소리가 들렸습니다. 누군가가 팬숍 씨를 부르고 있었다고 기억합니다."

"롭슨 양이 전망실에서 뛰어나갔을 때였겠지."

"그럴 거라고 생각합니다. 그런 다음 여러 사람의 목소리가 들렸습니다. 그리고 누군가가 갑판을 달려가고 뒤이어서 첨벙 하

는 물소리, 그 다음은 베스너 선생이 '조심해, 너무 서두르지
말고' 하며 고함을 치는 소리를 들었습니다."
"물소리를 들었단 말이지요?"
"네, 물소리 같았습니다."
"권총 소리는 아니었던가요?"
"그랬을지도 모릅니다. 병마개가 펑 하는 것 같은 소리를 확실
히 들었으니까, 그것이 권총 소리였는지도 모르지요. 그러면 물
소리는 술잔에 술 따르는 소리였다고 생각했나. 아무튼 저는 정
신이 확실치 않았고 막연히 파티를 열었나 보다고 생각했습니
다. 그래서 적당히 끝내고 빨리 조용히들 잤으면 하고 생각했습
니다."
"그 뒤에는 무슨 소리를 듣지 못했나요?"
"팬숍 씨가 옆방에서 난폭하게 걸어 다니고 있는 소리를 들었을
뿐입니다. 언제나 자려나 하고 생각했지요."
"그 뒤에는?"
팀은 어깨를 움츠렸다.
"그 다음은 생각나지 않습니다."
"고맙소."
팀은 일어나 방에서 나갔다.

15

레이스는 카낵 호 갑판의 도면을 가만히 바라보고 있었다.
"팬숍, 앨러튼 청년, 앨러튼 부인, 그리고 사이먼 도일의 그날
밤은 비워져 있던 방, 그리고 도일 부인 방. 그런데 도일 부인
의 옆방은 누구였더라. 미국인 노부인이로군. 누군가 무슨 소리
를 들었다고 한다면 그 할머니도 들었을 테지. 일어났으면 이리

로 오라고 해주게."

미스 반 스카일러가 방으로 들어왔다. 여느 때보다도 더 늙고 누렇게 보였다. 그 조그맣고 검은 눈에는 가시 돋친 불쾌한 빛이 역력했다. 레이스는 일어나서 인사를 했다.

"시끄럽게 해서 죄송합니다. 잘 오셨습니다. 앉으십시오."

"이 사건에 말려들고 싶지 않아요. 화를 가라앉힐 수가 없군요. 이런 불쾌한 사건에 조금이라도 관련되고 싶지 않습니다."

"지당하신 말씀입니다. 당신의 진술을 듣는 것은 빠르면 빠를수록 좋을 거라고 포아로와 이야기하고 있던 참입니다. 그렇게 하면 뒤에 말썽이 없으니까요."

그러자 미스 반 스카일러는 호의 비슷한 것을 보이면서 포아로를 보았다.

"두 분 다 내 기분을 알아 주셔서 다행이군요. 이런 일에는 익숙하지가 못해서요."

포아로는 상대를 위로하듯이 말했다.

"옳은 말씀입니다. 그러니까 될 수 있는 대로 빨리 불쾌한 일로부터 해방시켜 드리고 싶습니다. 그런데 어젯밤에 몇 시에 주무셨습니까?"

"10시가 정해진 취침 시간이지만, 어젯밤에는 좀 늦어졌습니다. 코넬리아 롭슨이 남의 입장도 생각지 않고 기다리게 했기 때문이지요."

"좋습니다. 침대에 들어가신 다음 무슨 소리를 들었습니까?"

"나는 잠을 깊이 들지 못하는 편이지요."

"그거 참, 다행입니다. 저희 입장에선 아주 좋은 일이로군요."

"도일 부인의 하녀 때문에 잠이 깨 버렸답니다. 안녕히 주무세요, 그렇게 큰 소리를 내지 않아도 좋을 텐데 말이에요."

"그리고요?"

"또 잤습니다. 누군가가 방에 들어온 것 같아서 잠이 깼습니다만, 옆방이라는 것을 알았어요."

"도일 부인의 방입니까?"

"네, 그리고 누군가가 갑판에 있는 기척이더니 첨벙 하는 소리가 들렸습니다."

"그것이 몇 시쯤이었는지 아십니까?"

"정확한 시간을 말씀드리면 1시 10분이었습니다."

"틀림없습니까?"

"네, 침대 옆의 조그만 시계를 보았으니까요."

"권총을 쏘는 소리는 들리지 않았습니까?"

"네, 그런 소리는 못 들었는데요."

"하지만 당신의 잠을 깨운 것은 권총 소리였는지도 모르지 않습니까?"

미스 반 스카일러는 두꺼비 같은 머리를 갸웃거리며 생각하고 있더니 마지못해 끄덕였다.

"그럴지도 모르겠군요."

"들으신 물소리가 왜 났는지 모르시겠습니까?"

"왜 몰라요. 잘 알고 있답니다."

레이스 대령은 재빨리 몸을 일으켰다.

"알고 계시다고요?"

"그렇고말고요. 이리저리 서성거리는 소리가 싫어서 일어나 문까지 가 열어보았지요. 옥타븐 양이 뱃전에서 앞으로 몸을 내밀고 있더군요. 물 속에다 뭔가를 떨어뜨린 것 같았습니다."

"옥타븐 양이?"

레이스는 매우 놀라운 모양이었다.

"네."

"옥타븐 양이 틀림없겠지요."

"얼굴을 똑똑히 보았어요."

"상대방은 당신을 보지 못했겠지요?"

"못 봤을 거예요."

포아로가 몸을 앞으로 내밀었다.

"어떤 모습을 하고 있던가요?"

"몹시 흥분하고 있더군요."

레이스와 포아로는 재빨리 눈짓을 했다.

"그리고요?" 레이스가 재촉했다.

"옥타븐 양은 배 뒤쪽으로 가고 나는 침대로 돌아왔습니다."

문을 노크하는 소리가 나더니 지배인이 들어왔다. 그의 손에는 물방울이 뚝뚝 떨어지는 보따리가 쥐어져 있었다.

"대령님, 이런 것이 들어왔습니다."

레이스가 그 보따리를 받아들어 겹으로 싼 젖은 비로드를 떼어내고 보니, 그 속에 희미하게 핑크빛 얼룩이 있는 값싼 손수건에 싸인 진주 박힌 자루가 달린 소형 권총이 들어 있었다. 레이스는 승리를 뽐내듯이 조금 심술궂은 눈짓을 포아로에게 던졌다.

"이것 봐, 내 생각이 옳았어. 역시 누군가가 권총을 물 속에다 던졌던 거야."

레이스는 권총을 손바닥에 얹어놓고 말을 계속했다.

"포아로, 자네 의견은 어떤가. 자네가 그날 밤 캐터랙트 호텔에서 보았다는 것은 이 권총인가?"

포아로는 자세히 조사하고 나서 조용히 대답했다.

"맞아. 장식적인 조각이 있고 J·B라는 머리글자가 씌어 있군. 고급품이며 부인용으로 만들어져 있지만, 사람을 죽일 수도 있지."

"22구경이야." 레이스는 중얼거리며 탄창을 꺼냈다. "두 발 쏘았군. 이것이 틀림없을 것 같네."

미스 반 스카일러는 점잔을 빼며 기침을 했다.

"내 목도리는 어떻게 된 것일까요?"

"목도리라니요?"

"당신이 지금 가지고 있는 것은 내 비로드 목도리랍니다."

레이스는 물방울이 떨어지고 있는 둥글게 뭉쳐진 헝겊을 집어 올렸다.

"이 목도리요?"

"네, 내 거예요. 어젯밤 그것이 없어져서 누구 보지 못했느냐고 여러 사람에게 물어 보았지요."

포아로가 눈으로 레이스에게 묻자 레이스는 가볍게 끄덕이며 동의를 했다.

"이것을 마지막으로 보신 것은 언제였지요?"

"어젯밤 전망실에 있을 때는 있었는데, 자려고 방에 돌아갔을 때에는 보이지 않았습니다."

"무엇에 쓰였는지 아시겠지요?"

레이스는 헝겊을 펴더니 불에 그을린 조그마한 자국을 가리켰다.

"범인은 권총 쏘는 소리를 지우기 위해 이 헝겊으로 권총을 쌌던 겁니다."

"무슨 짓이람!"

미스 반 스카일러의 주름투성이 볼에 핏기가 올랐다.

"도일 부인과 어느 정도 교제하셨는지 말씀해 주시면 고맙겠습니다."

"전에는 전혀 교제가 없었습니다."

"그래도 뭔가 들어서 알고 계셨겠지요."

"물론 어떤 사람인가 하는 건 알고 있었지요."

"더 말씀하고 싶은 것은 없습니까?"

"없습니다. 리넷 리지웨이는 영국에서 자랐으므로 나는 이 배에 탈 때까지 한 번도 만난 일이 없었습니다."

미스 반 스카일러는 이렇게 말한 다음 일어섰다. 포아로가 문을 열어 주자 노부인은 기운차게 나갔다. 레이스는 포아로를 쳐다보았다.

"이것이 저 할머니의 진술이야. 사실인지도 모르겠네. 하지만 나는 도무지 모르겠는걸. 로잘리 옥타븐이라니! 꿈에도 생각지 못했어." 레이스가 말했다.

포아로는 갈피를 잡지 못하는 듯 고개를 젓더니 이윽고 갑자기 테이블을 쾅 쳤다.

"그렇다면 앞뒤가 맞지 않아. 제기랄! 뭐가 뭔지 알 수가 있어야지."

레이스는 포아로의 얼굴을 보았다.

"무슨 말을 하고 있는 건가?"

"어떤 점까지는 아주 간단해. 누군가 리넷 도일을 죽이고 싶다고 생각하고 있었어. 그리고 어제 저녁에 전망실에서 있었던 소동을 들었네. 그리하여 거기로 몰래 숨어들어가서 권총을 훔쳐냈어. 그것은 재클린 드 벨포트의 권총이었지. 그 권총으로 리넷 도일을 쏘고 벽에 J라는 글자를 썼네. 아주 분명하지 뭔가. 모두 재클린 드 벨포트가 범인이라고 지적할 뿐이야. 그리고 그 다음에 범인은 무엇을 했느냐? 그 권총, 재클린 드 벨포트의 권총을 쉽게 사람들의 눈에 띄도록 버려두었어야 했어. 그런데 반대로 그 범인은 가장 중요한 증거물인 권총을 물 속에다 던져 버렸네. 그 특별한 증거품을. 도대체 어떻게 된 것일까?"

레이스는 머리를 흔들었다.

"이상하군."

"이상한 정도가 아닐세. 그런 일은 불가능하단 말이야."

"실제로 일어났으니 불가능한 일은 아니야."

"아니, 내가 말하는 것은 그런 뜻이 아닐세. 사건의 줄거리가 그렇게 진행될 수가 없다는 말이야. 뭔가 잘못되어 있어."

16

레이스 대령은 이상하다는 듯이 포아로를 흘끗 보았다. 에르퀼 포아로의 머리를 존경하고 있었지만——거기에는 이유가 있었다——지금 경우는 포아로의 추리에 따르지 않았다. 그렇다고 해서 물어 보는 것도 아니었다. 본디 레이스는 좀처럼 질문을 하지 않는 사나이였다.

"다음으로 할 일은 뭔가? 옥타븐이라는 아가씨를 심문할 건가?"

"글쎄, 그러면 조금은 진전될지도 모르겠군."

로잘리 옥타븐은 불쾌한 태도로 들어왔다. 걱정스러워한다든가 겁을 내는 태도는 조금도 보이지 않았으며, 다만 마지못해 온 듯한 불쾌한 표정이었다.

"무슨 일이지요?" 그녀는 물었다.

"도일 부인의 죽음을 조사하고 있습니다."

레이스가 설명하자 로잘리는 고개를 끄덕였다.

"어제 저녁의 행동에 대해서 말씀해 주십시오."

"엄마와 나는 일찍 11시 전에, 잠자리에 들었어요. 베스너 선생의 방 밖에서 좀 떠들썩했던 것 말고는 특별히 무슨 소리를 듣지 못했지요. 늙은 베스너 선생의 독일어가 점점 멀어져 가는 것이 들렸습니다만, 오늘 아침까지도 무슨 일인지 전혀 몰랐답니다."

"총 소리를 듣지 못했습니까?"

"네."

"어젯밤에 잠깐이라도 방을 나가신 일이 있습니까?"

"아니오."

"틀림없습니까?"

로잘리는 레이스의 얼굴을 가만히 보았다.

"어째서 그런 말씀을 하시는 거지요? 물론 틀림없어요."

"이를테면 배 오른쪽으로 가서 물 속에다 무얼 던진다든가 하지는 않았습니까?"

로잘리의 얼굴이 빨개졌다.

"물 속에다 무엇을 던지면 안 된다는 규칙이라도 있나요?"

"아니, 그렇지는 않습니다. 그럼, 당신은 뭔가 던졌군요?"

"아니에요. 방에서 나간 일이 없다고 말씀드렸잖아요."

"그럼, 만일 누가 당신을 보았다고 한다면……."

로잘리는 레이스의 이야기를 가로막았다.

"누가 그런 말을 했지요?"

"미스 반 스카일러입니다."

"미스 반 스카일러라고요?"

로잘리는 정말로 놀라는 것 같았다.

"네, 미스 반 스카일러가 선실에서 내다보았더니 당신이 뱃전에서 뭔가를 던지고 있었다고 합니다."

"거짓말이에요."

로잘리는 분명히 말했으나, 갑자기 생각난 것처럼 물었다.

"몇 시쯤이었다던가요?"

"1시 10분이었습니다."

포아로가 대답하자 로잘리는 신중하게 고개를 끄덕였다.

"그밖에도 뭔가 보았다고 말하던가요?"

포아로는 의아스러운 듯이 로잘리의 얼굴을 바라보며 턱을 쓰다듬었다.

"아닙니다, 다만 무슨 소리를 들었다고 하더군요."

"무슨 소리를 들었을까요?"

"누군가가 도일 부인의 방을 걸어 다니고 있는 것을……."

"알았어요."

로잘리의 얼굴은 새파래졌다.

"당신은 물 속에 아무것도 던지지 않았다고 말씀하시는 겁니까?"

"대체 무엇 때문에 내가 한밤중에 뛰어다니고 물 속에 뭔가를 던지고 할 필요가 있겠어요!"

"뭔가 이유가, 대수롭지 않은 이유가 있을지도 모르지요."

"대수롭지 않다고요?"

로잘리는 날카롭게 되물었다.

"그렇습니다. 어젯밤에 어떤 물건이, 대수롭지 않다고 말할 수는 없는 것이지만 물 속에 던져졌습니다."

레이스는 얼룩진 비로드에 싸인 것을 말없이 내밀어 안에 든 것을 보여 주었다. 로잘리 옥타븐은 뒷걸음질쳤다.

"그것으로 살해되었나요?"

"그렇습니다."

"내가…… 저어…… 내가 했다고 생각하고 계시는군요. 말도 안 되는 소리에요. 어째서 내가 리넷을 죽이려 했겠어요. 그 사람을 알지도 못하는데요."

로잘리는 소리 내어 웃더니 못마땅한 듯이 일어났다.

"처음부터 끝까지 말도 안되는 이야기예요."

"알겠습니까, 미스 반 스카일러는 달빛 아래서 당신의 얼굴을 똑똑히 보았다는 증언을 할 용의가 있단 말입니다."

로잘리는 또 웃었다.

"그 심술궂은 할망구는 반쯤 장님인 모양이지요. 그 사람이 보았다는 것은 내가 아니니까요."

잠시 사이를 두고 로잘리는 물었다.

"이젠 돌아가도 괜찮을까요?"

레이스가 고개를 끄덕였으므로 로잘리 옥타븐은 방에서 나갔다. 레이스와 포아로의 눈이 마주쳤다. 레이스는 담배에 불을 붙였다.

"막무가내로 부인하는군. 누구의 말이 사실일까?"

포아로는 고개를 저으며 말했다.

"둘 다 사실대로 말하지 않은 것이 아닐까."

"그것이 가장 문제란 말이야. 정말 하잘 것 없는 이유로 사실을 숨기는 사람이 매우 많으니까 말이야. 자, 다음은? 선객의 심문을 계속할 건가?"

"그게 좋겠군. 순서와 앞뒤를 맞추어서 하면 틀림없다네."

레이스는 고개를 끄덕였다. 옥타븐 부인이 들어왔다. 로잘리의 진술을 뒷받침하듯이 옥타븐 부인은 자기들은 11시 전에 잠자리에 들었다고 말했다. 그리고 자기는 밤사이에 아무 소리도 듣지 못했으며, 로잘리가 방에서 나갔는지 어떤지는 모른다고 말했다. 범죄에 대해서 말하고 싶어서 못 견디던 참이었는지 마구 떠들어 댔다.

"치정 관계일 겁니다. 사람을 죽이는 것은 성본능(性本能)과 관계가 있는 원시적 본능이에요. 재클린이라는 아가씨는 라틴계여서 흥분하기 쉬우므로 본능이 움직이는 대로 권총을 손에 들고 가만히 몰래 들어가서……."

"하지만 재클린 드 벨포트는 도일 부인을 죽이지 않았습니다. 그건 틀림이 없습니다. 증명 되었지요."

포아로가 설명하자 옥타븐 부인은 잠시 혼란스러움을 추스르며 말했다.

"그렇다면 남편이지요. 피에 굶주린 정욕과 성본능, 성범죄랍니다. 유명한 예들이 얼마든지 있지요."

"도일 씨는 다리에 총을 맞아서 도저히 움직일 수가 없었습니다. 골절입니다. 그래서 밤새도록 베스너 씨와 함께 있었습니다."

레이스 대령이 설명했다. 그러자 더욱 실망한 옥타븐 부인은 무슨 좋은 생각이 없을까 궁리를 했다.

"참, 그렇군요. 내가 왜 이렇게 멍청할까. 범인은 바로 파워즈 양이랍니다."

"파워즈 양이라고요?"

"그래요, 당연한 일이지요. 심리학적으로도 분명하니까요. 억압입니다. 억압된 처녀! 젊은 부부가 열렬하게 사랑하고 있는 것을 보고 정신이 돈 거지요. 바로 파워즈 양이에요. 그녀는 그런 타입이지요. 성적인 매력이 결여된 데다가 천성적으로 냉담하니까요. 《열매를 맺지 않는 포도덩굴》이라는 내 저서에……."

레이스 대령이 이야기를 가로막았다.

"말씀하신 것은 큰 참고가 되었습니다. 일을 계속해야 하므로 이 정도로 해 두시고…… 아무튼 정말 고맙습니다."

레이스는 옥타븐 부인을 정중히 입구까지 배웅하고 이마의 땀을 닦으면서 돌아왔다.

"어이가 없군. 저런 여자야말로 누가 죽여주었으면 좋을 텐데."

"앞으로 그렇게 될지도 모르지."

포아로는 이렇게 말하면서 위로했다.

"그렇게 되더라도 무리는 아닐 것 같군. 남은 것은 누구인가? 페닝턴인가. 이 사람은 맨 끝으로 돌리세. 남은 사람은 리케티와 퍼거슨이로군."

리케티 씨는 몹시 흥분해서 마구 지껄여댔다.

"참으로 무서운 일이오. 파렴치해요. 그렇게도 젊고 아름다운 여자를…… 비인도적인 범죄요!"

리케티 씨는 지껄이면서 손을 열심히 흔들어댔으나 묻는 말에 순서대로 대답했다.

"어젯밤에는 일찍 침대에 들어갔지요. 사실 저녁 식사가 끝난 바로 뒤였소. 최근 출판된 재미있는 책을 한참 동안 읽고 있었습니다. 제목이 《유사 이전의 소아시아 연구》지요. 아나토리나 작은 구릉지대에서 출토된 색칠된 도자기를 전혀 새로운 관점에서 고찰한…… 11시 조금 전에 무슨 소리를 들었느냐고요? 아니오, 아무것도 못 들었습니다. 병마개를 뽑는 것 같은 소리는 전혀 듣지 못했습니다. 들린 것이라고는, 훨씬 시간이 지난 다음 한밤중의 일이었지만 첨벙 하는 물소리, 그것도 아주 크게 내 방의 창 가까이에서 들렸습니다."

"당신 방은 아래갑판의 배 오른쪽이지요?"

"네, 그래서 물 튀는 소리가 크게 들렸던 겁니다."

그는 또다시 그 물소리의 크기에 대해 설명하려고 두 팔을 흔들어댔다.

"몇 시쯤 되었었지요?"

"내가 잠들고 나서 1시간…… 2시간…… 3시간쯤 지났을까요. 2시간일지도 모르겠습니다."

"그렇다면 1시 10분쯤이 아닐까요?"

"그럴지도 모르지요. 하지만 정말 무서운 범죄입니다. 참으로 비인도적인…… 그렇게도 아름다운 부인이…….."

리케티 씨는 나갔다, 여전히 손짓을 해 가면서.

레이스는 포아로의 얼굴을 보았다. 포아로는 어깨를 움츠렸다. 다음은 퍼거슨의 차례였다. 퍼거슨은 다루기가 힘들었다. 그는 거만하게 다리를 앞으로 내밀고 앉아 비웃듯이 말했다.

"하찮은 사건 때문에 큰 소란을 피우다니! 대체 어떻게 된 겁니까. 세상에는 필요없는 여자도 수두룩한데 말입니다."

"어제 저녁의 당신 행동을 설명해 주시겠습니까?"

"어째서 그럴 필요가 있습니까? 아무튼 좋소. 오랫동안 여기저기 거닐었습니다. 롭슨 양과 육지에 올라갔다가 그녀가 배로 돌아간 다음에는 한참 동안 혼자서 서성거렸지요. 그리고 12시쯤 배로 돌아와서 잠자리에 들었습니다."

"방은 아래갑판의 오른쪽이지요?"

"그렇소. 높은 분들과 같이 있지는 않으니까요."

"총소리를 듣지 못했습니까? 병마개를 뽑는 것 같은 소리 정도밖에는 나지 않았을지도 모르지만."

퍼거슨은 잠시 생각한 다음에 대답했다.

"글쎄요. 병마개를 뽑는 것 같은 소리가 들린 것 같기도 합니다. 몇 시쯤인지는 알 수 없지만 잠들기 전이었을 것입니다. 그 때는 아직도 밖에 여러 사람이 있었고, 윗갑판에서는 떠들썩하는 소리와 뛰어다니는 소리가 들려 왔었습니다."

"그건 아마도 벨포트 양이 쏜 총소리였을 것입니다. 그밖에 다른 소리는 듣지 못했습니까?"

퍼거슨은 고개를 저었다.

"물소리도 듣지 못했습니까?"

"물소리요? 그러고 보니 분명 들은 것 같기도 한데, 워낙 시끄러웠기 때문에 확실한 것은 말할 수가 없습니다."

"밤사이 방에서 나간 일이 있습니까?"

퍼거슨은 설핏 웃었다.

"없습니다. 그래서 그 자선행위에는 도움이 되질 못했지요. 아쉽게도……"

"퍼거슨 씨, 철없는 발언은 삼가해주십시오."

퍼거슨은 당장 덤벼들 듯 외쳤다.

"나는 내 생각을 말할 권리가 있소! 나는 폭력적 행동이 나쁘다고 생각하지 않소. 그게 뭐 잘못됐소?"

"설마 입으로 말한 것을 실행에 옮기지는 않았겠지요?"

포아로는 이렇게 중얼거리면서 몸을 앞으로 내밀었다.

"리넷 도일이 영국에서 손꼽히는 부호라고 당신에게 말한 것은 프리트우드라는 사나이였지요?"

"프리트우드와 이 사건이 무슨 관계라도 있습니까?"

"그 사나이에게는 리넷 도일을 살해할 동기가 있습니다. 도일 부인에게 원한을 품고 있었으니까요."

퍼거슨은 태엽 장치가 되어 있는 인형처럼 벌떡 일어났다.

"그게 바로 당신들의 비열한 수법이군요. 자기 입장을 변명할 수도, 변호사를 의뢰하고 싶어도 돈이 없어 못하는 프리트우드 같이 불쌍한 사람에게 죄를 덮어씌우다니! 그러나 나는 이것만은 말해 두겠습니다. 이 사건을 프리트우드의 짓이라고 한다면 내가 상대를 해주겠습니다."

"당신의 진짜 의도가 도대체 뭐요?"

포아로가 조용히 묻자 퍼거슨은 더욱 얼굴을 붉히고 무뚝뚝하게
대답했다.

"나는 어쨌든 친구를 배반할 수는 없습니다."

"자자, 퍼거슨 씨. 오늘은 이 정도로 해두기로 합시다."

레이스가 끼어들었다. 퍼거슨이 방에서 나가자 레이스가 입 밖
에 낸 것은 뜻밖의 말이었다.

"꽤 호감이 가는 젊은이로군."

"저 사나이가 한 짓 같지는 않다는 말이로군?"

"그렇네. 저 사나이가 했다고는 생각되지 않아. 하지만 범인은
확실히 이 배 안에 있네. 자, 하나하나 순서대로 해치워 나가
세. 드디어 다음이 페닝턴이로군."

17

앤드루 페닝턴은 이런 경우에 흔히 볼 수 있는 슬픔과 놀라움을
그대로 나타내고 있었다. 언제나처럼 옷차림에 신경을 쓰고 넥타
이는 검은 색을 하고 있었다. 깨끗이 면도를 한 갸름한 얼굴에는
낭패감 같은 표정이 떠올라 있었다.

"이번 사건에는 정말 손을 들었습니다. 리넷 양은 어릴 때부터
정말 귀여웠습니다. 아버지인 멜위시 리지웨이의 자랑거리였지
요. 이런 말을 해봐야 소용없겠지만요. 나는 어떻게 해야 좋을
지…… 가르쳐 주십시오."

페닝턴이 슬픈 듯이 말하자 레이스가 대답했다.

"어젯밤에 무슨 소리를 들었습니까?"

"아니오, 아무 소리도 듣지 못했습니다. 내 방은 38, 39호로 배

스너 박사가 쓰는 방 바로 옆인데, 한밤중쯤 옆방에서 떠드는 소리가 들렸습니다. 그러나 그때는 무엇 때문인지 몰랐습니다."

"그밖에 다른 소리는 듣지 못했습니까, 총소리 같은?"

앤드루 페닝턴은 고개를 저었다.

"그런 소리는 듣지 못했습니다."

"잠드신 것은 언제지요?"

"11시 좀 지나서였을 겁니다."

페닝턴은 몸을 앞으로 내밀었다.

"온갖 소문이 선객들 사이에 떠돌고 있다는 말을 들어도 이상하게 생각하시지 않겠지만, 그 프랑스인 혼혈인 재클린 드 벨포트에게 수상한 점이 있습니다. 리넷은 나에게 아무 말도 하지 않았지만, 나도 장님이나 귀머거리는 아니니까요. 그 여자와 사이면 사이에 무슨 사건이 있었던 게 아닐까요. 모든 범죄에는 여자가 실마리라는 말도 있잖습니까? 이번 사건만해도 먼 데서 찾아다닐 것까지도 없지 않습니까."

"그렇다면 재클린 드 벨포트가 도일 부인을 쏘았다고 생각하신단 말이군요." 포아로가 물었다.

"그렇다고 생각됩니다. 사실 아무것도 모르지만요."

"미안하지만 우리는 알고 있는 게 있습니다. 벨포트 양이 도일 부인을 쏜다는 것은 불가능하다는 걸 알고 있지요."

포아로가 그 사정을 설명해 주었으나 페닝턴은 믿으려 하지 않았다.

"표면적으로 보면 그럴 듯하지만 그 간호사가 밤새껏 잠을 자지 않고 있었다고는 생각되지 않는데요. 깜빡 졸고 있는 사이에 살짝 빠져나갔다가 다시 돌아왔을지도 모르지요."

"그건 무리입니다. 재클린에게는 강한 마취제를 주사했으니까요. 어쨌든 간호사는 환자가 잠에서 깨면 자기도 깨는 버릇이 있는 법이지요."

"나로서는 그 일이 아무래도 수상쩍게 생각됩니다."

페닝턴은 끝까지 자기 의견을 고집했다.

레이스는 조용하면서도 준엄한 태도로 말했다.

"우리가 모든 가능성을 신중하게 조사해 보았다는 것을 말씀드리고 싶습니다. 그 결과 재클린 드 벨포트는 도일 부인을 쏘지 않았다는 것이 밝혀졌습니다. 따라서 그밖의 사람에게 눈을 돌리지 않으면 안 되겠는데, 당신의 힘을 빌리고 싶습니다."

"내 힘을요?" 페닝턴은 깜짝 놀라면서 말했다.

"그렇습니다. 당신은 돌아가신 부인과 친하게 지냈으므로, 아마도 그녀의 남편보다 더 그 처지를 잘 알고 계실 것입니다. 도일 씨는 그녀를 알게 된 지 겨우 한두 달밖에 안 되니까요. 예컨대 그녀에게 원한을 품고 있었던 사람이나 그녀의 죽음을 바라는 동기를 가지고 있었던 사람을 알고 계시겠지요?"

앤드루 페닝턴은 마른 입술을 핥았다.

"전혀 짐작도 가지 않는군요. 리넷은 영국에서 자랐으므로 그녀가 자란 환경이나 교제 관계에 대해서는 전혀 모릅니다."

"그러나 도일 부인을 없애 버리고 싶어 하는 사람이 이 배에 타고 있단 말입니다. 큰 돌이 굴러 떨어져서 하마터면 그녀가 죽을 뻔한 일이 있었지요. 당신은 그 자리에 있지 않았던가요?"

"나는 그때 사원 안에 있었으므로 보지는 못했습니다. 물론 나중에 그 이야기를 들었습니다만, 정말 큰일 날 뻔했었지요. 하지만 그건 한낱 우연한 사고라고 생각했는데요."

포아로는 어깨를 으쓱했다.

"그때는 누구라도 그렇게 여겼을 겁니다만, 지금은 과연 사고였을까 생각되는군요."

"그러시겠지요."

페닝턴은 고급 비단 손수건으로 얼굴을 닦았다. 레이스 대령이
말을 계속했다.

"이 배에는 그녀 개인에 대해서가 아니라, 그녀의 집안에 원한
을 품은 사람이 타고 있다고 도일 부인이 잠깐 내비친 일이 있
습니다. 그것이 누군지 아십니까?"

페닝턴은 정말 난처한 것 같았다.

"짐작도 가지 않는데요."

"도일 부인이 그 일에 대해서 뭔가 말하지 않았습니까?"

"아니오."

"당신은 부인의 아버지와 친하게 지내셨다고 알고 있습니다만,
그 사업 운영 때문에 경쟁상대가 파멸의 상태에 이르렀던 경우
는 없었습니까?"

"특히 눈에 띄는 사건은 모르겠군요. 물론 사업을 하다보면 그
런 일이 자주 발생하긴 하지만 말입니다. 그러나 협박을 할만한
사람은 생각나지 않습니다."

"결국 도움이 될 수 없다는 말씀이군요?"

"힘이 되어 드리지 못해 유감입니다만, 도와 드릴 수 없을 것
같습니다."

레이스는 포아로와 눈을 마주치고 나서 말했다.

"우리도 유감스럽게 생각합니다. 기대하고 있었으니까요."

얘기가 끝났다는 표시로 포아로는 일어났다. 페닝턴이 말했다.

"도일 씨가 누워 있으니 내가 모든 일을 처리해야겠지요. 대령
님, 죄송합니다만 여정은 어떻게 되어 있습니까?"

"이곳을 출발해서 셰라르까지 직행하여, 내일 아침에 도착할 예

정입니다."

"시체는요?"

"냉장실로 옮기겠습니다."

앤드루 페닝턴은 인사를 하고 방을 나갔다. 포아로와 레이스는 또 마주 쳐다보았다.

"불안해 보이는군."

레이스가 담배에 불을 붙이면서 말하자 포아로는 고개를 끄덕였다.

"게다가 상당히 마음이 동요되는지 쓸데없는 거짓말을 했어. 돌이 굴러 떨어졌을 때, 그 사나이는 압 신벨 사원 안에 있지 않았거든. 그것은 내가 증언할 수 있어. 난 그때 막 사원 밖으로 나오던 참이었거든."

"정말 돼먹지 않은 거짓말이야. 곧 들통이 날 텐데."

"하지만 당분간 신중히 다뤄야 하네."

"옳은 말이야."

"자네와 나는 이상하리만큼 서로의 기분을 잘 안단 말이야."

두 사람이 서 있는 바닥이 흔들렸다. 카낵 호가 셰라르를 향해 귀로에 오른 것이다.

"다음으로 해결해야 할 문제는 진주 목걸이일세." 레이스가 말했다.

"계획이라도 있는가?"

레이스는 손목시계를 흘끗 들여다보며 말했다.

"으음, 30분만 있으면 점심시간이야. 식사가 끝난 뒤 내가 성명을 발표하겠어. 진주 목걸이를 도둑맞았다고만 말하고, 조사가 끝날 때까지 아무도 식당에서 나가지 말아 달라고 말해야겠네."

"좋은 생각일세. 진주 목걸이를 훔친 사람은 아직도 그것을 가지고 있을지 모르니, 예고도 없이 조사를 하면 당황해서 물 속에 던질 기회도 없겠지."

레이스는 종이를 몇 장 자기 쪽으로 끌어당기더니 변명하듯이 중얼거렸다.

"나는 사건의 경과에 따라서 사실을 간단하게 요약하는 것을 좋아한단 말이야. 그렇게 해 두면 머리가 혼란스럽지 않거든."

"아주 좋은 일일세. 방법과 순서가 무엇보다도 중요하니까 말이야." 포아로가 말했다.

레이스는 몇 분 동안 종이에 작고 깨끗한 글씨로 뭔가 쓰더니 그것을 포아로에게 내밀었다.

"자네 의견과 다른 점이 있는가?"

포아로가 종이를 집어 들고 보았다. 제목은 다음과 같았다.

미세스 리넷 도일의 살인

살아 있는 도일 부인을 하녀 루이즈 부르제이가 본 것이 마지막이었다. 시간은 11시 반쯤.

11시 반부터 12시 20분 사이에 알리바이가 있는 것은 코넬리아 롭슨, 제임스 팬숍, 사이먼 도일, 재클린 드 벨포트. 범행이 저질러진 것은 그 시간 이후가 거의 확실하다고 생각된다. 이유는 쓰여진 권총이 재클린 드 벨포트의 것이고, 그것이 그 시간에 그녀의 핸드백 속에 있었다는 것이 거의 틀림없기 때문이다. 그녀의 권총이 사용되었다는 것은 검시와 감정이 끝날 때까지는 절대적으로 확실하다고 말할 수 없지만, 십중팔구는 그럴 것이라고 생각된다.

예상할 수 있는 사건의 경로 : X(범인)는 전망실에서 벌어진 재클린과 사이먼의 소동을 목격하고 권총이 긴의자 밑에 있다는 것을 알고 있었다. 방에 아무도 없게 되자 X는 권총을 손에 넣었다.

재클린에게 혐의가 갈 것이라는 것이 X의 생각이었다. 이런 논법으로 가면 자동적으로 다른 모든 사람이 혐의를 벗게 된다. 코넬리아 롭슨과 제임스 팬숍은 권총을 찾으러 돌아가기 전에 그것을 가질 기회가 없었다. 파워즈 양과 베스너 의사도 똑같은 이유로 혐의를 벗게 된다.

주(註)——팬숍은 권총이 보이지 않는다고 말했을 때 실제로 가지려면 얼마든지 가질 수 있었으므로 결정적으로 혐의를 벗을 수는 없다.

이상에서 말한 사람 말고는 그 10분 동안에 권총을 가질 수 있었을 것이다.

살인동기추정

앤드루 패닝턴——전에도 사기 행위를 저질렀다고 가정하고서 하는 말이다. 이 가정을 뒷받침할 만한 증거는 많지만, 법적으로 적발하기에는 충분하지 않다. 돌을 굴러 떨어지게 한 것이 페닝턴이었다면, 그는 스스로 굴러들어오는 기회를 포착하는 데 능한 사람이다. 대충 생각은 하고 있었다 하더라도 이번의 범죄는 계획적인 것이 아니다. 어제 저녁의 권총 소동은 아주 좋은 기회였던 것이다.

페닝턴이 범인이라는 설의 반대 이유 : 재클린에게 불리한 단서가 되는 귀중한 증거물을 어째서 물 속에 던져 버렸을까.

프리트우드——동기는 복수. 프리트우드는 리넷 도일 때문에 피해를 입었다고 생각하고 있었으므로 소동이 일어나자 권총이 있는 곳을 보아 두었을지도 모른다. 재클린에게 죄를 뒤집어씌운다기보다도 손쉽게 살인하기에 적당한 그 권총을 훔쳤을 것이라고 생각된다. 이것은 권총을 물에 던진 일과 들어맞는다. 그러나 그렇다면 어째서 벽에다 피로 J라는 글자를 썼을까.

　주(註)——권총과 함께 발견된 싸구려 손수건은 돈 많은 선객의 것이라기보다도 프리트우드 정도 되는 사나이의 것 같다.

　로잘리 옥타븐——미스 반 스카일러의 증언을 택할 것인가, 로잘리가 부정한 말을 받아들일 것인가. 범행 시간에 무언가 물 속에 던졌다. 그리고 그 무언가는 비로드 목도리에 싸인 권총이었다고 생각된다.

　주의해야 할 사항——로잘리에게 동기가 있을까. 리넷 도일을 미워하고 부럽다고까지 생각하고 있었을지도 모른다. 그러나 그것은 살인 동기로서는 적합하지 않다. 타당한 동기가 발견되지 않는 한 그녀에게 불리한 증언은 수긍이 가지 않는다. 우리가 알고 있는 바에 의하면 로잘리 옥타븐과 리넷 도일은 전부터 안면이 없거나 아무 관계도 없었다.

　미스 반 스카일러——권총을 싼 비로드 목도리는 미스 반 스카일러의 것이다. 본인이 말한 바에 의하면 목도리는 전망실에서 마지막으로 보았다고 한다. 초저녁에 그것을 잃어버린 것을 깨닫고 찾아보았으나 없었다.

　목도리는 어떻게 하여 X의 손에 들어갔을까. 훔친 것일까. 만약 그렇다면 어째서일까. 재클린과 사이먼 사이에 소동이 일어나리라는 것은 아무도 미리 알 수가 없었다. X가 긴의자 밑의 권총을 꺼내러 갔을 때 전망실에서 목도리를 발견한 것일까. 그렇다고 한다면 반 스카일러가 찾았을 때는 어째서 발견할 수 없었을까. 미스 반 스카일러가 리넷 도일을 죽인 것일까. 로잘리 옥타븐을 지목한 것은 고의적인 거짓말이었을까. 만약 미스 반 스카일러가 범인이라면 그 동기는 무엇일까.

그밖의 가능성

도둑질이 동기──있을 수 있다──진주 목걸이가 없어졌는데, 그것은 리넷 도일이 어젯밤 몸에 지니고 있던 것이 확실하기 때문이다.

리지웨이 집안에 원한을 품은 자──있을 수 있다──그러나 증거는 없다.

배 안에 위험인물──청부 살인업자──이 있다는 것은 알고 있다. 살인자와 사망자가 있지만, 과연 이 두 사람을 연결시킬 수 있을까? 그러나 우리는 리넷 도일이 이 사나이에 대해서 알고 있었다는 증거를 제시하지 않으면 안 된다.

결론

승객들을 두 그룹으로 나눌 수가 있다. 가능한 동기가 있다든가 확실한 증거가 있는 사람들과, 혐의가 없는 사람들로 나눌 수 있다.

제1그룹

앤드루 페닝턴, 프리트우드, 로잘리 옥타븐, 미스 반 스카일러, 루이즈 부르제이(도둑질?), 퍼거슨(정치적 이유).

제2그룹

앨러튼 부인, 팀 앨러튼, 코넬리아 롭슨, 파워즈, 베스너 의사, 리케티, 옥타븐 부인, 제임스 팬숍.

포아로는 서류를 다 읽었다.

"여기 씌어진 것은 매우 정확하네."

"자네도 그것에 동의하는가?"

"동의하네."

"자네가 덧붙일 수 있는 것은?"

"나는 스스로에게 한 가지 의문을 제기하겠네! 어째서 권총이 물 속에 던져진 것일까."

"그것뿐인가?"

"지금으로선 그것뿐일세. 그 의문에 대해 만족할 만한 해답을 얻을 수 없는 한 도무지 뭐가 뭔지 모르겠네. 그것이 출발점임에 틀림없어. 일목요연하게는 정리했는데 그 점에 대해서 해답을 구하려고 하지 않았더군."

레이스는 어깨를 움츠렸다.

"범인은 당황했던 것 같네."

포아로는 또다른 문제가 남아있다는 듯 고개를 저었다.

포아로는 젖은 비로드를 집어 들고 테이블 위에 편 다음 불에 그을린 자국과 구멍을 손가락으로 가리켰다.

"총기에 대해서는 자네가 더 잘 알겠지만, 이런 것으로 권총을 쌌다고 해서 과연 소리를 없애는 데 도움이 될까?"

"별로 큰 도움은 되지 않을 걸세. 방음 장치처럼 되지는 않아."

포아로는 고개를 끄덕이고 이야기를 계속했다.

"남자라면, 총기를 다룬 일이 있는 남자라면 틀림없이 이런 것을 알고 있을 테지만, 여자는 모르겠지."

"아마 그럴 걸세." 레이스는 손가락 끝으로 조그마한 진주 손잡이가 달린 권총을 퉁겨 보았다.

"이건 큰 소리가 나지 않을 걸세. 펑 하는 소리뿐이야. 다른 시끄러운 소리가 가까이에서 난다면 거의 깨닫지 못할 거야."

"나도 그렇게 생각하고 있네."

포아로는 손수건을 자세히 조사했다.

"남자용인데, 신사가 가질 만한 것은 못 되는군."

"프리트우드 같은 사나이가 갖고 다닐 듯한 손수건이겠지."

"그럴 거야. 앤드루 페닝턴은 고급 비단 손수건을 쓰고 있더군."

"퍼거슨은?" 레이스가 말했다.

"그가 자신을 노동자 계급이라고 말하는 걸 보면 이런 걸 쓰고 있을지도 몰라. 하지만 그라면 크고 빨간 머플러를 사용했을 거야."

"권총을 쥘 때 장갑 대용으로 써서 지문을 남기지 않도록 할 작정이었겠지."

"하지만 이 손수건은 정말 젊은 여성취향의 색상이 아닌가?"

포아로는 손수건을 내려놓고 목도리의 화약 자국을 다시 한 번 살펴보기 시작했다.

"역시 이상해……." 포아로가 말했다.

"뭐가 말인가?"

포아로는 다감하게 말했다.

"가엾은 도일 부인. 조용히 자고 있는 듯 누워 있지만, 머리에 조그마한 구멍이 나 있어. 살아 있을 때의 모습을 기억하고 있나?"

레이스는 이상한 듯이 포아로를 보았다.

"자네는 나에게 무슨 말을 하려는 것 같은데, 어떤 일인지 전혀 짐작도 가지 않는구먼."

18

문을 두드리는 소리가 났다.

"들어오시오."

레이스가 말하자 급사가 들어왔다.

"실례합니다. 도일 씨가 만나 뵙고 싶어 하십니다."

급사는 포아로를 보고 말했다.

"가지." 포아로는 일어났다.

방에서 나와 승강구의 층계를 올라 윗갑판으로 가서 베스너 의사의 방으로 갔다. 사이먼은 열 때문에 얼굴이 상기되어 베개를 받치고 일어나 앉아 있었다.

"잘 와 주셨습니다. 저어…… 말씀드리고 싶은 것이 있어서요."

"아, 그렇습니까."

사이먼의 얼굴은 더욱 붉어졌다.

"그건, 저어…… 재키의 일입니다. 그 사람을 만나고 싶은데 이리 와 달라고 말씀해 주시겠습니까. 그 불쌍한 아이에게, 아직 어린아이랍니다, 나는 그 아이에게 정말 못할 짓을 했습니다."

포아로는 주의 깊게 사이먼을 바라보았다.

"재클린을 만나고 싶습니까? 곧 불러오지요."

"고맙습니다. 정말 미안합니다."

포아로는 재클린 드 벨포트를 찾으러 갔다. 재클린은 전망실 한 구석에 몸을 움츠리고 앉아 있었다. 무릎 위에는 책이 펼쳐져 놓여 있었으나 그녀는 그것을 읽고 있는 것 같지는 않았다. 포아로는 조용히 말을 걸었다.

"나와 함께 갑시다. 도일 씨가 당신을 만나고 싶어 합니다."

재클린은 깜짝 놀라서 벌떡 일어났다. 얼굴이 빨개지더니 곧 파리해졌다. 어쩔 줄을 몰라 하는 것 같았다.

"사이먼이 나를 만나고 싶어 한다고요? 사이먼이, 나를요?"

정말 믿을 수 없다는 듯한 그녀의 표정이 포아로의 마음을 움직였다.

"안 가시겠습니까?"

"저, 물론 가겠어요."

재클린은 어린아이처럼 얌전히 포아로를 따라갔다. 포아로는 방 안으로 들어갔다.

"모시고 왔습니다."

뒤따라 들어온 재클린은 우뚝 서서 가만히 있었다. 말도 하지 않고 우뚝 선 채 눈은 사이먼의 얼굴을 바라보았다.

"재키!"

사이먼도 당황하면서 말을 계속했다.

"잘 와 주었어. 하고 싶은 말이 있었어. 실은……."

여기까지 말했을 때 재키는 가로막듯이 숨쉴 사이도 없이 단숨에 지껄였다.

"사이먼, 리넷을 죽인 것은 내가 아니에요. 내가 그러지 않았다는 것을 알아주시겠지요. 어젯밤엔 정말 내가 미친 사람처럼 일을 저질러 버렸어요. 용서해 주시겠어요?"

사이먼은 전보다도 편하게 말할 수 있게 되었다.

"물론이지. 그 일은 괜찮아. 정말 괜찮아. 내가 말하고 싶었던 것은 바로 그 일이야. 당신이 걱정하고 있을 것 같아서…… 그 일은 조금도 걱정할 필요가 없다고 말해주고 싶었어."

"걱정말라고? 조금도? 오! 사이먼!"

"단지 나는 당신을 보고 싶었어. 정말 괜찮아. 지난 밤에 당신은 조금 흥분했던 거야. 조금 취해 있었어. 모든 것은 그대로야."

"오, 사이먼, 나는 당신을 죽였을지도 몰라요!"

"아니야, 그런 건 걱정 없어. 그런 조그마한 권총으로는 무리야……."

"당신의 다리! 어쩌면 앞으로는 걸을 수 없게 될지도 몰라요!

……."

"재키, 걱정할 것 없어. 아스완에 도착하는 대로 엑스레이를 찍어봐서 탄약을 꺼내기로 했어. 그러면 모두 잘 될 거야."

재클린은 울음이 터져 나오는 것을 두 번이나 꾹 참았다. 그리고 사이먼의 침대로 달려가서 무릎을 꿇고 얼굴을 파묻고는 흐느껴 울었다. 사이먼은 재클린의 머리를 가볍게 쓰다듬었다. 그의 눈이 포아로의 눈과 마주치자, 포아로는 안타까운 듯이 한숨을 쉬면서 방을 나왔다. 나오면서 그는 방에서 중얼거리다가 끊어졌다 하는 소리를 들었다.

"내가, 이렇게 당신에게 악마같은 인간으로 보이다니…… 오, 사이먼! …… 정말 두려워요…… 미안해요……."

밖에서는 코넬리아 롭슨이 난간에 기대서 있다가 이쪽으로 돌아섰다.

"포아로 씨였군요. 이렇게 날씨가 좋아지다니 어쩐지 기분 나쁘지 않나요?"

포아로는 하늘을 쳐다보았다.

"해가 비치고 있을 때는 달을 볼 수가 없다, 그렇지만 해가 져 버리면……."

코넬리아가 입을 크게 벌렸다.

"뭐라고 말씀하셨지요?"

"해가 져 버리면 달이 보인다고 말하려 했습니다. 맞지요?"

"그야 물론 그렇지요."

코넬리아가 의아스러운 듯이 바라보자 포아로는 조용히 웃었다.

"나는 이따금 시시한 말을 하는 때가 있으니 신경 쓰지 마세요."

포아로는 조용히 배 뒤쪽으로 걸어가기 시작했으나 옆방 앞을

지날 때 잠깐 발을 멈추었다. 안에서는 띄엄띄엄 이어지는 말소리가 들려 왔다.

"정말 배은망덕하구나. 그토록 너를 위해 주었는데도…… 이 불쌍한 어머니는 조금도 생각해 주지 않다니. 내가 얼마나 괴로워하고 있는지 조금도 알아주려고 하지 않고서……."

포아로는 무언가 결심한 듯이 입술을 꾹 다물고 문을 두드렸다. 말소리가 뚝 그치고 옥타브 부인의 목소리가 들렸다.

"누구시지요?"

"로잘리 양 계십니까?"

로잘리가 문 앞에 모습을 나타냈다. 그 모습을 보고 포아로는 깜짝 놀랐다. 그녀의 눈언저리에 검은 그늘이 생기고 입 언저리에는 경련이 일어나서 주름이 잡혀 있었기 때문이었다.

"무슨 볼일이지요?"

로잘리는 무뚝뚝하게 말했다.

"잠시 이야기하고 싶어서요. 나오시지 않겠습니까?"

로잘리는 수상쩍은 듯이 포아로를 보았다.

"왜 나가지 않으면 안 되나요?"

"저는 지금 부탁드리고 있는 겁니다."

"하는 수 없군요."

로잘리는 등 뒤의 문을 닫고 갑판으로 걸어 나왔다.

"무슨 일이지요?"

포아로는 조용히 로잘리의 팔을 잡고 배 뒤쪽 갑판으로 걸어가기 시작했다. 욕실 앞을 지나 모퉁이를 돌자 뒤쪽 갑판에는 포아로와 로잘리 두 사람만 남게 되었다. 두 사람의 등 뒤에는 나일 강이 흐르고 있었다. 포아로는 팔꿈치를 난간에 얹고, 로잘리는 똑바로 서 있었다.

"무슨 일이지요?" 다시 한 번 묻고 있는 로잘리의 목소리는 여전히 무뚝뚝했다.

포아로는 한 마디 한 마디 조심을 하면서 천천히 말했다.

"어떤 일을 좀 물어 보고 싶은데, 당신이 대답을 해 주시지 않을 것 같아서 말입니다."

"그렇다면 나를 여기까지 끌고 와도 소용없는 거 아닌가요."

포아로는 천천히 손가락 끝으로 나무 난간 위에 선을 그었다.

"당신은 자신의 무거운 부담을 견디는 데 익숙해져 있지만 언제까지나 계속 할 수는 없소. 무거운 부담은 견딜 수가 없는 법입니다. 당신에게는 너무나 무거워요."

"무슨 말을 하고 계시는지 모르겠군요."

"분명히, 그리고 간단히 말해서 당신의 어머니는 알콜중독이지요, 로잘리 양?"

로잘리는 그 말에 대답하지 않았다. 입을 조금 벌렸으나 다시 다물어 버렸다. 이때만은 로잘리도 어쩔 줄을 몰라 하고 있는 것 같았다.

"당신은 말할 필요가 없어요. 내가 다 이야기할 테니까. 아스완에서 당신과 어머니의 관계에 흥미를 느끼고 관찰하노라니, 당신은 어머니를 무시하는 것 같은 말투로 이야기하고 있는데도 불구하고 어떤 것으로부터 어머니를 지키려 하고 있다는 것을 금방 알 수 있었소. 얼마 뒤에 '어떤 것'의 정체도 알아냈지요. 그리고 또 얼마 정도 지난 다음, 어느 날 아침에 당신의 어머니가 몹시 술에 취해 있는 것을 보았소. 더구나 당신 어머니는 남몰래 숨어서 마시는 가장 다루기 힘든 술버릇이 있다는 것도 알았소. 당신이 아무리 씩씩하게 그 나쁜 버릇과 싸워 나간다 하더라도 어머니는 남몰래 술을 구해 가지고는 교묘하게 당신 눈에 띄지 않는 곳에 숨겨 놓았소. 당신은 어제 비로소 그 숨겨 놓은 장소를 알아냈던 거지요. 그래서 당신은 어젯밤에 어머니가 곤히 잠들기를 기다렸다가 숨겨 놓은 술병을 가만히 가지고 나와서 나일 강에 던져 버렸던 겁니다."

포아로는 잠깐 쉬고 나서 말했다.

"내 말이 맞지요?"

"네, 맞아요."

로잘리는 갑자기 격렬한 말투로 말했다.

"그 말을 했어야 했는데……하지만 여러 사람에게 알려지는 것이 싫었어요. 그리고 너무나 어이가 없어서…… 내가……."

"살인 혐의를 받다니 너무나 어이가 없었단 말이지요?"

포아로가 대신 말해 주자 로잘리는 고개를 끄덕였다.

"남에게 알려지지 않도록 나는 최선을 다했어요. 어머니가 나쁜 것은 아니에요. 어머니는 비관을 하고 계세요. 책이 조금도 팔리지 않게 되어 버렸으니까요. 시시한 섹스를 다룬 이야기에 세상 사람들은 싫증이 나 버린 거지요. 그래서 어머니는 몹시 타격을 받아 술을 마시게 되었어요. 오랫동안 이상하다고 생각은 하면서도 어떻게 된 일인지 모르고 있었지만, 그것을 알고 난 다음부터는 말리려고 했어요. 처음에는 괜찮다가도 갑자기 발작이 일어나서 다른 사람과 굉장한 싸움을 벌이거든요. 무서울 정도에요. 나는 어머니가 술을 마시지 못하도록 언제나 경계하고 있지 않으면 안 되었어요. 그렇게 되자 어머니는 나를 싫어하게 되었고, 정면으로 대립하게 되었지요. 지금은 나를 미워하기조차 하는 것 같아요."

"가엾게도."

그러자 로잘리는 격렬하게 항변했다.

"가엾다고 생각지는 마세요. 친절하게 대하지 말아 주세요. 그러는 것이 훨씬 마음 편해요."

로잘리는 비통한 한숨을 길게 내쉬었다.

"나는 지쳐 버렸어요. 몸도 마음도 정말로 지쳐 버렸어요."

"그러시겠지요."

"세상 사람들은 나를 좋지 않은 여자라고 생각하고 있어요. 건방지고, 심술궂고, 괴팍하다고 생각하고 있어요. 하지만 할 수 없어요. 어떻게 하면 상냥해질 수 있는지 다 잊어 버렸으니까요."

"내가 조금 전에 말한 게 바로 그것입니다. 당신은 혼자서 너무 오랫동안 무거운 짐을 짊어지고 있는 겁니다."

"이야기를 하면 기분이 좀 풀려요. 언제나 친절하게 대해 주셨는데, 가끔 실례되는 말을 하곤 해서 죄송해요."

"친구 사이에서는 예의 같은 것이 필요 없답니다."

로잘리의 얼굴에 다시 의심스러워하는 빛이 떠올랐다.

"여러 사람들에게 말씀하실 작정이세요? 내가 술병을 버렸으니 말하지 않을 수 없겠지요?"

"그럴 필요는 없습니다. 그저 내가 묻는 말에 대답만 해주십시오. 병을 버린 게 몇 시쯤이었나요? 1시 10분쯤이었나요?"

"그쯤 되었을 거예요. 분명히 기억하고 있지는 않습니다만."

"미스 반 스카일러는 당신을 보았다고 하는데, 당신은 그녀를 보았습니까?"

"아니오, 보지 못했어요."

"그녀는 자기 방 문에서 몰래 보았다고 하더군요."

"나는 갑판과 강을 바라보고 있었으므로 그녀를 보지 못했어요."

"갑판을 둘러보았을 때 아무도 보지 못했습니까?"

상당히 오랫동안 말이 없었다. 로잘리는 얼굴을 찌푸리고 생각에 잠겨 있는 것 같았으나, 마침내 분명히 고개를 옆으로 저었다.

"네, 아무도 보지 못했어요."

에르퀼 포아로는 천천히 고개를 끄덕였다. 그러나 그의 눈초리는 아주 심각했다.

19

사람들은 하나둘 조용히 식당으로 들어왔다. 상황이 상황이니만큼 즐겁게 들어오는 사람이 없었다. 다들 마치 누군가에게 사과라도 하듯이 차례대로 자리에 가서 앉았다.

팀 앨러튼은 어머니가 자리에 앉은 다음 조금 늦게 오는데, 몹시 불쾌한 것 같았다.

"이런 형편없는 곳으로 여행을 오지 말걸 그랬어." 팀이 물어뜯듯이 말하자 앨러튼 부인은 슬픈 듯이 머리를 저었다.

"나도 그렇게 생각한단다. 그 예쁜 사람이! 정말 안타깝지 뭐냐. 그 여자를 죽일 수 있다니. 그런 짓을 할 수 있는 사람이 있다고 생각만 해도 무섭구나. 그리고 또 하나 불쌍한 사람!"

"재클린 말인가요?"

"그래, 불쌍해 죽겠어. 가슴이 아퍼. 재클린은 세상의 불행을 혼자 다 안고 있는 것 같이 보여."

"장난감 권총을 쏘아 대지 말라고 가르쳐 주었더라면 좋았을 텐데."

팀은 버터를 나누면서 차갑게 말했다.

"교육이 나빴던 거겠지."

"어머니, 제발 어머니다운 체하지 말아 주세요."

"몹시 불쾌한 모양이로구나."

"그럴 수밖에 없잖아요. 누구든지 다 그렇지요."

"왜 그렇게 기분이 상하는 거냐. 슬퍼하지는 못할망정. 나는 그저 그 여자가 딱할 뿐이란 얘기다."

팀은 화를 내면서 말했다.

"어머니는 살인 사건에 말려들어간다는 것이 얼마나 귀찮은지 모르시는가 보군요."

앨러튼 부인은 깜짝 놀라는 것 같았다.

"하지만 틀림없이……."

"'하지만 틀림없이'고 뭐고 없어요. 이 배에 타고 있는 사람은 모두 혐의를 받게 되는 거예요. 다른 사람들과 마찬가지로 어머니도 그리고 나도 말입니다."

"법률적으로는 그렇겠지만, 실제로는 우스운 일이지 뭐냐."

"살인과 관계가 있는 일인데 우습다고요? 셰라르나 아스완에 있는 많은 불쾌한 경찰들은 이쪽 말을 그대로 받아들이지 않을 거란 말예요."

"그때까지는 사실이 밝혀지겠지."

"어떻게요?"

"포아로 씨가 찾아낼지도 모르잖니?"

"그 늙어빠진 엉터리 말씀입니까. 그 사람이 뭘 알겠어요. 수다스러운 수염쟁이 사나이일 뿐이에요."

"그건 네 말이 맞다만. 그렇다고 해도 우리는 그것을 해결해 나가지 않으면 안 돼. 그러니 마음을 고쳐먹고 될 수 있는 대로 유쾌하게 지내는 편이 좋지 않겠니?"

그래도 아들의 우울증은 좀처럼 가실 것 같지 않았다.

"진주 목걸이를 도둑맞았다는 당치 않는 사건도 있단 말입니다."

"리넷의 진주 목걸이 말이냐?"

"네, 누군가가 훔친 게 틀림없어요."

"그것이 범죄의 동기였던 모양이지?"

"그건 모르겠어요. 어머니는 전혀 다른 것을 서로 혼동하고 있어요."

"진주 목걸이가 없어졌다는 말을 누구한테서 들었니?"

"퍼거슨한테서요. 그는 그 말을 기관실에 있는 친구에게서 들었고, 그 친구는 도일 부인의 하녀에게서 들었답니다."

"훌륭한 진주 목걸이였는데." 앨러튼 부인은 말했다.

포아로가 앨러튼 부인에게 머리를 숙여 보이고 자리에 앉았다.

"조금 늦었습니다." 그는 말했다.

"바쁘셨지요?" 앨러튼 부인이 물었다.

"네, 볼일이 많아서요."

포아로는 급사에게 포도주를 한 병 주문했다.

"우린 서로 취미에 충실한 것 같네요. 당신은 포도주, 팀은 위스키와 소다수, 그리고 나는 여러 가지 탄산수를 마시는 취미에 말이죠."

"앗!"

포아로는 순간 그녀를 지긋이 쳐다보았다. 그리고 혼잣말로 중얼거렸다.

"미처 그것을 생각하지 못했군."

그는 신경질적으로 어깨를 움츠렸다. 그리고 이 새로운 고민거리를 떨쳐버리기 위해 그녀와 다른 이야기를 시작했다.

"도일 씨의 부상은 심한가요?" 앨러튼 부인이 물었다.

"네, 상당히 심합니다. 베스너 의사는 빨리 아스완에 닿아 엑스

레이를 찍어 다리를 검사한 다음 총탄을 빼내야 한다고 말합니다. 하지만 절름발이는 되지 않을 거라더군요."

"가엾은 사이먼. 바로 어제까지만 해도 남부러울 것이 없는 행복한 사람 같았는데요. 아름다운 부인이 살해되고 자기도 움직이지를 못하다니! 하지만 나는 바라고 있답니다."

"무엇을 바라고 계십니까?" 포아로가 물었다.

"그 가엾은 여자를 너무 꾸짖지 말아 주었으면 좋겠어요."

"재클린 드 벨포트 말입니까. 그 문제라면 꾸짖기는커녕 그 아가씨의 일을 매우 걱정하고 있답니다."

포아로는 이렇게 말하고 팀 쪽을 보았다.

"이건 심리학적인 문제겠죠. 도일 씨는 재클린이 그 두 사람을 쫓아다닐 때는 몹시 화를 내고 있었는데, 실제로 그녀에게 총을 맞고 자칫하면 평생 절름발이가 될지도 모르는 부상을 입은 뒤부터는 노여움이 완전히 사라져 버린 것 같더군요. 당신은 그런 심리를 이해할 수 있소?"

"알 것 같습니다. 처음에는 무시당했다고 생각하여……."

"바로 그거요. 자존심이 상한 거지요."

포아로는 고개를 끄덕였다.

"그러나 이번에는 그녀 쪽이 웃음거리가 되었다고 볼 수 있지요. 세상 사람들이 그녀를 안 좋은 눈길로 보고 있으니까요……."

"용서해 주자는 관대한 마음을 가질 수도 있단다. 남자란 어린아이 같군요." 앨러튼 부인이 말을 가로막았다.

"여자는 언제나 그런 말로 자신만만해 하지만, 진실성은 없는 말이야." 팀은 중얼거렸다.

포아로는 웃으면서 팀에게 말했다.

"도일 부인의 사촌이라는 조앤너 사우스우드는 부인과 닮았나요?"

"당신은 착각하고 계시군요. 조앤너는 내 사촌이고 리넷의 친구입니다."

"이거, 실례했군. 잠깐 헷갈렸소. 자주 신문에 오르내리는 아가씨더군요. 얼마 전부터 흥미를 가지고 있다오."

"어째서요?" 팀이 날카롭게 물었다.

포아로는 마침 들어와서 자기 자리로 가려고 옆을 스쳐 지나가는 재클린 드 벨포트에게 인사를 하려고 일어서려 했다. 그녀의 뺨은 상기되고, 눈은 빛나고 있었으며, 호흡은 좀 흐트러져 있었다. 포아로는 다시 자리에 앉으며 팀의 질문 같은 것은 잊어버린 듯 애매하게 말했다.

"귀중한 보석을 가진 젊은 부인들은 도일 부인처럼 조심성이 없어지나 봅니다."

"그럼, 그 진주 목걸이를 도둑맞았다는 것은 사실이로군요?" 앨러튼 부인이 물었다.

"누가 그런 말을 했습니까?"

"퍼거슨입니다." 팀이 대답했다. 그러자 포아로는 무게 있게 고개를 끄덕였다.

"그건 사실입니다."

"그것 때문에 여러 사람이 매우 불쾌하게 생각하고 있겠지요. 팀도 그렇게 말하고 있어요." 앨러튼 부인은 걱정스러운 듯이 말했다. 팀이 얼굴을 찌푸렸으나 그때는 벌써 포아로가 그를 보고 있었다.

"당신은 경험이 있는 모양이지요? 도둑맞은 집에 있었던 일이라도 있소?"

"그런 일은 없습니다."

"거짓말 말아라. 전에 너는 포터링 씨의 집에 있었지 않니. 그 굉장한 다이아몬드를 도둑맞았을 때 말이야."

"어머니는 언제나 당치도 않는 착각을 하신다니까. 나는 그 여자가 살찐 목에 걸고 있던 다이아몬드가 인조 보석이라는 것이 발각되었을 때 그 자리에 있었어요. 실제로 바꿔친 것은 몇 달이나 전이었겠지만요. 그 여자 자신이 한 짓일 거라고 말하는 사람이 많았지요."

"조앤너가 그렇게 말했겠지."

"조앤너는 있지도 않았어요."

"그래도 그 애는 그 집 사람들을 잘 알고 있었으니까."

"어머니는 언제나 조앤너를 나쁘게 말씀하신다니까."

"그애라면 이야기를 그런식으로 꾸며낼 수도 있을 거다."

포아로는 서둘러서 화제를 바꾸었다.

포아로는 아스완의 상점에서 꽤 큰 돈을 들여 물건을 잔뜩 사들이려고 작정하고 있었다. 인도인 가게에서는 자줏빛과 금색 천——매우 고운 걸로 사리라 마음먹고 있었다. 물론 영국으로 가지고 돌아갈 때는 세금을 내야 하겠지만, 그러나——

"그런데 상점 직원 말로는 상품을 영국으로 직송하는 게 가능하다고 합니다. 비용도 그다지 비싸지 않구요. 그런데 과연 무사히 도착할런지 그게 문제네요."

앨러튼 부인은 여러 사람에게 이것을 물어보았다. 다들 무사히 도착한다고 대답했다.

"그럼 나도 우편을 이용해야겠군요. 그런데 또 한 가지 귀찮은 일이 있어요. 영국에서 여행지로 물건을 보내올 때 일이죠. 당신도 그런 경험이 있나요? 여행 중에 고향에서 부친 물건을 받는다거나 하는 경험이요."

"그런 경험이 있었는지 기억나지 않는군요. 아니 있었는지도 모르겠네요. 팀, 너도 책을 받은 적이 있지 않니? 뭐 책이야 워낙 간단히 부칠 수 있는 물건이니까요."

"그럼요. 책은 별개지요."

디저트가 나오자 레이스 대령이 아무런 예고도 없이 일어서더니 이야기를 시작했다.

레이스는 범죄의 상황을 설명하고, 진주 도난 사건을 발표했다. 지금부터 배 안의 수색을 시작하겠으니 그것이 끝날 때까지 모두 이대로 식당에 남아 있어 주기를 바라며, 그리고 여러분들의 동의를 얻은 다음——틀림없이 동의해 주시리라 생각하지만——신체검사를 하겠다는 것이 그 주요 골자였다.

포아로는 재빨리 레이스 옆으로 다가갔다. 주위에서는 낮은 속삭임이 일었다. 의아해하는 목소리, 노여움을 품은 목소리, 흥분한 목소리 등 가지가지였다.

포아로는 레이스에게 바짝 붙어서, 그가 식당을 나가려고 할 때 뭐라고 귀띔을 했다. 레이스는 그 말을 듣자 고개를 끄덕이며 급사를 손짓해 불렀다. 급사에게 두세 마디 말한 다음 레이스는 포아로와 함께 갑판으로 나가서 문을 닫았다. 몇 분쯤 두 사람은 난간 옆에 서 있었다. 레이스는 담배에 불을 붙였다.

"자네 생각도 나쁘지 않군. 뭔가 있는지 없는지 곧 밝혀질 거야. 3분 동안의 여유를 주기로 하세."

식당 문이 열리고 조금 전의 급사가 모습을 나타내더니 레이스에게 경례를 하고 말했다.

"말씀하신대로 1초의 여유도 없이 당장 대령님을 만나고 싶다는 부인이 계십니다."

"누군가, 그건?" 레이스는 얼굴에 만족스러운 빛을 띠었다.

"파워즈 양입니다, 간호사인."

레이스의 얼굴에 조금 놀란 듯한 표정이 떠올랐다.

"흡연실로 데리고 와 주게. 다른 사람은 밖으로 나가지 못하도록 하고."

"네, 다른 사람이 감시를 하고 있습니다." 급사는 말하고 식당으로 돌아갔다.

레이스와 포아로는 흡연실로 갔다.

"파워즈가 그러리라고는……."

레이스는 중얼거렸다.

두 사람이 흡연실로 들어가자마자 급사가 파워즈 양을 데리고 왔다. 그리고 그녀가 안으로 들어오자 문을 닫고 나갔다.

"파워즈 양, 무슨 일입니까, 대체?"

레이스 대령은 의아스러운 듯이 그녀의 얼굴을 보았다. 그녀는 여느 때와 다름없이 침착한 태도였으며 얼굴에는 아무런 특별한 감정도 나타나 있지 않았다.

"실례지만 지금과 같은 경우 곧 당신을 만나 뵙고 이것을 돌려 드리는 것이 가장 좋다고 생각되어서요."

파워즈는 까만 핸드백에서 한데 이어진 진주를 꺼내어 테이블 위에 올려놓았다.

20

테이블에서 진주를 집어든 레이스 대령의 얼굴에 놀라움의 빛이 떠올랐다.

"이건 예삿일이 아니오. 설명을 해주시지 않겠습니까?"

"물론 설명해 드리겠어요. 그 때문에 온 거니까요."

파워즈 양은 침착하게 의자에 앉았다.

"내가 취해야 할 최선의 방법을 결정하는 것은 물론 쉬운 일이 아니었습니다. 스캔들이라면 어떤 일이든지 당연히 우리 집안 사람들이 싫어할 것이고, 또 여러분은 나의 사려 분별을 신뢰하고 계실 테니까요. 하지만 상황이 이러니 만큼 망설이지 않고 결정했습니다. 선실에 아무것도 없으면, 물론 다음에는 선객의 신체검사를 하게 되겠지요. 만약 그때 진주가 내 소지품 속에서 나온다면 매우 난처하게 될 것이고, 결국 모든 사실이 밝혀지게 되겠지요."

"사실이란 무엇입니까. 이 진주는 당신이 도일 부인의 방에서 훔쳐 온 겁니까?"

"아니에요. 천만의 말씀입니다. 미스 반 스카일러가 훔쳐 왔어요."

"미스 반 스카일러가?"

"네. 자기도 모르는 사이에 물건을 훔치곤 한답니다. 특히 보석류를 말이에요. 내가 언제나 옆에 붙어 있는 것도 사실은 그 때문이지요. 건강이 아니라 이 나쁜 버릇 때문에 나는 늘 조심하고 있습니다. 다행히도 내가 옆에 붙어 있은 다음부터는 귀찮은 사건이 일어난 적이 한 번도 없어요. 훔친 물건은 언제나 똑같은 장소에 양말로 싸서 숨겨 두기 때문에 간단하기는 해요. 아침마다 내가 조사하곤 하지요. 나는 잠귀가 밝기 때문에 호텔 같은 데서 옆방에 자고 있으면서 사잇문을 열어 두면 웬만한 소리는 다 들립니다. 소리가 들리면 뒤따라가 타일러서 침대로 돌려보내지만, 배 안에서는 그렇게 되지 않아요. 그녀는 주위에 버려 둔 것이 눈에 띄면 자기도 모르게 집어 들지요. 물론 진주는 그녀에게 있어서 언제나 큰 매력이었습니다."

파워즈 양이 이야기를 그치자 레이스가 물었다.

"이 진주를 도둑맞았다는 것은 언제 알았습니까?"

"오늘 아침 양말 속에 들어 있었어요. 물론 누구의 것인지 금방 알았지요. 그래서 도일 부인이 일어나 잃어버린 것을 알아차리기 전에 돌려주려고 했습니다. 그런데 급사가 살인이 있었으므로 아무도 들어갈 수 없다고 하더군요. 나는 정말 난처했지만, 그래도 좀 있다가 남몰래 돌려주려고 생각했어요. 어떻게 하면 가장 좋을까 하고 생각하면서 오전 내내 정말 불안한 기분으로 지냈습니다. 반 스카일러 집안은 매우 까다롭고 귀족적이므로, 이 일이 신문에라도 나는 날엔 큰일이지요. 그러니 구태여 신문에 낼 필요는 없지 않겠어요."

파워즈 양은 정말로 걱정스러워하는 것 같았다.

"그건 사정에 따라 다르겠지요. 물론 될 수 있는 대로 협조해 드리겠습니다. 미스 반 스카일러는 뭐라고 할까요?"

레이스는 조심스럽게 물었다.

"그야 물론 딱 잡아뗄 거예요. 언제나 그러니까요. 어떤 나쁜 놈이 거기 놓아두었다고 해요. 그렇게 선수를 치고는 슬금슬금 침대로 들어가 버리지요."

"롭슨 양은 이 나쁜 버릇을 알고 있습니까?"

"모릅니다. 그녀의 어머니는 알고 있습니다만, 그 사람은 매우 단순하기 때문에 아무것도 알리지 않는 편이 좋다고 생각한 거겠지요."

파워즈 양은 마지막으로 이렇게 덧붙였다.

"나는 어떻게든지 미스 반 스카일러를 상대해 낼 수가 있지만……."

"와주셔서 고맙습니다." 포아로가 말했다. 파워즈 양은 일어났다.

"내가 취한 행동이 최선이었으면 좋겠다고 생각해요."

"그건 그렇습니다."

"살인 사건도 있고 해서……."

레이스 대령이 파워즈 양의 말을 가로막았는데 그 목소리가 엄숙했다.

"한 가지 물어 볼 것이 있는데, 사실대로 대답해 주십시오. 미스 반 스카일러는 절도광(竊盜狂)이라고 할 만큼 비정상인데, 살인의 경향도 있습니까?"

파워즈 양은 즉석에서 대답했다.

"천만의 말씀입니다. 그런 것은 손톱만큼도 없습니다. 내 말을 절대로 믿으셔도 됩니다. 파리도 죽이려 하시지 않는 분이니까요."

너무나 확신에 찬 대답이었으므로 더 이상 아무 말도 할 여지가 없는 것처럼 보였으나, 포아로는 가볍게 한 가지 더 물어 보았다.

"미스 반 스카일러는 귀가 어둡지 않은지요?"

"사실은 그렇습니다. 이야기를 하고 있을 때는 잘 알 수가 없지만, 사람이 방 안에 들어 온 것을 모르고 있을 때가 자주 있지요."

"옆의 도일 부인 방에서 누군가가 걸어 다니고 있었다면, 미스 반 스카일러에게 그 소리가 들렸으리라고 생각합니까?"

"글쎄요, 그렇지는 않을 거라고 생각합니다. 침대가 도일 부인의 방과는 반대쪽에 있으니까요. 아무것도 들리지 않을 거라고 생각합니다."

"여러 가지로 고맙습니다."

"그럼, 식당으로 돌아가서 다른 사람들과 함께 기다려 주십시오.”

레이스는 파워즈 양을 위해 문을 열어 주고 그녀가 층계를 내려가 식당으로 들어가는 것을 배웅했다. 그러고 나서 문을 닫고 테이블로 돌아와 보니, 포아로가 진주를 들여다보고 있었다.

“당장 반응을 보이는군. 꽤 냉정하고 빈틈없는 여성이야. 그럴 생각만 있다면 사실대로 이야기하고 있는 것 같은 표정을 짓고 뭔가를 감쪽같이 숨겨 둘 만한 솜씨가 있는 여자야. 그런데 미스 반 스카일러는 어떻게 해야 할까. 피의자 속에서 뺄 수는 없겠지. 그 보석을 훔치기 위해 살인을 저질렀을지도 모르니까 말이야. 그 간호사의 말을 그대로 받아들일 수는 없어. 집안을 위해서 할 수 있는 데까지 해보려고 열심이니까 말일세.”

레이스의 말은 단호했다. 포아로는 동의를 표하며 고개를 끄덕였다. 그리고 재빠르게 진주를 손가락 사이에 미끄러뜨려 보기도 하고 눈앞에 비춰 보기도 하며 말했다.

“그 할머니에 대한 이야기는 사실이라고 보아도 좋다고 생각하네. 자기 방에서 실제로 로잘리 옥타븐의 모습을 엿보았으니까 말이야. 그러나 리넷 도일의 방에서 났다는 소리에 대한 얘긴 거짓말이었다고 생각하네. 살짝 나가서 진주를 훔치기 전에 자기 방에서 엿보고 있었던 참이었다고 생각해.”

“그럼, 거기에 옥타븐이 있었단 말이군.”

“그렇지, 어머니가 숨겨 둔 술을 물 속에 버리려 하고 있었지.”

레이스 대령은 동정하듯이 고개를 옆으로 흔들었다.

“그랬었군. 젊은데 고생이 많아.”

“정말이야. 가엾게도 로잘리는 어두운 나날을 보내 왔어.”

“그것이 밝혀져서 다행이네. 그녀는 뭔가 보거나 듣지 못했다던가?”

"20초 정도 생각하더니 아무도 보지 못했다고 대답하더군."

"그래?"

레이스는 경계의 빛을 보였다.

"바로 그 점이 수상하단 말이야."

"만약 리넷 도일이 1시 10분이든 아니면 몇 시이든 배 안이 조용해진 다음에 총격을 당했다면, 아무도 총소리를 듣지 못했다는 사실이 아무래도 이상하게 생각되네. 그런 조그마한 권총은 별로 큰 소리가 나지 않는다는 것은 자네 말대로 사실이지만, 배 안이 조용했을 텐데 아주 조그맣게라도 펑 하는 소리가 들렸을 거란 말이야. 그러나 이제 좀 이해할 수 있게 되었네. 도일 부인의 왼쪽 방에는 아무도 없었어. 도일은 베스너의 방에 있었으니까. 오른쪽 방에는 귀머거리인 미스 반 스카일러가 있었지. 그러면 남는 것은 ……." 레이스는 천천히 말한 다음, 뭔가를 기대하는 듯 고개를 끄덕이는 포아로의 얼굴을 바라보았다.

"그녀의 방과 등을 대고 있는 방이야. 결국 페닝턴이지. 언제나 페닝턴에게로 돌아오는 것 같군."

"불분명한 방법은 버리고 그 사나이를 집중 조사해보세나. 아무래도 나는 그자가 의심스럽네."

"일단 배 안의 수사를 계속하기로 하세. 진주는 찾았지만 아직 이 사실을 아무도 모르고 있으니까 선실을 수색하기에 좋은 구실이 될걸세. 더욱이 파워즈 양은 그 말을 퍼뜨릴 것 같지도 않으니까."

"이 진주 말인데." 포아로는 말하며 다시 한 번 그것을 빛에 비춰 보았다. 그러고 나서 핥아 보기도 하고, 조심스럽게 깨물어 보기도 했다. 그리고 한숨을 쉬면서 진주를 테이블 위에 던졌다.

"문제는 더 복잡해지고 있어. 나는 보석전문가는 아니지만 옛날에 많이 다루어 보아서 단언할 수 있네. 이 진주는 정교한 모조품이야."

21

"사건이 점점 복잡하게 되어 가는 거 아냐?"

레이스 대령은 진주를 집어 들었다.

"자네가 잘못 본 게 아닌가. 내가 보기에는 틀림없는 진짜로 생각되는데."

"아주 잘 만든 모조품일세."

"그렇다고 리넷 도일이 안전을 기하기 위해 모조품을 만들어 가지고 왔다고 생각할 순 없지 않은가. 그런 짓을 하는 여자는 많지만 말이야."

"만약 그렇다면 남편은 알고 있겠지."

"그에게 말하지 않았을지도 몰라."

포아로는 불만스러운 듯이 고개를 저었다.

"아니, 나는 그렇게 생각하지 않아. 이 배에 탄 첫날 나는 도일 부인의 진주에 감탄을 했었네. 아주 훌륭한 광택과 윤기였어. 그때는 틀림없이 진짜를 걸고 있었지."

"그렇다면 두 가지 가능성이 떠오르는군. 우선 미스 반 스카일 러는 누군가 다른 사람이 진짜를 훔쳐 간 다음 바꿔치기한 모조품을 훔친 데 지나지 않는다는 것, 다음은 파워즈 양의 절도광 애기는 모두 꾸며낸 거라는 걸세. 진짜 범인은 그녀인데 당황해서 거짓말을 꾸며내고 속이기 위해서 가짜 진주를 가져온 거지. 아니면 저 세 여자 일당이 관계하고 있거나 말야. 미국의 귀족을 가장한 교묘한 보석도둑의 일당일 수도 있단 말이지."

"확실히 말할 수는 없지만, 한 가지 짚고 넘어가고 싶은 것이 있네. 도일 부인의 눈을 속일 수 있을 만큼 훌륭하게 진주에서부터 걸쇠에 이르기까지 완전한 모조품을 만들려면 고도의 기술적 숙련이 필요하므로 갑자기 하려는 것은 무리야. 그 진주를 모조한 사람은 진짜를 연구할 수 있는 좋은 기회가 있었음에 틀림없어."

레이스가 일어섰다.

"더 이상 추측해 봐야 소용없는 이야기 같네. 자, 수사를 계속하세. 일단 지금은 진짜 진주를 찾아내지 않으면 안 되네."

두 사람은 먼저 아래갑판의 선실부터 살펴 나갔다. 리케티 씨의 방에는 여러 나라 말로 씌어진 고고학 서적과 여러 가지 종류의 옷, 진한 향기가 나는 헤어로션, 그리고 두 통의 편지가 있었다. 한 통은 시실리아에 있는 탐험대로부터, 다른 한 통은 로마에 있는 누이동생으로부터 온 것이었다. 손수건은 모두 색깔 있는 비단으로 만든 것이었다.

퍼거슨의 방에는 공산주의 문학 서적 4∼5권과 많은 스냅 사진, 사무엘 버틀러의 《에레혼》과 《페피의 일기》^(1633∼1703의 작가가 쓴 왕정복고기의 일기) 대중판이 있었고 일용품은 적었다. 웃옷은 거의 찢어지고 더러웠으나, 바지는 아주 질이 좋은 것들이었다. 손수건은 비싼 삼베로 만든 것이었다.

"재미있는 모순점이 있군." 포아로가 중얼거리자 레이스도 고개를 끄덕였다.

"개인적인 서류며 편지 같은 것이 하나도 없으니 좀 이상하네."

"그것도 그래. 특이한 청년인 것 같군, 그 퍼거슨이라는 친구는."

포아로는 손에 들고 있던 약식 도장이 달린 반지를 다시 서랍에 넣기 전에 신중하게 가만히 들여다보았다.

다음은 루이즈 부르제이의 방이었다. 평소에 루이즈는 다른 선객이 끝난 다음에 식사를 하기로 되어 있었지만, 레이스는 다른 사람들과 함께 있도록 지시해 두었다. 선실 담당인 급사가 두 사람에게 다가왔다.

"죄송합니다만, 그 젊은 부인이 보이지 않습니다. 어디로 가 버렸는지 알 수가 없습니다."

급사의 말을 듣고 레이스는 방 안을 들여다보았다. 텅 비어 있었다.

그들은 윗갑판으로 올라와서 오른쪽 방부터 보기 시작했다.

첫 번째 방은 제임스 팬숍이 묵고 있었으며 모든 것이 잘 정리되어 있었다. 팬숍은 소지품은 많지 않았으나 가지고 있는 것은 모두 고급이었다.

"편지는 한 통도 없군. 조심스러운 성격이라 편지는 찢어 버리는 모양이지."

다음은 팀 앨러튼의 방이었다. 여기서는 영국 가톨릭 교도다운 흔적을 엿볼 수 있었다. 정교한 소형의 3폭짜리 종교화, 나무로 교묘하게 조각해 만든 커다란 묵주같은 것이 있었다. 그외에는 의복류와 반쯤 완성된 원고——주(註)가 많이 달린——와 꽤 많은 책이 있었는데, 대부분 신간 서적이었다. 서랍 속에는 아무렇게나 넣은 편지가 많이 있었다. 남의 편지를 읽는 걸 조금도 마다하지 않는 포아로는 그 편지를 훑어보았다. 사우스우드로부터 온 편지는 한 통도 없었다. 접착제 튜브를 들고 한참 동안 멍청히 만지작거리면서 포아로는 말했다.

"다음 방으로 가세."

"싸구려 손수건은 없군." 레이스는 재빨리 서랍 속의 것을 제자리에 갖다 놓으면서 말했다.

그 다음의 앨러튼 부인 방은 깨끗하게 정리되어 고풍스러운 라벤더 향수 냄새가 은은하게 풍기고 있었다. 수색은 간단히 끝났다. 방을 나오면서 레이스가 말했다.

"좋은 사람이군, 그 부인은."

그 다음 방은 사이먼 도일의 의상실로 쓰이고 있었다. 당장 필요한 물건들, 파자마, 세면도구 등은 베스너의 방으로 가지고 갔지만, 다른 소지품들은 아직 거기에 남아 있었다. 꽤 커다란 가죽 슈트케이스 두 개와 여행 가방이 하나, 또 옷장에는 몇 벌의 옷이 걸려 있었다.

"이 방은 잘 조사해 보세. 도둑이 이 방에다 진주를 숨겼을지도 모르니까." 포아로가 말했다.

"그런 일이 있을 수 있다고 생각하나?"

"그렇고 말고. 생각해 보게. 분명 언젠가 수색을 할 텐데 자기 방에 숨겨 두었다가는 아무래도 곤란할 거라는 것은 어떤 사람이든 잘 알고 있네. 공공장소에 숨겨 두는 것도 곤란하고 말야. 그런데 범인이 도저히 들어갔으리라고는 의심되지 않는 방이 있네. 바로 이 방이지. 비록 여기서 진주가 발견되었다 하더라도 다른 사실을 전혀 알아 낼 수는 없단 말일세."

그러나 구석구석을 샅샅이 수색했는데도 불구하고 도둑맞은 진주는 아무 데서도 찾아내지 못했다. 포아로는 쳇 하고 중얼거렸다. 두 사람은 다시 갑판에 나갔다.

리넷 도일의 방은 시체가 옮겨진 다음 열쇠를 채워 두었으나 레이스가 열쇠를 가지고 있었으므로 두 사람은 안으로 들어갔다. 리넷의 시체가 없는 것을 빼놓고는 아침과 똑같은 상태였다.

"포아로, 이 방에서 발견할 수 있는 것이라면 자네가 꼭 좀 찾아내 주게. 찾아낼 수 있는 사람이 있다면 그것은 자네밖에 없으니까." 레이스가 말했다.

"진주를 말하는 건가?"

"아니야, 살인 쪽에다 중점을 두어야지. 오늘 아침에 못 보고 빠뜨린 것이 있을지도 모른단 말일세."

포아로는 조용히 솜씨 있게 수색을 계속했다. 무릎을 꿇고 바닥을 꼼꼼히 조사하고 침대를 조사했다. 옷장과 장롱을 급히 조사하고 나서 의복 트렁크와 비싼 슈트케이스 두 개를 훑어보았다. 다시 비싼 금이 박힌 화장 가방을 조사하고 나더니 끝으로 세면대에 눈을 돌렸다. 거기에는 여러 가지 크림과 분과 화장수가 있었으나, 포아로의 흥미를 끈 것은 나이렉스라는 상표가 붙어 있는 두 개의 조그마한 매니큐어 병이었다. 그는 마지막으로 그 병을 화장대로 가지고 왔다. 나이렉스 로즈라고 씌어진 쪽은 밑바닥에 짙은 붉은 액체가 한두 방울 남아 있을 뿐이었다. 크기는 같았지만 나이렉스 커디널이라는 상표가 붙은 병에는 내용물이 가득 들어 있었다. 포아로는 먼저 빈 쪽을, 그리고 나서 가득 들어 있는 쪽 마개를 열고 냄새를 맡아 보았다.

"뭔가 찾아냈나?"

레이스가 묻자 포아로는 대답 대신 프랑스의 격언을 말했다.

"식초로 파리를 잡을 수는 없네."

그러고 나서 한숨을 쉬었다.

"이거 재수가 없군. 동정심이라고는 한 푼어치도 없는 범인인지, 커프스라든가 담배꽁초나 재 같은 것을 떨어뜨려 주지 않았단 말이야. 범인이 여자라면 손수건이라든가 입술연지나 머리끈 같은 것 정도는 떨어뜨려 주었으면 참 좋을 텐데."

"그런데 매니큐어 병뿐이란 말이지?"

포아로는 어깨를 움츠렸다.

"하녀에게 물어 봐야겠네, 좀 이상한 것이 있어."

"그 여자는 대체 어디로 가 버렸을까."

레이스와 포아로는 리넷의 방 열쇠를 잠그고 미스 반 스카일러의 방으로 갔다. 이 방에도 비싼 화장 도구와 많은 짐이 있었고 상당한 분량의 편지와 서류가 잘 정리되어 있었지만 수상한 점은 하나도 없었다.

그 옆방은 포아로의 방이고, 그 다음 방은 레이스의 방이었다.

"우리 방에는 숨겨 두지 않았을 것 같군."

레이스가 말하자 포아로는 머리를 저었다.

"아니, 숨겨 두었을지도 모르네. 전에 오리엔트 급행에서 살인 사건을 조사한 일이 있는데, 새빨간 옷 때문에 약간 문제가 있었지. 그 옷이 보이지 않게 되었는데, 그게 어디 있었는지 아나? 잠가 둔 내 슈트케이스 속에서 나왔다네! 얼마나 무례하던지 어이가 없었다네."

"그럼, 이번에도 자네나 내 짐 속에 숨겨 두었을는지 모르니 조사해 보세."

그러나 진주 도둑은 에르퀼 포아로나 레이스 대령에게 무례한 짓은 하지 않았다.

배 뒤쪽을 돌아가서 파워즈 양의 방을 샅샅이 수색해 보았지만 수상한 점은 하나도 발견되지 않았다. 손수건은 머리글자를 수놓은 무늬없는 삼베 손수건이었다.

그 옆은 옥타븐 모녀의 방이었다. 이 방도 샅샅이 수색했으나 전혀 아무런 소득이 없었다.

그 다음은 베스너의 방인데, 사이먼 도일이 손도 대지 않은 식사 쟁반을 옆에 놓아두고 누워 있었다.

"식욕이 없습니다." 도일이 변명하듯이 말했다.

그는 열이 있는 듯했고 아침에 비해 상태가 훨씬 안 좋아 보였다. 될 수 있는 대로 빨리 병원으로 데리고 가서 전문의사의 치료를 받게 하고 싶어 하는 베스너의 기분을 알만 했다.

포아로가 자기들 두 사람이 하고 있는 일을 설명해 주자, 레이스는 고개를 끄덕이며 긍정의 뜻을 나타냈다. 파워즈 양이 진주를 돌려주었으나 그것이 모조품이라는 말을 듣고 도일은 깜짝 놀라는 것 같았다.

"부인은 틀림없이 진짜 목걸이를 걸고 계셨단 말이지요? 진짜 진주 대용으로 모조품을 가져오지 않으셨지요?"

사이먼은 분명하게 고개를 끄덕였다.

"네, 틀림없습니다. 리넷은 그 진주를 자랑스럽게 여기고 어디를 가든지 반드시 걸고 다녔습니다. 그 진주가 보험에 들어 있어서 아내는 좀 방심하고 있었나 봅니다."

"자, 수색을 계속해야 되겠군."

포아로는 서랍을 뒤지기 시작했다. 레이스는 슈트케이스부터 시작했다. 사이먼은 그것을 보고 있었다.

"베스너 씨가 훔쳤다고 생각하고 계시는 건 아니겠지요?"

포아로는 어깨를 움츠렸다.

"그럴지도 모르지요. 결국 베스너 의사에 대해서는 아무것도 모르고 있으니까요. 본인이 말하는 것 말고는요."

"하지만 내 눈에 띄지 않고 이 방에다 진주를 숨긴다는 것은 불가능합니다."

"그야 오늘이었다면 불가능하겠지만, 바꿔치기를 한 것이 언제였는지 모르거든요. 며칠 전에 해치웠을지도 모릅니다."

"그렇군요." 사이먼은 고개를 끄덕였다.

그러나 수색은 헛수고로 끝났다.

다음은 페닝턴의 방이었다. 이 방을 수색하는 데는 좀 시간이 걸렸는데, 포아로와 레이스는 특히 법률이며 사업에 대한 서류——대부분이 리넷의 서명을 필요로 하는 것이었는데——가 가득 들어 있는 가방에 신경을 썼다.

포아로는 우울한 듯이 고개를 저었다.

"별로 이상한 서류는 없는 것 같은 데 자네 생각은 어떤가?"

"그런 것 같네. 하지만 그 사나이도 바보가 아닌 이상 의혹을 살 만한 서류, 이를테면 권리양도를 하는 서류, 즉 위임장 같은 것이 있었다면 틀림없이 그것을 맨 먼저 찢어 버렸을 걸세."

"그도 그렇군."

포아로는 장롱 맨 윗서랍에서 무거운 콜트 총을 꺼내어 자세히 살펴보고 나서 다시 제자리에 놓았다.

"지금도 권총을 휴대하고 여행하는 사람이 있군."

"좀 수상하긴 하지만 리넷이 사살된 총은 그 크기가 아니야."

레이스가 잠시 뒤에 다시 말했다.

"권총을 왜 물 속으로 던졌을까 하는 자네의 지적에 대해 대답이 될 만한 것이 생각났네. 진범이 리넷의 방에 남겨 둔 것을 누군가 다른 사람, 즉 제2의 인물이 가지고 나가서 강에 던졌다고 한다면?"

"있을 수 있는 일이지. 하지만 잇달아 의문이 생긴단 말일세. 제2의 인물이란 누구일까? 권총을 버림으로써 재클린 드 벨포트를 감싸려는 데는 어떤 이해 관계가 있을까? 그 제2의 인물은 리넷의 방에서 무엇을 하고 있었을까? 그 방에 들어갔다는 것을 알고 있는 사람이라고는 미스 반 스카일러뿐일세. 권총을 버린 것은 미스 반 스카일러라고 생각할 수 있을까, 왜 미스 반 스카일러는 재클린 드 벨포트를 감싸 주려고 했을까. 아님 권총을 버리는 데 뭔가 다른 이유가 있었을까?"

레이스가 말참견을 했다.

"미스 반 스카일러는 목도리가 자기 것이라는 걸 알고는 깜짝 놀라서 그 안에 있는 것도 몽땅 버렸는지도 모르지."

"목도리는 그렇다 치고, 왜 권총까지 없애려고 했을까. 그러나 그것도 하나의 해답이 될 수는 있네. 석연치는 않지만. 그리고 자네는 아직도 목도리에 대해서 한 가지 모르고 있는 점이 있네."

페닝턴의 방에서 나오자 포아로는 도일과 좀 이야기를 하고 싶으니 남은 맨 끝의 빈방 두 개와 재클린과 코넬리아의 방은 레이스 혼자 수색해 달라고 부탁했다.

포아로는 다시 베스너의 방으로 되돌아갔다.

사이먼이 말했다.

"곰곰이 생각해 보았습니다만, 이 진주는 틀림없이 어제까지도 이상이 없었습니다."

"어째서지요?"

"리넷이……."

사이먼은 리넷의 이름을 꺼내며 얼굴을 찌푸렸다.

"리넷이 저녁 식사 직전에 진주를 만지작거리면서 그 이야기를 하고 있었기 때문입니다. 아내는 진주에 대한 지식이 좀 있었으므로, 가짜라면 틀림없이 알아차렸을 것입니다."

"그러나 아주 잘 만들어진 겁니다. 부인은 그 진주를 친구에게 빌려 주거나 하는 일이 있었습니까?"

사이먼은 당혹한 듯이 얼굴을 붉혔다.

"글쎄요, 그건 나도 알 수가 없군요. 내가 리넷을 알게 된 지 아직 얼마 안 되니까요."

"그렇군요. 두 사람 사이는 갑자기 발전했지요?"

"네, 나는 그런 일에 대해서는 정말 아무것도 모른답니다. 다만 아내는 소지품에 대해서 대범한 편이었기 때문에 남에게 빌려 준 일도 있었는지 모릅니다."

"예를 들면, 부인은 그 진주를 벨포트 양에게 빌려 준 적이 없었을까요?"

포아로는 아무렇지도 않은 듯 물었다.

"아니, 무슨 말을 하시는 겁니까!"

사이먼은 얼굴이 새빨개져서 일어나려고 했으나 고통으로 비틀거렸다.

"대체 무엇을 확인하려는 겁니까. 재키가 진주를 훔쳤단 말씀입니까? 당치도 않습니다. 그녀는 정직한 여자입니다. 그녀가 도둑이라니 생각만 해도 우습군요."

포아로는 조용히 눈을 깜박거리면서 사이먼을 쳐다보았다. 그리고 뜻밖의 말을 했다.

"내 말이 벌집을 건드렸군요."

사이먼은 포아로의 가벼운 말투에 말려들지 않고 고집스럽게 되풀이했다.

"재키는 정직하단 말입니다!"

포아로는 아스완의 나일 강 위에서 들었던 그녀의 음성이 생각났다.

'나는 사이먼을 사랑해요. 그리고 사이먼도 나를 사랑하고 있어요……'

그날 밤 포아로는 세 사람의 진술 중 어느 것이 가장 진실에 가까운 것인지 궁금해했다. 포아로는 지금 재클린이 가장 옳았음을 알게 되었다.

그때 문이 열리더니 레이스가 들어왔다.

"아무것도 없었네. 별달리 기대도 하지 않았네만. 선객들을 조사한 결과를 급사가 가져올 거야."

급사와 여급사가 문 앞에 나타나더니 먼저 급사가 말했다.

"아무것도 없었습니다."

"누군가 떠드는 사람이 있던가?"

"이탈리아 사람만이 매우 귀찮게 굴었습니다. 불명예라느니 뭐니 하면서 말입니다. 더구나 총을 가지고 있더군요."

"어떤 총인가?"

"자동 모젤 총으로 25구경입니다."

"이탈리아인은 성질이 급해서 탈이야." 사이먼이 말했다.

"전보 문제로 리넷이 실수한 것을 가지고 리케티는 와디할파에서 두고두고 화를 냈었지요. 리넷에게 아주 무례한 태도를 보였었소."

레이스는 여급사 쪽을 보았다. 몸집이 큰 미인이었다.

"부인들한테서는 아무것도 찾아내지 못했습니다. 모두들 아주 까다롭게 구셨지만, 앨러튼 부인만은 예외였어요. 그리고 로잘리 옥타븐 양은 핸드백 속에 권총이 들어 있었습니다."

"어떤 것이었지?"

"아주 작고 진주 자루가 달려 있었습니다. 장난감 같았지요."

레이스는 가만히 생각하더니 말했다.

"이 사건은 정말로 고약하군. 그 아가씨의 혐의가 벗겨졌다고 생각했는데 또다시…… 이 배를 타고 있는 아가씨들은 모두 진주 자루가 달린 장난감 권총을 가지고 있단 말인가."

레이스는 여급사에게 물어 보았다.

"아가씨가 그것을 보자, 뭔가 감정을 나타내던가?"

여급사는 고개를 저었다.

"몰랐을 거예요. 핸드백 속을 조사할 때 등을 돌리고 있었으니까요."

"하지만 당신이 그 권총을 보리라는 것을 알고 있었을 거요. 아무래도 알 수가 없군. 그 하녀는 어땠지?"

"배 안을 모조리 찾아보았습니다만, 아무 데도 없습니다."

"무슨 일입니까?" 사이먼이 물었다.

"부인의 하녀 루이즈 부르제이가 자취를 감추어 버렸습니다." 레이스는 신중하게 말했다.

"자취를 감추었다고요?"

"그녀가 진주를 훔쳤을지도 모르네. 모조품을 만들 수 있는 기회가 있었던 것은 그 여자뿐이니까." 레이스가 말했다.

"그래서 수색이 시작된다는 것을 알자 물에라도 뛰어들었다는 말입니까?" 사이먼이 말하자 레이스는 초조한 듯이 그 말에 응했다.

"바보 같은 소리! 여자가 대낮에 바다에 뛰어들었다면 누군가 알았을 거요. 배 안 어딘가에 숨어 있는 게 틀림없어."

레이스는 또다시 여급사에게 물었다.

"마지막으로 본 것이 언제였지?"

"점심 식사 벨이 울리기 30분쯤 전이었습니다."

"어쨌든 그녀의 방을 다시 한 번 살펴보기로 하세. 무슨 단서가 잡힐지도 모르니까."

레이스는 앞장서서 아래갑판으로 내려갔다. 포아로가 뒤를 따랐다. 두 사람은 하녀의 방으로 들어갔다.

남의 소지품을 정리하는 것이 루이즈 부르제이의 일이었지만, 자기 것은 엉망이었다. 장롱 뒤에는 여러 가지 물건이 흩어져 있고, 크게 열린 슈트케이스에서는 옷이 삐져 나와 있어서 닫을 수 없을 정도였으며, 의자에는 볼썽사납게 속옷이 걸려 있었다. 포아로가 재빠르게 솜씨 좋게 화장대 서랍을 살피고 있는 동안 레이스는 슈트케이스를 조사했다. 루이즈의 까만 에나멜 구두는 침대 옆에 놓여 있었는데, 그 한 짝이 금방이라도 뒤집힐 것 같은 모양이었다. 아무래도 이상스럽게 여겨져 레이스는 슈트케이스를 닫고 구두 쪽으로 몸을 구부려 보았다. 그의 입에서 날카로운 고함 소리가 새어나왔다. 포아로는 그쪽으로 휙 돌아섰다.

"뭔가?"

"하녀가 여기, 침대 밑에 있어."

22

루이즈 부르제이의 시체는 침대 밑에 누워 있었다. 레이스와 포아로는 그 위로 몸을 구부렸다. 먼저 레이스가 몸을 일으켰다.

"죽은 지 1시간쯤 지난 것 같네. 베스너에게 봐 달래야겠어. 심장을 찔러서 거의 즉사했군."

빛깔이 검은 고양이 같은 얼굴이 놀라움과 노여움 때문에 흉하게 굳어져 있고, 입술은 열려 있었다. 포아로는 다시 한 번 몸을 구부려서 시체의 오른손을 들어올렸다. 그 손가락 사이에 언뜻 보인 것을 집어서 레이스에게 넘겨주었다. 보랏빛을 띤 핑크빛의 얇은 종이쪽지였다.

"뭔지 알겠나?"

"돈이로군."

"천 프랑짜리 지폐의 모서리인 것 같아."

"사정은 분명해. 이 아가씨는 뭔가를 알고 있었어. 그리고 범인을 협박해서 돈을 빼앗아 내려고 했던 거야. 오늘 아침에 아무래도 말투가 이상하다고는 생각했었지……."

"우리가 바보였어. 그때 알아차렸어야 하는 건데. 이 아가씨는 말을 했었지. '제가 가까이 있었던 것도 아니니 아무것도 보거나 들을 수가 없잖아요. 저는 아래갑판에 있었고…… 만일 잠이 오지 않아 층계를 올라가기라도 했다면 그 악한이 부인의 방으로 들어가든가 나오는 것을 보았을지도 모르지만, 실제로는……'라고 말이야. 물론 그녀가 말한 것은 사실이었어. 실제로 층계를 올라갔으며, 누군가가 몰래 리넷 도일의 방으로 들어가는 것이나 또는 거기서 나오는 것을 목격했을 거야. 욕심이 지나쳐서 이런 꼴이 되어 버리기는 했지만……."

"누가 그녀를 죽였는지 여전히 알 수 없잖나."

"아니, 이제 아주 분명해졌어. 거의 정확하지만 너무나 어이없는 일이라서 난처하구먼. 역시 그게 틀림없었는데, 도대체 어떻게 된 건지. 정말 오늘 아침에는 멍청했단 말이야. 자네나 나나 그녀가 무얼 숨기고 있다고 생각하면서도 협박해서 돈을 빼앗으려 하고 있다는 것은 눈치 채지 못했으니까 말일세."

"당장 돈을 내놓으라고 한 게 틀림없어. 협박했을 거야. 범인은 요구에 응하지 않으면 안 될 처지여서 프랑스 지폐로 지불했겠지. 수중에 프랑스지폐 밖에 없었던 걸까?"

"나는 그렇게 생각하지 않네. 여행할 때는 비상금을 가지고 다니는 사람이 많지만, 그것은 50파운드 지폐이기도 하고 달러이기도 하고 또 프랑스 지폐일 때도 있어. 아마도 범인은 여러 가지 지폐를 뒤섞어서 가지고 있는 돈을 모두 털어놓았을 거야. 그 다음을 계속해 보게."

"범인은 그녀의 방에 들어가 돈을 주고, 그리고……."

"그리고 그녀는 돈을 세어 보겠지. 나는 그런 부류의 사람들을 잘 알고 있네. 분명 돈을 세어 보았을 거야. 돈을 세느라고 완전히 방심하고 있는 틈을 타서 범인은 덤벼들었을 거고. 그것이 성공하자 거기 있던 돈을 다시 긁어모아서 범인은 도망쳐 버렸어. 그때 지폐 한 장의 모서리가 떨어져 나갔다는 것을 알아차리지 못했네."

"찢어진 지폐를 단서로 해서 범인을 잡을 수 있을 것 같군."

레이스는 이렇게 말했지만 확신은 없는 것 같았다.

"글쎄, 지폐를 조사해 보면 찢어졌다는 것을 범인도 알 수 있을 거야. 만약 범인이 구두쇠라면 천 프랑 지폐를 찢어 버리지는 않겠지만, 나는 아무래도 범인이 구두쇠는커녕 그 정반대의 사람일 것 같군."

"어째서 그렇게 말할 수 있지?"

"이번의 범죄로 보나, 도일 부인의 살해로 보나 대단한 용기와 담력, 민첩한 행동력 없이는 도저히 할 수 없는 일이네. 그런 자가 구두쇠일 리는 만무하지."

"베스너를 데리고 오는 것이 좋을 것 같군." 레이스가 말했다.

베스너 의사의 검시는 간단했다.

"죽은 지 1시간쯤 됩니다. 즉사로군요."

"어떤 흉기를 쓴 것 같습니까?"

"매우 날카롭고 얇고 정교한 것이군요. 어떤 것인지 보여 드리지요."

베스너는 자기 방으로 돌아가더니 가방에서 기다랗고 정교한 수술용 나이프를 꺼냈다.

"이런 것이랍니다. 여느 테이블 나이프는 아닙니다."

"당신의 메스는 하나도 없어지지 않았겠지요?"

레이스가 묻자, 베스너는 가만히 그의 얼굴을 지켜보더니 얼굴을 붉히며 화를 내기 시작했다.

"무슨 말을 하는 거요. 오스트리아에서 이름이 알려져 있고 병원을 가지고 있는 내가, 상류사회 사람들을 환자로 가지고 있는 이 카르르 베스너가 불쌍한 하녀를 죽였다고 생각하십니까? 내 메스는 한 개도 없어지지 않았습니다. 모두 여기 있단 말이오. 자, 당신 눈으로 확인해 보시오. 내 직업에 대한 당신의 모욕은 절대로 잊지 않겠소."

베스너는 가방을 세게 닫더니 그것을 들고 거칠게 갑판으로 나가 버렸다.

"화나게 만들어 버렸군." 사이먼이 말했다.

"자네가 잘못했어. 베스너는 독일인이지만 참으로 좋은 사람이야." 포아로가 말했다.

베스너 의사가 느닷없이 다시 모습을 나타냈다.

"내 방에서 나가 주시오. 환자의 다리에 붕대를 감아 주어야 합니다."

파워즈 양은 베스너와 함께 벌써 방에 들어와 있었다. 민첩한 간호사답게 다른 사람들이 물러가기를 기다리고 있었다.

레이스와 포아로는 얌전히 도망치듯이 방을 나왔다. 레이스가 뭐라고 투덜거리면서 가 버리자 포아로는 왼쪽을 돌아보았다.

젊은 여자의 이야기 소리가 들려 왔던 것이다. 재클린과 로잘리가 로잘리 방에서 열어젖힌 문 옆에 서 있었다. 포아로가 다가가자 두 사람은 얼굴을 들었다. 로잘리 옥타븐이 웃어 보였다. 지금까지 없었던 일이었다. 그것은 기쁜 것 같으면서도 자신이 없는 웃음이었다.

"당신들은 남의 흉을 보고 있었지요?"

"아니에요. 사실은 입술연지를 비교하고 있었을 뿐이에요."

"최신 유행상품인가 보죠." 포아로는 싱긋 웃으며 중얼거렸다.

그 웃음에는 기계적인 데가 있었다. 기민하고 주의 깊은 재클린은 그것을 놓치지 않았다. 들고 있던 입술연지를 옆에 놓고, 그녀는 갑판으로 나왔다.

"저어, 무슨 일이…… 무슨 일이 있었나요?"

"당신의 추측대로 무슨 일이 있었습니다."

"무슨 일인데요?" 로잘리도 나왔다.

"또 죽었소."

로잘리가 숨을 삼켰다.

그 눈에 잠시 동안 놀라움과 그 이상의 것, 경악이 나타나는 것을 포아로는 놓치지 않고 살폈다.

"도일 부인의 하녀가 살해되었습니다."

"뭐라고요? 살해되었다고요?" 재클린이 외쳤다.

"그렇습니다. 살해되었다고 말했습니다."

포아로는 재클린에게 대답했지만, 그가 주목하고 있는 것은 로잘리였다. 그는 계속 로잘리를 보고 말했다.

"그 하녀는 보아서는 안 될 것을 보고 말았지요. 그래서 말하지 못하도록 입을 닫아 버린 거요."

"뭘 보았을까요?"

이번에도 물은 것은 재클린이었지만 포아로는 여전히 로잘리를 보고 대답했다. 이것은 기묘한 삼각형 대화였다.

"그것은 거의 의심할 여지가 없습니다. 다시 말해서 그녀는 그 운명의 밤에, 누군가가 리넷 도일의 방에 드나드는 것을 목격한 거지요."

포아로는 귀가 밝았으므로 숨소리가 거칠어지는 것을 느낄 수 있었으며 눈꺼풀이 떨고 있는 것도 알아차렸다. 로잘리 옥타븐은 포아로가 기대한 대로의 반응을 보였던 것이다.

"본 사람의 이름을 말했나요?" 로잘리는 물었다. 포아로는 조용하게 유감스럽다는 듯이 고개를 저었다.

갑판을 올라오는 발소리가 들리더니, 몹시 놀랐는지 눈을 둥그렇게 해 뜨고서 코넬리아 롭슨이 나타났다.

"재클린, 무서운 일이 일어났어요. 또 무서운 일이……" 코넬리아가 외치자 재클린은 그쪽으로 돌아섰다. 두 사람이 두세 걸음 다가가는 순간 포아로와 로잘리 옥타븐은 거의 무의식적으로 두 사람과 반대 방향으로 움직였다.

로잘리가 날카롭게 외쳤다.

"왜 저를 그런 눈으로 보시는 거예요. 무슨 생각을 하고 계시는 거지요?"

"당신은 나에게 두 가지 질문을 했지만, 나는 한 가지만 묻기로 하겠소. '왜 당신은 나에게 사실대로 말하지 않았는가' 하는 것입니다."

"무슨 말씀을 하고 계시는지 모르겠군요. 오늘 아침에 모든 것을 말씀드렸잖아요."

"아니, 말해 주지 않은 일이 있소. 핸드백 속에 진주 자루가 달린 권총을 넣어 가지고 있다는 것은 말해 주지 않았단 말입니다. 그리고 어젯밤에 본 것 중에서 아직 이야기 해 주지 않은 것이 있소."

로잘리는 얼굴을 붉혔다.

"그건 거짓말이에요. 전 권총 같은 건 가지고 있지 않아요. 못 믿겠다면 직접 보시면 되잖아요."

그녀는 등을 획 돌려 방으로 뛰어들어갔다 다시 나오더니 그의 손에 회색 핸드백을 쥐어주었다.

포아로는 핸드백을 열어 보았다. 속에는 권총 같은 것은 들어 있지 않았다. 핸드백을 로잘리에게 넘겨주자 그녀는 '그것 보라'는 듯이 못마땅하게 노려보았다.

"당신이 반드시 옳다고만은 할 수 없어요. 또 한 가지 이상한 말을 하셨는데, 그것도 잘못 생각하신 거예요."

"아니, 그럴 리가 없소."

"정말 화나게 만드는군요. 생각하는 대로 막무가내로 고집을 부리시는군요."

로잘리는 화가 나는 듯 발을 굴렀다.

"사실대로 말해 주기를 바라고 있는 겁니다." 포아로가 말했다.

"사실이라니요? 당신이 더 잘 알고 계시는 것 같은데요."

"당신이 본 것을 나에게 말하라는 겁니까? 만약 내 말이 옳다면 그것을 인정해 주시겠소? 당신은 배 뒤쪽을 지나갈 때 자신도 모르게 발을 멈추었소. 왜냐하면 갑판 중간쯤에 있는 선실로부터——이튿날에야 그것이 리넷 도일의 방이었다는 것을 알았지만——한 사나이가 나오더니 문을 닫고 멀어져 가는 것을 보았기 때문이오. 그리고 그 사나이가 맨 끝에 있는 두 방 중 어느 한 방으로 들어가는 것도 보았소. 어때요, 내 말이 맞지요?"

로잘리는 대답하지 않았다.

"잠자코 있는 편이 더 현명하다고 생각되는 모양이로군요. 만일 말했다가는 당신도 살해되지 않을까 걱정스러운 거지요?" 포아로는 다시 말을 이었다.

포아로는 로잘리가 간단한 함정, 즉 용기가 없다고 말한 데 대해 걸려들었다고 한순간 생각했다. 그러나 로잘리는 입술을 떨면서 대답했다.

"저는 아무도 보지 못했어요."

23

파워즈 양이 소매를 내리면서 베스너 의사의 방에서 나오자 재 클린은 갑자기 코넬리아에게서 멀어져 파워즈 간호사에게 말했다.

"그이는 좀 어떠세요?"

마침 이때 다가온 포아로의 귀에 간호사의 대답이 들렸다.

"아주 나쁜 건 아니지만……"라고 대답하면서 파워즈 양은 걱 정스러운 표정을 지었다.

"더 심해졌단 말인가요?"

"글쎄요, 저쪽에 도착해서 엑스레이로 검사를 받고 마취시킨 다 음 철저한 수술을 받으면 안심할 수도 있겠지만. 셰라르에는 언 제 도착할까요, 포아로 씨?"

"내일 아침이오."

파워즈 양은 입을 오므리며 고개를 저었다.

"큰일이군요. 최선을 다 하고 있습니다만 언제 패혈증이 되는지 모르겠군요."

재클린은 파워즈 양의 팔을 붙잡고 흔들었다.

"그이가 죽을 것 같나요?"

"그렇지는 않아요. 상처 그 자체는 위험한 것이 아니니까요. 하 지만 되도록 빨리 엑스레이로 검사를 받을 필요가 있어요. 그리 고 오늘 하루는 절대로 안정을 취해야 하는데 몹시 걱정을 하고 흥분하고 있으니 열이 오르는 것도 당연하지요. 부인이 돌아가 신 데 대한 충격이며 그밖의 여러 가지……"

재클린은 파워즈 양의 팔을 놓고 얼굴을 돌렸다. 그러고는 등을 돌리고 뱃전에 기대어 섰다.

"우리는 언제나 희망을 버려서는 안 된다고 생각해요. 도일 씨 는 아주 건강하신 분이니까, 지금까지 한 번도 앓으신 일이 없겠지요. 별다른 일은 생기지 않을 거예요. 하지만 지금처럼 열이 나는 것은 좋지 않은 징후예요……."

파워즈 양은 이렇게 말하고 다시 한 번 소매를 고친 다음 자리를 떴다. 재클린은 눈물을 글썽이며 손으로 더듬으면서 자기 방으로 갔다. 이때 팔을 잡고 몸을 부축해 주는 사람이 있어서 눈물에 젖은 눈을 들어보니 포아로였다. 재클린은 기대다시피하면서 방 안으로 들어갔다.

"그이는 죽어요. 죽는다는 것을 나는 알고 있어요. 그리고 내가 죽인 셈이 되는 거예요."

포아로는 어깨를 으쓱 올렸다 내리고 머리를 흔들며 슬픔에 잠긴 듯 말했다.

"지난일은 어쩔 수 없소. 저지른 일은 되돌릴 수 없는 것이니까. 새삼스럽게 후회해 봐야 소용없소."

포아로가 말하자 재클린은 한층 더 심하게 울기 시작했다.

"내가 죽인 거예요! 그이를 얼마나 사랑하고 있는데."

포아로는 한숨을 쉬었다.

"사랑하는 나머지……."

포아로는 브론딘 씨가 경영하는 레스토랑에서 오래 전에 생각했던 것과 똑같은 생각이 지금 또 머리에 떠올랐다. 그는 조금 망설이면서 말했다.

"어쨌든 파워즈 양의 말만 가지고 판단해서는 안 됩니다. 병원 간호사는 비관적인 것이 보통이니까. 숙직 때는 자기가 담당하는 환자가 저녁때까지 살아 있으면 놀라고, 일직 때는 아침에 환자가 아직 살아 있는 것을 보며 의외라고 생각하는 법입니다."

"저를 위해서 하시는 말씀이세요?" 재클린은 눈물 속에서도 웃음을 보였다.

"내가 무엇을 하려고 하는지는 신만이 아시지요. 당신은 이 여행에 오지 않았더라면 좋았을 거요."

"그건 그래요. 오지 않았더라면 좋았을걸 그랬어요. 무서운 여행이에요. 하지만 곧 끝나요."

"그렇고 말고요."

"그리고 사이먼은 병원에서 적당한 치료를 받으면 모든 것이 잘 될 거예요."

"당신은 마치 어린아이 같은 말을 하는군. 그러고 나면 두 사람에게는 경사스러운 일이 있을 거라는 말인가요?"

재클린은 얼굴을 붉혔다.

"나는 절대로 그런 생각은……."

"그런 것을 생각하기엔 아직 빠르단 말인가요? 그건 시치미를 떼는 거겠지. 어쨌든 당신은 라틴계 피가 섞여 있으니까 말이오. 온당치 못하다고 생각하는 일도 예사로 받아들일 수가 있소. 전 황제가 돌아가셨으니 새로운 황제 만세라는 식으로 말이오. 해가 지고 달이 뜬다는 것이겠지요."

"당신은 잘 모르시는군요. 그이는 다만 나를 가엾게 생각하고 있을 뿐이에요. 그런 심한 상처를 입힌 것을 알고 내가 얼마나 괴로워하는지를 그이는 알고 있기 때문에 나를 매우 불쌍히 여기고 있는 거예요."

"깨끗한 동정이라…… 매우 고원(高遠)한 기분이군요."

포아로는 반은 놀리듯 반은 어떤 감정을 섞어서 그녀를 쳐다보았다. 그는 목소리를 낮추고 프랑스어로 속삭였다.

인생은 허무한 것.

단 한 줌의 사랑과
단 한 줌의 원망,
그것으로 시작
인생은 짧은 것.
단 한 줌의 희망과
단 한 줌의 꿈,
그것으로 끝

포아로가 갑판으로 돌아오자 마침 거기 있던 레이스가 불렀다.
"포아로, 볼일이 있네. 좋은 생각이 있어."
레이스는 포아로의 팔을 잡고 뱃머리로 데리고 갔다.
"도일이 무심결에 한 말인데 말이야. 그때는 아무렇지도 않게
생각했지만, 전보에 대한 이야기일세."
"참, 그런 일이 있었지."
"대수롭지 않은 일이라고는 생각하지만 조사에서 하나도 빠뜨려
서는 안 되니까. 살인 사건이 두 건이나 있는데도 도무지 짐작
을 못하겠으니 정말 난처하지 뭔가."
"아니, 그럴 리가 없어. 분명하네." 포아로는 머리를 흔들었다.
"무슨 좋은 생각이 있는가?"
"생각이 아니라 이젠 확신이야."
"언제부터인가?"
"하녀 루이즈 부르제이가 죽은 다음부터."
"나는 도무지 모르겠는데."
"분명해. 너무 분명해. 하지만 여러 가지 곤란한 점이 있네. 리
넷 도일 같은 사람 주위에는 증오와 질투와 시기와 비열 같은
것이 우글거리고 있어. 마치 윙윙거리며 날아다니는 파리떼처

럼. 윙윙거리는……"

"그래 자네는 알았단 말인가? 확신이 없으면 그런 말을 하지 않을 테니까 말이야. 나는 아무것도 모르겠어. 물론 의심은 품고 있지만……."

포아로는 레이스의 말을 가로막으며 그의 팔을 붙잡았다.

"자네는 훌륭해. '이야기하라'든가 '어떤 생각을 하고 있는가'라고 묻지 않으니까 말일세. 지금 말할 수 있다면 내가 기꺼이 말한다는 것을 자네는 알고 있네. 우선 내가 말하는 선에 따라서 잠깐 생각을 해주게. 몇 가지 점이 있지만, 우선 아스완의 정원에서 그날 밤 우리들이 이야기를 주고받는 것을 엿들은 자가 있다는 재클린의 진술이 있네. 팀 앨러튼은 그 범죄가 있던 날 밤 자신의 행동에 대해 말하고 있네. 오늘 아침에 우리가 물은 데 대한 루이즈 부르제이의 의미심장한 대답. 앨러튼 부인은 물론, 아들인 팀은 위스키 소다를, 그리고 나는 포도주를 마신다는 사실. 그리고 매니큐어가 두 병, 내가 인용한 프랑스 격언, 그리고 끝으로는 사건의 가장 중요한 점, 즉 권총이 싸구려 손수건과 비로드 목도리에 싸여 물 속에 버려졌다는 것이야."

레이스는 한참 생각한 다음 말했다.

"나는 모르겠는걸. 자네가 무엇을 생각하고 있는지 어렴풋이 짐작은 가지만, 내가 보는 바로는 그것이 제대로 연결될 것 같지를 않네."

"그건 자네가 한 면밖에 보고 있지 않기 때문이야. 그리고 잊지 말아야 할 것은 다시 원점으로 돌아가서 새로 시작하지 않으면 안 된다는 사실일세. 어쨌든 처음 생각이 잘못되어 있었으니까."

"그런 건 문제없어. 탐정이란 잘못된 출발점을 무너뜨리고 다시 처음부터 시작해야 한다고 생각할 때가 가끔 있네."

"그렇다네. 그러면서도 그렇게 하기 싫어하는 사람이 있어. 그런 사람들은 어떤 이론을 가지고 있으며, 모든 것이 그 이론에 맞지 않으면 납득을 하지 않는 거지. 그 이론에 맞지 않는 조그마한 사실이 하나라도 있으면 제쳐 놓고 만단 말이야. 그러나 중요한 것은 그 이론에 맞지 않는 조그마한 사실이 오히려 단서가 되는 경우가 더 많네. 나는 처음부터 그 권총이 현장에서 없어진 사실을 중요시하고 있었어. 무슨 곡절이 있는 게 틀림없는데, 그 이유를 겨우 깨달은 것은 바로 30분전이란 말이야."

"나는 아직도 모르겠는걸!"

"알 수 있을 거야! 내가 말한 점들을 곰곰이 생각하면 알 수 있네. 그건 그렇고, 전보 문제를 밝히기로 하세. 의사가 허락을 해주어야만 하지만."

베스너 의사는 아직도 화가 풀리지 않았는지 노크를 하자 씁쓸한 얼굴을 하고 문을 열었다.

"무슨 일이십니까? 환자를 다시 만나고 싶으십니까? 그건 안 됩니다. 열이 있으니까요. 오늘 몹시 흥분했거든요."

"한 가지 물어볼 일이 있습니다. 걱정하지 않아도 됩니다. 딱 한 가지니까요."

레이스가 말하자 베스너는 마지못해 비켜 주었다. 레이스와 포아로는 방으로 들어갔다. 베스너는 두 사람을 밀어젖히듯이 하고 나갔다.

"3분 뒤에 돌아오겠소. 그때 곧 나가 주어야 하오."

두 사람은 갑판을 쿵쿵 울리며 걸어가는 베스너의 발소리를 들었다.

사이먼 도일은 레이스와 포아로를 번갈아 보았다.

"무슨 용건입니까?" 사이먼은 물었다.

"간단한 일입니다. 조금 전에 급사가 리케티 씨가 귀찮게 굴었다고 이야기했을 때, 그 사람은 화를 잘 내고 전보 문제로 리넷에게 무례한 태도를 보였다고 말씀하셨지요? 그 사건을 말씀해 주시지 않겠습니까."

"물론 해 드리지요. 와디할파 제2폭포에서 돌아왔을 때 전보가 와 있었는데, 리넷은 그 전보가 자기에게 온 것인 줄 알았던 겁니다. 성이 리지웨이에서 도일로 바뀌었다는 것을 깜박 잊었던 거지요. 글씨를 흘려 쓰면 리케티와 리지웨이는 비슷하게 보일 수도 있으니까요. 전보를 뜯어보기는 했지만 도무지 영문을 알 수가 없어 고개를 갸우뚱거리고 있는데, 그 사나이가 다가와 아내의 손에서 전보를 낚아채고는 고함을 치기 시작했지요. 아내는 뒤쫓아 가서 사과를 했지만, 그는 굉장히 무례한 말을 퍼부었던 겁니다."

레이스가 숨을 깊이 들이쉬며 물었다.

"그 전보에 뭐라고 씌어 있었는지 아십니까?"

"네, 리넷이 일부분을 소리 내어 읽었으니까요. 거기에는……."

사이먼은 말하려다가 그만두었다. 바깥이 시끄러워졌기 때문이었다. 높고 날카로운 목소리가 들렸다.

"포아로 씨! 레이스 대령! 어디 계십니까? 곧 만나고 싶어요. 중대한 일이에요. 중요한 소식을 알려 드려야 합니다. 도일 씨 방에 계십니까?"

베스너 의사가 문을 닫지 않았으므로 갑판의 통로에는 커튼이 내려져 있을 뿐이었다. 그것을 한쪽으로 밀어붙이고 옥타븐 부인이 굉장한 기세로 뛰어 들어왔다. 얼굴이 새빨갛고 몸을 조금 휘청거렸다. 혀도 제대로 돌아가지 않는 것 같았다.

"도일 씨, 누가 부인을 죽였는지 나는 알고 있어요."

"뭐라고요?"

사이먼과 포아로와 레이스는 그녀를 가만히 지켜보았다. 옥타븐 부인은 뽐내듯이 세 사람을 둘러보았다. 그녀는 즐거워서 못 견디겠다는 표정이었다.

"역시 내 주장이 옳다는 것이 완전히 증명되었어요. 뿌리 깊은 근원적인 충동, 당치도 않는 억지소리처럼 생각될지도 모르지만, 그것은 진실이에요."

"누가 도일 부인을 죽였는가를 보여줄 만한 증거를 가지고 계십니까?" 레이스가 날카롭게 묻자 옥타븐 부인은 의자에 앉아 고개를 끄덕였다.

"그럼요. 루이즈 부르제이를 죽인 사람은 리넷 도일의 살해자이기도 합니다. 다시 말해서 두 개의 범죄는 한 사람의 손으로 저질러졌다는 것에 동의하시겠지요?"

"옳습니다. 말씀하시는 것은 이치에 맞습니다. 그 다음을 설명해 주십시오." 사이먼이 성급하게 말했다.

"그렇다면 내 주장이 옳단 말이에요. 나는 루이즈 부르제이를 누가 죽였는지 알고 있어요. 따라서 리넷 도일을 죽인 것이 누구인지도 알고 있습니다."

"누가 루이즈 부르제이를 죽였느냐 하는 것에 대해 의견을 가지고 계시단 말씀이지요?" 레이스가 의심스럽다는 듯이 묻자, 옥타븐 부인은 무서운 기세로 대들었다.

"그게 아니에요. 분명히 알고 있단 말이에요. 내 눈으로 그 사람을 보았으니까요."

"처음부터 말씀해 주십시오. 루이즈 부르제이를 죽인 사람을 알고 있습니까?" 사이먼이 몹시 흥분해서 큰 소리로 고함치듯이 말하자 옥타브 부인은 고개를 끄덕였다.

"알고 있는 일을 정확하게 말씀드리겠어요."

옥타브 부인은 더없이 만족스러워했다. 그것은 의심할 여지가 없는 일이었다. 지금이야말로 그녀에게 있어서 중요한 순간, 다시 말해서 그녀의 승리의 순간이기 때문이었다. 자기의 저서가 팔리지 않더라도, 또한 옛날에는 열심히 자기 책을 읽어 주던 세상 사람들이 더 새로운 것에 빠졌더라도 그것이 무슨 문제란 말인가. 이 살로메 옥타브는 다시 한 번 유명해질 것이다. 내 이름이 어느 신문에나 날 것이다. 어쨌든 법정에서는 자기가 중요한 증인이 될 테니까.

옥타브 부인은 깊이 숨을 들이마시고 나서 입을 열었다.

"우리는 식사를 하러 내려가고 있었지요. 그런데 도중에 방에 잊어버리고 온 것이 생각나 로잘리에게 혼자 가라고 말했습니다. 그 애는 혼자 갔지요."

옥타브 부인이 잠깐 말을 멈추었을 때 통로의 커튼이 조금 흔들렸다. 그러나 그 자리에 있던 세 사나이 중에서 그것을 알아차린 사람은 없었다.

"저, 나는……."

옥타브 부인은 망설였다. 미묘한 점에 대해 언급하지 않으면 안 되었기 때문이다.

"사실 나는 선원 중 한 사람과 미리 약속해 놓은 일이 있었습니다. 그 사람이 내가 바라고 있는 어떤 물건을 가지고 오기로 되어 있었습니다만, 딸에게는 그 사실을 숨기고 싶었지요. 그 애는 아주 까다로워서요."

레이스는 포아로에게 눈으로 물었다. 포아로는 몇 번이나 고개를 끄덕이며 소리를 내지 않고 '술'이라고 말했다.

또 커튼이 흔들리더니 문과의 사이에 무엇인가 번쩍 하고 파랗게 빛났다.

옥타븐 부인은 이야기를 계속하였다.

"아래갑판의 배꼬리에서 그 사나이가 기다리고 있기로 약속했지요. 갑판을 걸어가는 데 어떤 선실 문이 열리더니 누군가가 바깥을 엿보더군요. 루이즈 부르제이인가 하는 아가씨였습니다. 누구를 기다리고 있었는지, 나인 줄 알자 실망한 듯이 다시 방으로 들어가 버렸습니다. 물론 나는 조금도 개의치 않았으며, 조금 전에 말씀드렸듯이 선원에게서 물건을 받고 값을 치른 다음 두세 마디 지껄이고 돌아왔는데, 막 모퉁이를 돌았을 때 어떤 사람이 루이즈 부르제이의 문을 노크하고 들어가는 것이 보였답니다."

"그 사람은……." 레이스가 말했다.

탕! 하는 폭발음이 방 안에 가득 차고 강한 연기 냄새가 자욱이 끼었다. 옥타븐 부인은 명상에라도 빠진 듯이 천천히 옆을 보는가 싶더니 앞으로 넘어지며 쾅 하고 바닥에 쓰러졌다. 귀 바로 뒤에 조그마한 구멍이 났고 거기에서 피가 쏟아졌다.

순간 망연한 침묵이 흘렀다.

레이스와 포아로는 재빨리 일어났다. 옥타븐 부인의 시체 때문에 자유롭게 걸어 다닐 수는 없었지만, 레이스가 시체를 들여다보고 있는 사이에 포아로는 재빨리 갑판 쪽으로 뛰어나갔다. 그러나 갑판에는 사람 그림자라고는 하나도 없었으며 문지방 바로 앞에 커다란 콜트 총이 떨어져 있었다. 포아로는 휘둘러보았으나 역시 갑판에는 사람 그림자가 보이지 않았다. 포아로가 배 뒤쪽을 향해 걸어가서 모퉁이를 돌았을 때, 반대 방향에서 똑바로 달려온 팀 앨러튼과 부딪칠 뻔했다.

"대체 무슨 일입니까?" 팀은 헐떡이면서 말했다.

"오는 도중에 누구 만나지 않았소?" 포아로는 날카롭게 물었다.

"아니오, 아무도 못 만났는데요."

"그럼, 나를 따라와요."

포아로가 팀과 함께 되돌아왔을 때에는 이미 몇 사람이 모여 있었다. 로잘리와 재클린과 코넬리아가 방에서 뛰어나와 있었고, 전망실에서는 퍼거슨과 짐 팬숍과 앨러튼 부인이 잇달아 갑판으로 나오고 있는 중이었다.

레이스는 권총 옆에 서 있었다. 포아로는 뒤돌아보며 팀 앨러튼에게 물었다.

"당신 장갑을 가지고 있소?"

"네." 팀은 호주머니를 뒤지면서 말했다.

포아로는 장갑을 끼고 권총을 조사하기 위해 몸을 구부렸다. 레이스도 몸을 구부리자 사람들은 꿀꺽 침을 삼키면서 지켜보았다.

"범인은 뱃머리 쪽으로 도망치지는 않았어. 팬숍과 퍼거슨이 이 긴의자에 앉아 있었으니까. 그쪽으로 갔다면 두 사람에게 들켰을 테지."

레이스가 말하자 포아로가 끄덕였다.

"배 뒤쪽으로 갔다면 팀 앨러튼과 부딪쳤을 거야."

"이 권총은 최근에 본 일이 있는 것 같은데. 확인해 볼 필요가 있겠군."

레이스는 페닝턴의 방문을 노크했으나 대답이 없었다. 방에는 아무도 없었다. 레이스는 페닝턴의 장롱 오른쪽 서랍을 열어 보았다. 권총은 보이지 않았다.

"이것으로 해결이 났네. 그렇다면 당사자인 페닝턴은 어디로 가

버렸단 말인가."

레이스와 포아로가 다시 갑판으로 나가자 앨러튼 부인의 모습이 보였으므로, 포아로는 급히 그 옆으로 다가갔다.

"부인, 옥타븐 양을 부탁합니다. 그녀의 어머니가……." 포아로는 잠시 레이스를 보았다. 레이스는 고개를 끄덕였다.

"살해되었습니다."

이때 베스너 의사가 고함을 치면서 다가왔다.

"오오, 하느님! 이번에는 또 무슨 일입니까!"

사람들이 길을 내주자 베스너는 레이스가 가리키는 방 안으로 들어갔다.

"페닝턴을 찾아야 해. 권총에 지문이 남아 있나?"

레이스가 말했다.

"하나도 남아 있지 않네."

페닝턴은 아래갑판에 있었다. 조그마한 휴게실에서 편지를 쓰고 있는 중이었다. 그는 깨끗하게 면도를 한 얼굴을 들었다.

"뭔가 새로운 사건이라도 일어났습니까?"

"총소리가 들리지 않던가요?"

"그러고 보니 뭔가 탕 하는 소리를 틀림없이 들은 것 같기도 한데, 설마 무슨 일이 일어났으리라고는 생각지도 않았지요. 그래, 누가 또 살해되었나요?"

"옥타븐 부인입니다."

"옥타븐 부인이오? 놀라게 하지 마십시오. 옥타븐 부인이라니, 도무지 알 수가 없군. 여러분, 이 배에는 살인광이 타고 있는 것이 아닐까요. 방어 조직을 만들 필요가 있겠군요."

"페닝턴 씨, 언제부터 이 방에서 계셨습니까?" 레이스가 물었다.

"글쎄요, 20분쯤 전부터 있었습니다."

"줄곧 이 방에서 나가지 않았지요?"

"물론이지요."

페닝턴은 이상하다는 듯이 레이스와 포아로의 얼굴을 보았다.

"페닝턴 씨, 옥타븐 부인은 당신 권총으로 살해되었습니다."

24

페닝턴은 깜짝 놀랐다. 도무지 레이스 대령의 말이 믿어지지 않는 모양이었다.

"예삿일이 아니군요, 정말."

"당신에게 있어서는 매우 중대한 일입니다."

"나에게 있어서라고요? 그렇지만 나는 여기서 쭉 조용히 글을 쓰고 있었습니다."

"그것을 증명할 만한 사람이 있습니까?"

"아니, 없는데요. 하지만 윗갑판에 가서 그 부인을 쏘고 여기로 돌아오는 데 남의 눈에 띄지 않을 리가 없지 않습니까. 지금쯤은 갑판의 긴의자에 드러누워 있는 사람이 많이 있으니까요. 그리고 내가 무엇 때문에 그 부인을 죽이겠습니까?"

"당신의 권총이 사용된 것을 어떻게 설명하시겠습니까?"

"글쎄요, 그것에 대해서는 나에게 책임이 있는 것 같습니다. 이 배에 탄 지 얼마 안 되었을 때의 일이라고 생각합니다만, 사교실에서 어느 날 밤 총기에 대한 이야기가 나왔을 때 여행할 때는 반드시 권총을 휴대한다고 말한 기억이 납니다."

"그때 함께 있었던 사람은?"

"글쎄요, 확실치는 않습니다만 거의 다 있었던 것 같군요. 어쨌든 상당히 많이 있었습니다."

페닝턴은 조용히 고개를 저으며 말을 계속했다.

"확실히 그 점은 나에게 책임이 있습니다. 그러나 리넷, 다음으로 그녀의 하녀, 그리고 이번에는 옥타븐 부인이 죽다니 이상하군요. 그들은 아무런 연관성도 없을 것 같은데 말입니다."

"아니, 이유가 있습니다."

"그렇습니까?"

"옥타븐 부인은 어떤 사람이 루이즈 부르제이의 방으로 들어가는 것을 보았다는 것을 말해 주려하고 있던 참이었지요. 그 사람의 이름을 입 밖에 내려고 할 때 총에 맞았습니다."

"정말 무서운 이야기로군."

페닝턴은 비단 손수건으로 이마를 닦으면서 중얼거렸다.

"페닝턴 씨, 이 문제로 이야기하고 싶은 게 있으니 30분 뒤에 제 방으로 와 주시지 않겠습니까?" 포아로가 말했다.

"기꺼이 찾아뵙겠습니다."

그러나 페닝턴의 목소리나 표정은 조금도 기꺼운 것 같지 않았다. 레이스와 포아로는 눈짓을 주고받으며 방을 나갔다.

"빈틈없는 놈이지만, 겁을 먹은 것 같군."

레이스는 포아로에게 말했다.

"그래, 그 친구 결코 기뻐하고 있지는 않더군."

두 사람이 윗갑판으로 돌아오자 앨러튼 부인이 방에서 나오더니 포아로를 손짓해 불렀다.

"왜 그러십니까?"

"그 불쌍한 아가씨 말인데요, 나도 함께 있을 수 있는 2인용 방이 없을까요. 어머니와 함께 있던 방으로 가게 할 수는 없고, 내 방은 1인용이기 때문에……."

"어떻게 되겠지요. 그런데까지 배려해 주셔서 고맙습니다."

"그거야 당연하지요. 나는 그 아가씨를 매우 좋아하니까요. 오래 전부터 좋아했었답니다."

"몹시 흥분하고 있습니까?"

"그야 물론 굉장하지요. 뭡니까, 그 가증스런 어머니에게 절대 헌신적이었으니까요. 그런데, 그 어머니는 술주정뱅이었다고 팀이 말하는데, 정말인가요?"

포아로가 고개를 끄덕이자 앨러튼 부인은 말을 계속했다.

"가엾어라. 이러니저러니 말할 수는 없지만, 그 아가씨가 혼자서 얼마나 괴로워했겠어요."

"아주 굉장했답니다. 그 아가씨는 자존심이 강한데다 어머니에게 최선을 다했으니까요."

"내가 좋아하는 점이 바로 그거예요. 다시 말해서 충실하다는 점이지요. 요즈음 젊은이들은 그렇지 않은데, 그 아가씨는 색다른 성격이더군요. 자존심이 강하고, 내성적이고, 고집이 세면서도 따뜻한 마음을 갖고 있는 것 같아요."

"그 아가씨를 아주 적임자에게 맡기는 것 같군요."

"네, 걱정하지 마세요. 그 아가씨는 나에게 맡겨 주세요."

앨러튼 부인이 방으로 들어가 버리자 포아로는 비극이 일어났던 현장으로 돌아왔다.

코넬리아는 눈을 동그랗게 뜬 채 갑판에 서 있었다.

"포아로 씨, 전 도무지 알 수가 없어요. 범인은 우리들 모르게 어떻게 도망쳤을까요?"

"정말이지 어떻게 도망쳤을까요?" 재클린도 물었다.

"요술을 부려서 모습을 감춘 것은 아니오. 범인이 도망치는 데 세 개의 방향이 있었다는 것은 분명하니까요."

"세 개라고요?" 재클린은 이해가 가지 않는다는 표정으로 물었다.

"왼쪽이나 오른쪽으로 간 것은 알 수 있지만, 또 하나의 방향은 알 수가 없군요." 코넬리아는 고개를 갸우뚱거리며 물었다.

재클린도 이마에 주름을 모았으나 곧 의문이 풀린 모양이었다.

"그렇군요. 평면을 두 개의 방향으로 움직일 수 있는 것은 당연하지만, 그 평면과 직각으로도 움직일 수 있을 거예요. 위로는 못 간다 하더라도 아래로는 갈 수가 있었을 거예요."

"당신은 머리가 좋군요." 포아로는 웃는 얼굴로 말했다.

"나는 내가 바보라는 것을 잘 알고 있지만, 아직도 납득이 가지 않아요." 코넬리아가 말했다.

"포아로 씨가 말하고 있는 것은, 범인은 난간을 뛰어넘어 아래 갑판으로 내려갈 수가 있었다는 거야."

"어머나! 그런 것은 생각도 못했어요. 하지만 그렇게 하려면 몸이 날쌔어야만 되겠군요." 코넬리아는 탄식했다.

"그러나 쉽게 해치울 수 있지요. 이런 경우에는 반드시 모두들 멍청해져 있는 순간이 있는 법이니까 말이오. 총소리를 들은 다음 잠시 동안은 손발이 굳어져 버린 것처럼 움직이지 못하는 법이지요." 팀 앨러튼이 말했다.

"앨러튼 씨, 본인이 직접 경험해 보신 것처럼 말하는군요?"

"그렇습니다. 한 5초 동안 멍하니 우뚝 서 있었으니까 말이오. 그런 다음에야 갑판을 달려가기 시작했지요."

레이스가 베스너의 방에서 나오더니 엄숙하게 말했다.

"시체를 실어 내겠으니, 여러분, 저쪽으로 가 주십시오."

그러자 사람들은 모두 가 버렸다. 그 속에 섞여 있는 포아로를 보고 코넬리아가 생각난 듯이 말을 걸어 왔다.

"이번 여행은 언제까지고 잊을 수 없을 것 같아요. 세 사람이나 죽다니…… 마치 무서운 꿈을 꾸고 있는 것 같아요."

그 말을 듣고 퍼거슨이 시비를 걸듯이 말했다.

"이 배에서 세 사람의 부인이 죽었습니다. 그것이 도대체 어떻게 되었다는 겁니까? 아무런 손해도 없소. 리넷 도일은 돈을 가지고 있었을 뿐이고, 프랑스인 하녀는 기생충 같은 존재였으며, 옥타븐 부인은 무용지물이었소. 그 사람들이 죽건 말건 신경을 쓸 사람이 있다고 생각하는 거요! 나는 없다고 생각하오. 잘 되었다고 여겨질 정도요."

"그건 당신이 잘못 생각하고 있어요." 코넬리아는 그를 향해 격렬한 분노를 일으켰다. "당신은 자기 이외의 사람은 아무렇게나 되어도 좋다는 듯이 지껄여대기 때문에 듣고 있으면 기분이 나빠져요. 나는 옥타븐 부인을 그다지 좋아하지 않았지만, 그 딸은 어머니를 지극히 위했기 때문에 얼마나 낙심하고 있는지 몰라요. 그리고 하녀에 대해서도 잘은 모르지만 그녀를 좋아하는 사람이 어딘가에 있을 거예요. 도일 부인도 다른 것은 그만두고라도 어쨌든 미인이었어요. 그분이 방 안에 들어오면 내 가슴이 꽉 메어질 정도였지요. 나는 내 자신이 못생겼기 때문에 더욱 아름다움에 감동되곤 해요. 그런 미인은 좀처럼 없어요. 아름다움이 망가지는 것은 세계적인 손실이라고 생각해요."

퍼거슨은 한 걸음 물러서서 두 손으로 머리를 쥐어뜯었다.

"손들었어. 당신 같은 사람은 없어. 대개 여자라면 누구나 가지고 있는 심술궂은 데가 조금도 없단 말이야."

퍼거슨은 이번에는 포아로를 보고 말했다.

"아시는지 모르겠습니다만, 코넬리아의 아버지는 리넷 리지웨이의 아버지 때문에 몰락한 거나 다름없었습니다. 그런데도 리넷이 진주와 유행복으로 치장하고 여행하는 것을 보고도 분해 하지 않거든요. 그렇기는커녕 '미인이다, 미인이다.' 감탄하고 있으니 더 이상 할 말이 없지 뭡니까."

코넬리아는 얼굴을 붉혔다.

"조금은 속이 상했어요. 아버지는 다시 일어서지 못하는 것을 괴로워하시다가 실의 끝에 돌아가신 거나 다름없으니까요."

"조금은 속이 상했다고요?"

"그래요. 하지만 중요한 것은 과거가 아니라 미래 아닐까요? 그렇지 않나요?"

"알았소, 코넬리아 롭슨. 당신처럼 훌륭한 여자를 만난 것은 처음이오. 나하고 결혼해 주지 않겠습니까?"

"바보 같은 소리 그만두세요."

"탐정님 앞에서 청혼한다 하더라도 이건 진짜 프러포즈입니다. 어쨌든 포아로 씨, 당신이 증인이오. 이성간의 법률적 계약을 인정하지 않는다는 내 신념에는 어긋나지만, 심사숙고 끝에 나는 이 여성에게 청혼을 했습니다. 그런 형식을 취하지 않는 한 응하지 않으리라 생각하므로 결혼이라고 해둡시다. 자, 코넬리아, 예스라고 대답해 주십시오."

"정말 바보 같은 소리를 하시는군요." 코넬리아는 얼굴을 붉히며 말했다.

"아니, 나와 결혼하는 것이 싫습니까?"

"당신은 진실하지 못해요."

"그건 결혼을 신청하는 방법이 그렇단 말입니까, 아니면 성격이 그렇다는 말입니까?"

"양쪽 다 그래요. 그렇지만 지금 내가 말하고 싶은 것은 성격 쪽이에요. 당신은 모든 중요한 것들을 우습게 여기고 있어요. 교육, 문화, 그리고…… 그리고 죽음조차도요. 그래서 당신은 믿을 수가 없어요."

코넬리아는 이렇게 말하더니 얼굴을 붉히며 재빨리 자기 방으로 들어가 버렸다. 그 뒷모습을 가만히 바라보고 있다가 퍼거슨은 말했다.

"설마 진심으로 그렇게 말하는 것은 아니겠지. 믿음직스러운 남자가 좋단 말인가. 쳇! 그런데 포아로 씨, 왜 그러십니까. 뭔가 골똘히 생각하고 계신 것 같은데요……."

포아로는 깜짝 놀라 몸을 일으켰다.

"아니, 그저 생각하고 있을 뿐입니다."

"《죽음에 대한 숙고, 순환소수(循環小數)의 죽음》, 에르큘 포아로가 쓴 그의 유명한 논문 중의 하나……."

"당신은 정말 무례한 사나이로군요."

"죄송합니다. 기성세대에 반항하는 것을 좋아하다 보니까 그만……."

"내가 기성세대란 말인가요?"

"그렇지요. 그런데 저 아가씨를 어떻게 생각하십니까?"

"롭슨 양 말이오?"

"네."

"꽤 똑똑하군요."

"그렇습니다. 겉으로는 얌전해 보이지만 속은 야무지단 말입니다. 어쨌든 나는 저 아가씨와 결혼하고 싶습니다. 그 할머니와 싸우는 것도 재미있을지 모르지. 할머니가 나에 대해 철저하게 반감을 갖도록 할 수만 있다면, 코넬리아 문제에 있어서는 효과가 있을지도 모릅니다."

전망실에 가 보았더니 미스 반 스카일러는 언제나처럼 구석 쪽에 자리를 잡고 있었다. 여느 때보다 더 뽐내는 태도로 뜨개질을 하고 있었다. 퍼거슨은 그 옆으로 성큼성큼 걸어갔다. 에르큘 포아로는 그 방으로 들어가 좀 떨어진 곳에 자리를 잡고 열심히 잡지를 읽고 있는 체했다.

"안녕하십니까, 미스 반 스카일러."

퍼거슨의 인사를 받고 노부인은 힐끗 눈을 들었으나, 곧 다시 아래를 보며 냉담하게 중얼거렸다.

"안녕하세요."

"사실은 중대한 문제에 대해 이야기하고 싶습니다. 나는 당신 조카딸과 결혼하고 싶습니다."

미스 반 스카일러의 털실뭉치가 떨어져 방 저쪽으로 굴러갔다.

"머리가 좀 이상해진 것 아니세요?"

그녀의 목소리에 가시가 돋쳐 있었다.

"천만에요. 나는 그녀와 결혼할 작정입니다. 이미 청혼을 했지요."

미스 반 스카일러는 진기한 곤충이라도 보는 듯한 흥미를 나타내며 차갑게 퍼거슨을 바라보았다.

"그래서 그 애는 당신을 쫓아 버렸겠지요."

"네, 거절당했습니다."

"당연하지요."

"뭐가 당연하단 말입니까. 앞으로 '예스'라고 할 때까지 사랑을 호소할 작정입니다."

"분명히 말해 두겠지만, 어린 조카딸이 그런 일을 겪지 않도록 수단을 강구하겠어요."

"나의 어떤 점이 나쁘다는 겁니까?"

그 말을 듣고 미스 반 스카일러는 눈썹을 꿈틀 움직였을 뿐 털실뭉치만 세게 끌어당겼다. 이야기를 중단하고 뜨개질을 계속할 작정이었다.

"나의 어떤 점이 나쁘다는 말입니까?"

"뻔한 거 아닌가요. 이름이 뭐라고 했지요?"

"퍼거슨입니다."

"퍼거슨 씨, 그런 것은 문제 삼을 필요도 없단 말이에요."

"내가 롭슨 양과 어울리지 않는다는 말입니까?"

"그건 당신도 잘 알고 계시리라 생각하는데요."

"어째서 내가 어울리지 않는단 말입니까?"

미스 반 스카일러는 그 말에 대답하지 않았다.

"나에게는 두 다리와 두 팔이 있고, 그리고 건강하며 머리도 나쁘지 않습니다. 어디가 마음에 드시지 않는단 말입니까?"

"퍼거슨 씨, 그밖에 사회적 지위라는 것도 있어요."

"사회적 지위 따위는 엉터리입니다."

문이 힘차게 열리고 코넬리아가 들어왔으나, 아주머니가 자신의 구혼자와 말하고 있는 것을 보고 그 자리에 그만 우뚝 서 버렸다. 무법자인 퍼거슨은 빙그레 웃더니 큰 소리로 말했다.

"자, 이리로 오십시오, 코넬리아. 나는 진부한 방법으로 당신에게 구혼하고 있는 참입니다."

"코넬리아, 이 사람에게 기대를 갖게 할 만한 짓을 했느냐?" 미스 반 스카일러는 아주 무서운 목소리로 말했다.

"아니에요. 물론, 적어도…… 분명히…… 전……."

"무슨 말을 하고 있는 거냐?"

"코넬리아는 아무것도 하지 않았으며, 모두 내가 했습니다. 마음씨가 착한 사람이기 때문에 정면으로 나를 밀어내지 못하는 겁니다. 코넬리아, 당신 아주머니는 당신이 나에게 과분하다고 말씀하시고 있소. 그야 사실이긴 하지만, 내 말은 아주머니의 말과는 다른 뜻이오. 확실히 내 성품은 당신에게 비교할 것이 못 되오. 그런데 당신의 아주머니가 반대하는 주된 이유는 내가 사회적으로 당신보다 낮아서 받아들일 수가 없다는 거요."

"그건 코넬리아도 잘 알고 있어요." 미스 반 스카일러가 참견을 했다.

"그럴까요. 그래서 나와 결혼하지 않는 것입니까?"

"아니에요, 그렇지는 않아요." 코넬리아는 얼굴을 붉혔다. "만일 내가 당신을 좋아한다면 당신이 어떤 사람이든 상관없이 결혼하겠어요."

"그런데 나를 싫어한단 말씀이군요?"

"당신은 엉터리 같은 말만 하고 있거든요. 말투도 그렇고, 말하는 내용도…… 나는 당신 같은 분을 만난 것은 처음이에요."

코넬리아는 눈물이 나올 것 같았으므로 재빨리 방에서 뛰쳐나갔다.

"시작치고는 나쁘지 않은 것 같군."

퍼거슨은 의자에 앉아서 천장을 노려보며 말했다. 그리고 휘파람을 불면서 다리를 꼬더니 다시 입을 열었다.

"머지않아 당신을 아주머니라고 부르게 될 날이 올 겁니다."

미스 반 스카일러는 몸을 떨면서 버럭 화를 냈다.

"어서 이 방에서 나가 주세요. 그렇지 않으면 급사를 부르겠어요."

"나는 돈을 지불하고 있으니 사교실에서 쫓겨나지는 않을 겁니다. 하지만 기분을 상하지 않도록 해 드려야지요." 퍼거슨은 일어나더니 노래를 부르면서 나가 버렸다.

미스 반 스카일러가 말도 제대로 못할 만큼 화를 내며 일어나려는 것을 보자, 포아로는 잠시 뒤에서 얼굴을 내밀고 털실뭉치를 주워 주었다.

"미안해요, 포아로 씨. 파워즈 양을 불러 주시지 않겠어요. 그 건방진 젊은이 때문에 기분이 나빠져서요."

"정말 괴짜랍니다. 그 젊은이는 언제나 가상(假想)의 적을 해치우려 하고 있지요. 그런데 알고 계시리라 생각합니다만……."

"뭘 말이세요?"

"퍼거슨이라는 이름은 대고 있으면서도 백작이라는 칭호는 쓰고 싶어 하지 않지요. 진보적인 사상 탓이긴 합니다만."

"칭호라고요?" 미스 반 스카일러는 날카롭게 질문을 했다.

"그렇습니다. 그는 도리시의 아들이랍니다. 물론 돈은 굉장히 많지만, 옥스퍼드 재학 중에 공산당원이 되었지요."

미스 반 스카일러의 얼굴에 복잡한 표정이 나타났다.

"포아로 씨, 언제부터 그 사실을 알고 계셨지요?"

"신문에 사진이 났습니다. 닮았구나 하고 생각했었는데, 언젠가 반지에 문장(紋章)이 새겨져 있는 것을 보았지요. 틀림없습니다."

미스 반 스카일러의 얼굴에 잇달아 나타나는 서로 반대되는 표정을 읽는 것은 재미있는 일이었다. 끝내 미스 반 스카일러는 공손히 머리를 숙이고 말았다.

"포아로 씨, 정말 고맙습니다."

방을 나가는 노부인의 뒷모습을 바라보며 포아로는 싱긋 웃었다. 하지만 이내 그는 다시 진지해졌다. 포아로는 생각에 잠기면서 이따금씩 고개를 끄덕였다.

'모든 것이 제대로 들어맞는군.'

25

레이스가 들어왔을 때, 포아로는 아직도 그 자리에 그대로 앉아 있었다.

"이봐, 포아로. 어떻게 된 건가? 10분 뒤에 페닝턴이 올 거야. 그 사건은 자네한테 맡기겠네."

포아로는 급히 일어났다.

"그전에 팬숍을 불러와 주었으면 좋겠네."

"팬숍을?" 레이스는 놀라운 듯이 되물었다.

"그래, 내 방으로 데리고 와 주게."

레이스는 고개를 끄덕이고 나갔다. 포아로가 자기 방으로 돌아오자, 곧 뒤따라 레이스가 팬숍을 데리고 왔다. 포아로는 의자를 가리키고 나서 담배를 권했다.

"팬숍, 당신은 내 친구인 헤이스팅즈와 똑같은 넥타이를 하고 있군요."

팬숍은 어리둥절한 듯이 자기의 넥타이에 눈을 돌렸다.

"모교(母校)에서 매던 것이니까요."

"그렇군요. 나는 외국인이지만 영국인의 사고방식을 조금은 알고 있지요. 이를테면 해야 할 일과 하지 않는 일이 있다는 것을 알고 있습니다."

짐 팬숍은 빙그레 웃었다.

"요즈음 영국 사람은 별로 그런 말을 하지 않습니다."

"그럴지도 모르지만 습관은 아직 남아 있지요. 모교의 넥타이는 넥타이입니다. 경험으로 알게 된 거지만. 오래된 모교의 넥타이를 맨 사람은 어떤 종류의 행동들은 되도록 삼가합니다. 예를 들면, 모르는 사람이 개인적인 이야기 하고 있을 때는 절대 끼어들지 않는 일 같은 것이죠."

팬숍이 가만히 보고만 있으므로 포아로는 다시 말을 계속했다.

"그런데 당신은 얼마 전에 그런 일을 했소. 전망실에서 어떤 사람들이 조용히 개인적인 일에 대해 이야기 하고 있을 때 당신은 그 가까이로 다가갔소. 이야기의 내용을 엿듣기 위해서였다는 것을 금방 알 수 있었지요. 얼마 뒤 당신은 그쪽을 보고서 어떤 부인에게, 사이먼 도일 부인이었지요, 그 건실한 거래 방법을 칭찬하기까지 했지요."

짐 팬숍의 얼굴이 새빨개졌으나 포아로는 말할 틈도 주지 않고 단숨에 계속했다.

"팬숍 씨, 그런 것은 내 친구인 헤이스팅즈와 똑같은 넥타이를 맨 사람이 취할 태도가 아니오. 헤이스팅즈는 더할 수 없이 조심성 있는 사람으로 그런 짓을 할 바에는 부끄러워서 죽음을 택할 거요. 그런데 당신은 그 나이에 호화로운 휴가를 즐기고 있소. 당신은 시골 변호사 사무소에서 일하고 있어 별로 돈의 여유가 없을 뿐 아니라, 오래 해외여행을 하지 않으면 안 될 만한 병에 갑자기 걸린 것 같지도 않으며, 당신의 며칠 전 행동을 볼 때, 당신이 이 배를 타고 있는 이유는 무엇일까 생각하게 되었소. 그래서 지금 당신한테 그 까닭을 묻고 있는 거요."

"일체의 대답을 거절하겠습니다. 정말로 머리가 어떻게 되신 거 아닙니까?"

"나는 아무렇지도 않소. 지극히 정상이오. 당신의 회사는 어디지요? 노스 햄프턴이라고 하면 워드 홀에서 그다지 떨어져 있지 않지요. 당신은 어떤 이야기를 엿들으려고 했지요? 법률 서류에 대한 일입니까. 어떤 목적에서 보기에도 어색한 그런 말을 했소? 그것은 도일 부인이 서류를 읽지 않고 서명하는 것을 방해하기 위해서였지요? 이 배에서 살인 사건이 일어나고 제2, 제3의 사건이 잇달아 일어났소. 옥타븐 부인을 죽인 무기가 앤드루 페닝턴 씨의 권총이었다는 것을 알려 주면, 아마도 당신은 모든 것을 우리에게 이야기하는 것이 의무라고 생각하실 거요."

짐 팬숍은 한참 동안 잠자코 있더니 마침내 말했다.

"당신은 색다른 방법으로 일을 하시는군요. 지적해 주신 점은 고맙게 생각합니다만, 나에게는 제공할 수 있을 만한 정확한 정보가 하나도 없습니다."

"의혹의 범위를 벗어나지 않는 사건이라는 말이로군요?"

"그렇습니다."

"그러니까 함부로 지껄이는 것은 분별없는 짓이라고 생각한다는 거지요? 법률적으로는 물론 그것이 옳을지도 모르지만, 여기는 법정이 아니란 말입니다. 레이스 대령과 내가 범인을 찾아내려 하고 있으므로 그것에 도움이 되는 일이라면 무엇이든지 우리에게 귀중한 것입니다."

짐 팬숍은 잠시 생각한 다음에 말했다.

"좋습니다. 무엇을 알고 싶으십니까?"

"당신이 이 여행을 하게 된 까닭을 말해 주시오."

"도일 부인의 영국인 변호사인 아저씨, 카마이클로부터 파견되어 왔습니다. 아저씨는 부인의 사건을 많이 다루어 왔기 때문에, 도일 부인의 미국인 수탁인 앤드루 페닝턴 씨하고도 편지 왕래를 하고 있습니다. 일일이 들 수는 없습니다만, 몇 가지 간단한 사건에서 아저씨는 아무래도 이상한 점이 있어 의심을 품게 되었습니다."

"알기 쉽게 말하자면, 당신의 아저씨는 페닝턴을 사기꾼이라고 생각했단 말이지요?"

레이스가 말하자 짐 팬숍은 엷은 웃음을 띠었다.

"내 입으로 그렇게 노골적으로는 말할 수 없지만, 결국은 그런 것입니다. 페닝턴 씨가 여러 가지 구실을 만들고, 공채(公債)를 처분하는 데 있어서도 그럴 듯한 설명을 하므로 아저씨는 수상하다고 생각하게 되었습니다. 이런 불투명한 의혹에 싸여 있을 때 리지웨이 양이 뜻하지 않은 결혼을 하고 이집트로 신혼여행을 떠나게 되었으므로, 아저씨는 겨우 안도의 한숨을 쉬셨습니다. 왜냐하면 그녀가 귀국하면 재산을 정식으로 그녀에게 넘겨주도록 되어 있기 때문입니다. 그런데 그녀가 뜻하지 않게 여행지에서 앤드루 페닝턴을 만났다고 편지에 써 보냈으므로, 아저씨는 더욱 의심을 하게 되었습니다. 꼼짝달싹할 수 없는 입장에 몰리게 되어서 페닝턴 씨가 횡령한 것을 속이기 위해 사이먼 도일 부인의 서명을 손에 넣으려 하고 있음이 틀림없다고 생각했던 것입니다. 그렇다고 해서 그녀에게 보여줄 만한 확증이 있는 것도 아니므로, 아저씨의 입장은 매우 어렵게 되었지요. 그래서 사정을 밝히기 위해 나를 이리로 보내신 겁니다. 나는 언제나 눈을 크게 뜨고 있다가 필요하면 즉시 행동해야 한다는 불쾌하기 짝이 없는 일을 분부 받았던 것입니다. 그러므로 조금 아까 말씀하신 그때에도, 실제로 나는 보기 흉한 태도를 취할 필요가 있었던 것입니다. 보기 흉한 행동을 하고 말았습니다만, 결과에 대해서는 우선 만족했습니다."

"도일 부인에게 경계심을 갖게 했단 말인가요?"

"그렇게까지는 안 되었겠지만, 페닝턴 씨를 깜짝 놀라게 할 수는 있었다고 생각합니다. 이것으로 당분간은 이상한 짓을 할 염려가 없으므로 그 사이에 도일 부부와 가까워져서 경고 비슷한 것을 전해 주려고 생각하고 있었지요. 사실은 도일 씨를 통해서 그렇게 하고 싶었습니다. 도일 부인은 페닝턴 씨를 따르고 있으므로, 직접 페닝턴 씨의 일을 이것저것 말한다는 것은 좀 곤란할 듯싶었지요. 도일 씨에게 접근하는 편이 손쉬울 것 같았습니다."

레이스가 고개를 끄덕였다.

"팬숍 씨, 어떤 한 가지 점에 대해서 당신의 정확한 의견을 듣고 싶은데…… 가령 당신이 속임수를 쓰려고 한다면 도일 부부 중에서 어느 쪽을 택하시겠습니까?" 포아로가 물었다.

"그야 남편 쪽이지요. 부인은 사업 면에 빈틈이 없지만, 남편은 사업에 대해 아무것도 모르며, 스스로도 말하고 있듯이 '점선(點線)이 있는 곳에 서명'을 마구 해 버리는 의심할 줄 모르는 분이 아닐까요."

"동감이오." 포아로는 말하며 레이스 쪽을 보았다.

"팬숍 씨, 그것이 바로 동기겠지요?"

"하지만 이것은 모두 완전히 추리지, 증거는 아닙니다."

"증거를 손에 넣도록 합시다."

"어떻게 말입니까?"

"페닝턴 씨에게서 직접 말이오."

"글쎄요, 그것이 가능할까요?"

레이스는 흘낏 시계를 보았다.

"곧 올 때가 되었어."

짐 팬숍은 말뜻을 민감하게 알아차리고 방을 나갔다.

그리고 2분 뒤에 앤드루 페닝턴이 나타났다. 그 명랑하고 공손하기 짝이 없는 태도에도 불구하고 굳어진 턱과 지친 눈은 산전수전 다 겪은 이 용사가 경계를 게을리 하지 않고 있음을 여실히 보여주고 있었다.

"불러서 왔습니다." 페닝턴은 말하며 자리에 앉더니 레이스와 포아로의 얼굴을 보았다.

"이렇게 와 달라고 한 것은 당신이 이번 사건에 매우 중요한,

그리고 직접적인 관계가 있다는 것이 분명하기 때문입니다." 포아로가 말했다.

"그렇습니까."

페닝턴은 눈썹을 조금 치켜올렸다.

"네, 당신은 리넷 리지웨이를 어릴 때부터 알고 계셨지요?"

"그것은……." 페닝턴의 얼굴에서 경계의 빛이 가셨다. "오늘 아침에도 말씀드렸듯이 리넷이 아주 어릴 때부터 알고 있습니다."

"그녀의 아버지하고도 친했었지요?"

"그렇습니다. 아주 친하게 지냈습니다."

"그래서 그가 죽은 뒤에는 당신이 딸의 후견인이 되어, 딸이 상속받은 막대한 재산의 수탁인이 되도록 지정한 것이로군요."

"그렇습니다."

페닝턴은 다시 경계하기 시작했으며 말투도 조심스러워졌다.

"물론 나만 수탁인인 것은 아니며 나 말고도 나와 공동 책임을 가진 사람들이 있었습니다."

"그 가운데 누구 죽은 사람이 있습니까?"

"두 사람이 죽고, 나머지 한 사람인 스턴테일 록포드 씨는 남아 있습니다."

"페닝턴 씨의 동업자이죠?"

"그렇습니다."

"리지웨이 양이 결혼했을 때는 아직 성인이 되지 않았었지요?"

"금년 6월에 20살이 됩니다."

"그때는 재산을 직접 관리하도록 되어 있겠지요?"

"그렇습니다."

"그런데 결혼을 했기 때문에 그 일을 앞당길 수가 있게 되었지요?"

"실례입니다만, 그것이 대체 당신들과 무슨 관계가 있습니까?"

"만약 그 말에 대답하기 싫으시다면⋯⋯."

"싫고좋고의 문제가 아닙니다. 뭘 물어 보시든 상관은 없습니다만, 조금 전에 말씀하신 것이 관련 사항이라고 말할 수 있습니까?"

"물론이지요. 살인 동기라는 게 있으니까요. 그것을 생각하기 위해서는 재정상의 일들을 고려에 넣지 않으면 안 되는 법이랍니다."

"멜위시 리지웨이의 유언으로, 리지웨이가 21살이 되었을 때나 결혼했을 때 재산관리권을 가질 수 있도록 되어 있었습니다."

"무조건 말인가요?"

"그렇습니다."

"몇 백만 달러에 이르는 금액이라더군요."

"그렇습니다."

"당신과 또 한 사람의 책임은 실로 중대했었군요."

"우리는 책임이라는 것에 익숙하므로 염려할 것은 없습니다."

"그럴까요?"

포아로의 말투에는 페닝턴의 아픈 데를 찌르는 것이 있었다. 페닝턴은 화를 내며 말했다.

"대체 무슨 말씀을 하시려는 겁니까?"

포아로의 대답은 노골적이었다.

"페닝턴 씨, 리넷 리지웨이가 갑자기 결혼했기 때문에 당신의 사무실에서는 간담이 서늘해졌었지요?"

"간담이 서늘해졌다고요?"

"그렇습니다."

"대체 무슨 생각으로 그런 말씀을 하는 겁니까?"

"매우 간단한 일입니다. 리넷 도일과 관련된 사무는 제대로 정리되어 있겠지요?"

페닝턴은 벌떡 일어나며 내뱉었다.

"그 말로 충분하오. 이것으로 끝이오."

그는 입구 쪽으로 향했으나 포아로가 불러 세웠다.

"지금 물은 것에 대답하시오."

"했잖습니까."

"리넷 리지웨이의 결혼 통지를 받았을 때 깜짝 놀라서 배를 타고 유럽으로 급히 달려와 이집트에서 우연히 만난 것처럼 꾸민 거 아닙니까?"

페닝턴은 두 사람 쪽으로 되돌아왔다. 이때에는 벌써 평정을 되찾고 있었다.

"그건 정말 폭언이오. 카이로에서 만날 때까지는 리넷이 결혼했다는 것을 모르고 있었으니까요. 아닌 밤중에 홍두깨 격이었지요. 리넷이 보낸 편지는 하루 차이로 내 손에 들어오지 않았던 모양이고, 그 뒤 회송되어 온 것을 1주일쯤 지난 다음에야 받았습니다."

"배는 카마니크 호라고 말씀하셨지요?"

"그렇습니다."

"그렇다면 그 편지가 뉴욕에 도착한 것은 카마니크 호가 출범한 다음이군요?"

"언제까지 똑같은 말을 되풀이해야만 합니까."

"이상한데."

"뭐가 이상하다는 거지요?"

"당신 짐에는 카마니크 호의 꼬리표가 한 장도 붙어 있지 않더군요. 대서양 정기선의 새 꼬리표라고는 노르만디 호의 것뿐이던데요. 이 배는 카마니크 호보다 이틀 늦게 출범한 것으로 알고 있습니다만……."

페닝턴은 한순간 어찌할 바를 몰라 하며 눈이 침착성을 잃었다.

"자, 페닝턴 씨, 당신이 타고 온 배는 당신이 말하는 것처럼 카마니크 호가 아니라 노르만디 호였다고 생각되는 이유가 몇 가지 더 있습니다. 그렇다면 당신은 뉴욕을 떠나기 전에 도일 부인의 편지를 받은 것이 됩니다. 아니라고 잡아떼도 소용없습니다. 배회사를 조사하면 곧 알 수 있는 일이니까요."

레이스가 꺼낸 증거의 효과는 뚜렷이 나타났다. 앤드루 페닝턴은 멍청하게 의자에 앉아 있었다. 그 얼굴은 무표정했다. 그 포커 페이스의 그늘에서 그의 기민한 두뇌는 다음 포석을 노리고 있었다.

"이거 항복했습니다. 당신들이 한 수 위군요. 하지만 나에게는 내 나름대로의 이유가 있었습니다."

"그렇겠지요." 레이스가 무뚝뚝하게 말했다.

"그 이유를 털어놓을 테니 비밀로 해주십시오."

"우리는 무례한 행동은 하지 않습니다. 마음 놓아도 좋습니다."

"그럼, 다 털어놓고 말씀드리겠습니다. 영국에서 무언가 부정이 있었던 것 같아 걱정이 됐지만 편지로는 일이 잘 진행되지 않아 직접 와서 확인하는 길밖에 없었던 것입니다."

"부정이라니요?"

"리넷이 속고 있다고 생각되는 충분한 이유가 있었던 것입니다."

"누구에게요?"

"영국인 고문 변호사에게 말입니다. 하지만 이런 비난은 함부로 할 수가 없는 것이기 때문에 내 눈으로 직접 확인하려고 결심했던 겁니다."

"당신의 조심성 있는 태도는 칭찬할 만하군요. 하지만 무엇 때문에 편지를 받지 못했다고 쓸데없는 거짓말을 했습니까?"

"당신은 아무 절박한 문제도 없이, 이유도 말하지 않고 신혼여행 중인 부부 사이에 끼어들 수가 있습니까? 그래서 우연히 만난 것처럼 꾸미는 게 가장 좋다고 생각했던 겁니다. 게다가 나는 남편에 대해서는 아무것도 모르고 있었으니까요. 그래서 어쩌면 그 부정에 말려들어가 있을지도 모른다고 생각되기도 했지요."

"당신이 한 일은 일체 이해관계를 떠난 것이었단 말이군요?" 레이스 대령이 말했다.

"그렇습니다."

한참 동안 아무도 입을 열지 않았다. 레이스가 포아로 쪽을 흘끗 보자, 포아로는 몸을 앞으로 구부렸다.

"페닝턴 씨, 우리는 당신이 하는 말을 전혀 믿지 않습니다."

"뭐라고요! 그럼 뭐를 사실이라고 생각한다는 거요?"

"리넷 리지웨이가 갑자기 결혼했기 때문에 당신은 경제적으로 곤경에 빠졌으며, 거기서 빠져나오기 위해 어떤 방법을 찾으려고 급히 서둘러서 여기로 왔습니다. 그 방법이란 시간을 버는 것이었다고 우리는 생각합니다만. 그 목적으로 어떤 서류에 도일 부인의 서명을 받으려고 했으나, 실패로 끝났습니다. 그리고 나일 강의 상류로 갔을 때는 압 신벨에서 절벽 위를 걸어가다가 커다란 돌을 굴러 떨어지게 했지만 간발의 차이로 목적물에서 빗나가고 말았지요."

"당신은 어떻게 되었군."

"강을 거슬러 올라갔다가 내려올 때에도 똑같은 일이 일어났소.

만약 도일 부인이 죽으면 거의 확실히 다른 사람의 짓으로 보일 수 있는 때에 부인을 없애 버릴 기회가 저쪽에서 굴러들어왔습니다. 그리고 리넷 도일과 하녀인 루이즈의 살해자임에 틀림없다고 생각되는 사람의 이름을 우리에게 알려 주려고 했던 옥타브 부인을 죽인 것은 당신의 권총이었다는 것을 우리는 확신하고 있을 뿐 아니라, 실제로 알고 있지요."

"무슨 말을 하고 있는 거요. 미쳤소! 나에게 리넷을 죽일 어떤 동기가 있다는 거요? 재산이 내 것이 되는 것도 아니잖소. 그녀 남편의 것이 된단 말이오. 어째서 그 사나이를 추궁하지 않는 거요. 이익이 있는 것은 내가 아니라 그 사나이인데 말이오."

"도일은 비극이 있던 날 밤에 총을 맞아 다리에 부상을 입을 때까지 전망실을 떠난 일이 한 번도 없었소. 총을 맞은 다음부터는 걸을 수 없었다는 것을 의사와 간호사가 증명했지요. 이 두 사람은 각자의 입장에서 신뢰할 수 있는 증인이오. 사이면 도일이 아내를 죽인다는 것은 무리요. 루이즈 부르제이를 죽이는 것도 불가능하오. 옥타브 부인 또한 도일이 죽이지 않았다는 것이 결정적이오. 그건 당신도 알고 있으리라고 생각하는데."

이렇게 말하는 레이스의 목소리는 차가웠다.

"도일이 죽이지 않았다는 것은 알고 있습니다. 하지만 내가 말하고 싶은 것은 도일 부인의 죽음으로 아무런 이익도 얻지 못하는 나를 왜 추궁하느냐는 것입니다."

"견해 차이겠지요."

포아로는 조용히 말했다.

"도일 부인은 영리하고, 자기 주위 상황에 대해서 잘 알고 있었으며, 조금이라도 이상한 점이 있으면 곧 눈치 채는 성격이므로 귀국해서 자신의 재산을 관리하게 되면 반드시 의혹을 품게 될 거요. 그러나 그녀가 죽어 버려서 지금 당신이 말한 대로 도일이 상속하게 된다면 사정은 달라지지요. 그 사나이는 아내가 부자라는 것 말고는 아무것도 모르니까요. 단순하고 사람을 믿는 성질이란 말이오. 까다로운 일을 그 사나이 앞에 늘어놓고 중요한 문제는 숫자와 관련시킨 다음 법률상의 형식과 최근의 불경기를 구실로 하면 거래의 해결을 지연시키는 것은 문제없는 일이지요. 그 남편을 상대로 하느냐, 아내를 상대로 하느냐에 따라 당신에게는 굉장한 차이가 있다고 생각되는데요."

"당신 생각은…… 당치도 않소."

"시간이 증명하겠지요."

"뭐라고요?"

"시간이 증명하겠지요, 라고 말했소. 세 사람이 죽었습니다. 그것도 모두 타살이오. 사건이 사건이니만큼, 도일 부인의 재정 상태는 엄격하게 조사를 받게 될 겁니다."

페닝턴의 어깨가 갑자기 축 처지는 것을 보고 포아로는 이겼다고 생각했다. 짐 팬숍이 걱정한 것은 충분한 근거가 있는 일이었던 것이다.

"당신은 이 승부에서 졌소. 더 이상 허세를 부려봐야 소용없어요."

"당신은 모르시겠지만, 상황은 정말로 분명했습니다. 심한 불경기였던 것은 틀림없었지만 다시 만회를 계획하고 있었기 때문에 운이 좋으면 6월 중순까지는 만사가 잘 되리라고 생각했소."

페닝턴은 떨리는 손으로 담배에 불을 붙이려고 했으나 불은 꺼져 버렸다.

"그 돌은 그때 우연히 떠오른 생각이었겠지요. 옆에 아무도 보는 사람이 없다고 여기고서……." 포아로가 말했다.

"그건 우연입니다. 정말이오. 발이 걸려 넘어진 순간에 돌이 부 딪치고 말았던 것으로, 정말 우연이었지요."

페닝턴은 겁먹은 눈초리가 되었다. 레이스와 포아로는 아무 말 도 하지 않았다.

페닝턴은 별안간 원기를 되찾았다. 아직도 의기소침하고 있기는 했지만 본디의 투지가 다시 고개를 쳐들기 시작했다. 문 쪽으로 걸어가면서 그는 말했다.

"그것을 내 탓으로 하는 것은 무리지요. 우연한 일이었으니까 요. 그리고 그 사람을 쏜 것은 내가 아닙니다. 그것도 내 탓으 로 돌릴 수는 없을 것입니다. 그렇게는 되지 않을 겁니다."

페닝턴은 나갔다.

26

페닝턴이 나가고 문이 닫히자 레이스는 깊게 한숨을 내쉬었다.

"뜻밖의 수확이야. 사기와 살인 미수의 고백을 들을 수 있었으 니, 더 이상 캐내기란 어려운 일일세. 살인을 계획한 것까지는 어떻게든 고백하겠지만, 중요한 점은 자백하려고 하지 않을 테 니까."

"자백시킬 수도 있지."

꿈을 꾸고 있는 듯한 포아로의 눈을 레이스는 이상하다는 듯이 바라보았다.

"생각이 정리되었는가?"

포아로는 고개를 끄덕이며 손가락으로 항목을 꼽아 보았다.

"아스완의 정원. 앨러튼의 진술. 두 개의 매니큐어. 나의 포도 주 병. 비로드 목도리. 얼룩진 손수건. 범행 현장에 남아 있던 권총. 루이즈의 죽음. 옥타브 부인의 죽음. 이렇게 나가다 보면 그것은 페닝턴의 짓이 아니야, 레이스."

"뭐라고?"

"그것은 페닝턴의 짓이 아니란 말일세. 그 사나이에게는 동기가 있어. 그리고 하려고 하는 의지도 틀림없이 있었고, 실제로 그것을 계획하기도 했네. 하지만 그것뿐이야. 이 범죄에는 페닝턴이 가지고 있지 않은 뭔가가 필요했어. 다시 말해서 대담성과 기민하고 완벽한 동력과 용기와, 위험을 염두에 두지 않는 지략이 풍부한 타산적인 머리가 필요한데 페닝턴에게는 그런 소질이 없네. 페닝턴 같은 타입은 안전하다고 생각되지 않으면 범죄를 저지를 수가 없어. 그런데 이 범죄는 안전하지는 않았어. 오히려 위험했지. 대담성이 필요했는데, 페닝턴에게는 그것이 없었어. 그 사나이는 그저 빈틈이 없을 뿐이야."

"그 사나이를 정확하게 파악했군." 레이스가 감탄한 듯이 말했다.

"아직도 한두 가지 알아보고 싶은 것이 있는데, 리넷 도일이 읽었다는 전보도 그 중의 하나일세."

"아참! 도일에게 물어 본다는 것을 잊었군. 옥타브 부인이 왔을 때 도일이 그것을 이야기해 주고 있었지. 다시 한 번 물어보기로 하세."

"좀더 있다가 하세. 그보다도 먼저 이야기하고 싶은 사람이 있네."

"누구인데?"

"팀 앨러튼."

"앨러튼? 알았어, 곧 부르지."

레이스는 벨을 누르고, 급사를 보냈다.

팀 앨러튼은 의아스러운 표정을 지으며 들어왔다.

"부르셨습니까?"

"이야기하고 싶은 것이 있소. 앉으시오."

팀은 공손하기는 했지만 지긋지긋하다는 태도를 보였다.

"내가 도움을 드릴 만한 일이 아직도 남았습니까?"

"내가 당신에게 정말로 요구하는 것은 내 말을 들어 달라는 거요."

"그렇게 하지요. 나는 남의 이야기를 잘 듣는 편이니까요. 그때 그때마다 '저런!' 하고 맞장구도 칠 줄 압니다."

"그거 참 잘 되었군. '저런'이라는 것은 의미심장하니까 말이오. 그럼, 시작합시다. 아스완에서 당신과 당신 어머니를 만났을 때 나는 몹시 마음이 끌렸었소. 무엇보다 당신 어머니와 같이 훌륭한 사람을 만난 것은 처음이고……."

팀의 지친 듯한 얼굴에 한순간 그늘이 드리워졌다.

"그리고 내가 흥미를 가진 것은 당신이 어떤 부인에 대해서 말한 일이었소. 조앤너 사우스우드 양에 대한 것이지요. 그 무렵 그 이름을 자주 듣고 있었기 때문이오."

포아로는 잠깐 숨을 돌렸다.

"3년쯤 전부터 스코틀랜드야드의 골치를 썩여 온 보석 도난사건이 있었습니다. 상류사회의 도둑이라고나 할까요. 수법은 언제나 똑같았지요. 진짜와 모조품을 바꿔치는 방법입니다. 그래서 내 친구인 재프 주임 경감은 이건 한 사람의 짓이 아니라 두 사람이 공모하고 있다는 결론에 이르렀지요. 그리하여 내부 사정을 알고 보니 아무래도 신분 있는 자의 짓이라고 확신하게 되었으며, 마침내 경감은 조앤너 사우스우드 양에게 깊은 주의를 기울이기 시작했습니다. 피해자는 모조리 그녀의 친구거나 아는 사람이고, 어느 사건에서나 그녀는 문제의 보석에 손을 댔거나 아니면 그것을 빌린 적이 있었기 때문이지요. 그리고 그녀는 본인의 수입으로는 도저히 감당할 수 없는 생활을 누리고 있었소. 한편 실질적인 범행, 즉 바꿔치기를 한 것은 그녀가 아니라는 것이 분명했습니다. 뿐만 아니라 보석을 바꿔치기했을 때 그녀는 영국을 떠나 있었던 경우도 있었으므로, 재프 주임 경감의 머리에는 서서히 어떤 조그마한 영상(映像)이 완성되어 갔지요. 한때 보석 조합에 관계한 일이 있는 사우스우드 양이 문제의 보석을 손에 들고 그것을 정확하게 베껴서 이름도 없는 부정직한 보석상에게 모조품을 만들게 한 것이 아닐까 하고 경감은 생각했던 겁니다. 또 한 사람은 그 보석에 손을 댄 일도 없고 보석류의 모조에도 아무런 관계없는 사람이라는 것이 확실하지만, 그것이 누구인지 재프는 몰랐지요.

당신의 입에서 나온 어떤 일에 나는 관심을 가졌습니다. 당신이 마조르카 섬에 있었을 때 일어난 반지 분실 사건, 어떤 파티에서 있던 바꿔치기 사건과, 당신이 사우스우드 양과 친한 사이라는 것에 흥미를 느꼈던 겁니다. 또한 당신은 내가 접근하는 것을 노골적으로 싫어했습니다. 어머니에게도 서먹서먹한 태도를 취하도록 하려고 했고요. 그런데 리넷 도일이 살해된 다음 그녀의 진주가 분실되었다는 것을 알았는데, 나는 금방 당신 생각이 떠오르더군요. 하지만 납득이 가지 않았소. 내 추측대로 당신이 사우스우드 양과 공모하고 있다면 무모하게 훔치지 않고 바꿔치기를 했을 거라고 생각했기 때문이지요. 하지만 진주는 뜻하지 않았던 사람으로부터 돌아왔는데, 그것은 진짜가 아니라 가짜였소! 그래서 진범인이 누구냐 하는 것이 분명해졌지요. 도둑맞았다가 그 뒤 돌아온 것은 모조 목걸이였으니까요. 다시 말해서 당신이 그 이전에 진짜와 바꿔치기를 해 두었던 겁니다."

포아로는 말을 마치고 가만히 젊은이를 지켜보았다. 팀은 얼굴빛이 달라졌다. 그에게는 페닝턴과 같은 투지가 없었다. 체력이 없었기 때문이다. 그래도 무시하는 듯한 태도를 무너뜨리지 않으려고 안간힘을 썼다.

"그래서요? 그렇다면 내가 그 진주를 어떻게 해 버렸다는 겁니까?"

"그것도 나는 알고 있지요."

팀의 얼굴이 일그러졌다. 포아로는 천천히 이야기를 계속했다.

"그 진주가 있을 만한 장소는 한 군데밖에 없소. 곰곰이 생각해 본 결과, 당신의 방에 걸려 있는 로사리오(^{천주교에서
쓰는 묵주}) 속에 있을 것 같습니다. 그 로사리오 알은 참으로 교묘하게 만들어졌더군요. 특별히 주문을 했겠지요. 겉으로만 보아서는 도저히 알 수 없지만, 그 알은 틀면 떨어지도록 되어 있는 겁니다. 알 하나하나 속에 아교로 진주를 붙여 두었겠지요. 종교적인 의미를 갖는 물건에 대해서는, 특별히 이상한 점이 없는 한 대부분의 경찰관들이 이의를 달지 않는다는 것을 생각해서 한 짓입니다. 나는 사우스우드 양이 어떤 방법으로 당신한테 모조 목걸이를 보내왔는지를 열심히 캐내려고 했었지요. 도일 부인이 신혼여행으로 이곳에 온다는 말을 듣고 당신이 마조르카 섬에서 여기까지 온 것을 보면 사우스우드 양이 보냈을 게 틀림없다고 생각한 거요. 내 짐작으로는 한 가운데를 도려내고 네모난 구멍을 뚫은 책에 숨겨서 보냈을 것 같소. 책은 개봉한 채로 보내면 십중팔구 우체국에서 조사당할 걱정이 없거든요."

오랫동안 두 사람은 입을 열지 않았으나 이윽고 팀이 조용히 말했다.

"당신이 이겼습니다. 재미있는 승부였지만, 마침내 승패가 결정 났으니 벌을 감수할 수밖에 없을 것 같군요."

포아로는 조용히 고개를 끄덕였다.

"그날 밤, 다른 사람에게 들켰다는 것을 알고 있습니까?"

"들켰다고요?"

"리넷 도일이 죽었던 날 밤 새벽 1시가 지나서 당신이 그녀의 방에 들어가는 것을 본 사람이 있습니다."

"설마, 당신은 내가…… 나는 그녀를 죽이지 않았소. 절대로 그렇지는 않습니다. 맹세하겠습니다. 하필이면 그날 밤을 택했는 지…… 정말 불안해서 죽을 지경이었습니다."

"몹시 그랬겠지요. 이제 사실이 밝혀졌으니 우리에게 협력해 주시오. 당신이 진주를 훔쳐 냈을 때 도일 부인은 살아 있었나요, 아니면 죽어 있었나요?"

"모르겠습니다. 정말로 모르겠습니다. 밤에 진주를 놓아두는 장소, 그러니까 침대 맡의 작은 테이블 위에 놓아둔다는 것을 알고 있었으므로 몰래 숨어들어가서 테이블 위를 손으로 더듬어서 찾았지요. 그리고 그 진주를 바꿔치고는 곧 방을 빠져나왔을 뿐입니다. 물론 도일 부인은 자고 있다고 생각했었습니다."

"숨소리가 들리지 않던가요? 그것을 확인하기 위해서 귀를 기울였을 텐데요."

"아주 조용했습니다. 숨소리가 들린 것 같지는 않았습니다."

"혹시 총을 쏜 뒤의 연기 냄새가 주위에 감돌고 있지는 않던가요?"

"그런 일은 없었던 것 같습니다. 기억이 없습니다."

"그럼, 이 정도로 해 두지요."

포아로는 한숨을 쉬었다.

"나를 보았다는 사람이 누굽니까?" 팀이 물었다.

"로잘리 옥타븐이오. 마침 갑판 왼쪽에서 모퉁이를 돌았을 때 당신이 리넷 도일의 방에서 나와 당신의 방으로 가는 것을 보았겠지요."

"로잘리가 당신에게 그렇게 말하던가요?"

"아니, 그녀한테서 들은 것이 아니오."

"그럼, 어떻게 알고 계십니까?"

"그건 내가 에르큘 포아로이기 때문이오. 나는 다른 사람으로부터 들을 것까지도 없단 말입니다. 로잘리가 아무 말도 하지 않기 때문에 추궁을 했었소. 그랬더니 뭐라고 말했는지 아오? '저는 아무도 보지 못했어요'라고 하더군요. 하지만 그건 거짓말이오."

"어째서요?"

"자기가 본 사람이 범인이라고 로잘리는 생각한 거겠지요. 아무래도 그런 것 같소."

"그렇다면 더욱 당신에게 그 말을 했을 텐데요."

"로잘리는 그렇게 생각하지 않았던 모양입니다."

팀은 레이스 쪽으로 돌아섰다.

"그런데 앞으로 어떻게 되는 겁니까? 리넷의 방에서 진주를 훔친 것은 인정합니다. 그리고 그 진주는 말씀하신 장소에 있습니다. 나는 분명히 죄를 저질렀습니다. 하지만 사우드우드 양에 대해서는 아무것도 인정하지 않았으니까, 그녀에게 불리한 증거는 아무것도 없겠지요. 가짜 목걸이를 어떤 식으로 손에 넣었느냐 하는 것은 남의 간섭을 받을 문제가 아닙니다."

"훌륭한 태도요."

포아로가 중얼거리자 팀은 농담조로 말을 받았다.

"언제나 신사이니까요."

팀은 다시 말을 계속했다.

"어머니가 당신에게 호의를 가지게 되어서, 내가 얼마나 곤란해 했었는지 상상하실 수 있을 겁니다. 위험한 일을 저지르려는 판에 유능한 탐정과 아무렇지도 않은 듯이 얼굴을 맞대고 앉아 있을 정도로 상습범은 아니니까요. 개중에는 그런 것에서 스릴을 맛보는 사람도 있을지 모르지만, 나는 그럴 수가 없었어요. 솔직히 말해서 겁을 먹고 있었습니다."

"하지만 그 때문에 계획을 주저할 생각은 없었겠지요."

"바꿔치기를 한다면 이 배 안에서 하는 것이 절호의 기회였습니다. 한 방 건너서 옆방에 당사자인 리넷이 걱정거리를 잔뜩 안고 있었으므로 진주를 바꿔치기해도 눈치 챌 것 같지 않았으니까요."

"그랬을까요……."

"무슨 말씀이십니까?" 팀은 눈을 들었다. 포아로는 벨을 눌렀다.

"옥타븐 양에게 잠깐 여기 와 줄 수 있는지 물어 보세요."

팀은 얼굴을 찌푸렸으나 아무 말도 하지 않았다. 급사가 와서 포아로의 명령을 듣고 나갔다.

몇 분 뒤에 나타난 로잘리 옥타븐은 울어서 눈이 새빨갛게 부어 있었다. 팀을 보자 깜짝 놀란 것 같았으나, 전처럼 의심하는 듯한 반항적인 태도는 조금도 없었다. 의자에 앉자 이제까지와는 달리 얌전하게 레이스로부터 포아로에게로 시선을 옮겼다.

"수고를 끼쳐서 죄송합니다." 레이스가 조용히 말했다. 그는 포아로에 대해서 조금 불쾌한 기분을 품고 있었던 것이다.

"상관없어요." 로잘리는 작은 목소리로 말했다.

"한두 가지 알아 두어야 할 일이 있어서요. 오늘 새벽 1시 10분에 갑판 오른쪽에서 사람 그림자를 보지 못했느냐고 물었을 때 당신은 못 보았다고 하셨지요. 다행히 당신의 도움을 받지 않고도 사실을 파악할 수가 있었습니다. 앨러튼이 어젯밤 리넷 도일의 방에 있었다는 것을 인정했습니다." 포아로가 말하자, 로잘리는 흘낏 팀 쪽으로 눈길을 보냈다. 팀은 굳은 표정으로 조금 고개를 끄덕였다.

"시간은 정확하지요, 앨러튼?"

"네, 맞습니다."

로잘리는 팀을 가만히 지켜보고 있었다. 입술이 떨리고 있었다.

"하지만, 설마 당신이……."

팀은 급히 그 뒤를 받았다.

"내가 죽이지는 않았소. 나는 도둑질은 했지만 사람을 죽이지는 않았소. 머지않아 모든 것이 밝혀질 테니까 당신도 알아 두는 편이 좋겠소. 나는 진주를 노리고 있었던 겁니다."

"앨러튼의 말에 의하면, 어젯밤 도일 부인의 방에 들어가서 진짜 목걸이와 가짜를 바꿔치기 했다는군요." 포아로가 설명했다.

"그게 정말인가요?"

로잘리는 슬픔을 담은 어린아이 같은 눈으로 팀을 보았다.

거기서 말이 끊어졌으며, 레이스 대령은 침착성을 잃고 돌아다녔다. 포아로는 이상한 목소리로 말을 이었다.

"내가 보기에는 앨러튼이 꾸며낸 이야기 같군요. 다시 말해서 앨러튼이 어젯밤 틀림없이 리넷 도일의 방에 들어갔다는 증거는 있지만, 어째서 그런 짓을 했느냐 하는 것을 나타내는 증거는 없단 말입니다."

팀은 포아로의 얼굴을 가만히 바라보았다.

"당신은 알고 계시지 않습니까?"

"내가 뭘 알고 있단 말인가요?"

"저…… 내가 진주를 훔쳤다는 것을 알고 계시잖습니까?"

"당신이 진주를 가지고 있다는 것은 알고 있소. 하지만 언제 그
것을 손에 넣었는지는 알 수가 없지요. 어젯밤 이전이었을지도
모르니까요. 리넷 도일은 바꿔치기를 해도 눈치 채지 못했을 거
라고 조금 전에 당신이 말했지만, 나는 그 점을 잘 알 수가 없
습니다. 가령 그녀가 그것을 눈치 챘다고 합시다. 그리고 누구
의 짓인가도 리넷이 알고 있었다고 합시다. 어젯밤 그녀는 모든
것을 폭로해 버리겠다고 당신을 협박하고 당신은 그 말을 곧이
들었다고 합시다. 그리고 당신이 재클린 드 벨포트와 사이먼 도
일과의 언쟁을 엿들었다고 해봅시다. 사교실에 인기척이 없어지
는 것을 기다렸다가 당신은 그곳으로 몰래 들어가서 권총을 손
에 넣고, 1시간 뒤에 배가 조용해졌을 무렵 리넷 도일의 방으로
몰래 들어가서 확실하게 폭로될 걱정이 없게 해놓았다면……."

"무슨 소리를 하고 있는 겁니까?"

팀은 새파랗게 질린 얼굴을 하고 말없이 비통한 눈초리로 포아
로를 보았다.

"그런데 그밖에도 당신을 본 사람이 있었소. 루이즈요. 이튿날
루이즈가 당신을 협박해서 돈을 뜯어내려고 했지요. 충분한 돈
을 주지 않으면 말해 버리겠다는 말을 듣고 당신은 그 협박에
굴복하면 파멸로 가는 첫걸음이라고 생각했소. 그래서 하라는
대로 하는 체 하고 점심 식사 전에 그녀의 방으로 간다고 약속
했지요. 그리고 그녀가 돈을 세고 있을 때 푹 찔렀소. 그런데
또다시 불운하게도 당신이 루이즈의 방으로 들어가는 것을 본

사람이 있었소."

포아로는 반쯤 로잘리 쪽을 보며 말을 계속했다.

"그것은 옥타븐 부인이었소. 당신은 또 위험하고 분별없는 짓을 할 수밖에 없었지요. 페닝턴이 권총에 대해서 이야기하고 있었던 것을 생각해 내고는 그의 방으로 달려가서 권총을 손에 넣고, 베스너 의사의 방 밖에서 귀를 기울이고 있었습니다. 그리고 옥타븐 부인이 당신 이름을 말하기 전에 그녀를 쏘아 버린 겁니다."

"거짓말이에요! 팀이 한 짓이 아니에요." 로잘리가 외쳤다.

"그런 다음 당신에게 남겨진 길은 오직 하나뿐이었소. 즉 당신은 배 뒤쪽을 한 바퀴 돌아서 달렸지요. 내가 당신의 뒤를 쫓아갔을 때는 당신이 이미 홱 돌아서서 반대 방향에서 달려온 것처럼 꾸몄던 거요. 당신은 권총을 쥘 때 장갑을 끼고 있었는데, 그 장갑은 내가 빌려달라고 말했을 때 호주머니 속에 들어 있었지요……."

"하느님에게 맹세코 그런 일은 없습니다. 모두 거짓말입니다."

하지만 팀의 목소리는 떨리고 믿음직스럽지가 않아서 상대를 납득시킬 만한 힘이 없었다. 그때 로잘리의 목소리가 여러 사람을 놀라게 했다.

"물론 그것은 사실이 아니에요. 포아로 씨도 사실이 아니라는 것을 알고 계시잖아요. 무슨 이유가 있어서 그렇게 말하고 계시는 거예요."

포아로는 로잘리를 보고 엷은 웃음을 띠었다. 그리고 항복한다는 표시로 두 손을 내밀었다.

"아가씨는 너무 영리해서…… 하지만 훌륭한 증명이었음에는 이의가 없겠지요."

"뭐라고요!"

팀의 치밀어 오르는 노여움을 누르려는 듯 포아로는 한 손을 들었다.

"앨러튼, 당신에게 불리한 훌륭한 증명이 있다는 것을 알아 달라는 겁니다. 그런데 더 유쾌한 일을 가르쳐 주겠소. 사실은 아직도 당신 방에 있는 로사리오를 조사해 보지 않았는데, 조사할 때쯤 되면 그 속에는 아무것도 없지 않을까요. 그렇게 되면 옥타븐 양이 어젯밤 갑판에서 아무도 보지 못했다고 주장하고 있는 이상 당신을 상대로 한 증거는 아무것도 없는 셈이오. 진주를 훔친 것은 절도광이며, 그 뒤 돌려놨단 말입니다. 당신들 둘이서 조사해 보고 싶다면 그 진주는 문 옆의 테이블 위에 놓인 작은 상자에 들어 있소."

팀은 일어섰으나 한참 동안 말도 하지 못했다. 겨우 말할 수 있게 되었을 때도 적당한 말이 나오지 않는 것 같았다. 그러나 듣고 있는 사람들은 만족했다.

"고맙습니다. 이젠 더 이상 기회를 주지 않으셔도 좋습니다."

팀은 로잘리를 위해 문을 열어 주었다. 그리고 그녀가 나간 다음 팀도 조그마한 상자를 들고 뒤를 따랐다. 두 사람은 나란히 걸어갔다. 팀은 작은 상자를 열고 가짜 목걸이를 꺼내어 나일 강에 힘껏 내던졌다.

"저것 봐, 가라앉았어. 이 상자를 포아로에게 돌려주면 진짜 목걸이가 제자리로 돌아갈 수 있겠군. 나는 정말 바보였어."

"어째서 그런 일을 하게 되었지요?"

"어째서였느냐고? 나도 모르겠어. 권태, 태만…… 그 일 자체가 재밌어. 열심히 일해서 돈을 버는 것보다 훨씬 매력이 있으니까. 당신의 눈에는 비열하게 보이겠지만, 확실히 매력이 있단 말이야."

"알 것 같아요."

"하지만 해볼 생각은 없을 테지?"

로잘리는 잠시 동안 고개를 갸우뚱거리면서 생각에 잠겼다.

"네, 없어요."

"당신은 정말 훌륭해. 왜 어젯밤에 나를 보았다고 말하지 않았지?"

"당신이 의심을 받을까봐 그랬어요."

"당신은 나를 의심했소?"

"당신이 사람을 죽였으리라고는 믿지 않아요."

"그래, 나는 사람을 죽일 수 있는 사나이가 못 돼. 기껏해야 좀 도둑일 뿐이지."

"그 말은 하지 않기로 해요."

팀은 로잘리의 손을 잡았다.

"로잘리, 당신은…… 내 말뜻을 알 수 있겠지. 아니면 내 눈 앞에서 나를 경멸하겠소?"

"저, 조앤너는?"

"조앤너? 어머니와 똑같군. 나는 조앤너의 일 따위는 조금도 생각하지 않아. 망아지 같은 얼굴에다 눈초리가 나쁜 여자 같은 건 생각도 안 해."

이윽고 로잘리가 말했다.

"당신 마음을 어머니에게 알려서는 안 돼요."

"글쎄, 난 말하고 싶은데. 어머니는 건강하시니까 웬만한 일로는 까딱하지 않으실걸. 조앤너와 나의 관계가 절대 사무적이었다는 것을 알면 어머니는 기뻐하시며 다른 일은 모두 용서해 주실 거야."

팀과 로잘리는 앨러튼 부인의 방으로 갔다. 팀이 세게 노크하자 문이 열리고 앨러튼 부인이 문 앞에 섰다.

"로잘리와 나는……." 이렇게 말하고 팀은 말을 끊었다.

"어머나, 너희들!" 앨러튼 부인은 말하더니 로잘리를 껴안다시피 했다.

"로잘리, 나는 전부터 바라고 있었단다. 하지만 팀이 속을 썩여서. 저애는 너를 좋아하지 않은 체하고 있었거든. 물론 그래도 나는 다 알고 있었지만 말이야."

"언제나 친절히 대해 주셔서 고마웠어요. 저도 역시 바라고 있었어요." 로잘리는 앨러튼 부인의 어깨에 기대어 기쁜 울음을 터뜨렸다.

27

팀과 로잘리가 가 버리자 포아로는 미안하다는 듯이 레이스 대령을 보았다. 대령은 불쾌한 듯한 얼굴을 하고 있었다.

"자네도 내 처리에 동의해 주겠지. 틀림없이 비정상적인 처리이긴 하지만, 나는 인간의 행복을 존중하거든."

"자네는 나의 행복을 무시하고 있어."

"나는 그 아가씨가 귀여워. 그리고 그 아가씨는 팀을 사랑하고 있네. 둘 다 아주 좋은 결혼 상대라고 생각해. 로잘리에게는 팀에게 필요한 꿋꿋한 점이 있고, 팀의 어머니는 로잘리를 마음에 들어 하지. 모든 것이 안성맞춤일세."

"이 결혼은 하늘과 에르퀼 포아로에 의해 결정되었으니까, 내가 할 일은 중죄(重罪)를 보고도 못 본 체하는 일뿐이겠지."

"아니, 조금 전의 이야기는 전부 내가 추측해서 지어 냈을 뿐이야."

"좋아, 고맙게도 나는 경찰관이 아닐세. 앞으로 그 젊은이는 지나치리만큼 정직하게 살아가겠지. 아가씨는 틀림없이 정직해. 내가 못마땅하게 생각하는 것은 나에 대한 자네의 태도일세. 나는 참을성 있는 사나이야. 하지만 인내에도 한도가 있어. 대체 자네는 이 배에서 일어난 살인 사건의 범인을 알고 있는 건가, 모르는 건가?"

"알고 있네."

"그렇다면 어째서 번거로운 일을 하고 있는 거지?"

"자네는 내가 지엽적인 문제를 재미있어하고 있다고 생각하는가? 그래서 조바심이 난다는 거겠지? 내 애길 들어 보게. 나는 전에 고고학적인 목적을 가진 원정대에 참가한 일이 있는데 그때 배운 것이 있네. 발굴하고 있을 때 뭔가가 땅 속에서 나오면 그 주위에 붙어 있는 것을 완전히 떼어 내네. 그래서 진짜 알맹이만 남게 되었을 때 촬영하지. 내 목표도 바로 그거야. 그대로 드러나는 빛나는 진실을 보기 위해 주위에 붙어 있는 것을 떼어 내려는 걸세."

"좋아, 그대로 드러나는 그 빛나는 진실을 붙잡기로 하세. 페닝턴도 아니고, 앨러튼도 아니고, 프리트우드도 아닌 것 같다면…… 대체 누구인지 말해 주게나."

"지금 말하려던 참이야."

이때 문을 두드리는 소리가 났으므로 레이스는 혀를 찼다. 들어온 것은 베스너 의사와 코넬리아였으며, 코넬리아는 흥분하고 있는 것 같았다.

"레이스 대령님, 방금 파워즈 양으로부터 아주머니의 이야기를 들었습니다. 정말 깜짝 놀랐어요. 파워즈 양 혼자서는 책임을 질 수가 없으므로 친척이 되는 나도 사실을 알아 두는 편이 좋다고 말하더군요. 처음에는 도저히 믿어지지가 않았지만, 베스너 선생님이 잘 이야기해 주셨어요."

"아니, 그건." 베스너 의사는 겸손해 했다.

"선생님이 친절하게 모든 것을 설명해 주셨습니다. 도둑질을 하지 않고는 배길 수 없는 사람이 있다는 것을 가르쳐 주셨어요. 선생님의 병원에도 전에 그런 환자가 있었다고 하더군요. 일종의 뿌리 깊은 노이로제가 원인이 되는 수가 흔히 있다는 이야기도 해주셨습니다. 어릴 때 일어난 사소한 일이 원인이 될 경우도 있다더군요. 그래서 선생님은 어린 시절 기억을 다시 끄집어내서 병을 치료해주신 적도 있대요."

코넬리아는 한숨 돌리고 나서 다시 이야기를 계속했다.

"하지만 이 일이 알려지게 되면 어떻게 하나 생각하니 걱정스러워 못 견디겠어요. 뉴욕에서는 그야말로 큰 소동이 날 거예요. 신문마다 날 테니까요. 메어리 아주머니도 어머니도 모두 고개를 들 수 없게 될 거예요."

"그건 문제없습니다. 비밀로 할 테니까요." 레이스가 말했다.

"죄송합니다만, 확실한 거지요?"

"살인 이외의 일은 대충 수습해서 넘기겠습니다."

"참 잘됐군요. 나는 정말 걱정이 돼서 못 견딜 지경이었어요."

"당신은 정말 마음씨가 착한 사람이오."

베스너 의사가 코넬리아의 어깨를 다정하게 두드려 주었다.

"이 사람은 매우 다감하고 아름다운 사람입니다." 베스너는 이번에는 포아로를 보고 말했다.

"어머나, 그렇지 않아요. 당신이 친절하신 거예요."

"그 뒤로 퍼거슨은 만나지 않았습니까?" 포아로가 묻자 코넬리아는 얼굴을 붉혔다.

"아뇨. 하지만 메어리 아주머니가 요즘 부쩍 그분의 이야기를 하고 있어요."

"그 청년은 명문 출신인 모양이더군요. 옷차림도 형편없고 좋은 집안에서 자란 것 같지도 않던데." 베스너가 말했다.

"당신은 어떻게 생각하십니까?" 포아로가 코넬리아에게 물었다.

"그분은 머리가 좀 이상한 게 틀림없어요."

포아로는 베스너 의사 쪽을 보았다.

"환자는 어떻습니까?"

"경과가 좋습니다. 벨포트 양을 안심시켜 놓고 오는 길입니다. 오후에 좀 열이 올랐을 뿐이지요. 당연히 그럴 수밖에 없지요. 지금은 이상하게도 열이 없습니다. 그 사나이는 농부처럼 튼튼한 몸을 가지고 있습니다. 심한 부상을 입고도 거뜬한 농부들을 보아 왔지만, 도일 씨도 마찬가지더군요. 오히려 벨포트 양이 걱정하는 것을 놀려 줄 정도입니다. 하지만 이상스럽더군요. 방금 사람을 쏘아 놓고 금세 그 사람이 낫지 않으면 어떻게 하나 하고 걱정하면서 히스테리를 일으키니 말입니다."

"그야 그 사람을 아주 사랑하고 있기 때문이지요." 코넬리아가 말했다.

"하지만 이치에 맞지 않는 이야기요. 당신에게 애인이 있다면, 당신은 그 사나이를 쏠 수 있겠습니까?"

"나는 원래 쾅 하고 폭발하는 것은 좋아하지 않으니까요."

이때 레이스가 말했다.

"도일 씨가 괜찮다면 가서 낮에 하던 이야기를 계속 들어 봐도 나쁠 것은 없겠지. 전보 이야기를 해주고 있던 참이었으니까."

베스너는 큰 몸집으로 어슬렁어슬렁 걸어다니면서 재미있는 듯이 말했다.

"하하하! 그게 재미있단 말이야. 도일 씨가 이야기해 주었는데 말입니다. 야채 이야기만 씌어 있는 전보였다더군요. 감자, 인삼, 파라고 말이오."

이 말을 듣자 레이스는 입 속으로 조그맣게 앗 하고 외치더니 몸을 일으켰다.

"그렇군. 리케티였구나."

레이스는 이해할 수 없는 얼굴을 하고 있는 세 사람을 둘러보았다.

"남아프리카의 반란 때 사용되었던 새로운 암호요. 감자는 기관총, 인삼은 고성능 폭약이라는 식이지. 리케티는 고고학자가 아니오. 위험하기 짝이 없는 정치운동가로 여러 번 사람을 죽인 일이 있소. 그 녀석이 또 틀림없이 사람을 죽인 거요. 도일 부인이 잘못해서 그 전보를 뜯어보았으니, 만일 그녀가 그 내용을 내 앞에서 말한다면 자기는 끝장이라고 생각했겠지요."

레이스는 포아로 쪽을 보았다.

"내 말이 옳을까? 리케티가 과연 범인일까?"

"그 사나이는 자네 담당일세. 나도 그 사나이가 수상하다고 생각해 왔어. 너무나 연극을 잘하기 때문이지. 하지만 리넷 도일을 죽인 것은 그 사나이가 아니야. 이 살인 사건의 전반부에 대해 얼마 전부터 알고 있었지만, 이것으로 후반부도 알게 되었네. 이로써 완전한 그림이 그려진 셈이야. 그러나 반드시 이런 식으로 했을 거라고 확신하고 있지만, 그것을 증명할 만한 것이 없단 말이야. 범인의 자백만이 유일한 희망일세."

"하지만 그런 일은 기적이겠지요." 베스너는 회의적이었다.

"누구예요? 가르쳐 주시지 않겠어요?" 코넬리아가 외쳤다.

포아로는 조용히 레이스, 베스너, 코넬리아 세 사람을 둘러보았다. 레이스는 비아냥거리는 웃음을 띠고 있고, 베스너는 아직도 의심스러워하는 것 같았다. 코넬리아는 입을 조금 벌리고 열심히 포아로를 지켜보았다.

"우선 나는 멍청이였소. 형편없는 멍청이였지요. 나에게 있어서는 권총, 재클린 드 벨포트의 권총이 장애물이었답니다. 어째서 그 권총이 범행 현장에 남아 있지 않았을까? 범인은 재클린에게 죄를 덮어씌우려고 했는데도 말입니다. 그렇다면 범인은 어째서 권총을 바다에 던져 버렸을까요? 나는 어리석게도 온갖 이유를 생각해 보았지요. 진짜 이유는 매우 간단했습니다. 범인은 할 수 없이 권총을 던져 버렸던 겁니다. 그렇게 할 수밖에 없었던 거지요."

28

"자네와 나는 어떤 선입관을 가지고 조사를 시작했었지."

포아로는 레이스 쪽을 보고 말을 이었다.

"그 선입관이란 이 범죄를 우발적인 것으로 단정해 버린 것일세. 리넷 도일을 없애 버리고 싶다는 사람이, 지금이라면 거의 틀림없이 재클린의 범행이라고 단정지을 만한 기회를 잡았다고 우리는 생각했지. 그리고 그 문제의 사람은 재클린과 사이먼 도일의 소동을 엿들었으며, 다른 사람들이 방에서 나간 다음에 그 권총을 손에 넣었다는 것이었어. 하지만 그 선입관이 잘못되었다면 사건의 전모는 달라지겠지. 그리고 실제로 그것은 잘못된 걸세. 이것은 그 자리에서 우발적으로 저지른 범행이 아니야. 신중히 계획을 세우고, 정확하게 시기를 계산해서 저질러진 범행이네. 세부적인 점에 이르기까지 미리 세심한 배려를 하고,

문제의 그날 밤 에르퀼 포아로의 포도주에 마취제를 넣는 것까지 계획에 들어 있었으니까. 그건 사실이야. 내가 이 사건에 관련을 갖지 못하도록 미리 잠재우려고 했던 거지. 나는 포도주를 마시고 함께 식사를 하고 있던 다른 두 사람은 위스키와 탄산수를 마시기로 되어 있었지. 그리고 내 포도주 병에 무해한 수면제를 넣는 것은 간단히 할 수 있는 일이었네. 술병은 하루 종일 테이블 위에 놓아둔 채로 있었거든. 하지만 그런 일은 없었을 것이라고 다시 생각하기로 했어. 더운 날이었고, 여느 때와는 달리 지쳤기 때문에 평소 잠이 얕은 내가 그날 밤에는 깊이 잠들어 버렸다고 해도 별로 이상할 것은 없었네. 더욱이 내가 여전히 선입관에 사로잡혀 있었던 탓도 있어. 만약 나에게 최면제를 먹였다면 그것은 계획적이었다는 것이 되며, 저녁 식사 시간인 7시 반 전에 범행이 결의되었던 셈이지만, 선입관을 가지고 볼 때는 앞뒤가 맞지 않았지. 그 선입관에 대한 첫 번째 타격은 나일 강에서 권총이 건져 올려졌던 일이었네. 만약 우리의 추리가 옳았다면 권총을 물 속에 던져 버리는 일은 없어야 하니까 말이야. 그리고 다시 잇달아 여러 가지 일이 일어났지."

여기서 포아로는 베스너 쪽을 보았다.

"베스너 선생, 당신은 리넷 도일의 시체를 조사하셨는데, 상처에 불에 그을린 흔적이 있었던 것을 기억하고 계시겠지요. 다시 말해서 발사하기 전에 권총을 머리에 바싹 붙였다는 겁니다."

"그렇습니다."

베스너는 고개를 끄덕였다.

"그런데 권총이 발견되었을 때는 비로드 목도리에 싸여 있었고, 그 목도리에는 몇 겹으로 겹친 채 권총을 쏜 흔적이 남아 있었습니다. 틀림없이 소리를 없애기 위해서였겠지요. 그러나 만약 비로드의 헝겊을 대고 쏜 것이라면 피해자의 피부에 화상을 입은 자국이 없어야 하잖습니까. 그러고 보면 목도리에 불에 그을린 자국을 낸 것은 다른 총알, 즉 재클린이 사이먼 도일을 쏜 총알일까요? 아닙니다, 그럴 리가 없지요. 그때는 목격자가 두 사람이나 있어서 사정을 잘 알고 있을 테니까요. 그렇다면 또 한 발, 우리가 전혀 알지 못하는 세 번째의 또 한 발이 쏘아졌을지도 모른다고 생각됐습니다. 그러나 그 권총으로는 두 발이 쏘아졌지만, 또 한 발에 대해서는 아무런 실마리도 없었지요. 이리하여 우리는 매우 이상한, 설명할 수 없는 상황에 부닥쳤던 겁니다. 그 다음에 재미있는 것은, 리넷 도일의 방에서 두 병의 매니큐어를 발견한 거였지요. 부인들은 손톱 빛깔을 자주 바꾸는 법이지만, 리넷 도일의 손톱은 언제나 진홍색이었습니다. 또 한쪽은 장밋빛이라는 상표가 붙어 있었으나 병 밑바닥에 남아 있는 것은 핑크빛 액체가 아니라 선명한 빨간 빛이었습니다. 이 상하게 생각되어 뚜껑을 열고 냄새를 맡아 보았더니, 강한 에나멜 냄새 대신에 초 냄새가 났지요. 그 병에 남아 있던 것은 빨간 잉크가 아닐까 싶습니다. 도일 부인이 잉크 병을 가지고 있어도 이상할 거야 없지만, 잉크는 매니큐어 병 같은 데 넣지 않고 잉크 병에 넣어 두는 것이 당연하겠지요. 그 잉크는 권총을 싸고 있던 희미한 얼룩이 있는 손수건과 관계가 있을 것 같았습니다. 빨간 잉크는 씻으면 빛깔이 씻겨 버리지만 엷은 핑크빛 얼룩이 남는 법이니까요. 이상과 같은 희미한 암시를 근거로 드디어 진상을 밝혀낼 수 있다고 생각했는데, 어떤 사건이 발생하여 의심할 나위가 없게 만들어 버렸습니다. 루이즈 부르제이는 살인범을 협박하여 돈을 뜯어내려 하고 있었음이 분명하다고 생각되는 상황에서 살해되었습니다. 천 프랑 짜리 지폐의 한 조각이 그녀의 손에 쥐어져 있었을 뿐만 아니라, 그녀가 오늘 아침에 한 말은 매우 의미심장한 것이었거든요. 바로 이것이 이 사건의 중요한 점이란 말입니다. 전날 밤 뭔가 보지 않았느냐고 물었을 때 루이즈 부르제이는 다음과 같이 이상한 대답을 했지요. '만일 잠이 오지 않아 층계로 올라가기라도 했다면 그 악한 이 부인의 방으로 들어가든가 나오는 것을 보았을지도 모르지만……'라고 말입니다. 대체 이것은 정확하게 무엇을 말하고 있는 것일까요?"

"그야 그녀가 실제로 층계를 올라갔다고 말하고 있는 거지요." 베스너가 코를 벌름거리면서 재빨리 대답했다.

"그렇지 않습니다. 당신은 요점을 파악하지 못하고 있는 것 같군요. 어째서 그녀는 우리들에게 그렇게 말할 필요가 있었을까요?"

"암시를 주기 위해서지요."

"하지만 왜 우리들에게 암시를 줄 필요가 있었을까요? 그녀가 만일 범인을 알고 있었다면 그녀에게는 두 가지 선택이 있었을 겁니다. 우리들에게 진실을 말하든가, 아니면 잠자코 있다가 당사자에게 입막음을 위한 돈을 요구하든가 둘 중의 하나지요. 그러나 그녀는 그 두 가지를 다 택하지 않았습니다. '아무도 보지 못했습니다. 자고 있었습니다'라고도 하지 않았고, '사람을 보았습니다. 그것은 누구입니다'라고도 하지 않았지요. 그럼, 어째서 그런 의미심장하고 번거로운 말을 길게 늘어놓았을까요. 그 이유는 오직 하나뿐이지요. 그녀는 범인을 보고 슬며시 암시를 주고 있었던 겁니다. 그렇다면 범인은 그때 함께 있었던 게 틀림없습니다. 그러나 그 자리에는 나와 레이스 외에 사이먼 도일과 베스너 선생 두 사람밖에 없었지요."

이 말을 듣고 베스너는 펄쩍 뛰면서 고함을 쳤다.

"무슨 말을 하는 거요! 또 내게 죄를 뒤집어씌울 작정이오. 이 거 정말 너무하는군."

"그만, 그만, 조용히 하시오! 나는 그때 생각한 것을 이야기하 고 있을 뿐이니까요."

"지금 당신을 범인이라고 생각하고 있는 게 아니에요." 코넬리 아가 위로하듯이 말했다.

"그래서 범인은 사이먼 도일이나 베스너 의사가 되는 셈인데, 의사가 리넷 도일을 죽이지 않으면 안 될 이유가 있을까요? 내 가 아는 바로는, 도무지 그 이유를 찾아낼 수 없었습니다. 그 럼, 사이먼 도일은 어떤가. 그것은 불가능했지요. 도일은 싸움 이 벌어질 때까지 한 발자국도 바깥에 나가지 않았다는 것을 맹 세할 수 있는 증인이 있으니까요. 그 뒤에 사이먼은 부상을 입 었으므로 움직이고 싶어도 움직이지 못했을 겁니다. 이상의 두 가지 점에 대해서는 확실한 증거가 있는 셈이지요. 첫 번째 점 에 대해서는 롭슨 양과 짐 팬숍과 재클린 드 벨포트의 증언이 있고, 두 번째 점에 대해서는 베스너 박사와 파워즈 양의 전문 적인 증명이 있었으므로 의심할 여지가 없습니다. 그렇다면 베 스너 박사가 범인임에 틀림없습니다. 이 주장을 뒷받침하듯 하 녀는 수술용 나이프로 살해되었지요. 그리고 한편 베스너 박사 는 이 사실에 깊은 주의를 기울이고 있었습니다. 그런데 그 다 음에 한 가지 이론을 제기할 여지가 없는 사실이 밝혀졌던 겁니 다. 루이즈 부르제이는 베스너 박사를 보고 암시를 주지는 않았 을 것이다. 왜냐하면 베스너 박사라면 그녀는 언제든지 하고 싶 을 때 충분히 이야기할 수가 있었을 테니까요. 그녀가 그럴 필 요가 있는 사람은 한 사람, 단 한 사람밖에 없었습니다. 다시 말해서 사이먼 도일이지요. 사이먼 도일은 부상을 입었으며, 의사가 언제나 붙어 있었습니다. 더구나 그는 의사의 방에 있었거든요. 그래서 루이즈는 앞으로는 기회가 없다는 것을 알고 듣기에 따라서는 이렇게도 들릴 수 있고 저렇게도 들릴 수 있는 말을 늘어놓았던 겁니다. 그녀가 사이먼 도일 쪽을 보고 다음과 같이 말한 것이 생각나는군요. '제발 부탁이에요. 사정을 잘 알고 계시잖아요. 저는 뭐라고 대답해야 좋지요?' 그러자 도일은 다음과 같이 대답했지요. '바보 같은 소리 하지 마! 아무도 네가 뭔가를 보았거나 들었다고는 생각하지 않아. 괜찮아, 내가 보살펴 주지. 아무도 너를 꾸짖고 있는 게 아니야.' 루이즈가 원했던 것은 바로 이 보증이었습니다. 그리고 그녀는 그것을 얻을 수가 있었던 겁니다."

"그런 돼먹지 않는 소리가 어디 있소? 골절로 다리에 부목을 붙인 사나이가 배 안을 걸어 다니면서 사람을 찔러 죽일 수가 있단 말이오! 그 사나이가 방에서 나가는 것은 불가능했단 말이오!" 베스너가 큰 소리로 말했다.

"알고 있어요. 당신이 말하는 것은 사실이오. 그건 무리한 일이지요. 불가능한 일이오. 그럼에도 불구하고 그것은 역시 사실이란 말입니다. 루이즈 부르제이가 한 말로 볼 때 이치에 맞는 의미는 하나밖에 없습니다. 그래서 나는 다시 원점으로 돌아가서 이 새로운 지식에 바탕을 두고 범죄를 다시 생각해 보기로 했지요. 싸움이 시작되기 전에 사이먼 도일이 방에서 나갔는데도 다른 사람이 그것을 잊어 버렸다든가, 모르고 있었다든가 하는 일이 있을 수 있을까요? 그런 일은 있을 수 없을 것 같았습니다. 베스너 박사와 파워즈 간호사의 전문적인 증명을 무시할 수 있을까요? 그런 일도 틀림없이 불가능합니다. 그러나 이 두 가지 사실 사이에는 시간적인 간격이 있어요. 다시 말해서 사이먼 도일은 5분쯤 전망실에 혼자 있었고, 베스너 박사의 증명은 그 이후에 적용되는 것이거든요. 그 5분에 관해서는 눈에 비친 증거가 있을 뿐입니다. 그것은 언뜻 보기엔 믿을 수 없는 것 같긴 하지만 확실하다고 말할 수 없어요. 그렇다면 실제로 눈에 비친 것이란 무엇일까요. 롭슨 양은 벨포트가 권총을 쏘고 사이먼 도일이 의자에 쓰러지는 것과, 도일이 손수건으로 다리를 묶자 그 손수건이 빨갛게 물드는 것을 보았던 겁니다. 팬숍 씨가 보거나 듣거나 한 것은 무엇이었을까요? 총소리가 들리자마자 도일이 빨갛게 물든 손수건으로 다리를 누르고 있는 모습이 눈에 띄었다는 겁니다. 그러면 무슨 일이 일어났단 말인가요? 도일은 자꾸만 벨포트 양을 데리고 가 달라고 하고, 또 누군가가 곁에 있어 달라고 주장했습니다. 그런 다음에 도일은 팬숍에게 의사를 불러 달라고 말했지요. 그래서 롭슨 양과 팬숍 씨는 벨포트 양과 함께 나가 버렸으며, 그 뒤 5분 동안은 갑판 왼편에서 바쁘게 움직이고 있었습니다. 파워즈 양, 베스너 박사, 벨포트 양의 선실은 모두 왼편에 있습니다. 사이먼은 2분이면 충분했지요. 소파 밑에서 권총을 꺼내들고 소리가 나지 않도록 맨발로 오른편을 빨리 달려서 아내의 방으로 들어갔으며, 가만히 다가가서 잠자고 있는 아내의 머리에 총알을 관통시켰습니다. 그러고 나서 빨간 잉크가 들어 있는 병을 세면대 위에 놓고(자기가 가지고 있는 것을 들키면 큰일이니까) 뛰어서 돌아온 다음 남몰래 의자 옆에 숨겨 두었던 미스 반 스카일러의 비로드 목도리로 권총을 싸고 자기 다리에 한 발 쏘았지요. 이번에는 진짜로 아파서 쓰러졌는데, 그가 쓰러진 의자는 창가에 있었습니다. 그는 창문을 열고 손수건으로 감아 비로드 목도리로 싼 권총을 나일 강에 내던졌습니다."

"그것은 불가능해." 레이스가 말했다.

"아니야, 할 수 없는 것은 아니야. 팀 앨러튼의 증언을 생각해 보게. 그는 펑 하는 소리 뒤에 잇달아 물 튀는 소리를 들었다고 했네. 그밖에도 그의 귀에 들린 것이 있어. 남자가 자기 방문 앞을 달려가는 소리였지. 하지만 갑판 오른쪽을 달리고 있는 사람은 없었으므로 앨러튼이 들은 것은 사이먼 도일이 양말만 신고 달려가는 발소리였다네."

"역시 그건 불가능하다고 생각하네. 그렇게 모든 것을 즉석에서 생각해낸다는 것은 누구도 할 수 없는 일이야. 하물며 도일은 머리의 회전이 느린 편이잖나."

"하지만 동작은 기민하고 재빠르단 말일세."

"그야 그렇지만, 그 사나이는 그만한 것을 생각해낼 만한 재주가 없어."

"그 사나이가 혼자서 생각해낸 것은 아닐세. 우리가 착각하고 있었던 게 바로 그거야. 우발적인 범죄인 것처럼 보이지만, 사실은 모든 게 교묘하게 계획된 일이라네. 사이먼이 주머니에 빨간 잉크병을 넣고 있었던 것은 우연일 리가 없어. 아니, 그것은 계획적이었음에 틀림없어. 그가 무늬없는 싸구려 손수건을 가지고 있었던 것도 우연한 일이 아니고, 재클린 드 벨포트가 권총을 남의 눈에 띄지 않도록 긴의자 밑으로 걷어찬 것도 우연한 일이 아니었단 말이야."

"재클린?"

"맞았네. 공범자야. 사이먼의 알리바이를 증명한 것이 뭔가 하면, 재클린이 권총을 쏜 일이야. 재클린의 알리바이는 사이먼이 우겨서 밤새껏 간호사를 곁에 붙어 있게 한 것으로 증명되었지.

사이먼과 재클린 이 두 사람을 보면 필요한 소질을 충분히 갖추었다는 것을 알 수 있을 거야. 재클린의 냉정하고 명석한 두뇌와, 아주 민첩하고 타이밍을 맞추어서 실천하는 사이먼의 행동력! 정확하게 보면 의문은 모두 풀릴 거야. 우선 사이먼 도일과 재클린은 사랑하는 사이일세. 두 사람은 지금도 사랑하고 있네. 사이먼은 돈 많은 아내를 없애 버리고 그 재산을 상속한 다음 옛날 애인과 결혼하겠지. 이것은 정말로 기막힌 착상이었어. 재클린이 도일 부인을 쫓아다닌 것도 계획의 일부였네. 사이먼이 화를 내는 체한 것도 마찬가지야. 그러나 내가 착각한 것도 있었지. 사이먼은 소유욕이 강한 여자에 대하여 못마땅하다는 듯이 나에게 이야기한 일이 있는데, 그때 그가 생각하고 있었던 것은 재클린이 아니라 아내인 리넷이었다는 것을 당연히 깨달았어야 했는데, 나는 그걸 눈치 채지 못했어. 그리고 사람들이 보는 앞에서 사이먼이 아내를 대하는 태도인데, 그와 같은 평범한 영국인은 애정을 표현하는 것이 서투른 법일세. 그런데 사이먼은 연극이 서툴러 애정의 표현이 너무 과장돼 있었어. 그리고 재클린이 나와 이야기하고 있을 때 누군가가 우리 말을 엿들었다고 그녀가 말했는데, 나는 사람을 보지 못했고 또한 실제로 아무도 없었네. 그러나 그것은 나중에 사람들의 관심을 다른 곳으로 돌리는 데 도움이 되었지. 또 어느 날 밤의 일인데, 사이먼과 재클린이 내 방 밖에서 소곤대고 있는 소리를 들은 것 같았다네. 그때 사이먼은 '이렇게 된 바에는 어떻게든지 해치워야 해'라고 말하고 있었는데, 재클린에게 하는 말이었어. 그리하여 마지막 장면이 빈틈없이 계획되고 절호의 기회를 택했지. 내가 쓸데없는 간섭을 하지 못하도록 수면제를 먹이고, 롭슨 양을 증인으로 택하여 그 소동을 벌여 재클린이 지나칠 정도로 떠들어

댄 것 등은 모두 계획에 들어 있었던 거야. 총 쏘는 소리가 들리지 않도록 소란을 피웠던 것인데, 이것은 정말 교묘한 착상이었어. 재클린은 자기가 사이먼을 쏘았다고 하고, 롭슨 양도 펜숍도 똑같은 말을 했네. 그리고 사이먼의 다리를 조사해 보니 총을 맞은 것이 틀림없었단 말이야. 그러니 반박할 여지가 없지 뭔가. 사이먼과 재클린은 모두 완전한 알리바이가 있으니까. 그러기 위해 사이먼은 상당히 아픈 부상을 당해야 했고 위험한 고비도 넘겨야 했지만, 부상 때문에 움직일 수 없게 된다는 것은 필요 조건이었지. 그러나 그 다음이 좋지 않아. 루이즈가 잠이 오지 않아 층계를 올라왔을 때, 사이먼이 아내의 방으로 뛰어들어갔다가 다시 나오는 것을 목격해 버린 거야. 그리고 루이즈는 욕심을 내어 입막음을 위한 돈을 청구한 것까지는 좋았으나, 자신의 사형 집행 명령서에 서명하는 꼴이 되고 말았지."

"하지만 도일 씨가 루이즈를 죽인다는 일은 도저히 있을 수 없어요." 코넬리아가 이의를 제기했다.

"그것을 해치운 것은 공범자 쪽이오. 사이먼은 곧 재클린과 면회시켜 달라고 했을 뿐만 아니라 두 사람만 있게 해 달라고 나에게 부탁했지요. 도일은 절박한 새로운 위험을 재클린에게 말했던 겁니다. 도일은 베스너의 수술용 나이프가 있는 장소를 알고 있었으므로, 재클린은 범행 뒤 나이프를 닦아서 제자리에 갖다 놓은 다음 숨을 헐떡이면서 늦게 점심 식사 하러 달려왔습니다. 그러나 이것으로도 충분하지는 않았지요. 왜냐하면 옥타븐 부인이 재클린이 루이즈의 방으로 들어가는 것을 보았기 때문입니다. 옥타븐 부인은 그것을 알려 주기 위해서 급히 사이먼에게로 달려왔지요. 범인은 재클린이라고 말하려고 했을 때 사이먼이 그녀를 보고 큰 소리로 고함친 것을 기억하고 있겠지요. 흥분하고 있었기 때문이라고 우리는 생각했었지만, 사실은 공범자에게 위험을 알려 주기 위해서 한 짓이었지요. 마침 그때 문이 열려 있었으므로 재클린은 그 소리를 들을 수 있었으며, 전광석화(電光石火)처럼 행동했지요. 페닝턴이 권총 이야기를 한 것을 기억하고 있었으므로 재클린은 그것을 쥐고 문 바깥쪽에 몰래 다가가서 귀를 기울이고 있다가 옥타븐 부인이 범인 이름을 말하려는 순간 탕 하고 한 발 쏘았던 것입니다. 재클린은 사격 솜씨를 자랑한 적이 있는데, 그것도 근거가 없는 일은 아니었소. 세 번째 범행이 있은 다음에 나는 범인이 도망칠 길은 세 개 있다고 말했습니다. 배 뒤쪽으로 가든가(이 경우에는 팀 앨러튼이 범인이 되지만), 난간을 뛰어넘든가, 아니면 선실로 들어가 버리든가 이 세 가지 중의 하나지요. 재클린의 방은 베스너의 방에서 하나 건너 옆방입니다. 총을 던져 버리고 방 안으로 뛰어들어 침대 속으로 들어가면 그만이었지요. 위험한 방법이었지만 그렇게 할 수밖에 없었던 겁니다."

잠시 침묵이 이어졌다. 얼마 뒤 레이스가 물었다.

"재클린이 도일을 쏜 맨 처음의 총알은 어떻게 되었는가?"

"테이블 속에 박혀 버렸다고 생각하네. 최근에 뚫린 구멍이 있더군. 도일이 나이프로 총알을 파내서 창문으로 던졌을 거라고 생각해. 물론 예비 실탄을 가지고 있어서 두 발밖에 발포되지 않은 것처럼 꾸미고 있지만."

"하나에서 열까지 모두 계산에 넣고 있었군요. 정말 무서워요." 코넬리아가 한숨을 쉬었다.

포아로는 아무 말도 하지 않았으나 그의 눈은 이렇게 말하고 있는 것 같았다.

'그렇지 않습니다. 그 두 사람은 이 에르큘 포아로만은 고려에

넣지 않았단 말입니다.'

그러고 나서 포아로는 큰 소리로 말했다.

"그럼, 베스너 선생, 당신의 환자와 잠깐 이야기를 하러 가겠습니다."

29

그날 밤이 깊어서 에르큘 포아로는 어떤 선실 문을 두드렸다.

"들어오세요." 안에서 대답하는 소리를 듣고 포아로는 안으로 들어갔다. 거기에는 재클린 드 벨포트가 의자에 앉아 있었다. 포아로는 의자를 끌어당겨서 재클린 옆에 앉았으나 두 사람 다 입을 열지 않았다.

마침내 재클린이 입을 열었다.

"모든 것이 끝장이에요. 포아로 씨, 당신은 솜씨가 대단하셔서 이쪽은 도저히 상대가 되지 않았어요. 하지만 별로 증거는 가지고 있지 않는 것으로 알고 있습니다. 물론 포아로 씨가 말씀하신 대로이긴 하지만, 만약 우리가 속인다면……."

"그렇게 밖에 할 수가 없겠지요."

"논리적인 머리를 가진 사람에게는 그것으로 충분한 증거가 되겠지만, 배심원이 과연 납득할까요? 그이는 어쩔 수가 없었던 거예요. 당신이 느닷없이 모든 것을 털어놓으셨기 때문에 그이는 항복해 버린 거겠지요. 불쌍하게도 갈피를 잡지 못하고 모든 것을 인정해 버린 거예요. 질 때 지더라도 지는 방법이 그다지 좋지 않았어요."

"당신은 지고도 태연하군요."

그러자 재클린은 갑자기 쾌활하게 도전하듯이 웃었다.

"네, 정말 그래요. 포아로 씨, 제 걱정은 하지 않아도 돼요. 걱정하고 계세요?"

"그렇소."

"하지만 나를 구해 주시려고는 생각하지 않으셨군요."

"그렇소."

"그렇겠지요. 이제 와서 감상적이 되어 봐야 소용없어요. 나는 또 똑같은 짓을 저지를 지도 몰라요. 스스로 그런 생각이 들어요. 사람을 죽인다는 건 간단한 일이에요."

재클린은 한숨 돌린 다음 방긋이 웃었다.

"나를 위해 여러 가지로 애써 주셔서 고마워요. 그날 밤 아스완에서 악을 향해 마음을 열어선 안 된다고 말씀하셨지요. 그때 내가 무슨 생각을 하고 있는지 알고 계셨어요?"

포아로는 고개를 저었다.

"나는 내가 말한 게 사실이라는 것을 알고 있을 뿐이었지요."

"그건 사실이었어요. 그때 그만두려고 했으면 그만둘 수가 있었지만…… 그럴 생각만 있으면, 이젠 더 계속할 수가 없다고 사이먼에게 말할 수 있었지만…… 그러나 그랬더라면…… 처음부터 이야기를 들어 보고 싶지 않으세요?"

"그러고 싶다면 기꺼이……."

"왠지 말하고 싶은 기분이 드네요. 아주 간단한 일이에요. 사이먼과 나는 사랑하고 있었어요."

"그리고 당신에게 있어서는 사랑만으로 충분했었지만, 그는 그렇지가 않았소."

"그렇게 말할 수도 있겠지요. 당신은 사이먼이 어떤 사람인지 잘 모르고 있으니까요. 그이는 언제나 매우 돈을 갖고 싶어 했어요. 말이며 요트며 스포츠며 남자들이 열중하는 것을 무엇이든지 좋아했지만, 지금까지 어느 것 하나 가질 수가 없었지요.

그이는 매우 단순하기 때문에 마치 어린아이처럼 그런 것들을 갖고 싶어 했답니다. 그러면서도 돈 많은 여자하고 결혼하려고는 하지 않았어요. 그런 타입이 아니지요. 그러는 동안에 나와 만나게 되어 결혼하기로 했지만, 언제쯤 결혼하게 될는지 알 수가 없었어요. 그이는 좋은 일자리를 가지고 있었는데, 돈 문제로 나쁜 짓을 하려다가 당장 발각되고 말았던 거예요. 특별히 나쁜 의도를 갖고 그런 건 아니었어요. 그런 회사에서는 누구나 다 그런 짓을 한다고 생각했을 뿐이죠."

포아로의 눈이 번쩍 빛났으나 아무 말도 하지 않았다.

"그래서 우리는 돈에 몹시 쪼들리게 되었는데 그때 리넷과 새 별장이 문득 생각나서 당장 그녀에게로 달려갔습니다. 나는 정말로 리넷을 좋아했거든요. 그녀는 나의 친구였어요. 그래서 두 사람 사이에 무슨 일이 일어나리라고는 생각도 못했지요. 돈 많은 친구를 가졌다는 것은 운이 좋다고만 생각했을 뿐이에요. 그녀로부터 일자리를 얻을 수 있다면 사이먼과 나는 형편이 나아질 텐데 하고 생각했던 겁니다. 리넷은 매우 친절히 대해 주었으며, 사이먼을 데리고 오라고 말했습니다. 당신이 셰마탕트에서 우리를 보신 것은 그 무렵이었어요. 내가 지금부터 말하려고 하는 것은 사실이랍니다. 리넷은 죽었어도 사실은 달라지지 않아요. 그렇기 때문에 나는 지금도 그녀를 정말로 불쌍하다고는 생각하지 않아요. 그녀는 나에게서 사이먼을 빼앗기 위해 온 힘을 다했어요. 그것은 움직일 수 없는 사실이에요. 조금도 주저하지 않았다고 생각해요. 친구같은 것은 개의치도 않고 그저 덮어놓고 사이먼을 자기 것으로 만들려고 했어요. 그러나 사이먼은 그녀를 대수롭지 않게 생각하고 있었습니다. 사이먼에게는 리넷을 자기 것으로 만들려는 생각이 없었던 거예요. 미인이지만 건방지다는 것이 사이먼의 눈에 비친 리넷이었는데, 그는 건방진 여자를 매우 싫어했답니다. 그러나 리넷의 재산에 대해서는 좀 달랐습니다. 물론 나는 그것을 알고 있었기 때문에 나 같은 건 버리고 리넷과 결혼하면 되지 않느냐고 말해 보았어요. 그러나 그는 내 말을 결코 받아들이지 않았어요. 재산이 있건 없건 리넷과 결혼하는 것은 싫으며, 돈을 가질려면 자신이 갖고 있어야 한다고 말했어요. 그리고 나 외의 사람은 싫다고도 했지요...... 사이먼이 언제쯤 이번 계획을 생각하기 시작했는지는 잘 알고 있어요. '나에게 운이 있다면 리넷과 결혼하고 1년쯤 뒤에 그녀가 죽으면 그 재산은 모두 내 것이 될 텐데' 하고 어느 날 사이먼이 말했지요. 그리고 리넷이 죽으면 얼마나 좋을까, 자주 말했었는데, 내가 그런 무서운 말을 하면 안 된다고 하자 그 다음부터는 그 말을 하지 않더군요. 그리하여 그럭저럭 지내고 있는데, 어느 날 그이가 비소에 대한 연구를 하고 있는 것을 발견하고 비난했지요. 그러자 그이는 웃으면서 '호랑이 굴에 들어가지 않고는 호랑이새끼를 얻을 수 없어. 내 평생에 이 기회를 놓치면 큰돈을 만져보기는 힘들 거야'라고 말했어요. 얼마 뒤 그가 결심했다는 것을 알고 나는 덜컥 겁이 났어요. 왜냐하면 그이는 결코 일을 제대로 해내지 못한다는 것을 알고 있었기 때문이지요. 그이는 어린아이처럼 단순하기 때문에 치밀하게 생각하지 못할 것이고, 더욱이 상상력이 없어요. 그이는 아마도 비소를 먹여 놓고서 의사가 사인을 위염이라고 말해 주겠지 하고 생각하는 것이 고작일 거거든요. 무슨 일이든지 잘 되어 나갈 것이라고 생각하고 있는 사람이니까요. 그래서 나는 그이를 감시하기 위해서 도와주지 않으면 안 되게 되었던 거예요."

재클린은 솔직하게 선의를 가지고 이야기했다. 살인의 동기는 그녀가 지금 말한 것이 맞을 거라고 포아로는 생각했다. 그녀 자신은 리넷 리지웨이의 재산을 탐내었던 것이 아니며, 사이먼 도일을 사랑하고 있을 뿐이었던 것이다. 이치도 정의도 동정도 초월한 사랑을 하고 있었던 것이다.

"나는 세부적인 계획을 세우기 위해 머리를 짰어요. 우선 가장 중요한 것은 두 사람의 알리바이라고 생각했습니다. 나와 사이먼이 서로에게 불리한 증언을 할 수만 있다면, 그 증언이 두 사람의 결백을 증명하게 되겠지요. 내가 사이먼을 미워하고 있는 체한다는 것은 쉬운 일이었어요. 당시의 사정으로 본다면 얼마든지 있을 수 있는 일이었으니까요. 그리고 리넷이 살해되면 아마도 내가 의심을 받게 되겠지요. 그렇다면 차라리 처음부터 의심을 받는 편이 낫다고 생각해서 조금씩 세부적인 계획을 세워 나갔어요. 실패했을 경우 내가 체포되도록 하고 싶었지만, 사이먼은 내 일을 걱정했어요. 내가 직접 하수인이 되지 않는 것만은 다행이었어요. 어떻게 내가 그런 짓을 할 수가 있었겠어요. 자고 있는 리넷을 태연하게 죽이다니, 도저히 불가능했어요. 나는 아직도 그녀를 원망하고 있으므로 정면으로 마주보고는 죽일 수 있을지 모릅니다. 하지만 자고 있을 때는 도저히…… 나는 모든 점에 세심한 주의를 주었지만 사이먼은 피로 J라는 글자를 쓰는 서투른 짓을 해 버렸어요. 그이가 생각해낼 만한 일이지만 말이에요. 그래도 그럭저럭 잘 되어 나갔어요."

"그렇지요, 루이즈 부르제이가 그날 밤에 잠을 잘 수 없었던 것은 당신 탓이 아니니까요. 그래, 그 다음은?"

"당신은 잘 알고 계시겠지요. 루이즈가 다 알고 있다고 사이먼에게 말했기 때문에, 그이는 당신에게 부탁해서 나를 불렀던 거예요. 우리 두 사람만 있게 되자 사이먼은 상황을 이야기하고 내가 취할 수단을 지시했어요. 그러나 조금도 무서운 생각은 들지 않았어요. 그저 걱정스럽고 불안해서 견딜 수가 없었어요. 사이먼과 나는 프랑스 계집애의 공갈만 없으면 안전하다고 생각하고 나는 돈을 모을 수 있는 데까지 모아서 가지고 갔어요. 그리고 그녀가 돈을 세고 있을 때 해치워 버렸어요. 간단하게 할 수 있었습니다. 그러나 그래도 우리는 안전하지를 못했어요. 옥타븐 부인이 나를 보았기 때문이에요. 그녀는 신이 나서 당신과 레이스 대령을 찾아 갔습니다. 생각할 여유도 없이 나는 전격적으로 해치웠어요. 정말 아슬아슬했어요. 그리고 이제 안심이라고 생각했는데, 전에 언젠가 당신이 내 방에 오셨었지요. 왜 왔는지 자신도 모르겠다고 말씀하셨지만요. 그때 나는 그저 한심스럽고 무섭기만 해서 어쩔 바를 모르고 있었어요. 사이먼이 죽어 버릴 것만 같았으니까요."

"나는 그것을 바라고 있었소."

"정말 그래요. 그러는 편이 그 사람을 위해 좋았을 거예요."

"그건 내 생각과는 다르오." 포아로의 표정은 엄숙했다.

"내 일에 대해서는 걱정하지 마세요. 지금까지 줄곧 괴로워해 왔지만 이번 일만 제대로 해낼 수 있었다면 얼마나 행복해지고 즐거워했을까요. 미련이라고는 하나도 없었을 겁니다. 그러나 실제로는 끝까지 운명을 감수해야 되는 상황이 되어 버렸지요. 내가 목을 매거나 청산가리를 먹지 않을까 걱정되시는 모양인데, 그런 건 걱정하시지 않아도 돼요. 그런 짓은 결코 하지 않을 테니까요. 내가 곁에 있어 주어야 사이먼도 견디기 쉽겠지요."

포아로가 일어나자 재클린도 일어났다. 그리고 갑자기 방긋 웃었다. "언젠가 내가 당신에게 자신의 별을 바라보며 살아가야 한다고 한 말 기억하십니까? 그때 당신은 그것이 가짜 별일지도 모른다고 대답했지요. 하지만 나는 그런 별은 금방 떨어져 버릴 것이라고 말씀드렸지요." 갑판으로 나가는 포아로의 귀에 재클린의 웃음소리가 들렸다.

30

셰라르에 도착한 것은 날이 샐 무렵이었다. 포아로 옆에 레이스가 서 있었다.

"이제야 겨우 우리의 일이 끝났군. 우선 리케티를 상륙시키도록 수배해 놓았네. 그녀석을 체포할 수 있어서 정말 다행이야. 몇 번을 놓쳤는지 모른다네. 도일을 실어 낼 들것을 준비해야 되겠군. 아주 쇠약해졌어."

"이상할 것도 없네. 그런 어린아이 같은 범인은 자존심이 깨어져 버리면 끝장이야. 어린애처럼 기가 죽어 버리지."

"교수형을 받아 마땅해. 냉혹한 놈이야. 그 아가씨는 불쌍하지만 어쩔 수가 없어."

"사랑은 모든 것을 정당화한다고 하지만 그건 거짓말일세. 재클린처럼 남자를 감싸는 여자는 매우 위험해. 처음에 재클린을 만났을 때 내가 한 말이 바로 그거였어."

코넬리아 롭슨이 포아로 옆으로 다가왔다.

"벌써 도착했군요. 나는 그 사람과 함께 있었답니다."

"벨포트 양 말입니까?"

"네, 좁은 방에 갇혀 있으면 답답할 테니까요. 아주머니는 틀림없이 화내고 있을 거예요."

미스 반 스카일러가 심술궂은 눈초리를 하고 이쪽으로 천천히 걸어왔다.

"코넬리아, 너는 괘씸한 짓을 했구나. 곧 바로 집으로 돌아가도록 해라."

"죄송하지만, 나는 집으로 돌아가지 않겠어요. 결혼할 거니까요."

퍼거슨이 갑판을 돌아서 성큼성큼 다가왔다.

"코넬리아, 대체 어떻게 된 거요. 설마 사실은 아니겠지?"

"정말이에요. 나는 베스너 선생님과 결혼하기로 했어요. 어젯밤에 결혼 신청을 받았거든요."

"왜 그 남자와 결혼하는 거지, 돈이 많기 때문인가?"

"아니에요. 그분을 좋아하기 때문이에요. 그분은 친절하고 무엇이든지 다 알고 있어요. 나는 늘 환자라든가 진료소 같은 곳에 관심을 가지고 있었기 때문에 베스너 선생님과 함께라면 멋진 생활을 할 수 있을 거예요."

"나보다도 그 할아버지와 결혼하는 것이 좋단 말이로군?"

"그래요, 당신은 믿을 수가 없으니까요. 기분 좋게 함께 살 수 있는 사람이 아니에요. 그리고 그분은 노인이 아니에요. 아직 50살도 되지 않았으니까요."

이렇게 말하고 코넬리아는 가 버렸으므로 퍼거슨은 포아로에게 말했다.

"그녀는 진심으로 저런 말을 하고 있는 것일까요?"

"진심이고말고요."

"좀 머리가 돌았나 보군."

"그녀는 독창적인 마음을 가지고 있소. 당신은 저런 사람을 만난 게 처음이겠지요."

배는 선창에 닿았으나 선객들 주위에 비상선이 처지고, 하선을 기다리는 지시가 내려졌다. 절망에 빠진 거무스름한 얼굴의 리케티가 두 사람의 기관사에게 끌려서 상륙했다. 그리고 한참 뒤에 들것이 도착했으며, 사이먼 도일은 그것에 실려서 옮겨졌다. 그는 겁을 먹고 있어서 완전히 다른 사람 같았다. 잇따라 재클린 드 벨포트가 여급사의 부축을 받으면서 나왔다. 얼굴빛은 창백했지만 여느 때와 다름없는 모습이었다.

재클린은 거침없이 들것으로 다가왔다.

"안녕하세요, 사이먼."

사이먼은 재빨리 그녀를 쳐다보았다. 그 얼굴에 한순간 어린아이 같은 표정이 되살아났다.

"실수를 했어. 침착하지 못해서 모든 것을 인정해 버렸어. 미안해, 재키, 기대에 어긋나서."

"괜찮아요, 사이먼. 쓸데없는 승부를 하다가 진 거예요. 그것뿐이에요."

재클린이 비켜서자 들것을 나르는 사람이 손잡이를 들어올렸다.

재클린은 몸을 구부리고 구두끈을 맸다. 그러고 나서 그녀는 손을 양말목 부분으로 가져가더니 무엇인가를 쥐고는 몸을 폈다. 탕! 하는 날카로운 소리가 나자 사이먼 도일은 꿈틀 하고 몸을 떨더니 그대로 조용해졌다. 재클린 드 벨포트는 고개를 끄덕이면서 권총을 든 채 한참 동안 서 있었다. 그리고 포아로에게 방긋 웃어 보였다. 레이스가 달려갔을 때, 재클린은 번쩍이는 조그마한 권총을 들어올려 자기 가슴을 향해 방아쇠를 당기고는 주저앉듯이 쓰러졌다.

"저 권총을 대체 어디서 손에 넣었을까?" 레이스가 외쳤다.

포아로의 팔을 잡는 사람이 있었다. 앨러튼 부인이었다.

"당신은 알고 계셨군요."

포아로는 고개를 끄덕였다.

"그녀는 저 권총을 두 개 가지고 있었던 겁니다. 조사를 하던 날 로잘리 옥타븐의 핸드백에서 하나 나왔다는 말을 들었을 때 그것을 깨달았습니다. 같은 식탁이었기 때문에 재클린은 조사가 시작되자 권총을 로잘리의 핸드백에 슬쩍 넣었던 거지요. 그런 다음 로잘리의 방에 가서 입술연지를 비교하는 척하다가 그녀의 관심을 다른 데로 돌려놓고 권총을 도로 찾아갔던 겁니다. 재클린과 로잘리의 방은 전날 조사가 끝났기 때문에 다시 한 번 조사하지는 않을 거라고 생각했던 겁니다."

"자살하게 해주고 싶었나요?"

"네, 하지만 자기 혼자 죽는 것은 싫었던 모양이지요. 덕분에 사이먼 도일은 의외로 안락하게 죽을 수가 있었습니다."

"사랑이란 정말 무서운 것이로군요."

"그렇기 때문에 대부분의 멋진 러브 스토리는 비극으로 끝나지요."

앨러튼 부인은 햇빛을 받으며 서 있는 팀과 로잘리를 지켜보고 있었다. 갑자기 그녀가 힘주어 말했다.

"그렇지만 고맙게도 이 세상에는 행복이라는 것도 있지요."

"그렇소, 부인. 참으로 감사한 일이지요."

이윽고 선객들은 상륙했다. 잇따라 루이즈 부르제이와 옥타븐 부인의 시체가 운반되어 나왔다. 마지막으로 리넷 도일의 시체가 뭍으로 운반되었으며, 온 세계에 그 죽음이 알려졌다.

조지 위드 경은 런던의 클럽에서, 스턴테일 록포드는 뉴욕에서, 조앤너 사우스우드는 스위스에서 각각 신문을 보고 그 사실을 알았다. 몰턴언더우드의 바에서도 그것이 화제의 중심이 되었다. 버나비 씨의 말라빠진 친구가 말했다.

"그녀 혼자서 모든 것을 독점해 버린다는 것은 공평하지 않은 것 같았단 말이야."

그러자 버나비 씨가 격렬한 어조로 말했다.

"하지만 그것이 별로 도움이 되지 않은 것 같잖은가. 가엾은 이야기일세."

그러나 이윽고 그들은 리넷의 이야기를 그만두고, 이번 경마에서의 우승은 누구일까 하는 이야기로 옮겨갔다. 왜냐하면 코넬리아가 말했듯이, 중요한 것은 과거가 아니라 미래이기 때문이다.

29번째 살인여행

《나일에서 죽다(Death on the Nile)》는 1937년에 발표된 애거서 크리스티(Agatha Christie, 1890~1976)의 29번째 작품이다.

이집트를 무대로 한 이 작품을 크리스티는 그녀의 친한 벗 시빌 버넷에게 바치면서 "나처럼 세계를 방랑하기 좋아하는 그대에게"라고 쓰고 있듯이, 그녀는 여행하기를 무척 즐겼으며 이집트에도 몇 번이나 간 일이 있었다. 그녀는 두 번째 남편인 고고학자 맥스 맬로원과 결혼한 1930년 이래로 1년의 3분의 1은 발굴을 위한 여행으로 보냈다고 한다.

이러한 여행을 바탕으로 하여 쓴 작품이 여럿 있는데, 이 작품들을 일컬어 크리스티는 '해외 여행물'이라고 부르고 있다.

이 작품에는 수많은 인물이 등장하고 있다. 그리고 아주 자연스럽고 지극히 보편적인 일상의 대화를 통해 사건이 전개되고 있기 때문에, 이 책을 읽는 이들은 추리의 줄거리를 잡는 데 혼란을 느끼게 된다. 영국, 미국, 프랑스, 독일, 이탈리아, 벨기에 등 여러 나라 손님들을 태우고 나일 강을 오르내리는 배 위에서 별안간 살인 사건이 일어나고, 그 일을 시작으로 하여 잇달아 살인이 일어나서 배에 탄 모든 사람들을 놀라움 속으로 몰아넣는다. 더욱이 물적 증거가 될 만한 것이란 아무것도 없는 것이다. 이러한 사건의 전개에다, 여행을 하며 직접 보고 겪은 일들을 재치 있게 집어넣어 사실적인 효과를 높이고 있다. 예를 들면 압 신벨 신전 같은 곳의 묘사라든가 관객의 심리며 행동, 그리고 관광객들을 향하여 끈질기게 모여드는 토착민 아이들의 모습 등이 재미있게 펼쳐지는 것이다.

그러한 사건의 전개 속에 우리의 탐정 에르큘 포아로가 등장한다. 포아로는 레이스 대령과 힘을 합하여 배에 탄 사람들을 하나하나 불러 이야기를 듣고, 그의 특기인 직관력과 주의 깊은 관찰로 범인을 가려낸다.

에르큘 포아로는 이 작품 속에서 서로 상반되는 문제점에 대해서 줄곧 생각을 거듭한다. 어째서 범인이 재클린 드 벨포트 양의 권총으로 리넷 도일을 살해하고, 더욱이 피로 J라는 글자를 써놓아 그녀에게 죄를 뒤집어씌우려 하면서도, 미스 반 스카일러의 불에 그을린 비로드 목도리로 싼 권총을 바다 속에 던졌을까 하는 점이다. 다시 말하면 총을 맞은 리넷 도일의 상처에는 불에 그을린 자국이 있는데, 바다에서 건져 올린 권총으로 쏘았다면 피해자의 피부에 화상 입은 흔적이 없어야만 되었던 것이다. 여기서 포아로는 말하고 있다.

"범인은 어째서 권총을 바다에 던져 버렸을까요? ……진짜 이유는 매우 간단했습니다. 범인은 할 수 없이 권총을 던져 버렸던 겁니다. 그렇게 할 수밖에 없었던 거지요."

그리하여 포아로가 자신이 조립한 범죄의 경로를 모두 이야기하자, 완전 범죄를 기도했던 범인도 마침내는 자신의 모든 죄를 인정하지 않을 수 없게 된다. 결정적인 증거는 하나도 없지만, '그 밖의 방법은 있을 수 없다'고 단정내리는 데에 포아로의 참된 면목이 역력하게 드러나는 것이다.

목적지인 셰라르에 도착하여 배에 탔던 사람들이 모두 내리고 있을 때 재클린 드 벨포트는 들것에 실려가는 사이먼 도일을 권총으로 먼저 쏜 다음, 이어서 자기도 스스로 목숨을 끊고 만다. 에르퀼 포아로는 재클린의 이 계획을 미리 눈치 채고 있었던 듯하다. 아니, 오히려 그녀가 스스로 목숨을 끊기를 바라고 있었던 것 같기도 하다. 이 마지막 장면은 실로 극적이라 아니할 수 없다.

이 작품을 대하면 처음에는 흥미에 이끌려서 단숨에 읽어 버리지만, 두 번째로 다시 읽어 보면 한 사람 한 사람의 대수롭지 않은 말이 사건을 복잡하게 얽혀들도록 하고 있으며, 전체적으로 볼 때에도 지은이가 말하는 이른바 '복잡한 줄거리'로 짜여져 있음을 새삼 느끼게 된다.